民國文化與文學^{研究}^{文叢}

十四編

李 怡 主編

第 16 冊

陪都文學論

郝 明 工 著

國家圖書館出版品預行編目資料

陪都文學論／郝明工 著 -- 初版 -- 新北市：花木蘭文化事業
有限公司，2021〔民110〕
序 6+ 目 2+224 面；19×26 公分
（民國文化與文學研究文叢 十四編；第 16 冊）
ISBN 978-986-518-527-5（精裝）
1. 中國文學 2. 地方文學 3. 文學評論
820.9   110011217

特邀編委（以姓氏筆畫為序）：

丁　帆	王德威	宋如珊
岩佐昌暲	奚　密	張中良
張堂錡	張福貴	須文蔚
馮　鐵	劉秀美	

民國文化與文學研究文叢
十四編　第十六冊　　　　　ISBN：978-986-518-527-5

陪都文學論

作　　者　郝明工
主　　編　李　怡
企　　劃　四川大學中國詩歌研究院
總 編 輯　杜潔祥
副總編輯　楊嘉樂
編　　輯　許郁翎、張雅淋、潘玟靜　美術編輯　陳逸婷
出　　版　花木蘭文化事業有限公司
發 行 人　高小娟
聯絡地址　235 新北市中和區中安街七二號十三樓
　　　　　電話：02-2923-1455／傳真：02-2923-1452
網　　址　http://www.huamulan.tw 信箱 service@huamulans.com
印　　刷　普羅文化出版廣告事業
初　　版　2021 年 9 月
全書字數　214917 字
定　　價　十四編 26 冊（精裝）台幣 70,000 元　　　版權所有 · 請勿翻印

陪都文學論

郝明工　著

作者簡介

郝明工，文學博士，教授，重慶師範大學教師。出版個人專著《陪都文化論》（2016 年修訂版題名《抗戰時期的重慶文化》）、《中國「西方之光」——陪都文化與文學源流考》（2014 年版題名《陪都重慶文化與文學考論》）、《陪都文學論》；《從經學啟蒙到文學啟蒙——現代文學思潮的中國生成》、《20 世紀中國文學思潮及流派》、《人道主義與二十世紀的中國文論》、《中國現代小說生成論》；《20 世紀末中國大陸社群生態紀實與解讀》、《無冕國度的對舞——中外新聞比較研究》，《經濟全球化時代的精神生產》。

提　　要

　　抗日戰爭時期，隨著國民政府遷往陪都重慶，中國文學呈現區域分化，大後方文學引領著全國文學的戰時發展，而陪都文學作為大後方文學的核心構成顯現出這一發展的現代方向。無論是成名作者齊聚陪都，還是新進作者湧現陪都，促成了陪都文學的空前繁榮——從詩歌到小說、從散文到話劇，文學創作一派興旺，再加上文學論爭的推波助瀾。陪都文學呈現出中國文學戰時發展的一時之盛，書寫出現代文學史上的一段佳話。

　　本書對陪都文學進行文本的全面梳理，以展示陪都文學的整體風貌，由此展開相關文本的綜合闡釋，以揭示陪都文學的區域特徵，在消解現存有關大後方文學，尤其是陪都文學的諸多價值誤判的同時，為中國現代區域文學研究提供具有參照性的個案，以突破現存研究範式，以期還原現代文學區域發展的歷史本真。

研治文學史的方法與心態——代序

李　怡

　　我曾經以「作為方法的民國」為題討論過中國現代文學研究的「方法」問題，最近幾年，「作為方法」的討論連同這樣的竹內好－溝口雄三式的表述都流行一時，這在客觀上容易讓我們誤解：莫非又是一種學術術語的時髦？屬於「各領風騷三五年」的概念遊戲？

　　但「方法」的確重要，儘管人們對它也可能誤解重重。

　　在漢語傳統中，「方」與「法」都是指行事的辦法和技術，《康熙字典》釋義：「術也，法也。《易・繫辭》：方以類聚。《疏》：方謂法術性行。《左傳・昭二十九年》：官修其方。《注》：方，法術。」「法」字在漢語中多用來表示「法律」「刑法」等義，它的含義古今變化不大。後來由「法律」義引申出「標準」「方法」等義。這與拉丁語系 method 或 way 的來源含義大同小異——據說古希臘文中有「沿著」和「道路」的意思，表示人們活動所選擇的正確途徑或道路。在我們後來熟悉的馬克思主義哲學中，「世界觀」與「方法論」的相互關係更得到了反覆的闡述：人們關於世界是什麼、怎麼樣的根本觀點是「世界觀」，而借助這種觀點作指導去認識世界和改造世界的具體理論表述，就是所謂的「方法論」。

　　在我們的傳統認知中，關於世界之「觀」是基礎，是指導，方法之「論」則是這一基本觀念的運用和落實。因而雖然它們緊密結合，但是究竟還是以「世界觀」為依託，所以在「改造世界觀」的社會主潮中，我們對於「世界觀」的闡述和強調遠遠多於對「方法」的討論，在新中國改革開放前的國家思想主流中，「方法」常常被擱置在一邊，滿眼皆是「世界觀」應當如何端正的問題。這到新時期之初，終於有了反彈，史稱「1985 方法論熱」，

一時間，文藝方法論迭出，西方文藝社會學、心理學、語言學、原型批評、接受美學、結構主義、解構主義、新批評、現象學、存在主義、解釋學、以及借鑒的自然科學方法（系統論、控制論、信息論、模糊數學、耗散結構、熵定律、測不準原理等等），這些令人眼花繚亂的「新方法」衝破了單一的庸俗社會學的「舊方法」，開闢了新的文學研究的空間。不過，在今天看來，卻又因為沒有進一步推動「世界觀」的深入變革而常常流於批評概念的僵硬引入，以致令有的理論家頗感遺憾：「僅僅強調『方法論革命』，這主要是針對『感悟式印象式批評』和過去的『庸俗社會學』而來的，主要是針對我們把握世界的『方式』而言的。『方法論革命』沒有也不能夠關注到『批評主體自身素質』的革命。」〔註 1〕

平心而論，這也怪不得 1985，在那個剛剛「解凍」的年代，所有的探索都還在悄悄進行，關於世界和人的整體認知——更深的「觀念」——尚是禁區處處，一切的新論都還在小心翼翼中展開，就包括對「反映論」的質疑都還在躲躲閃閃、欲言又止中進行，遑論其他？〔註 2〕

1960 年 1 月 25 日，日本的中國研究專家竹內好發表演講《作為方法的亞洲》。數十年後，他已經不在人世，但思想的影響卻日益擴大，2011 年 7 月，溝口雄三《作為方法的中國》在三聯書店出版。〔註 3〕 此前，中文譯本已經在臺灣推出，題為《做為「方法」的中國》。〔註 4〕而有的中國學者（如孫歌、李冬木、汪暉、陳光興、葛兆光等）也早在 1990 年代就注意到了《方法としての中國》，並陸續加以介紹和評述。最近 10 年的中國思想文化與文學批評界，則可以說出現了一股「作為方法」的表述潮流，「作為方法的日本」、「作為方法的竹內好」、「亞洲」作為方法，以及「作為方法的 80 年代」等等都在我們學術話語中流行開來，從 1985 年至 1990 年直到 2011 年，「方法」再次引人注目，進入了學界的視野。

這裡的變化當然是顯著的。

雖然名為「方法」，但是竹內好、溝口雄三思考的起點卻是研究者的立場和研究對象的特殊性。中國何以值得成為日本學者的「方法」總結？歸

〔註 1〕吳炫：《批評科學化與方法論崇拜》，《文藝理論研究》，1990 年 5 期。

〔註 2〕參見夏中義：《反映論與「1985」方法論年》，《社會科學輯刊》，2015 年 3 期。

〔註 3〕溝口雄三：《作為方法的中國》，孫軍悅譯，北京：三聯書店，2011 年。

〔註 4〕林右崇譯，國立編譯館，1999 年。

根結底，是竹內好、溝口雄三這樣的日本學者在反思他們自己的學術立場，中國恰好可以充當這種反省的參照和借鏡。日本學人通過中國這樣一個「他者」的來參照進行自我的批判，實現從「西方」話語突圍，重新確立自己的主體性。竹內好所謂中國「迴心型」近現代化歷程，迥異於日本式的近代化「轉向型」，比較中被審判的是日本文化自己。溝口雄三批評那種「沒有中國的中國學」，其實也是通過這樣一個案例來反駁歐洲中心的觀念，尋找和包括日本在內的建立非歐洲區域的學術主體性，換句話說，無論是竹內好還是溝口雄三都試圖借助「中國」獨特性這一問題突破歐洲觀念中心的束縛，重建自身的思想主體性。如果套用我們多年來習慣的說法，那就是竹內好－溝口雄三的「方法之論」既是「方法論」，又是「世界觀」，是「世界觀」與「方法論」有機結合下的對世界與人的整體認知。

事實上，這也是「作為方法」之所以成為「思潮」的重要原因。在告別了1980年代浮躁的「方法熱」之後，在歷經了1990年代波詭雲譎的「現代－後現代」翻轉之後，中國學術也步入了一個反省自我、定義自我的時期，日本學人作為先行者的反省姿態當然格外引人注目。

如果我們承認中國當代學術需要重新釐定的立場和觀念實在很多，那麼「作為方法」的思潮就還會在一定時期內延續下去，並由「方法」的檢討深入到對一系列人與世界基本問題的探索。

在中國現當代文學的領域中，我堅持認為考察具體的國家社會形態是清理文學之根的必要，在這個意義上，「民國作為方法」或「共和國作為方法」比來自日本的「中國作為方法」更為切實和有效。同時，「民國作為方法」與「共和國作為方法」本身也不是一勞永逸的學術概念，它們都只是提醒我們一種尊重歷史事實的基本學術態度，至於在這樣一個態度的前提下我們究竟可以獲得哪些主要認知，又以何種角度進入文學史的闡述，則是一些需要具體處理、不斷回答的問題，比如具體國家體制下形成的文學機制問題，國家觀念與民族意識的互動與衝突，適應於民國與共和國語境的文學闡述方法，以及具體歷史環境中現代中國作家的文學選擇等等，嚴格說來，繼續沿用過去一些大而無當的概念已經不能令人滿意了，因為它沒有辦法抵近這些具體歷史真相，撫摸這些歷史的細節。

「民國作為方法」是對陳舊的庸俗社會學理論及時髦無根的西方批評理論的整體突破，而突破之後的我們則需要更自覺更主動地沉入歷史，進

入事實，在具體的事實解讀的基礎上發現更多的「方法」，完成連續不斷的觀念與技術的突破。如此一來，「民國作為方法」就是一個需要持續展開的未竟的工程。

對文學史「方法」的追問，能夠對自己近些年來的思考有所總結，這不是為了指導別人，而是為自我反省、自我提高。自我的總結，我首先想起的也是「方法」的問題，如上所述，方法並不只是操作的技術，它同樣是對世界的一種認知，是對我們精神世界的清理。在這一意義上，所有的關於方法的概括歸根到底又可以說是一種關於自我的追問，所以又可以稱作「自我作為方法」。

那麼，在今天的自我追問當中，什麼是繞不開的話題呢？我認為是虛無。

在心理學上，「虛無」在一種無法把捉的空洞狀態，在思想史上，「虛無」卻是豐富而複雜的存在，可能是為零，也可能是無限，可能是什麼也沒有，但也可能是人類認知的至高點。是一個複雜的概念。在今天，討論思想史意義的「虛無」可能有點奢侈，至少應該同時進入古希臘哲學與中國哲學的儒道兩家，東西方思想的比較才可能幫助我們稍微一窺前往的門徑。但是，作為心理狀態的空洞感卻可能如影隨形，揮之不去，成為我們無可迴避的現實。這裡的原因比較多樣，有個人理想與社會現實感的斷裂，有學術理念與學術環境的衝突，有人生的無奈與執著夢想的矛盾……當然，這種內與外的不和諧本來就是人生的常態，對於凡俗的人生而言，也就是一種生活的調節問題，並不值得誇大其詞，也無須糾纏不休。但對於一位以實現為志業的人來說，卻恐怕是另外一種情形。既然我們選擇了將思想作為人生的第一現實，那麼關乎思想的問題就不那麼輕而易舉就被生活的煙雲所蕩滌出去，它會執拗地拽住你，纏繞你，刺激你，逼迫你作出解釋，完成回答，更要命的是，我們自己一方面企圖「逃避痛苦」，規避選擇，另一方面，卻又情不自禁地為思想本身所吸引，不斷嘗試著挑戰虛無，圓滿自我。

這或許就是每一位真誠的思想者的宿命。

在魯迅眼中，虛無是一種無所不在的「真實」，「當我沉默著的時候，我覺得充實；我將開口，同時感到空虛」（《野草》題辭）「絕望之為虛妄，正與希望相同」（《希望》）「於浩歌狂熱之際中寒；於天上看見深淵。於一

切眼中看見無所有；於無所希望中得救。」(《墓碣文》)所以，他實際上是穿透了虛無，抵達了絕望。對於魯迅而言，已經沒有必要與虛無相糾纏，他反抗的是更深刻的黑暗——絕望。

虛無與絕望還是有所不同的。在現實的世界上，盼望有所把捉又陡然失落，或自以為理所當然實際無可奈何，這才是虛無感，但虛無感的不斷浮現卻也說明在大多數的時候，我們還浸泡在現實的各自期待當中，較之於魯迅，我們都更加牢固地被焊接在這一張制度化生存的網絡上，以它為據，以它為食，以它為夢想，儘管它無情，它強硬，它狡黠。但是，只要我們還不能如魯迅一般自由撰稿，獨自謀生，那就，就注定了必須付出一生與之糾纏，與之往返。在這個時候，反抗虛無總比順從虛無更值得我們去追求。

於是，我也願意自己的每一本文集都是自己挑戰虛無、反抗虛無的一種總結和記錄。

在我的想像之中，每一個學術命題的提出就是一次祛除虛無的嘗試，而每一次探入思想荒原的嘗試都是生命的不屈的抗爭。

回首這些年來思想歷程，我發現，自己最願意分享的幾個主題包括：現代性、國與族、地方與文獻。

「現代性」是我們無法拒絕卻又並不心甘情願的現實。

「國與族」的認同與疏離可能會糾結我們一生。

「地方」是我們最可能遺忘又最不該遺忘的土地與空間。

「文獻」在事實上絕不像它看上去那麼僵硬和呆板，發現了文獻的靈性我們才真的有可能跳出「虛無」的魔障。

如果仔細勘察，以上的主題之中或許就包含著若干反抗虛無的「方法」。

2021 年 6 月於長灘一號

區域文學芻議（代序）

　　區域文化與區域文學作為民族國家之內文化與文學發展的階段性分野現象，在 20 世紀以來的中國文化與文學的版圖上是如此明晰地呈現出來，以至於無論是文化研究，還是文學研究，都無法迴避這一事實上存在著的研究對象。

　　具體而言，對於抗日戰爭時期中國文化與文學的當下研究，已經從抗戰區擴展到淪陷區，而對於當代中國文化與文學的當下研究，同樣也擴展到兩岸三地的大陸、臺灣與香港。實際上，面對著 20 世紀以降中國區域文化與區域文學的現實存在，如何在以之為對象的研究之中，進行具有針對性的理論思考，以突破現有的研究範式，勢必也就成為同樣也不得不面對的一個學術話題。

　　所幸的是，區域文化與區域文學的中國存在，為這樣的理論思考提供了不可或缺的學術資源。這就促使應該進行的理論思考不至於流為隨意虛構的理論高蹈，在為區域文化與區域文學提供專門的研究方法與闡釋工具的同時，也就同樣有可能為區域文化與區域文學研究的理論體系建構，乃至學科建構，提供了一次並非無益的中國嘗試。

　　「千里之行，始於足下」。為了保障有關區域文化與區域文學的學術對話得以順利進行，理應對區域文化與區域文學這兩個基本概念進行必要的闡釋，以便有助於不同個人思考之間的學理交流與交鋒，以期能夠在達成某種學術共識的前提下，推進區域文化與區域文學研究的發展。

　　如果對區域文化進行的認識需要基於大文化觀，那麼，對區域文學的把握則需要基於大文學觀，從而使文學與文化之間的文本聯繫能夠得到一種基於歷史的審美闡釋。這不僅是因為區域文學是對於區域文化的文學性表徵，而且更是因為區域文學對於區域文化的文學性表徵具有著文學與文化的雙重

內涵。所謂區域文化就是：在民族國家之內在特定時期與環境中存在著的，擁有意識文化、地區文化、地緣文化、民族文化四大基本構成要素，並且具有著意識形態主導性、行政區劃限定性、人文地理穩定性、民族歸屬獨特性這四大特徵的階段性文化現象。在這樣的意義上，也就可以對區域文學現象的出現進行如下初步描述：在以區域文化為對象的文學審美過程中，以區域文化的現實存在為基礎，通過區域文學的產生而成為區域文化的一個組成部分，在促成區域文化發展的同時推進區域文學的自身發展。

從區域文學的文本存在來看，實際上擁有兩大文本系統：口頭語言文本與書面語言文本，兩者的代表分別是：前者主要是由民間采風而來的文本，是關於集體創作的口頭流傳文本的文字記錄；後者主要是由專人寫作而來的文本，是個人創作的書面傳播文本的文學書寫。這兩大系統的文本的寫作，不僅呈現出由集體創作向著個人創作進行轉換的趨勢，而且也相應地表現出由民間流傳向著大眾傳播進行轉換的傾向。更為重要的是，從區域文學的文本構成來看，具有著縱橫兩個蘊涵向度：橫向的蘊涵向度表現為對於區域文化從睿智的哲思到激情的迷狂這樣的包涵，而縱向的蘊涵向度則呈現為對於區域文化從現實的觀照到歷史的追溯這樣的包容。這樣，區域文學對於區域文化進行的文本表達之中，已經促使地域文學的產生與地方文學的出現之間，形成了趨向一致的可能性，最終成為區域文學的存在現實。

區域文學中地域文學與地方文學二分，與區域文化中地域文化與地方文化二分相對應，從一個側面上表明了區域文化與區域文學之間的本質性深層內涵關係。因此，在地域文學與地區文學之間，將表現出不同的文本特徵。首先，地域文學的文本存在具有兩大文本系統，並以書面文本為主；而地域文學的文本構成以地域文化為對象，並以橫向的蘊涵向度為主，因而無論是從文本的寫作到文本的傳播，還是從文本的對象到文本的蘊涵，都將受到意識調控與行政調控的種種約束。其次，地方文學的文本存在也具有兩大文本系統，且口頭文本與書面文本並重；而地方文學的文本構成以地方文化為對象，並以縱向的蘊涵向度為主，因而無論是從文本的寫作到文本的傳播，還是從文本的對象與文本的蘊涵，都將受到人文基礎與民族特徵的種種影響。所以，從文學審美的角度來看，地域文學與地方文學之間，兩者的審美自由度，由於外來的地域文化干預與內在的地方文化侷限，會導致兩者之間的實質性差異的出現。

　　這一差異源自地域文學與地方文學的文化內涵的不同，從而體現出地域文化與地方文化之間的基本構成差異。這實際上也就意味著地域文學與地方文學都同樣具備著文化內涵的二分。就地域文學而言，具備了意識文化導向與地區文化限度這樣的文化內涵二分：意識文化導向是意識文化現實追求的文學表現，而地區文化限度是地區文化轄區邊際的文學表現，從而顯現為從政治意向到行政體制對於地域文學的可能限制。就地方文學而言，具備了地緣文化特性與民族文化底蘊這樣的文化內涵二分：地緣文化特性是地緣文化歷史發展的文學表現，而民族文化底蘊是民族文化傳統延續的文學表現，從而顯現為從風土人情到風俗習慣對於地方文學的潛在制約。

　　這樣，區域文學的文化內涵分為意識文化導向、地區文化限度、地緣文化特性、民族文化底蘊的不同層次。根據這些文化內涵不同層次在區域文化與區域文學興衰過程之中展示出來的歷史穩定性，這四者之間形成了從表層到深層的層次構架，也就是意識文化導向是區域文學最表層的文化內涵，而後由地區文化限度到地緣文化特性逐層深入，直到民族文化底蘊的最深層，表現出從變動不居到穩固更新的層次特徵，並且顯現出層層遞進的可能相關，從而形成了區域文學中地域文學與地方文學之間的文化內涵層次區分。

　　由此可見，從地域文學到地方文學，由於存在著兩者之間在文化內涵上的層次差異，不僅會繼續保持著地域文化與地方文化的特徵性影響，而且將獨自表現出地域文學與地方文學的可能性發展來，從而使地域文學與地方文學能夠通過文化內涵的互動與互補，在地方文學的歷史基礎上與地域文學的現實發展相融合，實現兩者之間在文化內涵上的兼容並包，從而使之成為具有著體制性政治色彩與實存性民俗風貌，這兩大基本特點的區域文學的現實。至此，可以對區域文學進行第一次描述性的界定：所謂區域文學，就是以區域文化為審美對象，擁有意識文化導向、地區文化限度、地緣文化特性、民族文化底蘊這四大文化內涵的文學現象。

　　由於在區域文化與區域文學之間保持著在文化內涵上的有機構成關係，因而在區域文化的主要特徵與區域文學的一般特點之間，形成了對應性的關係，具體而言，一方面就是地域文化的時期性與波動性特徵，將直接表現為地域文學的地域變動性，不僅地域文學的性質隨著意識文化導向的轉變而轉變，而且地域文學的邊際隨著地區文化限度的調整而調整，因而使之成為區域文學是否出現的一個決定性因素。而另一方面就是地方文化的長久性與累

積性特徵，將間接體現為地方文學的地方永久性，在地方文學的人文資源為地緣文化特性所固定的同時，地方文學的語言表達也為民族文化底蘊所決定，因而使之成為區域文學能否存在的一個根本性因素。這樣，地域文學與地方文學之間正是從不同文化內涵層次上，展示出區域文學一般特點的基本內容，也就是地域文學以地方文學為歷史根基，而地方文學以地域文學為現實樣態。

地域文學的地域變動性，從文化內涵的角度來看，一方面直接表現為意識調控的可能性，即通過文學政策的制定，來進行調控以確定區域文學發展的可能限度；另一方面直接表現為行政調控的有效性，即通過行政區劃的調整，來進行調控以確認區域文學發展的有效空間。無論是文學政策的制定，還是行政區劃的調整，都具有著政治性的基本內容，表現為體制性的政治運作所產生的社會制約作用。在這樣的意義上，可以說地域文學是一種政治性的區域文學現象，因而從地域文學到區域文學的現象性存在，實質上也就取決於民族國家在特定時期之中文化發展的政治性需要。

地方文學的地方永久性，從文化內涵的角度來看，一方面間接體現為人文基礎的歷史性，即進行人文地理開拓，來提供必要的人文資源根基以促進區域文學的形成；另一方面間接體現為民族語言的體系性，即進行民族語言發展，來提供必要的語言表達符號以推動區域文學的形成。從人文資源根基到語言表達符號，都具有著地方性的基本內容，表現為人文性的語言運用所產生的群體影響作用。在這樣的意義上，可以說地方文學是一種地方性的區域文學現象，因而從地方文學到區域文學的現象性存在，實質上取決於民族國家在特定環境之中文化發展的地方性表達。

由此可見，區域文學的一般特點具有著地域變動性與地方永久性這兩方面的基本內容，具體化為意識調控的可能性、行政調控的可行性、人文基礎的歷史性、民族語言的體系性，進而形成了有關區域文學一般特點的，從政治性需要到地方性表達這樣的文化內涵層次的兩極區分，由此而賦予了區域文學以政治性與地方性這樣的文化存在關係標誌。一旦區域文學在全國範圍內成為從政治性需要到地方性表達的文學典範，區域文學也就具有了全國代表性。在這樣的認識前提下，對於區域文學也就可以進行描述性的再次界定：所謂區域文學，就是民族國家中以區域文化為審美對象，擁有意識文化導向、地區文化限度、地緣文化特性、民族文化底蘊這四大文化內涵，地域文學的政治性需要與地方文學的地方性表達趨於一致的文學現象。

如果能夠從這樣的區域文化與區域文學界定出發，來對中國的文化與文學版圖進行從古至今的掃描，或許，至少對於古代中國出現的區域文化與區域文學現象的研究來說，無論是以國名、朝代，還是以地名、州郡，來進行區域性區分，往往可能會發現：那些當初的區域文化與區域文學命名，作為歷史現象，已經失落了地域文化與地域文學的面貌，而僅僅保留著地方文化與地方文學的風貌，這就需要進行現象性的歷史還原，以求在有關研究過程能夠逼近它們的原貌，進行合乎學術規範要求的研究。

同樣，即使是就 20 世紀以來的中國文化與文學發展而言，一方面人們對於已經存在著的區域文化與區域文學現象，似乎應該直接去面對，並且進行把握，而不應該圍繞著它們，僅僅從區域文化與區域文學的某一層面上出發，來進行外圍研究。另一方面，通過對於現存區域文與區域文學的綜合研究，將能夠形成與之相應的具有體系性的研究方法與闡釋工具，以便對於那些有可能出現的區域文化與區域文學現象，提供一種理論性參照。

早在 20 世紀初，梁啟超就已經提出過，類似一個世紀以後的 21 世紀初，有人所提出來的京津唐、長江三角洲、珠江三角洲的三大都市圈，這樣的中國文化發展的區域設想。梁啟超的個人設想未能實現，除了諸多原因之外，最主要的原因就是沒有得到相應的從意識形態到行政體制的政治支撐。反過來，如果三大都市圈放棄對於地方文化的歷史根基的追溯，而僅僅求助於政治運作，三大都市圈在 21 世紀的中國即便能夠成為現實，似乎也很有可能難以成為真正意義上的區域文化，充其量不過是中國出現的一種政治性的區域文化現象，即地域文化。文化如此，文學何堪？

從「西部大開發」提出的那一天開始，西部文學就開始成為一個引人注目的學術話題，然而，西部文學即使有可能向著區域文學發展，最終還取決西部文化的形成，而意識形態的區域多元性分化，也就成為一個不得不面對的首要問題。事實上，促使西部文學被不斷被提出來的最關鍵的因素，正是西部所擁有的獨特地緣文化的，特別是民族文化的，區域多樣性存在，為從西部文學到西部文化的最終出現，奠定了歷史悠久的地方文化基礎。因此，西部文化與西部文學的能否出現，還將取決於西部的地域文化出現的現實進程。

只有在這樣的認識前提之下，通過對於中國現存的區域文學進行綜合研究，將有可能形成與之相對應的具有範式意義的體系性研究方法與闡釋工具，以便對今後那些有可能出現的區域文學現象，進行理論性的探討。

目

次

區域文學芻議（代序）

導言　以陪都為中心的大後方文學運動‧‧‧‧‧‧‧‧‧‧‧‧‧ 1

　一、大後方的文學訴求 ‧‧‧‧‧‧‧‧‧‧‧‧‧‧‧‧‧‧‧‧‧ 1

　二、大後方的文學傳播 ‧‧‧‧‧‧‧‧‧‧‧‧‧‧‧‧‧‧‧‧‧ 13

第一章　陪都文學的文化特徵 ‧‧‧‧‧‧‧‧‧‧‧‧‧‧‧‧‧ 25

　一、文學發展的戰時性 ‧‧‧‧‧‧‧‧‧‧‧‧‧‧‧‧‧‧‧‧‧ 25

　二、文學導向的主流性 ‧‧‧‧‧‧‧‧‧‧‧‧‧‧‧‧‧‧‧‧‧ 34

　三、文學蘊涵的地方性 ‧‧‧‧‧‧‧‧‧‧‧‧‧‧‧‧‧‧‧‧‧ 44

第二章　陪都詩歌的多樣選擇 ‧‧‧‧‧‧‧‧‧‧‧‧‧‧‧‧‧ 55

　一、震撼人心的詩歌 ‧‧‧‧‧‧‧‧‧‧‧‧‧‧‧‧‧‧‧‧‧‧‧ 55

　二、心潮澎湃的抒情長詩 ‧‧‧‧‧‧‧‧‧‧‧‧‧‧‧‧‧‧‧ 68

　三、人生追溯的敘事長詩 ‧‧‧‧‧‧‧‧‧‧‧‧‧‧‧‧‧‧‧ 74

第三章　陪都小說的史詩建構 ‧‧‧‧‧‧‧‧‧‧‧‧‧‧‧‧‧ 81

　一、力求真實的小說 ‧‧‧‧‧‧‧‧‧‧‧‧‧‧‧‧‧‧‧‧‧‧‧ 81

　二、挖掘人性的中短篇小說 ‧‧‧‧‧‧‧‧‧‧‧‧‧‧‧‧‧ 89

　三、重塑人格的長篇小說 ‧‧‧‧‧‧‧‧‧‧‧‧‧‧‧‧‧‧‧ 98

第四章　陪都散文的戰時寫照 ‧‧‧‧‧‧‧‧‧‧‧‧‧‧‧‧ 105

　一、紀實生活的散文 ‧‧‧‧‧‧‧‧‧‧‧‧‧‧‧‧‧‧‧‧‧‧ 105

　二、貼近戰爭的報告文學 ‧‧‧‧‧‧‧‧‧‧‧‧‧‧‧‧‧‧ 114

　三、親歷人世的散文小品 ‧‧‧‧‧‧‧‧‧‧‧‧‧‧‧‧‧‧ 124

第五章　陪都話劇的全民動員 ························· 133
　　一、上下求索的話劇 ····················· 133
　　二、直面生活的現實劇 ··················· 142
　　三、實事求是的歷史劇 ··················· 150
第六章　陪都文論的主義論辯 ····················· 157
　　一、「新現實主義」 ····················· 157
　　二、「民族文學運動」 ··················· 166
　　三、「現實主義在今天」 ················· 173
餘論　現代文學的區域分化 ······················· 181
　　一、二十世紀的中國文學 ··············· 181
　　二、現代文學的區域機制 ··············· 192
附錄　陪都重慶與寶島臺灣 ······················· 207
參考文獻 ··· 221
後　記 ··· 223

導言　以陪都為中心的大後方
　　　　文學運動

一、大後方的文學訴求

　　何謂大後方？根據持久抗戰與抗戰到底這一戰略與政略相一致的中國需要來看，所謂大後方也就是以抗戰時期國民政府陪都重慶為中心的中國西部地區，包括以桂林、昆明、貴陽、成都、西安、蘭州、迪化（烏魯木齊）、西寧、銀川等城市為地方首府的廣大區域。由於大後方的社會秩序與生活相對穩定，這就保障了抗戰文學運動較為正常的開展，有利於文學運動的戰時發展。在這祥的前提下，可以說大後方文學運動顯示著抗日戰爭中全國文學運動的總動向。

　　隨著國民政府的遷渝，以中華全國文藝界抗敵協會為代表的眾多全國性文藝團體也遷往重慶，「在完整區域的總後方，文藝活動應該有努力加緊的必要，由於出版條件的具備，優秀作家的集中，那兒應該是指導中樞的所在。會刊《抗戰文藝》應該負起指導全國文藝作家在抗戰中一切活動的任務，拿我們創作的筆，掃蕩歷史積累下來的腐敗現象，加強抗戰的力量，培養革命的新世代」，「使整個的文藝活動參加到民族解放這一偉大的事業裏面，使民眾理解抗戰這一神聖事業固有的革命性質，動員他們起來，貫徹抗戰的目的。要使偏遠的地方也能聽到炮聲，也能看見浴血抗戰的現實！也要使全世界關心我國抗戰的人士，能夠看得見中華民族新的典型！」每個人都在思考這樣的問題：「怎樣使文藝在抗戰上更有力量？」

　　然而，對於文藝工作者來說，如何解決這一問題卻並非如問題的提出那

樣簡單。一方面,「因為問題是實際的,所以由一開頭直到今天橫在面前的老是那兩座無情的山:『看不懂』是一座,另一座是『喧傳性』。三年來所有文藝作品與文藝討論都是要衝過這兩重山去。不衝過去即無力量可言,因為讀眾的讀書能力的低弱,與抗戰宣傳的急迫,是誰也不能否認的」。另一方面,「在文藝者的心裏,一向是要作品深刻偉大,是要藝術與宣傳平衡。當他們看見那兩重山哪,最初是要哭;後來慢慢的向前試步,一腳踩著深刻,一腳踩著俗淺;一腳踩著藝術,一腳踩著宣傳,混身難過!這困難與掙扎,不亞於當青蛙將要變為兩棲動物的時節——怎能既深刻又俗淺,既是藝術的又是宣傳的呢?」

老舍俗白而又生動地刻畫出文藝工作者的兩難窘境,他又立足於中國現代文藝發展的高度簡潔而又剴切地指出:「大家開始有個共同的領悟,就是假如完全照著舊模式與宣傳文字已經有點效果,那麼何妨再進一步而使新的樣式也設法使民眾能接受呢。」「是呀。俗而深,宣傳藝術平衡,不扔掉舊傳統(起碼須談中國話)也不忽視世界的新潮(不關上大門打仗啊),這不是最自然最光明的中國新文藝——新中國的文藝——的道路嗎。」〔註1〕實際上,這已經揭示出文藝發展中民族傳統與時代新潮相一致的必然性趨勢。

王平陵從文藝創作的角度作出了進一步的設想:「抗戰文藝應該比輿論跨進一步,站在輿論之前」;「必須更關心政治,從希望政治進步出發去嚴正地批評政治」;「描寫戰爭,表現戰爭僅僅是抗戰文藝的一面,同樣重要的另一面,是描寫生產建設,表現生產建設。」總之,「文藝作家的任務,固然在於寫作優秀的作品,但更主要的,是表現在作品中的思想能領導當代的思潮」。〔註2〕

與此同時,郭沫若更是對文藝工作者的現狀進行了客觀的評估:「現在作家們只是單純地從正面地、冠冕堂皇地寫抗日文藝,有時也不免近於所謂公式化,以後應該拿出勇氣來,即使是目前所暫時不能發表的作品,也要寫出來,記下來。這所寫的才配稱為真正的新現實,能夠正確地把握這個新現實,才能產生歷史性的大作品」。這就提出了文藝工作者的歷史使命,要求發揚個人主體性,把握時代脈搏。〔註3〕

〔註1〕老舍:《三年來的文藝運動》,《大公報》1940年7月7日。
〔註2〕王平陵:《一九四一年文學趨向的展望(會報座談會)》,《抗戰文藝》第7卷1期,1941年1月1日。
〔註3〕郭沫若:《一九四一年文學趨向的展望(會報座談會)》,《抗戰文藝》第7卷1期,1941年1月1日。

從上述對於大後方文學運動總動向的不同角度的既成認識，可以看出抗戰前期中國文學運動主要是圍繞著文藝如何更好地服務於抗戰而波瀾起伏。因此，一是應該注意到在中華民族生死存亡的危急狀態中，文藝服務於抗戰高於一切；一是不要忽視抗戰文藝作為中國現代文藝發展中重要的一環，也應表達出對於自身發展的迫切需要。

然而，在急迫中，他們懷著惶惑而興奮的心情去描寫、去刻畫、去反映自己尚未熟悉的抗戰，停留在生活的表面上為寫抗戰而寫抗戰，就難免陷入公式化的泥潭，抗戰文藝從急就章而急救章，成為面目可憎的抗戰八股；於是，他們帶著委屈俯就的心態，去發掘、去選擇、去利用自己頗以為然的民間舊形式，勉為其難地藉此進行民眾動員，在大眾化的口號下為通俗而通俗，仍難以化解新文藝與民間文藝之間的隔膜，舊瓶中釀成難以下嚥的新酒，非但未能添色增香，反而成為辛酸的反諷，形成文藝表現的不真實。

大後方的文藝工作者也認識到抗戰文藝必須是真實的，也能夠是真實的。首先，「真正所謂抗戰，應該包括抗戰建國的整個過程」，「前方的文人描寫前方的生活，後方的文人表現後方的生活。」「寫自己所知道的是創作的基本條件。後方文人表現後方生活，即使技巧拙劣的作品，亦較表面上說得天花亂墜而骨子裏都是空想出來的前線抗戰作品，來得真實而較動人。別的不談，起碼他是忠實地寫他所知道的，」[註4] 其次，通俗化「不僅是技巧問題，不僅是文藝作者本身的問題，而是與許多的社會問題有著聯繫的」。但其首要問題即必須明確：「內容是現實的為大眾所瞭解而且需要的。形式是大眾所懂得所習慣的新的或者舊的。」同時，「通俗化不是庸俗化，所以通俗文藝決不是粗製濫造，不是低級趣味的滲和，不是淫詞濫調的堆砌，更不是空虛的淺薄意義的反覆。」「作家應該懂得大眾，向大眾學習」。[註5]

文藝服務於抗戰，不僅僅限於文藝工作者如何把握戰時生活與文藝形式，實際上還對他們提出了更多更嚴格的要求。大後方文藝工作者較早認識到——文藝工作者必須根據戰時生活的具體樣態，揭示其紛繁表象之下的底貌：「對於抗戰中所發生的殘酷、動搖、痛苦、快愉等，應有系統的研究、剖解，而同時加上豐富的想像力。以想像來創造文字，熱情處當熱情，冷靜處當冷靜，要歌頌也要批判，這樣才實際而有情緒，才是有血有肉的表現」「至

〔註4〕柳青：《後方文人的苦悶及其出路》，《中央日報》1939年2月1日。
〔註5〕戈浪：《文藝通俗化諸問題》，《中央日報》1938年11月26日。

於歌頌與批判並不含有『捧』與攻擊的意義。應該是有理性的檢討與鼓舞的。這，使我們的內部走向更完整更有力的方向」。〔註6〕

1938年底，隨著所謂華威先生「出國」事件的發生，〔註7〕促進了大後方文藝工作者對文藝能否暴露與諷刺抗戰陣營中的陰暗面與消極面這一問題的討論，儘管討論開始前出現了兩種不同的著法，或主張仍應以頌揚光明為主，或要求不應諱疾忌醫，但隨著討論的繼續，討論的焦點不再是應不應該暴露與諷刺，而是應該怎樣去進行：「因為有暴露才有改進，姑息，適足以養奸。但是於方法方面，卻還要鄭重考慮一下。這個時代，應該是建設第一，不應該單是大罵一頓或是譏諷一下了事，應該指示他一個光明的前途，這才叫做真正的『暴露』」。〔註8〕對於這一點，已成為大後方文藝工作者的共識：要求暴露黑暗做得「恰到好處」，「不但要不妨害抗戰，而且要有益於抗戰」，〔註9〕必須注意「如何暴露這手法上的問題」。〔註10〕

這就將討論推向了在文藝創作中如何描寫否定性人物：以「暴露」的形式來揭穿隱藏著的、披著愛國者畫皮的反對抗日與民眾的敵人；以「諷刺」的形式來揭破隱飾著的麻木、自私、卑鄙而又侈談抗日者；以「鑄奸」的形式來揭示秦檜式的現代漢奸醜態，從而「使人類的渣滓表露出原形」。〔註11〕這實際上已提出塑造典型的問題，通過「否定的人物」這一「有害於抗戰，有害於民族革命的形象，在藝術的誇張下使腐爛的潰敗，使新生的成長」。〔註12〕

與此同時，1938年12月1日，梁實秋在為《中央日報》所編副刊《平明》上發表《編者的話》，其文稱：「我揣測報館請人編副刊總不免是以為某某人有『拉稿』的能力。編而至於要拉，則好稿之來，其難可知」。「我老實承認，我的交遊不廣，所謂『文壇』我就根本不知其座落何處，至於『文壇』上

〔註6〕佳禾：《歌頌與批判》，《新民報》1938年3月7日。

〔註7〕張天翼：《華威先生》，《文藝陣地》第1卷1期，1938年4月16日；同年11月，日本《改造》雜誌翻譯發表，由此引發爭議——對國人抗戰應該怎樣進行文學把握，以避免各國讀者的誤讀。

〔註8〕陳栗：《關於「暴露」之類》，《新民報》1939年4月27日。

〔註9〕何容：《關於暴露黑暗》，《文藝月刊・戰時特刊》第3卷7期，1939年7月16日。

〔註10〕鄭知權：《論暴露黑暗》，《文藝月刊・戰時特刊》第3卷10～11期合刊，1939年9月16日。

〔註11〕野黎：《暴露・諷刺・鑄奸》，《抗戰文藝》第5卷1期，1939年11月10日。

〔註12〕羅蓀：《人和典型》，《讀書月報》第1卷10期，1939年11月。

誰是盟主，誰是大將，我更是茫然。所以要想拉名家的稿子來給我撐場面，我未曾無此想，而實無此能力。」「但是我想，廣大的讀者是散佈在各地方各階層裏的，各有各的特長，各有各的經驗，各有各的作風，假如你們用一些工夫寫點文章惠寄我們，那豈不是充實本刊內容的最有效的辦法麼？」於是，他就寫稿問題提出：「現在抗戰高於一切，所以有人一下筆就忘不了抗戰。我的意見稍為不同，於抗戰有關的材料，我們最為歡迎，但是與抗戰無關的材料，只要真實流暢，也是好的，不必勉強把抗戰截搭上去。至於空洞的『抗戰八股』，那是對誰都沒有益處的。」

　　對此，中華全國文藝界抗敵協會在《給〈中央日報〉的公開信》中指出：「本會雖事實上代表全國文藝界，但決不為爭取『文壇座落』所在而申辯，致引起無謂之爭論，有失寬大嚴肅之態度」。因此，「在梁實秋先生個人，容或因一時呈才，蔑視一切，暫忘團結之重要，獨蹈文人相輕之陋習，本會不欲加以指斥。不過，此種玩弄筆墨之風氣一開，則以文藝為兒戲者流，行將盈篇累牘為交相諆垢之文字，破壞抗戰以來一致對外之文風，有礙抗戰文藝之發展，關係甚重；目前一切，必須與抗戰有關，文藝為軍民精神食糧，斷難捨抗戰而從事瑣細之爭辯；本會未便以緘默代寬大，貴報尚有同感。謹此函陳，敬希本素來公正之精神，杜病弊於開始，抗戰前途，實利賴焉。」〔註13〕

　　雖然此信未能公開發表，〔註14〕但卻由此引發能否創作「與抗戰無關」的作品這一問題的討論。應該承認，雙方的觀點都有一定的合理性，文藝的多樣化是文藝自身發展的需要，但它應從屬於抗戰高於一切的現實需要；畢竟抗戰文藝是文藝，只不過是抗日戰爭中的文藝，而不僅僅是抗日的文藝，甚至戰爭的文藝。

　　抗戰文藝的通俗化雖然以「利用舊形式」為主要表現，但也包孕著這樣的思想種子：一方面，有人指出「許多人把『通俗』的原意絲毫不變的來替換『大眾化』」，而通俗化與大眾化折射出來的是兩種完全不同的文藝觀，前者以文藝作為載道的器具，於上傳下達的屈就中，「骨子裏存著輕視」來化大眾，後者是以「文藝是離不開大眾的」立場，使文藝更貼近現實生活，「是更進一步、更深一層的現實主義」。這樣，「『抗戰』給『大眾化』預備下了最有利的條件；反過來，『抗戰』又需要『大眾化』的支持才能迅速地完成它的任務」，

〔註13〕《中華全國文藝界抗敵協會史料選編》，四川省社會科學院出版社1983年版。
〔註14〕文天行：《國統區抗戰文學運動史稿》，四川教育出版社1988年版，第108頁。

可以預言「未來的史學家或將這樣寫：『文藝大眾化』倡導於『五四』，完成於『抗戰』」。〔註15〕

另一方面，卻有人提出通俗化與大眾化之間的矛盾「不僅僅是文化運動領域內的主要缺陷，而同時又已經轉化成抗戰建國的政治實踐上的實際障礙」，因而認為「只要我們回顧一下二十年來白話文學運動的成果，即可預測運用民間形式以爭取大眾化與通俗化的統一，不但是必要的而且是可能的。〔註16〕

胡風認為繼承了「五·四新文藝傳統」的抗戰文藝，需要表現「統一戰線的、民族戰爭的、大眾本位的、活的民族現實」，「也就需要從形式方面明確地指出內容所要求的方向——「這就是『民族形式』這一口號的提出。」他接著就論爭雙方的諸多論點進行了總括性地分析，指出雙方在討論中都表現出「形式主義的要素」，「忘記了從實際的鬥爭過程上去理解問題，解決問題。」「替民族革命戰爭服務的文藝，為了反映『民主主義的內容』的『民族的形式』的文藝，它的內容要隨著現實鬥爭的發展而發展，它的形式也要隨著現實鬥爭的發展也就是內容的發展而發展。」〔註17〕

可以說，抗戰前期文學運動的主導軌跡是從「替民族革命戰爭服務的文藝」向著「為了反映『民主主義的內容』的『民族的形式』的文藝」轉變，即以文藝服務於抗戰為主轉向抗戰文藝自身的發展。簡言之，就是「文藝必須從民族出發而完成民族的文藝」。〔註18〕

1941年12月8日，太平洋戰爭爆發，「中國政府與人民應該繼續過去五年的光榮戰爭，堅決站在反法西斯國家方面，動員自己一切力量，為最後打倒日本法西斯而鬥爭」。〔註19〕1942年1月1日，《聯合國家宣言》的簽訂，促使了民族自決與個人自由的民主意識的廣泛傳播。〔註20〕這表明，政治民

〔註15〕南卓：《關於「文藝大眾化」》，《文藝陣地》第1卷3期，1938年5月16日。

〔註16〕向林冰：《關於通俗化與大眾化及其諸問題》，《中蘇文化》第3卷1～2期合刊，1938年12月1日。

〔註17〕胡風：《論民族形式問題的提出和爭點》，《中蘇文化》第7卷5期，1940年10月25日。該文的其餘部分在《理論與現實》第2卷3期上發表，全文題名為《論民族形式問題的提出、爭點和實踐意義——對於若干反現實主義傾向的批判提要並紀念魯迅先生逝世的四週年》。

〔註18〕老舍：《文章下鄉，文章人伍》，《中蘇文化》第9卷1期，1941年11月25日。

〔註19〕《中國共產黨為太平洋戰爭的宣言》，《新華日報》1941年12月9日。

〔註20〕沈永吉等：《外國歷史大事集·現代部分第二分冊》，重慶出版社1987年版，第414～417頁。

主化在反法西斯侵略戰爭的發展中加快了步伐，拓展了空間，從而對抗戰後期的大後方文藝運動及思潮發生著直接的衝擊。

為抗戰動員而服務的文藝運動，需要「真正的民主自由」，「大眾化的本身並不是最後目的，最後的目的是要使我們民族解放的思想和反法西斯侵略的意志，經過大眾化的文藝形式和工作走入大眾中去」〔註21〕要言之，抗戰文藝運動應該在民主自由的政治前提下沿著反帝反封建的人民大眾的現實主義道路發展。

此時，大後方出現了現實主義文藝運動，民族文學運動，三民主義文藝運動，於起伏消漲之中，顯示出現實主義文學運動頑強而旺盛的生命力，表現出現實的合理性與歷史的必然性的高度一致，從而不但使抗戰文藝保持了與 20 世紀中國現代文藝發展的連續性，而且也使抗戰文藝成為體現民主自由精神的新型民族文學，構成了 20 世紀的中國現代文學發展的重要一環。

陳銓等人倡導「民族文學運動」，企圖將抗戰文藝運動引向民族文學運動的軌道。在民族文學運動的「嘗試」中，一方面提出「否定的三點」：民族文學運動不是口號的運動，「一定要埋頭苦幹，多多創作出示範的作品」；不是排外的運動，對外來文化採取「批評的接受，把它好的部分，經過選擇消化，補充自己的不足」；不是復古的運動，「前人的遺產固應該繼承，但總以獨出機杼為主。」另一方面則是指出「肯定的三點」：民族文學運動要發揚固有精神，固有道德，民族意識。不過除民族意識之外，其他都抱「仁者見仁，智者見智」的態度，於含糊其辭中語焉不詳。〔註22〕

然而，「否定的三點」不過是民族文學運動的方法論，「肯定的三點」卻正是民族文學運動的本質論，對固有精神，固有道德不予闡釋表明：「陳銓先生雖然口裏說著『民族文學運動』，然而卻不知道抗戰文藝，就正是中國民族解放鬥爭的英雄史詩的真正的文學表現；而且抗戰文藝運動，也就正是繼承了五四以來的新文學的歷史傳統，更向前發展的中國新文學運動，陳銓先生居然無視了這一點，實令人大惑不解」。〔註23〕這樣，陳銓所倡導的「民族文學運動」因其含混被人誤認為「官家文學」之流，並指責其「中華民族感覺到

〔註21〕歐陽凡海：《論文藝動員的成果缺點及其任務》，《新華日報》1942 年 2 月 8～10 日連載。

〔註22〕陳銓：《民族文學運動》，《大公報‧戰國》1942 年 5 月 13 日。

〔註23〕戈矛：《什麼是「民族文學運動」》，《新華日報》1942 年 6 月 30 日。

自己是一個特殊民族」之說是提倡「法西斯式的侵略精神」。〔註24〕

但是,陳銓使用「特殊民族」一語是用來討論民族文學運動的必要性,關於「特殊」的理解也只能在這樣的語境中進行:「一國的文學,如果不把握到當時的特殊性,或者光跟著別人跑,是不會有成就的。中華民族有中華民族的特殊環境與特殊環境下所形成的特殊條件,一定要運用自己的語言和題材去創作,才能成為真正有價值的文學」。〔註25〕因此,「特殊」,對於民族來說是空間性,對於時代來說是時間性,對於文學來說是形象性,對於作家來說是個體性⋯⋯當然,由於民族文學運動理論上的失誤與性質的不明確,難以引發社會性的反響,只能成為紙上的運動,只能囿於所謂「民族文學」上的嘗試,成為少數人的短暫活動。〔註26〕但是,「民族文學運動」既不是「官家」鼓吹的文學運動,更不是「官家」倡導的文藝運動,隸屬於「官家」的是「三民主義文藝」。

1942 年 9 月,中國國民黨中央宣傳部文化運動委員會主任委員張道藩發表了《我們所需要的文藝政策》,其文稱:「未講新的文藝政策以前,得先解除一個障礙。這個障礙就是文藝與政治怎樣發生關係問題。如果這個問題不解決,不僅使文藝作家不能接近三民主義,且使三民主義的信徒無從確立自己的文藝理論。」他認為三民主義既然是抗戰建國最高指導原則,而文藝運動又必須配合政治經濟的需要,因此,抗戰建國的文藝運動必然是三民主義文藝運動,抗戰建國的文藝也必然是三民主義文藝。於此前提下,提出了具體的「六不」和「五要」的三民主義文藝政策:「六不」即「不專寫社會的黑暗」,「不挑撥階級的仇恨」,「不帶悲觀的色彩」,「不表現浪漫的情調」,「不寫無意義的作品」,「不表現不正確的意識」;「五要」即「要創造我們的民族文藝」,「要為最苦痛的平民而寫作」,「要以民族的立場而寫作」,「要從理智裏產作品」,「要用現實的形式」。〔註27〕丁伯騮就此發表「讀後感」,首先考察世界各國,發現「本世紀來,能確定一個文藝政策而且行之有效——確能有助於整個國策之運用的,自然要數蘇聯。這個國家對文藝政策的重視,證

〔註24〕楊華:《關於文學的民族性——文藝時論之一》,《新華日報》1943 年 2 月 16 日。
〔註25〕陳銓:《民族文學運動試論》,《文化先鋒》第 1 卷 9 期,1942 年 10 月。
〔註26〕1943 年 7 月 7 日,陳銓主編的《民族文學》月刊創刊於重慶,1944 年 1 月終刊。
〔註27〕《文化先鋒》創刊號,1942 年 9 月 1 日。

明了這話的正確——『一個具有完整建國理論的國家必需有一個與那理論一致的文藝政策』」。然後指出「六不政策」,「可以說是在消極方面樹立一個不違背三民主義意識的寫作準則;而『五要政策』,則是從積極方面樹立一個有建設性的寫作依據」。這樣,三民主義文藝政策一方面促使「文藝可以達成輔佐政治完成國民革命和新中國初步建設的任務」,另一方面既「無形阻止了再有不正當作品的產生」,又「健全了作家意識,故易於產生為時代所需要大眾所歡迎的偉大作品」。〔註 28〕

由於對「作為文藝所要表現的意識形態」的三民主義作了壟斷性的政治確認,〔註 29〕實際上從思想到政策都對文藝自由進行了限制,不利於抗戰文藝的全面發展,從而引發了討論。

梁實秋在《關於「文藝政策」》一文中指出:「站在文藝的立場上看,現今世界各國只有兩個類型,一個是由著文藝自由發展,一個是用鮮明的政策統治著文藝活動。」這樣,「在英美,各種各樣的文藝作品都可以自由的創作,自由的刊印,自由的銷行,政府不加限制;」而在蘇聯、德國和意大利,作為「他們的文藝政策應有的結果」,「不合於某一種『意識沃洛基』的作品是不能夠刊行的,有時還連累作者遭受迫害,不能在本國安居,或根本喪失性命」,由此他提出保障自由權利的要求。〔註 30〕

隨後,吳往在《新華日報》上發表《關於「文藝政策」與「文藝武器論」》,認為「梁先生這篇文章所表現出來的自由民主主義的精神,我個人起碼是覺得很寶貴的。他那種反對站在文藝之外來干涉文藝的主張是可以同意的。」不過,吳往卻並不苟同梁實秋的文藝超功利的觀點,堅持「中國新文藝在理論上所指出的文藝的宣傳和組織作用,是文藝本身的客觀性能,理論家即使不指出來,客觀事實不是一樣存在麼?」強調了文藝服務於抗戰的合理性。〔註 31〕

與此同時,沈從文發表了《文學運動的重造》,要求文藝「從商場和官場解放出來,再變成學術一部門」,堅待要抱住這樣的創作態度不放:「寫作不苟且,文章見出風格和性格,對人生有深刻理解而又能加以表現」。他反對「由

〔註 28〕《從建國的理論說到文藝政策——〈我們所需要的文藝政策〉讀後感》,《文化先鋒》第 1 卷 8 期,1942 年 11 月。

〔註 29〕張道藩:《我們所需要的文藝政策》,《文化先鋒》創刊號,1942 年 9 月。

〔註 30〕梁實秋「關於「文藝政策」》,《文化先鋒》第 1 卷 8 期,1942 年 11 月。

〔註 31〕吳往:《關於「文藝政策」與「文藝武器論」》,《新華日報》1943 年 1 月 4 日。

『表現人生』轉而為『裝點政策』」「用一種制度來消極限制作品」，以及「先用金錢搶作家，再用作家搶群眾」，從而指出了文藝工作者保持精神自由的必要。〔註32〕

楊華則在《文學的商業性和政治性——文藝時論之二》中，一方面贊同沈從文的正確看法，另一方面也指出他所主張「解放」的侷限性，認為「作家在自己的作品之中表現政治見解（使自己的政治觀念成為作品的骨幹，作品的血肉，不是附加上去的贅疣或尾巴），而是當然也是必然的」；「縱在將作品當作商品的社會條件之下，也不會完全妨礙了忠實的作家產生比較優秀的作品，及這些作品在讀者之中引起『愛好和敬重』」。〔註33〕

為了推行三民主義文藝政策，《中央日報》於 1943 年 1 月 14 日轉載了《我們所需要的文藝政策》，中國國民黨中央宣傳部及文化運動委員會又通過召開文藝政策座談會，出刊文藝政策討論專輯或專欄等形式，來擴大其社會影響；同時，中國國民黨中央組織部制定《全國高中以上三民主義文藝競賽辦法》，通令各地學校黨部執行，企圖由此形成全國性的三民主義文藝運動。

然而，「凡是文藝運動，不能單有運動而無文藝」，「如果不以作家的自發的要求和文學的現實的作品做基礎，而以文學以外的力量，不論是政治力量或經濟力量，來發動一種文藝運動，它的結果必須是落空的。因為一國的文學自有它本身的發展法則，自有它的歷史軌道，如果違反了這種法則，逸出了這種軌道，而向它提出應急的要求，是必然不能兌現的」。〔註34〕正是因為如此，無論是民族文學運動還是三民主義文藝運動都落了空，而以現實主義文藝運動為主流的抗戰文藝運動正是以廣大文藝工作者的思索與創作來予以「實證」的，決非是拿不出貨色來的「文學貧困」的運動。

首先，現實主義文藝運動正是在反法西斯侵略戰爭中，產生了真實原則和創造原則。

艾青認為：「在為同一目的而進行艱苦鬥爭的時代，文藝應該（有時甚至必須）服從政治，因為後者必須具備了組織和彙集一切力量的能力，才能最後戰勝敵人。但文藝並不就是政治的附庸物，或者是政治的留聲機和播音器。

〔註32〕沈從文：《文學運動的重造》，《文藝先鋒》第 1 卷 2 期，1942 年 10 月。

〔註33〕楊華：《文學的商業性和政治性——文藝時論之二》，《新華日報》1943 年 2 月 17 日。

〔註34〕楊華：《「拿貨色來看」和「文學貧困」論——文學時論之五》，《新華日報》1943 年 2 月 27 日。

文藝和政治的高度的結合，表現在文藝作品的高度真實性上。」因此，必須遵循「時代的政治方向」，堅持「抗日的立場」，去「忠實地反映現實（不是現象），客觀地描寫現實」，要「提倡新穎，提倡創造，用新的思想、情感、感覺，去和新的事物，新的世界擁抱」。〔註35〕

郭沫若指出：「一般說來，反侵略性的戰爭，便和人類的創造精神，或文學藝術的活動合拍」，「在進行著反侵略性的保護戰的國家中，即在戰爭期間，必然有一個文學藝術活動的高潮，戰爭要集中一切力量，而這些活動根本就是戰鬥機構的一體，戰爭即是創造，創造即是戰爭，兩者相得益彰，文學藝術便自然有一段進境」。「這種戰爭的藝術性或創造性，集中了人民的意志和一切的力量，特別是對於文藝藝術家們，使他們獲得了一番意識界的清醒，認清了自己所從事的文藝藝術的本質和尊嚴，在和平時期對於文藝藝術的曲解或濫用，冒瀆了文藝藝術的那些垃圾，在戰爭的烈火中都被焚毀了」。同時，又「使他們接觸了更廣闊的天地，得以吸收更豐腴而健全的營養，新的藝術到這時才生了根，舊的藝術到這時才恢復了它的氣息，新舊的壁壘到這時也才逐漸的化除了」。這樣，「作家們增進了他們的自信自覺，這些精神便是可能產生高度藝術作品的母胎」。〔註36〕

其次，現實主義文藝運動在發展中針對文藝工作者的現狀，提出了生活原則和戰鬥原則。

「現在是我們前進一步，用全副心腸去『貼近』我們人民的時候了。人民不是一本書，生活不是為了搜集資料，生活本身就是目的，生活永遠沒有疲倦的時候。」必須「以生活的密度為根本去把握生活的深度及廣度。」〔註37〕由此，不但可以澄清「進步的世界觀是會產生公式主義的」思想誤認，進而提高思想覺悟，〔註38〕更能建立起「發自衷心的承認旁人，把人當人，關心旁人的生活態度」，從而體現出：「歷史的進展不但是在不斷加深人的認識，而且是在不斷擴大人的心胸——逐步完成真正人性的人」。〔註39〕

〔註35〕艾青：《對於目前文藝上幾個問題的意見》，《文藝陣地》第7卷1期，1942年8月25日。

〔註36〕郭沫若：《中國戰時的文學與藝術——二十七日在中美文化協會演講詞)》，《新華日報》1942年5月28、29日連載。

〔註37〕嘉梨：《人民不是一本書》，《新華日報》1943年3月17日。

〔註38〕茅盾：《論所謂生活的三度》，《中原》第1卷2期，1943年9月。

〔註39〕于潮：《論生活態度與現實主義》，《中原》創刊號，1943年6月。

然而，正是由於戰鬥熱情的衰落，造成了「冷淡的職業的」「客觀主義」及「依據一種理念打造出內容或主題」的「主觀主義」，導致了創作混亂。〔註40〕所以，文藝工作者「共同的要求」自然就會是——「要求文藝能夠有更輝煌的生命，要求文藝能夠更強更真地回答民族的需要和人民的需要，要求文藝能夠勝利地克服那些病態的傾向，使健康的積極的力量在現實的人生裏面更豐滿地成長，更勇敢地前進」。這就必須高揚「文藝家的人格力量，文藝家的戰鬥要求」，「只有提高這種人格力量或戰鬥要求，才能夠在現實生活裏面追求而且發現新生的動向，積極的性格，但即使他所處理的是污穢和黑暗，通過他的人格力量或戰鬥要求，也一定能夠在讀者的心裏誘發起走向光明的奮發」。同時「人格力量或戰鬥要求都是在現實生活裏面形成，都是對於現實生活的反映」，「深入並且獻身到現實生活的戰鬥裏面，所謂人格力量或戰鬥要求不但不會成為抽象的概念；反而能夠得到思想的真實和情感的充沛，而且也決不會向個人主義的各種病態的死路走去。」〔註41〕

堅持真實地反映現實，推動自由創造的高潮，促進真正人性的復歸，發揚主觀戰鬥精神，也就成為大後方現實主義文藝運動最顯著的意識特徵，從而使現實主義文藝運動也成為中國抗戰文藝發展的最傑出代表。

並非是獨尊現實主義，而是要尊重歷史。現實主義在 20 世紀的中國，無論是作為文藝運動還是文學運動都佔據了主流地位。這是因為「新文藝的發生本是由於現實人生的解放願望」，「這種主觀精神和客觀真理的結合或融合，就產生了新文藝的戰鬥的生命，我們把那叫做現實主義」。從「新文藝的歷史」看，「在基本的精神上，它總是為了反映民族解放和社會解放的要求，總是在民族解放和社會解放的血的鬥爭裏面獻出了自己的力量。」〔註42〕

可見，現實主義文學運動的主流地位，一方面決定於它高度體現出民族解放和社會解放的時代趨向，一方面決定於它充分滿足了抗日戰爭與民主化進程的政治需要。

在抗戰文學大潮的興起中，「所謂現實主義的文藝者，不僅反映現實而已，且須透過了當前的現實而指出未來的真際」；「我們抗戰的結果是自由！這是

〔註40〕胡風：《關於創作發展的二三感想》，《創作月刊》第 2 卷 1 期，1943 年 10 月。
〔註41〕《文藝工作的發展及其努力方向——「文協」理事會推舉五位理事商討要點，由研究部執筆草成在第六屆年會上宣讀的參考論文》，《抗戰文藝》第 9 卷 2 ～4 期合刊，1944 年 2 月 1 日。該文的撰稿人實為胡風。
〔註42〕胡風：《現實主義在今天》，《時事新報》1944 年 1 月 1 日。

最顯明的也是最無可疑的未來的真際。其次，在長期抗戰的火焰中，我們社會中封建勢力的殘餘將必淨除，在發動民眾力量以保障長期抗戰的最後勝利的過程中，社會的主要矛盾很可能自然而然消除去，因而抗戰的結果又將是孫中山三民主義真正的全部的實現。而這，就是目前戰時文藝透視的遠景。遵守著現實主義的大路，投身於可歌可泣的現實中，儘量發揮，儘量反映，——當前文藝對戰事的服務，如斯而已。」〔註43〕

回顧歷史正是為了現在，我們可以看到抗日戰爭中現實主義政治功利化的現實合理性如今已成為歷史合理性，我們更可以看到大後方文藝工作者於獨特體驗和自由表達中對戰時生活復現的藝術多樣化的歷史必然性如今將成為現實必然性。

二、大後方的文學傳播

如果說 1937 年 7 月 7 日在中國東部城市北平所爆發的盧溝橋事變，證實了中國的抗日戰爭已經由局部戰爭轉為全面戰爭，那麼，1937 年 11 月 20 日國民政府遷往中國西部城市重慶，則表明了中國抗日戰爭的大後方已經由戰前的戰略預設，最終成為八年戰火中的抗戰現實。國民政府遷渝是為了堅持長期抗戰這一政略與戰略相一致的戰時需要——這正如《遷都宣言》中所說的那樣：「國民政府茲為適應戰況，統籌全局，長期抗戰所見，本日起遷駐重慶。以後將以最廣大之規模從事更持久之戰鬥」，「繼續抗戰，必須達到維護國家民族生存獨立之目的。」〔註44〕所以，大後方不僅僅是中國政治中心由東向西轉移的戰時區域，同時也是中國文化中心由東向西轉移的戰時區域，由此促進大後方的戰時全面發展。僅僅從大後方文化構成之一的大後方文學這一視角來看，可以說整個大後方的文學發展狀態，從戰前的幾乎滯後中國東部 20 年，到抗戰八年中轉而引領中國文學的戰時發展，在主導著中國文學現代發展的同時，大後方文學成為中國現代文學抗戰時期的主流。

問題在於，如何認定文化中心與文學中心的確是在抗戰八年之中完成了由東向西的大後方轉換呢？曾經被提出過的判斷尺度就是：「文化中心以編輯出版事業為標誌」。〔註45〕不過，如果過於強調編輯的出版功能，而抽去了出

〔註43〕茅盾：《還是現實主義》，《戰時聯合旬刊》第 3 期，1937 年 9 月 21 日。
〔註44〕《國民政府公報》渝字第 1 號，1937 年 12 月 1 日。
〔註45〕姚福申：《中國編輯學》，復旦大學出版社，1990 年，第 410～411 頁。

版功能中三位一體的印刷與發行，也就去掉了出版事業的傳播可能性。所以，從文化與文學的大眾傳播來看，較為客觀的判斷尺度應該是——文化中心與文學中心同時也是出版中心，而出版物的質與量無疑成為衡量文化中心與文學中心能否形成的直接標誌。

在這樣的認識前提下，可以說，從抗戰伊始在大後方，開始逐漸出現了重慶及桂林這樣兩個戰時文學中心雛形。然而，能夠最終能夠成為大後方文學中心的，到底是重慶還是桂林，抑或是兩者均是呢？

顯然，較之桂林，重慶不僅是戰時首都，而且是舉國陪都——1940 年 9月 6 日國民政府正式設立陪都於重慶——「四川古稱天府，山川雄偉，民物豐殷，而重慶縮轂西南，控扼江漢，尤為國家重鎮。政府於抗戰之初，首定大計，移駐辦公。風雨綢繆，瞬經三載。川省人民，同仇敵愾，竭誠紓難，矢志不移，樹抗戰之基局，贊建國之大業。今行都形式，益臻鞏固。戰時蔚成軍事政治經濟之樞紐，此後更為西南建設之中心。恢宏建置，民意僉同。茲特明定重慶為陪都，著由行政院督飭主管機關，參酌西京之體制，妥籌久遠之規模，藉慰輿情，而彰懋典」。〔註46〕因此，國民政府明定重慶為陪都之後，每年的 10 月 1 日，也就被同時定為「陪都日」。1940 年 10 月 1 日，在陪都重慶行了慶祝首屆「陪都日」的盛大集會。當天陪都重慶各報紛紛發表社論，《新華日報》社論中首先指出：「明定重慶為陪都，恢宏建置，一由於重慶在戰時之偉大貢獻，再鑒於重慶在戰後之發展不可限量」。《新華日報》社論中最後認為：「把中華民族堅決抗戰的精神發揚起來，這是我們慶祝陪都日最重要的意義」。

由此可見，無論是從政治中心的西遷來看，還是從文化中心的西移來看，陪都重慶的文學發展空間始終都居於大後方的中心地位，並且延續到抗戰勝利之後區域文化與文學的發展之中。然而，桂林不僅未能獲得如同陪都重慶同樣的文學發展空間，而且在抗戰後期曾經一度淪陷，實際上也就導致桂林最終未能成為與陪都重慶相媲美的大後方文學中心，而真正成為大後方文學中心的就只能是陪都重慶，這一點，可以由陪都重慶文學期刊來加以直接判明。

在中國抗日戰爭全面爆發前的重慶，僅僅是到了 1936 年底，才創刊了第一個文學期刊《春雲》。隨著國民政府在 1937 年底遷往重慶，以《抗戰文藝》

〔註46〕《國民政府公報》渝字第 270 號，1940 年 9 月 7 日。

為代表的一批文學期刊，在重慶陸續復刊、隨後在陪都重慶又陸續創刊了一些文學期刊；尤其是在 1940 年 9 月，重慶被國民政府明定為陪都之後，遷來陪都重慶的文學期刊逐漸增多，其中較為知名的有《文藝陣地》等。不過，進入抗戰後期以來，在陪都重慶湧現出一大批新創刊的文學期刊，僅僅根據重慶圖書館編印的《抗戰期間重慶版文藝期刊篇名索引》之中的相關期刊索引統計，整個抗戰期間在陪都重慶出版的文學期刊，就達到 50 種之多，其中抗戰前期出版了 17 種，而抗戰後期出版了 33 種，抗戰後期出版的「文藝期刊」，大約是抗戰前期出版的「文藝期刊」的兩倍，更為重要的是，抗戰後期在陪都重慶出版的「文藝期刊」，較之抗戰前期陪都重慶出版的「文藝期刊」，基本上都是以創刊為主，而不是抗戰前期那樣的以復刊為主。

這不僅表明陪都重慶已經成為抗戰時期大後方文學期刊的出版中心，而且更證明陪都重慶已經成為抗戰時期中國文化發展的全國中心。

在這裡，僅就抗戰時期出版的抗戰區文學期刊，尤其是大後方文學期刊這一範圍內，首先進行對比性分析。在公開出版的《抗戰文藝報刊篇目彙編》之中，可以看到的就是，其中所編入的「抗戰文藝期刊」，就收入了抗戰區各地出版的 60 餘種文學期刊，儘管並非能夠呈現出大後方文學期刊出版的全貌，但是，在陪都重慶出版的文學期刊在其中依然占著主要地位。如果將同樣於 1984 年面世的《抗戰期間重慶版文藝期刊篇名索引》，〔註47〕與《抗戰文藝報刊篇目彙編》進行對比，〔註48〕就可以看到——《抗戰期間重慶版文藝期刊篇名索引》中所收入的陪都重慶出版的「文藝期刊」，在數量上就遠遠超過《抗戰文藝報刊篇目彙編》所編入的陪都重慶出版的「抗戰文藝期刊」。

之所以出現這一現象的主要原因，是長期以來在文學期刊整理之中存在著的政治意識形態影響之下，形成了左、中、右三分的整理模式：在對現代文學期刊進行整理的過程之中，一般會排除所謂的右翼文學期刊，而以所謂的左翼文學期刊為主，再兼收所謂的中間文學期刊。所以，《抗戰文藝報刊篇目彙編》在彙編入《群眾》這樣的政治理論刊物的同時，卻未能夠彙編進類似《民族文學》、《文藝先鋒》這樣一些「抗戰文藝刊物」。

事實上，這一「抗戰文藝期刊」整理中出現的人為疏漏現象，無疑表明

〔註47〕重慶圖書館編印：《抗戰期間重慶版文藝期刊篇名索引》，1984 年版。
〔註48〕王大明、文天行、廖全京編：《抗戰文藝報刊篇目彙編》，四川省社會科學院出版社，1984 年版。

左、中、右三分模式的影響是具有普遍性的，因為即使是在重慶市圖書館編印的《抗戰期間重慶版文藝期刊篇名索引》之中，仍然有一些已經館藏的「抗戰文藝期刊」沒有能夠被編入，比如說在抗戰後期出版的《文化先鋒》這樣的「抗戰文藝期刊」。所有這一切，無疑表明了長期以來對於「抗戰文藝期刊」的整理工作，還沒有能夠完全做到尊重歷史事實，堅持學術立場，從而更加證明了在現代文學期刊整理之中打破左、中、右三分模式，對於當前的「抗戰文藝期刊」整理來說，是十分迫切的，要真正做到對「抗戰文藝期刊」進行全面而深入的整理，尚需從根本上認識到「抗戰文藝期刊」整理的學術性。

這就在於，整理不僅具有史料發掘的重現價值，而且更具有史料梳理的原創價值，因而史料整理在需要重建自身學術規範的同時，更需要的是重估自身的學術價值。只有在進行如此的學術規範重建與學術價值重估的學術性研究過程之中，才可以說包括「抗戰文藝期刊」在內的現代文學史料的整理工作，將自然會擁有屬於自身的學術性研究的學科地位，簡言之，也就是——學術性的史料整理本身就已經是研究。

在這裡，首先需要加以指出的是：所謂的「抗戰文藝期刊」，主要是指在中國抗日戰爭時期在以陪都重慶為中心的抗戰區，尤其是大後方所出版的文學期刊，這是因為「抗戰文藝」不僅僅是與抗日戰爭緊密相聯的戰鬥文學，而且更是與戰時生活息息相關的中國文學。其次需要加以說明的是：陪都重慶的文學期刊，不僅能代表著抗戰時期「抗戰文藝期刊」出版的戰時水平，而且更是以其發表的「抗戰文藝」推進著中國文學的戰時發展，標明了中國抗日戰爭時期文學發展的時代主流與現代方向。由此可見，對陪都重慶的文學期刊進行學術研究的必要性與重要性，尤其是對陪都重慶文學期刊進行整理的現實性與緊迫性。在此僅就陪都重慶文學期刊在八年抗戰期間出現的階段性變化進行相關討論。

從中國抗日戰爭全面爆發的歷史進程來看，出現了抗戰前期與抗戰後期的階段性變化，而其階段性分界點，就是 1941 年 12 月 8 日：隨著日軍偷襲珍珠港，太平洋戰爭爆發，中國、美國、英國隨之正式對日宣戰，第二次世界大戰的反法西斯陣營最終形成，中國抗日戰爭成為世界性的反法西斯主義戰爭之中不可分離的重要組成部分，與此同時也跨入了世界範圍內的民族獨立

解放與民主主義興起的歷史新階段。〔註49〕所有這一切，直接就促使陪都重慶的文學期刊表現出階段性的變化來，並且得到了陪都重慶文學期刊在從抗戰前期的以復刊為主，到抗戰後期的以創刊為主的共時性演變之中的歷時性印證。

這一變化較為直觀地體現在那些從抗戰之初就創辦，並且能一直堅持辦刊到抗戰後期的文學期刊之中，而先後在陪都重慶復刊的《抗戰文藝》、《文藝陣地》等刊物就出現了這樣的階段性變化。

《抗戰文藝》是中華全國文藝界抗敵協會的會刊，從 1938 年 5 月 4 日在武漢創刊以來，在《發刊詞》中一開始就提出：「文藝——在中國民族解放鬥爭的疆場上，一位身經百戰的勇士！」強調了文藝必須服務於抗戰，以求實現「強固文藝的國防」這一目的。當然，《抗戰文藝》號召文藝服務於抗戰的現實前提是尊重每一個作者的創作自由這一個人權利，而每一個作者以自己的筆為抗戰服務則是完全出於自覺自願的個人選擇。

1938 年 10 月底武漢失守後，不到一個月，《抗戰文藝》就在陪都重慶復刊，仍然堅持著文藝抗戰這一辦刊宗旨。在從抗戰前期轉入抗戰後期的過程中，《抗戰文藝》在 1941 年 11 月出刊了第 7 卷第 4、5 期合刊之後，直到 1942 年 6 月才出刊第 7 卷第 6 期，以進行辦刊宗旨的全面調節，所以在《編後記》中就提出了「抗戰文藝當把握建國意識」，在同年 11 月出刊的第 8 卷第 1、2 合期的《稿約八章》中，具體化為「本刊歡迎來稿，但必須與抗建有關」。這就意味著自從 1938 年 4 月初在《中國國民黨抗戰建國綱領》中提出「抗戰建國綱領」以來，〔註50〕《抗戰文藝》從抗戰前期的側重於文藝服務於「抗戰」，轉為抗戰後期的以「建國」為戰時文藝之中心，由此而擴大到以整個「抗戰建國」作為戰時文學的文化焦點——文學不僅要與民族獨立的解放戰爭有關，也要與民主建國的世界潮流有關，以便包容進整個戰時生活。《抗戰文藝》的這一辦刊宗旨的轉換，不僅使其傳播範圍越來越大，而且也得到了社會各界越來越多的支持，一直出刊到抗戰勝利。

較之中華全國文藝界抗敵協會會刊的《抗戰文藝》，《文藝陣地》是先後由茅盾、樓適夷等人主編的文學期刊。《文藝陣地》於 1938 年 4 月 4 日在廣

〔註49〕 《中國共產黨為太平洋戰爭的宣言》，《解放日報》1941 年 12 月 10 日；《聯合國家宣言》，《新華日報》1942 年 1 月 1 日。
〔註50〕 《中國國民黨抗戰建國綱領》，《新華日報》1938 年 4 月 3 日。

州創刊，在《發刊詞》中就宣稱要高揚「擁護抗戰到底鞏固抗戰的統一戰線」
的大旗，通過文藝的戰鬥來壯大「民族的解放文藝」。1939 年 6 月遷往上海出
刊，遭查禁之後，1941 年 1 月在陪都重慶復刊。應該看到的是，《文藝陣地》
在輾轉廣州、上海、重慶三地的出版過程之中，雖然歷經艱辛，但也曾達到
過一期發行量超過一萬冊的發行高潮。儘管如此，《文藝陣地》由於追求文學
的專門性，無疑使其在文學市場上的道路越走越狹窄。

　　1942 年 7 月出刊的第 6 卷第 6 期《文藝陣地》，其上就刊登了《本刊七
卷革新啟事》，提出《文藝陣地》「願做到專為從事文藝工作的人們在進修上
不可離的伴侶」，轉向了文學的批評與譯介，尤其是在譯介外國文學時，重點
譯介蘇聯文學。儘管可以說這一「革新」看重文學自身的發展，尤其是注重
文學理論的研究與外國文學的譯介，但是從文學市場的需求來看，也就難以
避免失去曾經一度較為龐大的讀者群，從面向全社會轉向面對文藝工作者，
自然就會在縮小文學市場消費群體的同時，導致文學期刊本身難以得到來自
文學市場的有力支撐。因此，《文藝陣地》在出刊到第 7 卷第 4 期即停刊，隨
後以「文陣新輯」的名義陸續出版叢刊，一直堅持到 1944 年 5 月。

　　儘管《抗戰文藝》與《文藝陣地》在從抗戰前期到抗戰後期所出現的階
段性變化，都進行過辦刊宗旨的自我調節，然而，是適應戰時生活的變化以
滿足社會的文學需要，還是偏重文學的專門而偏離文學的市場需求，從根本
上看，勢必成為決定著文學期刊能否在陪都重慶辦下去的一個最根本的原因。

　　不可否認的是，陪都重慶的文學期刊，從整個數量上看的確是達到了 50
種，然而，能夠從抗戰前期一直出刊到抗戰後期的畢竟只有少數。因此，更
多的文學期刊，或者是僅僅出現於抗戰前期，或者是僅僅出現於抗戰後期，
之所以如此的諸多原因，都應該置於戰時生活之中，並且結合文學期刊自身
的特點，來加以討論，以便能揭示其階段性出現的主要原因。在此，仿擬文
學期刊整理左、中、右三分模式，選取通常被認為是或左或中或右這樣的三
類期刊樣本，來進行相關討論。

　　在抗戰前期，1936 年 12 月在重慶本地創刊的文學期刊《春雲》，主要是
由文學青年創辦的同人文學刊物，並且得到來自本地企業所提供的辦刊經費
資助，顯然是可以歸入所謂的中間文學期刊這一類了。隨著抗日戰爭的全面
爆發，《春雲》的辦刊水準，雖然在來自全國各地的作家的支持下有所提升，
但是與其他在陪都重慶復刊的文學期刊相比較，其讀者群仍然偏小，難以在

文學市場上與其他文學期刊爭鋒，尤其是隨著日本帝國主義飛機對陪都重慶的連續轟炸，陪都重慶市區人口疏散，導致了辦刊經費資助的中斷。所以，《春雲》在 1939 年 4 月出刊至第 5 卷第 1 期就停刊了。

《七月》在 1937 年 10 月由胡風個人創刊於上海，《發刊詞》中就提出：「在神聖的火線後面，文藝作家不應只是空洞地狂叫，也不應作冷漠的細描，他得用堅實的愛憎真切地反映出蠢動著的生活形象。在反映裏提高民眾底情緒和認識，趨向民族解放的總的路線」。由此可見，《七月》這一所謂的左翼文學期刊，仍然在延續著「民族革命戰爭的大眾文學「這個一貫的主張，表現出中國抗日戰爭的全國方向來。

《七月》在 1937 年 10 月遷往武漢，1938 年底遷來陪都重慶，1941 年 9 月停刊。在陪都重慶復刊後的《七月》，仍然堅持「與讀者一同成長」的辦刊主張，發表了大量文學新人的作品，先後出版了「七月詩叢」、「七月文叢」，在以陪都重慶為中心的大後方文壇上產生了較大影響，形成了「七月詩派」。被稱為「半同人刊物」的《七月》，〔註51〕之所以停刊，主要與個人籌集辦刊經費較為困難有關，再加上胡風還要主持《抗戰文藝》研究部的文學理論研究工作，個人精力也相對有限。

1931 年在南京創辦的《文藝月刊》，由王平陵主編，通常被認為是所謂的右翼文學期刊，抗戰全面爆發後，在 1937 年 10 月改版為《文藝月刊‧戰時特刊》出刊。王平陵在改版後的第一期上發表《深入田間宣傳的藝術》一文，提出抗戰的文藝就是要進行全面的抗戰宣傳。1937 年 11 月從南京遷往武漢，1938 年 6 月遷來陪都重慶，1941 年 11 月停刊。

《文藝月刊‧戰時特刊》停刊的原因，如果從《文藝月刊‧戰時特刊》本身來看，主要是由於越來越偏重文學理論與文學評論，同時又加大外國文學譯介的分量，而與戰時生活直接相關的作品和文章則日漸減少，這就使得《文藝月刊‧戰時特刊》的讀者不斷減少，而在文學市場上對於《文藝月刊‧戰時特刊》需求也就相應地越來越小，從而在難以為繼之中，使《文藝月刊‧戰時特刊》陷入了停刊的市場厄運。

由此可見，即使是按照通常的左、中、右三分模式來看，無論是似乎應算是居中的文學期刊《春雲》，還是似乎應算是偏左的文學期刊《七月》，乃至於似乎應算是偏右的文學期刊《文藝月刊‧戰時特刊》。都同樣遭遇到不得

〔註51〕曉風：《胡風創辦〈七月〉與〈希望〉》，《新文學史料》，1993 年第 3 期。

不在抗戰前期停刊的市場命運。所以，從抗戰前期陪都重慶的文學期刊停刊的原因來看，則主要是隨著戰時生活環境的日趨艱難，文學期刊的市場生存尤為困難，特別是辦刊經費的缺乏猶如雪上加霜，停刊也就成為它們的共同宿命。

所以，與其說抗戰前期陪都重慶的文學期刊具有所謂的政治傾向性，還不如說它們擁有文學期刊的市場自主性。以 1940 年 1 月在陪都重慶創辦的《文學月刊》為例，該刊由一群曾經是「左聯成員」的年青中國共產黨人組建編輯部，無論是在「民族形式」的論爭之中，還是在「現實主義論爭」之中，《文學月報》都是主動為論爭雙方提供發表陣地，並且通過對論爭進行積極的引導，來促成共識的盡快達成。儘管如此，《文學月刊》在一年以後的 1941 年 6 月，因為專注於陪都重慶文壇上一次又一次的論爭而出現經費周轉困難，從而不得不最終停刊。

在抗戰後期的陪都重慶，以所謂的左、中、右三分模式來審視此時出版的文學期刊中，過去被認為偏於左的應是《中原》，偏於中的應是《時與潮文藝》，偏於右的應是《文藝先鋒》。

1943 年 4 月，《中原》創刊，到 1945 年 10 月停刊。《中原》由郭沫若主編，他在創刊號上發表的《編者的話》一文中，就這樣寫道：「園地是絕對公開，內容是兼收並蓄，只要是合乎以文藝為中心的範圍，只要能認為對於讀者多少有一些好處，我們都一律歡迎。」所以，《中原》主要刊發有關文學理論研究與外國文學譯介方面的文章與作品。這樣一來，據說是提升了刊物的所謂文化內涵，然而其結果則是——在曲高和寡之中縮小了本來應有的讀者群。因此，不僅不利於《中原》對文學市場的開拓，而且更減弱了《中原》在陪都重慶文壇上本來可能發生的應有影響。

必須指出的是，《中原》由郭沫若親屬所籌辦的群益出版社印刷發行，本來看起來是有助於《中原》迅速地擴大社會傳播與影響的。然而，群益出版社在出刊《中原》的同時，更是出版了多種文學叢書，並且在抗戰後期大量文學叢書出版的市場競爭之中難以勝出，從而擠佔了不少經營資金，直接影響到《中原》的按時出刊，其出刊週期顯得過長，從創刊到停刊，在整整兩年的時間內，僅僅出刊 6 期，這樣一來，《中原》不要說是月刊，恐怕是連季刊也算不上。

《時與潮文藝》是 1943 年 3 月創刊的文學雙月刊，由時與潮社的孫晉三

主持編務。在抗日戰爭勝利後的 1946 年 5 月停刊。《時與潮文藝》在《發刊詞》中提出——「我們相信，一個民族的精神，最明顯地表現在它的文學藝術中，所以，要徹底瞭解我們的世界，我們還需要更深掘到民族靈魂源泉」。這就表明，《時與潮文藝》旨在追求民族精神現代重建之中的中國文學發展。

　　《時與潮文藝》除了發表較多的有關戰時生活的創作作品之外，在文學批評方面比較關注陪都重慶的文學運動，特別是作為陪都重慶文學運動中堅的戲劇運動；在外國文學譯介方面，則重點關注歐美文學創作及思潮的當下新發展，從而在吸引眾多讀者的同時，在文壇上也引發了較大的影響。《時與潮文藝》停刊的基本原因就是：隨著抗戰勝利之後「復員潮」的泛起，從編者、作者到讀者都紛紛離開陪都重慶而重返故里，曾經的市場輝煌蕩然無存。

　　《民族文學》由陳銓主編，創刊於 1943 年 7 月，停刊於 1944 年 1 月，共出刊 5 期。這是 1942 年以來關於「民族文學運動」這一具有對抗性的理論論爭在陪都重慶平息之後，「民族文學運動」的理論鼓吹最終走向了「民族文學」創作的刊物發表。《民族文學》的創辦目的，自然就是要實現陳銓所提出的以下主張——「中華民族有中華民族的特殊環境與特殊環境下所形成的特殊條件，一定要運用自己的語言和題材去創作，才能成為真正有價值的文學。」〔註 52〕

　　《民族文學》在貫徹這一理論主張之中，即使能夠發表一些「真正有價值」的作品，但是，由於《民族文學》堅持其「特殊」的理論立場，並以之作為衡量作品創作發表的「特殊」判斷基準，致使《民族文學》在偏執個人文學理念之中偏離了中國文學運動發展的戰時主流，因而在短短時間內就難以繼續出刊。

　　由此可見，在抗戰後期文學發展趨向多元選擇之中，陪都重慶的文學期刊在數量增多的同時，能否注重文學自身的價值以滿足社會各階層讀者的閱讀需要，已經成為文學期刊是生存還是死亡的市場試金石。

　　當然，這並不是說在抗戰後期，陪都重慶的文學期刊沒有出現刊物的政治傾向性。問題在於，這樣的政治傾向性是否利於文學期刊的生存。事實上，在抗戰後期的陪都重慶，已經出現了具有強烈政治傾向性的黨派文學期刊。其中的黨派文學期刊之一，就是創刊於 1942 年 10 月 10 日的《文藝先鋒》。同年 12 月擔任中國國民黨中央宣傳部部長的張道藩，在創刊號上發表《敬致

〔註52〕陳銓：《民族文學運動試論》，《文化先鋒》第 1 卷第 9 期，1942 年 10 月。

作家與讀者——本刊的使命與期望》一文，提出要「加強全國文化界總動員」，以「促進三民主義文藝建設」。這樣一來，文學刊物的政治傾向性似乎已經達到了黨派性的空前高度。

不過，無論是從《文藝先鋒》的作者群來看，還是《文藝先鋒》發表的諸多作品來看，在抗戰後期，在《文藝先鋒》上更多地表現出是文學期刊應有的文學包容性，從而與抗戰勝利以後由「抗戰建國」轉向「勘亂建國」的《文藝先鋒》之間，呈現出明顯的辦刊差異來。當然，《文藝先鋒》為了保持這一文學包容性，不得不將具有黨派性的「三民主義文藝」理論與批評，納入在同時創刊的《文化先鋒》之中，由此顯現出執政黨在推行「三民主義文藝建設」中的良苦用心。

較之文學期刊的出版而言，類似的狀況也出現在各類報紙所刊出的文學副刊之中。除了陪都重慶本地出版的《新蜀報》、《商務日報》等知名度較高的報紙之外，在全國影響較大的外地報紙如《大公報》、《時事新報》等，也先後遷往陪都重慶出版。與此同時，在陪都重慶不僅出版了隸屬於國民政府軍事委員會的《掃蕩報》，更是出版了政黨報紙《中央日報》與《新華日報》，以體現出國共合作抗日的舉國一致。這就呈現出抗戰時期大後方文學運動中文學副刊之所以層出不窮的歷史語境來。

1939 年 1 月 28 日至 30 日，中國青年新聞記者學會總會在陪都重慶舉行了全國報紙期刊展覽會，共展出來自 20 多個省市報紙達 100 多種。就所有這些展出的報紙來看，陪都重慶出版的報紙無論是在影響上，還是在數量上，均佔有極大的優勢。如《中央日報》、《掃蕩報》、《大公報》不僅出版了重慶版，而且出版了多種外地版。〔註 53〕更為重要的是，在這些報紙上湧現了與文學相關的多種多樣的副刊，而所有這些副刊可以分為兩大類：第一類是部分發表文學作品與文學評論的綜合性副刊，在本地報紙《商務日報》上，就先後刊出了《烽火》、《中青副刊》、《綠洲》、《巴山》、《錦城》等綜合性副刊；第二類是專門發表文學作品與文學評論的專門性副刊，同樣在本地報紙的《新蜀報》上，也先後推出了《蜀道》、《七天文藝》、《新語》、《處女地》等專門性副刊，也就是嚴格意義上的文學副刊。這就意味著文學副刊已經成為與文學期刊同樣重要的文學傳播陣地。

早就以文學副刊聞名全國的《時事新報》與《大公報》，在陪都重慶出版

〔註 53〕郝明工：《陪都文化論》，烏魯木齊，新疆大學出版社，1994 年，第 97 頁。

之時，在困難重重的戰時條件下仍然堅持住出刊文學副刊的一貫宗旨。在《時事新報》上不僅繼續推出堪稱文學副刊品牌的《學燈》與《青光》，分別進行文學理論探討與文學創作批評，還先後出刊《戲劇》、《文座》等文學副刊。對於《大公報》來說，除了在短時間內出刊了《戰國》這一綜合性副刊之外，更是從抗戰伊始就出刊《戰線》這一文學副刊，到 1943 年 10 月 30 日，在出刊996 期後停刊，但這「只算告一段落，不是夭折」，為的是「每週改出《文藝》一次」，隨後《文藝》在陪都重慶一直出刊到抗戰勝利之後。為什麼要改出《文藝》呢？其原因就在於《文藝》本是《大公報》桂林版出刊的文學副刊，由於侵略的戰火逼近桂林，並於 1943 年 11 月 11 日淪陷敵手，故而《文藝》於1943 年 10 月 31 日停刊，出刊 298 期。然而，令人不解的是在現有編入文學副刊目錄的正式出版物之中，只收入了《大公報》桂林版出刊的文學副刊《文藝》，〔註54〕而沒有之後在陪都重慶出版的《大公報》上接著出刊的《文藝》，更不用說出刊時間長達 6 年的《戰線》了。這無疑表明，即便是進行文學副刊整理，在事實上還面臨著這樣或那樣的意識形態遮蔽的種種可能。

由於這樣的遮蔽現實地存在著，直接影響到對於同屬政黨報紙《中央日報》與《新華日報》如何進行文學副刊的整理。就目前的整理現狀而言，不僅僅是《中央日報》刊出的文學副刊沒有得到應有的整理，即便是《新華日報》出刊的文學副刊也沒有得到相應的整理。在《新華日報》上，除了從《團結》到《新華副刊》這一「文化性的綜合副刊」之外，文學副刊《文藝之頁》也沒有整體納入文學副刊目錄之中。〔註55〕事實上，正是在 1942 年 6 月 12 日出版的《新華日報》第四十八期《文藝之頁》，發表了蕭軍的《對於當前文藝諸問題底我見》一文，首次公開披露了「五月二日由毛澤東、凱豐兩同志主持舉行過一次文藝座談會」這一重大事件，至少為重新認識「延安整風」提供了難得的史料。而在《中央日報》上，同樣出現了類似《中央副刊》這樣的諸多綜合性副刊，最為出名的應該是文學副刊《平明》。不過，《平明》之所以出名，當初據說主要是其因為鼓吹「與抗戰無關論」，自然也難以被收入任何正式出版的文學期刊目錄之中去。當然，在時過境遷的當下，這一歷史的誤認

〔註54〕王大明、文天行、廖全京編：《抗戰文藝報刊篇目彙編》，四川省社會科學院出版社，1984 年，第 252 頁。

〔註55〕「重慶《新華日報》文藝專題索引」，王大明、文天行、廖全京編：《抗戰文藝報刊篇目彙編》，四川省社會科學院出版社，1984 年。

已經得到澄清，因而《平明》這一文學副刊的整理，理應提上議事日程，至少《平明》對於抗戰文學運動，特別是抗戰戲劇運動的大力倡導，顯然是有利於對中國現代文學戰時發展進行歷史重估的。

通過對陪都重慶的文學期刊與文學副刊進行的一系列討論，可以看到的就是——隨著抗日戰爭的全面爆發，從政治中心到文化中心均呈現出由東向西的中國轉移，在出現了大後方的同時也形成了陪都重慶這一文學中心。陪都重慶的文學期刊與副刊，不僅在大後方文學期刊與副刊之中佔據了數量上的優勢，而且從抗戰前期到抗戰後期更是湧現了一大批具有廣泛影響的文學期刊與文學副刊，直接標示著大後方文學中心的最終形成。

陪都重慶文學期刊與副刊的戰時傳播表明：只有在保持文學包容性這一基本前提之下，大後方文學期刊與副刊所顯現出來的某種政治傾向性，才會具有一定的現實合理性，從而有利於全民抗戰與長期抗戰。不可否認的是，大後方文學期刊與副刊在戰時體制下，除了在獲取政治資源的可能支撐之外，只有重視文學期刊與副刊自身在多樣選擇之中的市場自主性，才有可能真正保障文學期刊與副刊的市場生存，使之能夠持續推進自身的發展，最終真正成為大後方文學之中的主導性刊物與副刊，從而成為中國現代文學戰時發展中文學期刊與副刊的標誌性典範。

第一章　陪都文學的文化特徵

一、文學發展的戰時性

對於陪都文化與文學，應該如何進行歷史與現實相一致的再認識，實際上涉及到對於抗戰時期重慶的文化地位與文學地位如何進行歷史評價的問題，換句話說，也就是陪都重慶文化與文學在抗日戰爭時期究竟發揮著什麼樣的現實作用。更為重要的是，對於陪都文化與文學這一區域文化與文學現象的研究，將關係到能否進行抗日戰爭時期中國文化與文學區域化發展這一研究領域的學術性開拓。因此，陪都重慶文化與文學，有可能成為有關區域文化與文學研究之中的一個中國範例，在為區域文化與文學研究提供具有典範性的現象樣本的同時，也為區域文化與文學研究提供具有學術性的理論基點。

在此，一切將不得不從「陪都」一詞的語義辨析來開始。在漢語中對於「陪都」與「行都」的區分與運用，可以追溯到先秦時期，並且至少從歷史到文學的文本之中得到相關的印證。所謂「陪都」，即「在首都之外另設的一個都城。如周代的洛邑，宋代的建康，李白《永王東巡歌》：『王出三江按五湖，樓船跨海次陪都』」；而所謂「行都」，則為「在首都之外另設的一個都城，以備必要時政府暫駐。《宋史·黃褒傳》：『出攻入守，當據利便之勢，不可不定行都』」。〔註1〕由此可見，「陪都」與「行都」之間的語義差異，主要在於是否成為「政府暫駐」之地，兩者相同之處更在於並非是對於首都的取而代之。當然，一個詞的語義往往會隨著時代的更替而發生衍變，但萬變不離其宗，

〔註 1〕「陪都」，《辭海（上）》上海辭書出版社 1979 年版，第 1005 頁；「行都」，《辭海（中）》上海辭書出版社 1979 年版，第 1823 頁。

「在首都之外另設的一個都城」的基本義將是穩定的。

那麼，「陪都」的語義發生了什麼樣的現代衍變呢？當下有關「陪都」的一個英語譯名 Temporal Capital，正好提供了一個就其語義衍變而進行辨析的語義用起點。這是因為，如今每當有關陪都重慶文化與文學研究的一些學術論文得以發表的時候，由於要與國際學術規範接軌，於是乎需要一個英語的篇名與摘要及關鍵詞來「陪伴」著。就目前所見到的對於「陪都」英語譯名來看，就是 Temporal Capital。只不過，這樣的英語譯名，從直譯的語義來看，不過是「臨時首都」。但是，從漢語中對於「行都」與「陪都」的語義區分來看，其基本義倒應該是用以「陪伴」作為一國之正式首都的「另設的一個都城」，也就是從屬於國都的具有著與國都相類似的行政功能的預備性質的非正式首都，簡言之，就是國都之外的「副都」即「陪都」。在這樣的基本語義規定下，「陪都」用英語來硬譯，似乎倒應該是「Vice Capital」。一般地說，在一個國家之內，只有在戰爭爆發的情況下，中央政府被迫遷移，才有可能由於國都的淪陷，促使陪都成為戰時首都，即臨時國都。由此可見，「陪都」一詞的基本義應該是「副都」，而衍生義則是「臨時首都」。或許因為如此，當年的陪都重慶，其英語譯名就是「Provisional Capital」，既是國都之外具有預備性質的副都，又是國都之外的臨時首都。

從陪都的基本義來看，一個城市能否成為陪都，往往與其是否成為將發揮全國影響的區域文化中心有關，具有著較高的經濟發展速度、較強的政治控制效率、較快的社會意識演變，從而成為民族國家之中與國都相似的、具有較大文化凝聚力的中心城市。不可否認的是，對於國都與陪都的行政性確認，事實上雖然是直接取決於執掌一國政權的執政者，然而，這並不意味著可以任意對一個城市進行這樣的行政性確認。一個政府要進行這樣的確認，除了必須認可這一城市在全國文化發展過程中所擁有的區域中心地位之外，還必須選擇進行確認的時機，而這一時機往往是與國家的政治需要緊密相關的，特別是在面臨戰爭威脅之下，進行從政略到戰略的重大調整，從而才有可能確立這一城市在戰爭之中所可能發揮出來的戰時首都的文化功能。這也就意味著只有當一個城市成為區域文化中心之後，才有可能被確認為陪都。正是基於這一前提，無論是作為「副都」的陪都，還是作為「臨時首都」的陪都，都是與區域文化中心的這一城市保持著從空間到時間上的階段性一致。

事實上，對於 20 世紀的中國來說，僅僅是在抗日戰爭時期這一歷史階段

之中，由執政者基於從政略到戰略的現實需要，在抗日戰爭的局部發生之時就提出必須設立陪都，以有利於進行持久戰爭，隨著抗日戰爭的全面爆發，在國民政府遷往重慶之後，正式確立重慶為中華民國陪都，來作為戰時首都的所在地。顯而易見的是，正是戰時首都的確立，才將陪都一詞所蘊涵著的副都與臨時首都的語義進行了統一，從而也就賦予陪都重慶文化與文學以戰時性這一抗戰時期中國區域文化與文學的發展特徵。

　　儘管人們已經習慣於將中國抗日戰爭時期稱作「八年抗戰」，不過，中國抗日戰爭時期的起點，僅僅是從時間上來看，就應該是 1931 年「9‧18 事變」，因為從那一天開始，局部戰爭向著全面戰爭演變的可能性日漸突出而成為現實性的事實。這就表現在數月之後 1932 年「1‧28 事變」的再度爆發——日本帝國主義的侵略戰火，已經從關外的瀋陽燃燒到關內的上海，直接威脅著國都南京。在 1932 年 1 月 29 日出刊的《中央週刊》上，發表了《外交部對淞滬事變宣言》，就明確指出所以，「1‧28」事變已經導致了「對於首都加以直接危害與威脅」這樣的嚴重後果。第二天，也就是 1932 年 1 月 30 日，國民政府發布《國民政府移駐洛陽辦公宣言》，宣布自即日起移駐洛陽辦公。2月 1 日，蔣中正在徐州召開軍事會議，商討對日軍事防禦；2 月 6 日，國民政府軍事委員會成立。由此可見，此時的中國執政者不得不面對這一嚴酷的戰爭現實，而如何確立陪都，也就具有了從政略到戰略的緊迫性。

　　1932 年 3 月 1 日，中國國民黨第四屆二中全會在洛陽召開。時任國民政府行政院長的汪兆銘在開幕詞中指出：「此次會議的第一要義」，就是要決定「我們今後是否仍然以南京為首都，抑或應該在洛陽要有相當時間，或者我們更要另找一個適宜的京都」。於是，會議通過了《以洛陽為行都以長安為西京》這一提議案，議定「以長安為陪都，定名為西京」；「關於陪都之籌備事宜，應組織籌備委員會，交政治會議決定」。3 月 6 日，中國國民黨中央政治委員會在議決該提議案的同時，又通過蔣中正擔任國民政府軍事委員會委員長的任命。這樣，從抗日的戰略角度來看，設置陪都與行都的現實目的主要是為了進行持久抗戰，這些具體體現在 3 月 10 日中國國民黨中央常委會通過的《鞏固國防長期抗日案》之中。〔註2〕

〔註 2〕中國社會科學院臺灣研究所編：《中國國民黨全書（上）》，陝西人民出版社 2001 年版，第 441～442 頁；榮孟源主編：《中國國民黨歷次代表大會及中央全會資料》下冊，光明日報出版社 1985 年版，第 142、156 頁。

如果從抗日的政略上來看，早在中和民國建立之初的 1912 年，中華民國臨時大總統孫中山就認為：「南京一經國際戰爭，不是一座持久戰的國都」，因而主張要在「西北的陝西或甘肅，建立一個陸都」。〔註 3〕由此可見，在抗擊外來侵略戰爭的過程中，特別是在中國的軍事力量處於敵強我弱的狀態下，進行持久戰具有著從政略到戰略上的理論意義與現實作用。因此，無論是孫中山從理論上第一個提出了持久戰的遠見卓識，並以在中國內地建立「陸都」的方式來予以實施的具體設想；還是中國國民黨、國民政府遵行總理遺訓，為了抗日而制定持久抗戰與設立陪都的國策，都顯現出在政略與戰略相一致的政治前提下，在抗日戰爭時期，在中國大地上陪都重慶的出現，不僅至少是一種難以避免的現實機遇，而且更是一種勢必如此的歷史選擇。

這是因為，對於那些研究中國區域及其城市發展的國外學者來說，重慶早在十九世紀末與二十世紀初，就已經被他們視為是長江上游地區最大的中心城市了——「在十九世紀九十年代，重慶已經成為地區內外貿易的主要中心，從這個意義上說，整個地區可以看做重慶的最大腹地」。這是因為在此時，「顯然，經濟中心只要有可能總是坐落在通航水道上，整個中國都是如此」。這樣，在中國城市化的現代轉型中，較之傳統城市的基本文化功能以政治功能為主，現代城市的基本文化功能則是以經濟功能為主，尤其對於區域文化中心城市來說更是如此。這就難怪在長江上游地區，雖然在「十九世紀早期，成都已明確成為中心都市，而重慶只不過是個地區都會」，然而，「在十九世紀九十年代，成都和重慶這兩個地區大都會的相對經濟中心地位，正處於過渡階段」，以至於最終「這兩個城市的作用卻明確地顛倒過來了」。〔註 4〕這就表明，較之成都，此時的重慶在城市化過程中，已經具備了現代城市的基本功能，使之成為長江上游地區的文化中心城市。

隨著重慶的經濟功能的不斷發展，首先直接影響到重慶的政治功能的相應增長。在辛亥革命爆發以後，重慶蜀軍政府率全川之先，於 1911 年 11 月 22 日宣告獨立，被各省軍政府承認為「四川政治中心」。此後，重慶無論是在

〔註 3〕中華人民共和國公安部檔案館編：《在蔣介石身邊八年》，群眾出版社 1992 年版，第 9 頁。

〔註 4〕〔美〕施堅雅主編，葉光庭、徐自立、王嗣均、徐松年、馬裕祥、王文源譯：《中華帝國晚期的城市》，中華書局 2000 年版，第 343、344 頁。

「二次革命」中，還是在護國戰爭與護法運動裏，都成為兵家必爭之地，隨後又成為地方軍事勢力眼中的一塊肥肉，到 1935 年 2 月，改組後的四川省政府在重慶成立。隨著經濟功能與政治功能的上升，重慶又具備了現代城市文化功能之一的意識功能，來推動思想意識從傳統到現代的更新。以 1919 年的「五四」愛國群眾運動為起點，不僅組織了重慶商學聯合會來推進群眾愛國運動的持久進行，而且成立了中國勤工儉學會重慶分會以促動思想解放運動的繼續深入。〔註5〕

　　由此可見，重慶這一長江上游地區的文化中心城市，到抗日戰爭全面爆發之前，已經具有了經濟、政治、意識這三大基本文化功能，從而為重慶最終成為現代區域文化中心城市奠定了堅實的基礎。這樣，重慶作成長江上游地區的文化中心，顯然已經具備了被選擇成為陪都的基本條件，而能否成為陪都，還得等待選擇的時機。

　　1932 年 5 月 3 日，國民政府公布《西京籌備委員會組織條例》；5 日，中日《淞滬停戰協議》在上海簽字；30 日，國民政府各機關從洛陽遷返南京。6 月 12 日，國民政府主席林森返回南京。11 月 17 日，中國國民黨中央常委會決議中央黨部、國民政府及各院部於 12 月 1 日從洛陽遷回南京。12 月 1 日，國民政府遷回南京，並舉行還都典禮；25 日，國民政府成立建設西北專門委員會，28 日，中國國民黨中央政治委員會議決設立西京市，直轄行政院。至此，20 世紀中國的第一個陪都就出現在西北大地上。

　　但是，剛剛進入 1933 年，日軍在 1 月 1 日挑起榆關事件，在兩天後攻陷山海關，戰火燃起，而戰爭威脅再度降臨。17 日，中國國民黨中央常委會決定將故宮重要古物珍品南移，以避免戰端突起的可能損失。4 月 10 日，國民政府軍事委員會委員長蔣中正在南昌宣稱：「抗日必先剿匪，徵諸歷代興亡，安內始能攘外。在匪未清之前絕對不能言抗日，違者即予最嚴厲處罰」；12 日，蔣中正在南昌舉行的「軍事整理會議」上，又指出「現在對於日本，只有一個法子──就是作長期不斷的抵抗」，也就是在軍事上進行從第一線到第三線「這樣的長期的抗戰，越能持久，越是有利。若是能抵抗三、五年，我預料國際上總有新的發展，敵人自己國內也一定將有新的變化，這樣我們的國家和

〔註5〕重慶市地方志編纂委員會總編輯室編著：《重慶大事記》，科學技術文獻出版社重慶分社 1989 年版，第 38、48、57～63、141、68～70 頁。

民族才有死中求生的一線希望」。〔註6〕這樣，在「安內」與「攘外」之間，孰先孰後，固然首先取決於執政當局的集團利益，但也最終決定於抗日戰爭的中國現狀。

隨著日本對中國的侵略態勢不斷擴大，國民政府軍事委員會制定的1935年度《防衛計劃綱要》中，就明確規劃「將全國形成若干防衛區及核心，俾達長期抗戰之要求」。為了實施這一綱要，1935年1月12日，國民政府軍事委員會行營參謀團抵達重慶，開始對重慶進行從行政、財政、軍事到金融、交通諸多方面的整頓。

1935年3月2日，蔣中正首次飛抵重慶這個當時四川省政府所在地；4日，蔣中正在四川省黨務特派員辦事處舉行的擴大紀念週大會上，發表題為《四川應為復興民族之根據地》演講，強調說：「就四川地位而言，不僅是我們革命的一個重要地方，尤其是我們中華民族立國的根據地，無論從那方面講，條件都很具備，人口之眾多，土地之廣大，物產之豐富，文化之普及，可說為各省之冠，所以古稱天府之國，處處得天獨厚。我們既能有了這種優越的憑藉，不僅可以使四川建設成為新的模範省，更可以使四川為新的基礎來建設新中國」。〔註7〕這實際上就是從政治的角度承認了重慶的區域中心城市地位，直接影響到國民政府對於如何設立陪都的戰時調整。

1935年3月6日，中國國民黨中央常委會通過《中央地方劃分權責綱領》；6月18日，四川省政府決定由重慶遷往成都。10月3日，駐川參謀團奉國民政府令，改組為國民政府軍事委員會委員長重慶行營。在1936年初制定的《國防計劃大綱草案》中，正式確立以四川為對日作戰的總根據地，而重慶行營隨即成立江防要塞建築委員會。1937年3月21日，成渝鐵路開工建築；4月16日川軍退出重慶，中央軍隨即進駐重慶。〔註8〕

這樣，在抗日戰爭全面爆發的前夕，以重慶為核心城市的戰略大後方已

〔註6〕中國社會科學院臺灣研究所編：《中國國民黨全書（上）》，陝西人民出版社2001年版，第442～444頁；木吉雨主編：《蔣介石秘錄（下）》，廣西人民出版社1989年版，第398頁。

〔註7〕《防衛計劃綱要》，國民政府軍事委員會檔案，中國第二檔案館藏；國民政府軍事委員會委員長行營編；《參謀團大事紀》，1937年版，第383頁。

〔註8〕中國社會科學院臺灣研究所編：《中國國民黨全書（上）》，陝西人民出版社2001年版，第449頁；重慶市地方志編纂委員會總編輯室編著：《重慶大事記》，科學技術文獻出版社重慶分社1989年版，第141～144、151～152頁。

經處於逐漸形成之中，重慶也就自然而然地成為國民政府在抗戰時期設立陪
都所可能選擇的主要對象。因此，隨著抗日戰爭的全面爆發，促成了陪都重
慶的出現，不僅是重慶成為中華民國的戰時首都，而且重慶也成為中華民國
永久之陪都。

　　1937 年 7 月 7 日，「盧溝橋事變」發生，標誌著中國抗日戰爭的全面爆
發。從 7 月 8 日到 13 日，國民政府軍事委員會委員長蔣中正，一再電告抗戰
前方將領，強調「盧案必不能和平解決」，應「運用全力抗戰」，並在 31 日發
表《告抗戰全軍將士書》，重申「全力抗戰」的國策。8 月 12 日，中國國民黨
中央常委會決議撤消國防會議及國防委員會，設立國防最高會議，並以國民
政府軍事委員會為最高統帥部；8 月 13 日日軍進攻上海，國民政府隨即發表
《自衛抗戰聲明書》；16 日，國防最高會議常會決議，由國民政府授權蔣中正
為三軍大元帥，統率全國陸海空軍，與此同時，國民政府下達國家總動員令，
劃全國為四個戰區，建立戰時體制。9 月 10 日，國民政府通電全國，誓以必
死決心，求最後勝利；22 日，中央通訊社播發《中國共產黨為公布國共合作
宣言》，次日蔣中正發表《對中國共產黨宣言的談話》，從而標誌著抗日民族
統一戰線的最後形成。於是，中國國民党進行相關政略調整，10 月 15 日，中
國國民黨中央政治委員會議決，以國防最高會議為全國國防最高決策機關，
對中央政治委員會負責；11 月 16 日，中國國民黨中央常務委員會議決，國防
最高會議代行中央政治委員會之職權。這就為抗日民族統一戰線的現實發展
提供了基本條件。〔註9〕

　　11 月 19 日，國民政府國防最高會議主席蔣中正在國防最高會議上，作
了題為《國府遷渝與抗戰前途》的報告，指出：「國府遷渝並非此時才決定的，
而是三年以前奠定四川根據地時早已預定的，不過今天實現而已。」第二天，
國民政府發表《遷都宣言》：「國民政府茲為適應戰況，統籌全局，長期抗戰
起見，本日遷駐重慶，以後將以最廣大之規模從事更持久之戰鬥」，「繼續抗
戰，必須達到維護國家民族生存獨立之目的」。26 日，國民政府主席林森乘船
抵達重慶，十萬民眾齊集碼頭熱烈歡迎。〔註10〕顯然，此次國民政府的到來，
與數年前遷往洛陽已經大不一樣，不是出於一時的權宜之計，而是在戰時體

〔註 9〕中國社會科學院臺灣研究所編：《中國國民黨全書（上）》，陝西人民出版社
　　　　2001 年版，第 454〜455 頁。
〔註10〕《國民政府公報》渝字第 1 號，1937 年 12 月 1 日。

制之下,以重慶為戰時首都,進行戰時文化的重建,從而實現政略與戰略相一致的持久抗戰這一現實需要。這樣,國民政府對於重慶作為戰時文化發展的全國中心的確認,已經毫無疑問,因而也就導致陪都在重慶的最後設立。

當然,對於陪都的設立,不僅必須考慮到在戰時體制下重慶的城市功能是否能夠得到不斷增強,以保障戰時首都的充分發揮作用;而且也必須考慮到在戰時體制下重慶的文化資源是否能夠相應增長,以保證戰時文化重建過程中的諸多需求。所有這一切,都意味著陪都重慶最後設立,必須經過戰時體制的全面檢驗,特別是抗日戰爭的考驗。

戰時體制通過對於戰時文化各個層面進行指令性控制,形成適應抗日戰爭需要的特別發展機制:在經濟上,轉向戰時生產,保障經濟建設的專門性與針對性,國民政府組建經濟部主管戰時工業生產,並將重慶定為大後方工業發展的重點基地,從而確立了重慶作為大後方工業中心的城市地位;在政治上,穩定社會秩序,保證行政管理的有效性和連續性,重慶由四川省轄乙種市改為國民政府行政院直轄市,直接促進了中央機關與地方政府之間的聯繫與督導,有利於市區的擴大與市政建設;在意識上,喚起民眾覺醒,保持思想導向的主流性與及時性,國民精神動員總會在重慶成立,「動員全國國民之精神充實抗戰國力」,使「國家至上,民族至上」的思想深入人心。〔註11〕

在戰時體制下,重慶的戰時文化重建將受到戰火的嚴峻考驗。舉世聞名的「重慶大轟炸」正是日軍對重慶進行「航空進攻作戰」的罪惡「傑作」,其目的就是「壓制、消滅殘存的抗日勢力」,「摧毀中國抗戰意志」,「迅速結束中國事變」,因而進攻重點就是「攻擊敵戰略及政略中樞」,「消滅敵最高統帥和最高政治機關」,「重要的政治、經濟、產業等中樞機關」,尤其是「直接空襲市民」,「給敵國民造成極大的恐怖」。於是,日機從 1938 年 12 月 26 日開始轟炸重慶,「重慶大轟炸」的持續時間之久,生命犧牲之慘烈,寫下了抗日戰爭史上空前的一頁。然而,重慶並沒有在大轟炸之中消失,而是以其嶄新的面貌顯現出不屈不撓的中華民族所創造出來文化奇蹟,以至於多次架機轟炸重慶的日軍飛行員,也不得不哀歎「重慶轟炸無用」,因為「單憑轟炸,使其屈服是不可能的」。〔註12〕

〔註11〕《國民精神總動員綱領》,《新華日報》1939 年 3 月 12 日。

〔註12〕〔日〕前田哲男著,李泓、黃鶯譯:《重慶大轟炸》,成都科技大學出版社 1989 年版,第 38、59、236 頁。

在那些抗戰時期齊集重慶的作家們眼中，正是重慶大轟炸直接促成了中華民族精神的煥然一新——「火光中，避難男女靜靜的走，救火車飛也似的奔馳，救護隊搖著白旗疾走；沒有搶劫，沒有怨罵，這是散漫慣了的，沒有秩序的中國嗎？像日本人所認識的中國嗎？這是紀律，這是勇敢——這是五千年的文化教養，在火與血中表現它的無所侮的力量與氣度！」〔註13〕更是在大地上出現了這樣的「陪都轟炸小景」——「廢墟上熱騰的從草棚噴出麵香，／時髦男女的笑聲落滿污黑座頭，／生活原沒有固定大小，固定尺寸，／戰爭教大家懂得幸福的伸縮性。」〔註14〕無論是五千年文明所養育而成的民族精神在戰時生活中的復興，還是抗日戰爭所薰陶出來的樂觀態度在戰時生活中煥發，都是基於一個共同的信念——抗戰到底！——「『寧為玉碎，不為瓦全』。必須吾人人抱定最大之決心，而後整個民族乃能得徹底解放。」〔註15〕

所以，一切為著抗戰到底，讓文學服務於抗戰已經成為每一個中國作家的最大心願，而陪都重慶文學運動成為抗戰時期中國文學運動，尤其是為大後方文學運動的中堅與核心。這是因為「在這一大塊遼闊的土地上，有著四萬萬五千萬的同胞姊妹們，說著同樣的言語，用著同樣的文字，有著同樣的民族性」，「我們相信，我們的文藝的力量定會隨著我們的槍炮一齊達到敵人身上，定會與前線上的殺聲一同引起全世界的義憤與欽仰。最辛酸，最悲壯，最有實效，最不自私的文藝，就是我們最偉大的文藝。它是被壓迫的民族的怒吼，在刀影血光中，以最深切的體驗，最嚴肅的態度，發為和平與人道的呼聲。」〔註16〕因此，陪都重慶文學不僅僅是對於陪都重慶文化進行的文學表達，更是以高揚抗戰到底的民族意志為己任，因而顯示出中國文學運動的抗戰文藝方向。所以，不僅大批作家從四面八方來到重慶，而且中華全國戲劇界抗敵協會、中華全國電影界抗敵協會，中華全國文藝界協會也紛紛隨同國民政府一道遷往重慶，共同推動著陪都重慶文化與文學的現實發展。

在經受血與火的考驗的同時，戰時首都重慶已經成為民族復興的全國文化中心，於是，1940 年 9 月 6 日國民政府正式設立陪都重慶——「四川古稱天府，山川雄偉，民物豐殷，而重慶緬轂西南，控扼江漢，尤為國家重鎮。政

〔註13〕老舍：《「五四」之夜》，《七月》第 4 集第 1 期，1939 年 7 月。
〔註14〕蓬子：《夜景》，《抗戰文藝》第 7 卷第 4〜5 期合刊，1941 年 11 月 10 日。
〔註15〕蔣中正：《重申抗戰到底告國民書》，《中央日報》1938 年 10 月 30 日。
〔註16〕草萊：《中華全國文藝界抗敵協會籌備經過》；《中華全國文藝界抗敵協會宣言》，《文藝月刊》第 1 卷第 9 期，1938 年 4 月 1 日。

府於抗戰之初，首定大計，移駐辦公。風雨綢繆，瞬經三載。川省人民，同仇
敵愾，竭誠紓難，矢志不移，樹抗戰之基局，贊建國之大業。今行都形式，益
臻鞏固。戰時蔚成軍事政治經濟之樞紐，此後更為西南建設之中心。恢宏建
置，民意僉同。茲特明定重慶為陪都著由行政院督飭主管機關，參酌西京之
體制，妥籌久遠之規模，藉慰輿情，而彰懋典」〔註17〕由此可見，陪都重慶
的設立，經歷了一個從國民政府暫駐的行都，到國都南京之外的第二陪都，
類似從行都洛陽到陪都西安的現實過程，因而這一過程的完成，既與重慶作
為戰時首都直接相關，更與重慶成為西南重鎮關係密切。

這就無疑證明：陪都重慶的設立，首先在於 20 世紀的重慶，早已經成為
長江上游以至中國西南部的區域性中心城市，而抗日戰爭的全面爆發為重慶
設立為陪都提供了一次歷史契機，從而賦予陪都重慶文化與文學以戰時性的
基本特徵。陪都重慶文化與文學的戰時性，一方面展現為抗戰時期重慶文化
與文學具有的全國文化與與文學發展的中心地位，另一方面又顯現為抗戰勝
利以後重慶文化與文學從全國中心向著區域中心的復歸。

這就充分表明，陪都重慶文化與文學的戰時性，從區域文化與文學的階
段性發展來看，表現為陪都重慶的文化與文學的暫時性存在，是與抗日戰爭
相始終的——僅僅是抗戰時期的抗戰區，特別是大後方出現的一種區域文化
與文學現象；而從區域文化與文學的地方文化與文學的基本構成來看，則呈
現出陪都文化與文學的永久性存在，為重慶文化與文學的後續發展提供了必
不可少的現代基礎——陪都重慶文化與文學這一難能可貴的文化與文學的寶
貴資源。

二、文學導向的主流性

從區域文化與文學的角度來看，陪都重慶文化與文學在抗戰時期的中國
文化與文學版圖中佔據著主流性的地位。這是因為隨著抗日戰爭的全面爆發，
中國就被分割為抗戰區與淪陷區。

「淪陷區」這一概念的提出，主要是針對 1937 年 7 月 7 日「盧溝橋事
變」爆發，日本帝國主義發動全面侵華戰爭之後，大片國土淪喪日本侵略者
之手這一現象，所進行的歷史命名。事實上，日軍以軍事手段佔領的中國領
土，從 1895 年開始對中國臺灣的強佔，到 1931 年對中國東北的強佔，在顯

〔註17〕《國民政府公報》渝字第 270 號，1940 年 9 月 7 日。

現出從局部發展為全面的侵略戰爭的整個歷史過程的同時,也就提出了一個如何就此現象進行歷史命名的現實問題。如果統稱為淪陷區,在目前關於「淪陷區」的學術研究之中,至少是將「日據時期」的臺灣暫時懸置起來進行另案處理的。更為重要的是,與「日據時期」這一有關臺灣的時期命名相對應的,是「抗戰時期」這一有關中國的時期命名,從而由於在時間上出現的命名差異將導致命名的難以進行。這就在於,一般所認同的「抗戰時期」,就是用來指稱從 1937 年到 1945 年的「八年抗日戰爭」,因而就有可能使東北難以完全地被包容進「淪陷區」這一歷史命名。儘管已經有人提出將抗日戰爭的起點延伸到 1931 年,但是,這不僅涉及到如何界定中國抗日戰爭的時間區劃的廣狹之爭,而且也涉及到如何界定第二次世界大戰的時間區劃的廣狹之爭。〔註 18〕

　　問題在於,從區域文化與文學的角度來看,20 世紀中國文化與文學第一次出現具有整體性的區域性分化,只能是在「抗戰時期」,並且分別在抗戰區與淪陷區表現出南北之分的特點——在抗戰區主要出現了以重慶為中心的大後方與以延安為中心的邊區〔註 19〕;而在淪陷區主要出現了以北平為中心的華北淪陷區與以上海為中心的華東淪陷區。儘管在抗戰時期,無論是北平文化與文學,還是上海文化與文學,處於日軍軍事管制的政治高壓之下,但是,在堅守民族文化的基本品質這一根本之上,表現出了高度的民族意識。特別是生活在淪陷區的中國作家面對侵略者的政治高壓,頑強而巧妙地表達了對於國人生存狀態的不斷關注與審視,在進行個人審美觀照的過程中,特別注重對於國人心態的深層挖掘與廣泛顯示,藉以促進新文化運動以來民族文化從傳統向著現代的持續轉型。這樣,淪陷區文化與文學在抗戰時期的中國文化與文學版圖上,自然應佔據一個重要的位置,儘管不能佔據主要的位置。

　　與之形成鮮明對照的是,在抗日區,特別是大後方的重慶文化與文學,即使較之同時期的延安文化與文學,在抗戰時期整個中國文化與文學版圖上,

---

〔註 18〕這樣,進行淪陷區的歷史命名將具有類似的廣狹之分:廣義上的淪陷區包括了 1931 年就落入敵手的中國東北,而狹義上的淪陷區則僅僅包括 1937 年以後日軍強佔的中國國土。在這裡,與抗戰區相對應的是狹義上的淪陷區。參見錢理群:《總序》,《中國淪陷區文學大系·戲劇卷》,廣西教育出版社 1998 年版;郝明工:《陪都文化論》,新疆大學出版社 1994 年版,第 52～53 頁。

〔註 19〕抗日時期,中國共產黨領導下的根據地,對外均以國民政府邊區相稱,如陝甘寧邊區,晉察冀邊區等等。

也仍然是居於主流性地位的。從表面上看，重慶文化與文學能夠成為抗戰時期中國文化與文學中具有主流性的文化與文學，似乎主要與重慶在抗戰時期是國民政府的戰時首都，並且被明令為陪都有關，而延安則是隸屬國民政府的陝甘寧邊區的首府，兩者的行政級別相差甚遠。〔註20〕顯然，即使是陪都重慶具有著較高的行政級別，也並不一定意味著陪都重慶文化與文學就會自然而然地擁有了主流性地位。只有在陪都重慶從區域文化中心成為全國文化中心的現實狀況之中，才有可能使陪都重慶文化與文學在抗戰時期成為中國文化與文學的主導與代表，這樣，陪都重慶文化與文學的主流性也就具體地體現為主導性與代表性。

當1940年9月7日國民政府明定重慶為陪都之後，每年的10月1日，也就被同時定為「陪都日」。1940年10月1日，在陪都重慶行了慶祝首屆「陪都」的盛大集會。當天陪都重慶各報紛紛發表社論，《新華日報》的社論首先指出：「明定重慶為陪都，恢宏建置，一由於重慶在戰時之偉大貢獻，再鑒於重慶在戰後之發展不可限量」。《新華日報》的社論進而強調：「重慶軍民在敵機狂炸被毀的廢墟瓦礫場中舉行盛大的慶祝大會，當然大家的心裏都不須要是一種粉飾太平的點綴，而是要表現我們抗戰不屈團結到底的鐵的意志。所以這一次的盛大示威，應該是中國軍民抗戰到底的一個大示威，應該是中國軍民有決心有勇氣斬斷一切荊棘奮勇前進的旗幟，我們在暴敵蹂躪後的殘磚頹壁之間湧出一股民族正氣，來證明日寇狂炸的無聊，告訴了我們的敵人，中華人民的生命財產固然可以被毀，然而中華民族的抗戰意志是只有愈炸愈強，愈經痛苦的磨煉愈見高揚的」。《新華日報》的社論最後認為：「把中華民族堅決抗戰的精神發揚起來，這是我們慶祝陪都最重要的意義」。

在這裡，《新華日報》的社論中有關陪都重慶與「陪都日」的現實意義的把握，應該說是實事求是的。這就是，一方面通過肯定陪都重慶在戰時的偉大貢獻與戰後發展的不可限量，實際上揭示出陪都重慶所具有的全國文化中心與區域文化中心的雙重地位，以及這兩者之間的內在關係；另一方面通過宣揚「陪都日」的「最重要的意義」就是「把中華民族堅決抗戰的精神發揚起來」，實際上顯現出國共合作的思想基礎與政治綱領的趨於一致，以及這兩者之間的緊密聯繫。

〔註20〕肖一平等編：《中國共產黨抗日戰爭時期大事記》，人民出版社1988年版，第13、38頁。

　　1937 年 7 月 15 日，《中國共產黨為公布國共合作宣言》中就指出：「孫中山先生的三民主義為中國之必須，本黨願為其徹底實現而奮鬥」，因而宣布取消暴動政策、赤化運動、土地政策，「取消蘇維埃政府，實行民權政治」，「取消紅軍名義及番號，改編為國民革命軍」，從而「求得與國民黨的精誠團結，鞏固全國的和平統一，實行抗戰的民族革命戰爭」。〔註21〕蔣中正在《對中國共產黨宣言的談話》中表示：「總之，中國立國原則為總理創制之三民主義」，「集中整個民族力量，自衛自助，以抵暴敵，挽救危亡。中國不但為保障國家民族之生存而抗戰，亦為保持世界和平與國際信義而奮鬥」。〔註22〕宋慶齡目睹「兩個兄弟黨居然言歸於好，重新攜著手，為中國民族的獨立解放而鬥爭」，「感動得幾乎要下淚」，與此同時，她又呼籲要牢記國共破裂的前車之鑒，做到「真誠坦白合作」，實行「孫先生手定的三民主義政綱」，「完成反帝反封建使命」。〔註23〕由此可見，國共合作建立抗日民族統一戰線的思想基礎，就是「孫中山先生的三民主義」。

　　1938 年 3 月 29 日，中國國民黨臨時全國代表大會在重慶開幕，至 4 月 1 日在武昌閉幕，通過了《中國國民黨抗戰建國綱領》的政綱，4 月 3 日，《新華日報》發表了《中國國民黨抗戰建國綱領》，而《中央日報》則於 7 月 2 日正式公布。《中國國民黨抗戰建國綱領》由「總則」及「外交、軍事、政治、經濟、民眾、教育各綱領」構成。總則即「（一）確定三民主義暨總理遺教，為一般抗戰行動及建國之最高準則。（二）全國抗戰力量，應在本黨及蔣委員長領導之下，集中全力，奮勵邁進。」其餘各綱領即為總則之內容在不同領域內的具體實施方案，強調了「全國人民捐棄成見，破除畛域，集中意志，統一行動之必要」，「欲求抗戰必勝，建國必成」。

　　對於中國國民黨的「抗戰建國」政綱，中國共產黨予以了積極響應。1938 年 10 月，毛澤東在《論新階段——抗日民族戰爭與抗日民族統一戰線發展新階段》的報告中指出，中國國民黨「有三民主義的歷史傳統，有孫中山先生、蔣介石先生前後兩個偉大領袖，有廣大忠忱愛國的黨員」，因而「三民主義是抗日民族統一戰線與國共合作的政治基礎」，而抗戰建國的最終目的就是要

〔註21〕《中央日報》1937 年 9 月 22 日；《解放週刊》第 1 卷第 18 期，1937 年 10 月 2 日。

〔註22〕《中央日報》1937 年 9 月 23 日。

〔註23〕宋慶齡：《國共統一運動感言》，《中央日報》1937 年 9 月 24 日。

「建立一個三民主義共和國」；同時，「抗日民族統一戰線是以國共兩黨為基礎的」，「抗日戰爭之進行與抗日民族統一戰線的組成中，國民黨居於領導與基幹的地位」，「兩黨中以國民黨為第一大黨，抗戰的發動與堅持，離開國民黨是不能設想的」；不過，「各黨派各階層政治力量的不平衡，同時在地域分布上也表現這種不平衡。國民黨是第一個具有實力的大黨，共產黨是第二黨」，並且「由於有兩黨的軍隊，使得抗日戰爭中兩黨克盡分工合作的最善責任。」〔註 24〕隨後，在 11 月 16 日通過的《中共擴大的六中全會政治決議案》中，重申「中國共產黨對於擁護三民主義，擁護蔣委員長、擁護國民政府的誠心誠意」，「對執行三民主義及抗戰建國綱領應該採取最誠懇最積極的立場」，以達到「國共長期合作，保證抗戰建國大業的勝利，為三民主義的新中國而奮鬥」。〔註 25〕

　　所有這一切無疑都表明，無論是三民主義，還是抗戰建國綱領，在整個抗戰區發揮著程度不等的意識文化主導作用，特別是在以陪都重慶為戰時首都的大後方，更是成為具有著主流性的意識文化表現。這就在於，作為區域文化之中最為活躍而又不斷變動的文化構成，意識文化不僅成為抗戰區與淪陷區之間文化差異的區域標誌，而且也成為抗戰區中陪都重慶文化與延安文化之間文化差異的現實標誌。就此而言，集中地表現在國共兩黨對於三民主義的理解與抗戰建國綱領的實施的並非完全一致上。事實上，正是基於中國共產黨所闡釋的三民主義與所實行的抗戰建國綱領，陪都重慶的紅岩嘴 13號，在以國民革命軍第 18 集團軍駐渝辦事處名義租賃下來之後，不僅成為國民革命軍第八路軍（不久之後按照戰鬥序列改稱第 18 集團軍）兼陸軍新編第四軍的駐渝辦事處，中國共產黨代表團與中共中央南方局的辦公地，更是成為國共兩黨合作抗日的現實風向標，由此而使中國共產黨在陪都重慶的政治影響最終形成一種獨特的政治文化──紅岩文化，成為陪都重慶文化之中意識文化的一種重要構成，並且在此後成為重慶文化與中國共產黨的革命傳統相聯繫的一種稀缺性的政治文化資源。

　　當然，在陪都重慶，由於戰時體制的影響，中國國民黨對於三民主義的闡釋與抗戰建國政綱的實行，不可避免地帶有執政黨的意識形態偏見，特別

〔註 24〕毛澤東：《論新階段》，華北新華書店 1938 年版。
〔註 25〕中央統戰部、中央檔案館編：《中共中央抗日民族統一戰線文件選編（下）》，檔案出版社 1986 年版。

突出地表現在文化政策與文藝政策的制定與貫徹之上，具體地說就是推行三民主義文化與三民主義文藝。只不過，無論是推行三民主義文化運動，還是鼓吹三民主義文藝競賽，都是在抗戰到底的民族意志與反法西斯主義的時代精神的意識文化主流制約之下進行的，即使是中國國民黨在其所制定的文化與文藝政策上有所偏差，但基本上還是為陪都重慶文化與文學的正常發展提供了相對自由的空間與相應的行政保障。

1933 年 9 月 1 日，國民政府行政院令內政部與軍政部，要求兩部保障新聞從業人員的相關權利，中國新聞界即開始以每年的 9 月 1 日為「記者節」，直到 1944 年 3 月經國民政府行政院核定正式公布為每年一度的記者節。1942 年 9 月 1 日，中國新聞學會在這一天召開年會，以紀念「記者節」並「檢討新聞界的現狀和困難」，集中討論了「對今後中國新聞事業應建立何種制度」，要求保障新聞自由。一方面，對「中國新聞界現勢」進行總結：「抗戰以來，中國新聞事業經長時間之奮鬥，發生劇烈之變化，與抗戰形勢相配合，成為陣容之主流」；另一方面，要求改進「報紙的單調」：「這需要各報自己努力，把內容弄豐富，同時管理方面把檢查尺度放寬，報紙的內容就不會單調了」。〔註26〕1943 年 2 月 15 日，國民政府公布《新聞記者法》，在給予新聞記者以一定法律保障的同時，對於新聞自由也作出了相應的限制。因而在這一年的中國新聞學會的年會上，就提請政府修訂《新聞記者法》。〔註27〕僅僅從陪都重慶的新聞事業這一角，就可以看出陪都重慶文化發展的相對自由空間在逐漸擴大。

較之新聞自由而言，出版自由更能體現出個人言論自由的現實狀況。因此，有人認為「文化中心以編輯出版事業為標誌」。〔註28〕但是，如果僅僅強調出版事業中的編輯這一環節，而抽掉三位一體之中印刷與發行這兩個環節，事實上也就在強化出版過程中的意識形態控制之餘，在忽視市場流通之中而最終失去了出版事業的傳播功能，所以難以令人信服。其實，較為準確的表述應該是：文化中心同時也就使出版中心，出版中心的形成與出版事業作為大眾傳播事業所達到的文化信息交流水平直接相關；文化中心控制著文化信

〔註26〕宣諦之：《一年來中國新聞界大事記》；陳德銘、周欽嶽：《中國新聞界現勢一瞥》；王芸生：《新聞的選擇與編輯》，《中國新聞學會年刊》1942 年編。
〔註27〕《大公報》1943 年 10 月 2 日。
〔註28〕姚福申：《中國編輯史》，復旦大學出版社 1990 年版，第 410～411 頁。

息，出版事業傳播著文化信息，正是出版物使二者統一起來。因此，出版物既是信息源的物化形式，又是信息傳播的現實手段，出版物的質與量也就具體地決定著文化信息交流的水平。在這樣的意義上，可以說只有出版物才是文化中心的標誌，因為它能夠反映出文化發展的變化來。

根據統計，抗戰時期在陪都重慶出版的所謂「渝版圖書」，至少有 4386 種之多，而包括商務印書館、中華書局在內的各類出版機構已經超過 100 家。當然，戰時檢查制度對於陪都重慶的出版事業發展是有所影響的，後來有人統計過，抗戰期間陪都重慶被查禁的圖書達 2000 多種、期刊 200 餘種。不過，根據當時的中央圖書審查委員會的有關報告，這一統計並非完全準確，或者說只有表面上的準確，因為「自廿七十月至卅二年十二月列表取締之書刊共一千六百二十種」，其中「一千四百一十四種中，經各地查獲沒收者僅五百五十九種，其餘八百五十五種，則虛有取締之名，而毫無所獲」。這一方面與戰時檢查制度的執行不力有關，更與戰時檢查制度的不得人心相關，隨著抗戰勝利的到來，不僅陪都重慶的出版機構採取了自動拒檢不送審的抵制行動，而且國民政府在 1945 年 10 月 1 日宣布，即日起廢除戰時新聞檢察和書刊檢察制度，原審查人員全部轉移到收復區。〔註29〕

陪都重慶文化與文學在發展過程中，較之陪都重慶文化的發展自由受到執政者的直接行政限制，陪都重慶文學的發展空間顯得較為寬鬆。這一點特別突出地表現在陪都重慶的抗戰戲劇運動的蓬勃開展上。這就在於，抗戰戲劇的藝術綜合性，將其他文學樣式與藝術門類之所長集萃於一身，並通過二度創作在舞臺上直接訴諸觀眾，造成了當時涵蓋面最大的社會傳播效果。特別是抗戰話劇，通過重現抗戰現實而顯現出進行抗戰宣傳和民眾動員的巨大作用，以至於在抗戰初期擔任國民政府軍事委員會政治部部長的陳誠，就有過十個演劇隊能「當作十個師使用」之說。所以，在日軍偷襲珍珠港以後，世界反法西斯戰爭全面展開之際，田漢提出將演劇隊擴充為一百隊，即「一百個『文化師』」來「有效地爭取抗戰勝利」。〔註30〕陪都重慶的抗戰戲劇運動不僅成為大後方和抗戰區的抗戰戲劇運動的代表，而且更成為整個抗戰時期中國戲劇發展的代表，據不完全統計，「抗戰八年」陪都重慶上演的多幕劇就

〔註29〕郝明工：《陪都文化論》，新疆大學出版社 1994 年版，第 213～215 頁。

〔註30〕田漢：《響應黃少谷先生的號召——擴充演劇隊到一百隊》，《戲劇春秋》第 2 卷 4 期，1942 年 10 月 30 日。

超過 120 部。〔註31〕這樣，陪都重慶文化與文學的現實運動中，抗戰戲劇充分展示出與主流性相一致的代表性來。

陪都重慶的抗戰戲劇運動，得到了國民政府等有關部門的大力支持。1938年 10 月 10 日，中華民國第一屆戲劇節在重慶開幕，戲劇節演出委員會在召開慶祝大會以後，隨即派出由 1000 餘人的演出大軍，組成 25 個演出分隊在市區、城郊進行大規模的街頭演出，一連三天堅持將抗戰戲劇直接送到廣大民眾面前。從 14 日到 27 日，戲劇節演出委員會又組織了「五分票價公演」——五分錢一張門票，固然是為前方將士募捐寒衣，同時也使劇場的大門敞開，向廣大民眾提供了參與抗戰戲劇運動的機會，更為重要的是，也促進了抗戰戲劇藝術水平的不斷提高，從而有利於抗戰戲劇運動的進一步發展。

第一屆戲劇節的壓軸戲《全民總動員》，是曹禺和宋之的根據抗戰初期集體創作的《總動員》一劇改變的，從 10 月 19 日至 11 月 1 日共演出 7 場，場場爆滿，反映熱烈，也就是「因為在不斷的艱苦的抗戰中，我們相信我們的民族是有前途的」。〔註32〕可以說《全民總動員》的演出成功，是抗戰戲劇運動堅持抗戰到底這一主流意識的直接成果，使該劇全民動員以肅清內奸敵特，奮勇參軍殺敵的主題琛人心，成為名副其實的「全民總動員」的良好開端，促使陪都重慶文化與文學，通過戲劇節以及《全民總動員》這樣的抗戰戲劇演出，在體現出意識文化的主導性的同時，又顯現出抗戰戲劇運動的代表性。

第二屆、第三屆戲劇節雖然由於時時面臨日機狂轟濫炸的威脅，因而未能舉行規模盛大的演出活動，但仍然堅持進行抗日宣傳和民眾動員，上演了一批較好的劇作。到 1940 年 9 月，僅僅是國民政府行政院教育部審定公布可供演出的劇本，就有 80 餘種。〔註33〕由於陪都重慶每年 10 月到來年 5 月常有大霧，俗稱霧季，而此時日機在這一能見度惡劣的氣候條件下無法進行騷擾。為了保障更好地開展抗戰戲劇演出活動，從 1941 年 10 月 10 日開始第四屆戲劇節起，形成一年一度的以抗戰話劇演出為主的「霧季公演」，以其公演時間長，演出水平高，社會反響大而著——「在短短五個月中，竟演出了將近四十齣戲。創造了從未有過的成績。如果我們細細回想過去造成的那種盛

〔註31〕田進：《抗戰八年來的戲劇創作》，《新華日報》1946 年 1 月 16 日。

〔註32〕《中華民國第一屆戲劇節・九》，《戲劇新聞》第 1 卷 8～9 期合刊，1938 年11 月。

〔註33〕《新民報》1940 年 9 月 5 日。

況的原因；除了部分應該歸功於戲劇工作者的努力與成就之外」，「很重要的條件是當時的客觀環境助長了劇運的發展」，包括「引起了政府的重視與統制」這樣的因素，〔註34〕有力地推動了抗戰戲劇運動在陪都重慶的發展，並且直接影響整個到抗戰區的抗戰戲劇運動。

1943 年 2 月 15 日，陪都重慶各報均發表了中國國民黨中央宣傳部新聞處提供的《抗戰以來的話劇運動》一文，對以陪都重慶抗戰話劇運動為代表的中國抗戰話劇運動進行了總括性的評價：作為中國抗戰戲劇運動中堅的中國抗戰話劇運動「一直是現實主義的藝術，是服務於革命的藝術」，具體體現在「正面地反映了英勇抗戰」、「揭發敵寇罪行」、「暴露了漢奸的醜態」、「描寫了後方工業的建設」等方面，更為重要的是在「盡著加速摧毀封建殘餘的作用」的同時，還描述了「淪陷區人民生活及其艱苦鬥爭」。正是由於抗戰戲劇運動在以陪都重慶為中心的抗戰區中蓬蓬勃勃地開展，儘管在 1942 年 10 月國民政府社會部以「戲劇節未便與國慶節合併舉行」為由，宣布取消每年 10 月 10 日的戲劇節，但是，此後國民政府社會部又明令確立每年 2 月 15 日為戲劇節。

顯然，《抗戰以來的話劇運動》一文的發表與戲劇節的確立同為 2 月 15 日，並非完全是是一種巧合，而是恰恰證實了一個不可動搖的事實：戲劇節的確立，不僅表明陪都重慶的抗戰戲劇運動為抗戰時期中國文化與文學的發展作出了巨大的貢獻，而且更是證明這一抗戰戲劇運動已經體現出陪都重慶文化與文學在這一時期中國文化與文學之中的全國代表性。這就在於，陪都重慶的抗戰戲劇以其鮮明而恢弘的民族史詩般的演出，在展示抗戰時期中華民族的心路歷程的同時，更揭示出中華民族的人格精神的未來方向，從而高度地體現了抗戰時期中國文化與文學所能達到的精神高度。

1942 年 12 月 21 日的陪都重慶，在經過改建後由 860 個座位增至 1000 個座位的抗建堂中，開始了《蛻變》的再度演出，一連演出 28 場，引發了強烈而又廣泛的社會反響，不僅報刊上一片盛讚之聲，演出該劇的中國萬歲劇團也由此獲得當局頒發的獎狀；而且中央圖書審查委員會也在 1943 年 1 月，決定對《蛻變》「頒發榮譽獎狀及獎金 1000 元」。〔註35〕較之《蛻變》一劇 1940 年在陪都重慶大為不同的演出效果，顯而易見的是，《蛻變》中所展現的

〔註34〕章罌：《劇季的過去和現在》，《新華日報》1943 年 10 月 21 日。
〔註35〕石曼：《重慶抗戰劇壇紀事》，《重慶文化史料》1991 年第 1 期。

「我們民族在抗戰中一種蛻『舊』變『新』的氣象」，已經開始為越來越多人所認同。〔註36〕這就難怪巴金為在陪都重慶出版的《蛻變》劇本所寫的《後記》中，會這樣說：「一口氣讀完了《蛻變》，我忘記夜深，忘記疲倦，我心裏充滿了快樂，我眼前閃爍著光亮，作家的確給我們帶來了希望。」由此可見，對於民族人格精神重塑的文化需要，無疑是基於這樣的中國現實──「抗戰非但把人們的外形蛻變了，還變化了他的內質。」〔註37〕

　　與此同時，這一民族人格精神重塑的文化需要，早已經融入抗日戰爭的發展過程之中。1943年2月4日在陪都重慶上演的《祖國在召喚》一劇，更是將人的意識轉換與世界反法西斯戰爭緊密地聯繫起來，深刻地揭示出在高昂的愛國熱情的促動下，人的心靈的復甦，不僅源自對於法西斯侵略者殘暴行徑的憎恨，而且基於對於固有的生命價值觀念的重估，並且將這憎恨的激情與這重估的思考，統一在個人的心靈自懺與覺醒之中：「不管我墮落到什麼程度，我總還是一個中國人。老實說，這次打仗叫我懂得了許多事情，要是不打仗，我還不知道敵人是這麼可恨，祖國是這麼可愛呢！」〔註38〕這就從全體中國人的角度，充分顯示了正義戰爭對於民族人格精神重塑的巨大推動力，尤其是在這一推動之下民族人格精神重塑的普遍意義。

　　這樣，隨著中國抗日戰爭成為世界反法西斯戰爭的重要一翼，不僅促進了民族意識的高度自覺，而且還促成了經濟建設與政治民主的協同發展。陪都重慶在成為工業發展中心的同時，也成為民主運動中心。1942年6月，遷川工廠聯合會、中國西南實業協會、國貨廠商聯合會在陪都重慶聯合發表了《工商界之困難與期望》的聲明，要求保障經濟建設發展的合法權利。1943年6月，在陪都重慶舉行的全國第二次生產會議上，工商界人士與當局達成了共識，隨後落實的工礦事業貸款總額為20億元（其中公營企業8億元，民營企業為12億元）。這一要求保障經濟建設的合法權利的民主運動一直持續到抗戰勝利。

　　與此同時，維護合法權利的民主運動更是直接地出現在對於民主憲政的不斷努力之中。1943年10月，國防最高委員會設置憲政實施協進會，周恩來、董必武作為中共代表被制定為其成員。這是一個包括各派政治力量以推

〔註36〕曹禺：《關於〈蛻變〉二字》，《蛻變》，文化生活出版社1941年版。
〔註37〕巴金：《後記》，《蛻變》，文化生活出版社1941年版。
〔註38〕宋之的：《祖國在召喚》，遠方書店1943年版。

行民主憲政的官方機構，先後提出廢除圖書雜誌審查、健全地方行政機構等
提案。1944 年 1 月 3 日，憲政座談會在陪都重慶召開，這是一個非官方的包
括各黨各派與各界著名人士，旨在加快民主進程的鬆散組織，先後討論了「自
由與組織」、「成立聯合政府」等問題，進而籌組民主憲政促進會。事實上，實
施憲政的關鍵在於是否盡快「成立聯合政府」，否則，「國家前途必要有陷於
不幸之境者」。〔註 39〕

　　顯然，從經濟民主到政治民主，已經成為中國走向現代的必經之路。這
樣，透過陪都重慶這一抗戰時期中國的民主窗口，已經展現出中國文化與文
學未來發展的可能方向。正是因為如此，陪都重慶文化與文學在擁有了抗戰
區文化與文學的核心地位的同時，也獲得了抗戰時期中國文化與文學的中心
地位，從而以其主導性與代表性顯現出抗戰時期中國文化與文學的主流性發
展。

三、文學蘊涵的地方性

　　八年全面抗戰，既是抗戰時期中國區域文化與文學現象形成的基本條件，
也是抗戰時期中國區域文化與文學現象存在的時間界限。正是因為如此，對
於陪都重慶文化與文學來說，在全面抗戰八年中從區域文化中心到全國文化
中心的長足發展，首先體現出戰時體制對於文化與文學的區域發展的推動作
用，並且賦予陪都重慶文化與文學以戰時性特徵；其次表現為戰時首都對於
文化與文學的區域發展的促進作用，同樣賦予陪都重慶文化與文學以主流性
特徵。然而，無論是戰時體制，還是戰時首都，對於重慶文化與文學所發揮
的階段性作用，僅僅是顯示出區域文化與文學形成與存在的時間之維，揭示
了區域文化與文學現象何以出現的現實原因，而區域文化與文學產生的歷史
原因，理應到區域文化與文學形成與存在的空間之維來尋求。

　　區域文化與文學形成與存在的空間之維，在事實上也就是區域文化與文
學現象得以發生的地理邊際，具有著從行政區劃到人文地理的兩極，因而呈
現出區域文化與文學的實存空間，並且分別展現為區域文化與文學的地區性
與地方性。具體地說，由於行政區劃往往會隨著政治體制的變動而出現地理
邊際的波動，因而區域文化與文學的地區性呈現出動態的性質。而人文地理
由於自然環境的限制而保持地理邊際的穩定，因而區域文化與文學的地方性

〔註 39〕郝明工：《陪都文化論》，新疆大學出版社 1994 年版，第 173～176 頁。

呈現出靜態的性質。在這一動一靜之中,最為活躍的意識文化因子與最為穩固的民族文化因子,將有可能分別透過行政區劃與人文地理的中介作用,在地理邊際的趨於重合之中進行逐層交融,從而促成了區域文化與文學在實存空間的階段性出現,成為民族國家文化與文學發展版圖中具有著歷史意義的獨特現象。

陪都重慶文化與文學之所以得到重慶這一命名,也就在於重慶不僅是一個行政區劃的命名,而且也是一個人文地理的命名。一方面,在重慶這一地區性命名出現的前後,其行政區劃的地理邊際,歷朝歷代處於或大惑小的波動之中;另一方面,在重慶這一地方性命名出現之後,其人文地理的地理邊際,從古至今保持著自然天成的穩定。只是在抗戰時期,陪都重慶的戰時首都地位為重慶提供了行政區劃波動的戰時條件,而陪都重慶的自然地理環境為重慶創造了人文地理穩定的戰時基礎,隨著重慶被明定為陪都,陪都重慶的地理邊際也就表現為地區性與地方性相一致的重合,陪都重慶的地理邊際實際上就是如今的重慶重慶主城區,並且促成陪都重慶朝著國際性的現代大都市方向發展。

現今屹立在重慶鬧市中心的「解放碑」,就是抗戰時期建立的「精神堡壘」,也就是抗戰勝利以後重建的「抗戰勝利紀功碑」,上面所鐫刻的《抗戰勝利紀功碑碑文》一文中,這樣贊曰:其一,「國民政府西遷入蜀,重慶建為陪都,巍然繫中華民族命運之樞機,為國際觀聽所矚目」,「亞洲之戰爭既與歐洲合流,中國逐自獨立作戰之孤軍進而為民主陣線遠東之一翼」,「在此八年之中,國際輿論,目重慶為戰鬥中國之象徵,其輝光實與歷史同其永久」;其二,「雖敵方之陸海軍力限於夔門,而空軍之戰略襲擊則集中於重慶」,「然重慶以上百萬之市民,敵愾越強,信心愈固,財力物力之輸委,有過於自救其私,實造民族精神之峰極」,「重慶之所以無忝為陪都,不僅以其地理形勢使然,亦此種卓越之精神有以副也」,;其三,「重慶承四大河流之匯,上溯四江達康黔滇青,下循揚子東通於海」,「重慶將進為新中國工業經濟之重心,大西南之吞吐港」,「十年之後,將見大橋橫貫兩江,二千平方公里,二百萬市民之大重慶湧現華西,以西南之財富,弼宗國之繁榮」。一言以蔽之:「後世史家循流溯源,深究中國復光之故,將知重慶之於國家,時不止於八年戰時之獻效已也」。

由此可見,正是在陪都重慶,全民抗戰到底的民族意志與重慶人勇於犧

牲的人文底蘊，建鑄了重慶大地上這一無堅不摧的反法西斯正義戰爭的時代
「精神堡壘」，在賦予陪都重慶文化與文學以內外一致的整體性精神構成的同
時，更是為中華民族的全面復興，奠定了戰時根基與展示了未來方向。正是
因為如此，陪都重慶文化與文學，作為抗戰時期出現的區域文化與文學現象，
其意義不僅在於揭示了陪都重慶文化與文學具有著超越時間界限的可能性，
而且更是在於展現了陪都重慶文化與文學具有著超越空間界限的現實性。這
一超越地理邊際的現實性，一方面表現為陪都重慶文化與文學的陪都氣象，
擴大了陪都重慶文化與文學在抗戰區的地區性影響；另一方面表現為陪都重
慶文化與文學的山城意象，擴張了陪都重慶文化與文學在全國的地方性反響，
從而使陪都重慶文化與文學的地方性得到趨於完整的戰時體現。

　　陪都重慶作為戰時首都，在戰時體制的推動之下從區域文化中心轉換為
全國文化中心，使重慶由一個內陸城市迅速地向現代大都市發展，成為抗戰
時期抗戰區中唯一的一個人口超過百萬的大城市，以工業中心、行政中心、
動員中心的文化優勢，使重慶在較短的時間內走向了城市功能在經濟、政治、
意識各個層面上的全面轉型。這樣，陪都重慶的確立，也就意味著重慶已經
完成了從戰時首都到現代都市的戰時文化整合，為抗戰時期重慶文化與文學
能夠發揮陪都氣象奠定了堅實的基礎。

　　一般地說，戰時體制將通過對戰時文化各個層面進行指令性控制，促使
戰時文化在適應戰爭的需要中形成特別的發展機制。抗戰時期中國文化的戰
時機制，在陪都重慶具體表現為城市功能的現代化：在經濟功能上，為了適
應轉向戰時生產、保障經濟建設的需要，國民政府組建經濟部主管戰時工業
生產，將重慶定為大後方工業發展的重點城市，確立了重慶的工業中心的文
化地位。僅僅是到 1940 年，內遷大後方的工廠共 425 家，其中遷往重慶為 243
家，從而推動了重慶工業的飛躍式發展，形成了具有兵工、機械、冶金、採
礦、化工、電器、建材、能源等重工業，紡織、煙草、食品、造紙、製革、印
刷等輕工業，並以軍用生產為核心的較為完備的工業體系，這一工業體系的
形成，不僅以重工業為主，而且更是以公營資本為主，強化了公營企業在兵
工、冶金、化工等行業中的主導地位，有力地支持了抗日戰爭的進行。〔註40〕

　　隨著抗戰時期重慶第一次升格為直轄市，而國民政府又明定為陪都，在

〔註40〕《經濟部的戰時工業建設》，《資源委員會公報》第 4 卷第 4 期，1944 年；李
　　　　紫祥：《抗戰以來的四川工業》，《四川經濟季刊》第 1 卷第 1 期，1943 年。

政治功能上，為了保證行政管理的有效性與連續性以穩定社會秩序，駐重慶的國民政府各機關對重慶行政進行必不可少的督導，有利於市區的擴大與市政建設。例如，國防最高委員會過問重慶市政府日常行政工作，行政院批准重慶市政府制定的法令法規，內政部參與重慶市地方自治。這不僅使重慶成為抗戰區城市發展的表率，而且也使重慶加快向現代大都市過渡，以奠定重慶這一全國文化中心的行政基礎。

特別是在日機大轟炸的威脅之下，重慶市政府奉國民政府令動員全市機關、學校、商店疏散到市郊。重慶市政府成立緊急疏散委員會負責疏散市民，而中國國民黨中央黨部與國民政府各機關組成遷建委員會決定各單位遷散。這樣，通過疏散區與遷建區的建立而擴大了市區，促使重慶的城市化進程在最短的時間內完成。被稱為重慶市文化區的沙坪壩，就是由疏散區劃歸為重慶市政府轄區，形成了由數十家大中型企業、各級行政機構、近 20 所大專院校和幾十家醫療單位為主體的現代城市小區。北碚在劃為遷建區以後，也由戰前的鄉村建設實驗區改變成為具有一定現代市政基礎，公共設施較為齊備，城市環境較為優美的衛星城市。〔註41〕

更為重要的是，隨著陪都重慶在經濟功能與政治功能上的不斷發展，其意識功能也得到了空前的擴張，以發動廣大市民積極參與抗日，保持思想導向的主流性與民眾動員的及時性。正是由於在陪都重慶出現了眾多人民團體，充分體現了《中國國民黨抗戰建國綱領》的有關精神——「發動全國民眾，組織農工商學各職業團體，改善而充實之，使有錢者出錢，有力者出力，為爭取民族生存之抗戰而動員」。到 1944 年，陪都重慶的人民團體共 257 個，其中職業團體為 167 個，社會團體為 90 個；會員人數達 154898 人，其中職業團體會員 113901 人，社會團體會員 40997 人，從每一團體會員平均人數來看，陪都重慶居於全國各省市首位，會員人數約占全市總人口的 15%，由此可見陪都重慶民眾動員的組織水平之高。〔註42〕

不容忽視的是，陪都重慶所達到的較高民眾動員水平，與各人民團體總部大都設立在陪都重慶有著緊密的聯繫。這不僅有助於陪都重慶人民團體發

〔註41〕重慶市地方志編纂委員會總編輯室編著：《重慶大事記》，科學技術文獻出版
　　　　社重慶分社 1989 年版，第 173～175 頁；隗瀛濤：《近代重慶城市史》，四川
　　　　大學出版社 1991 年版，第 467～470 頁。
〔註42〕社會部統計處編：《全國人民團體統計》第 7、5 頁。

動並舉行形形色色的動員活動,而且通過陪都重慶的動員示範而直接影響到整個抗戰區。1939 年 5 月 1 日,重慶 1 萬餘工人為慶祝「五一」國際勞動節舉行集會和遊行,當天晚上 7 時,國民政府召開國民精神總動員宣誓大會,會後 10 萬餘人參加了火炬遊行,顯示了陪都重慶人民團體為堅持抗戰到底而作出的積極努力。在這裡,民眾動員水平決非是一個可以用「萬」為單位進行統計的數字顯示,而正是一個由各種人民團體為連接點,並具體體現為社會行動的民眾動員組織過程的程度顯現。〔註 43〕所以,在陪都重慶開始的國民精神總動員運動對於整個抗戰區來說是具有示範作用的。

事實上,自從 1939 年 2 月 7 日國民政府成立國防最高委員會以來,3 月 11 日國民政府設立隸屬於國防最高委員會的國民精神動員總會,並於 12 日頒布《國民精神總動員綱領》及《國民精神總動員實施辦法》,從而掀起了以國民精神總動員運動為標誌的抗戰區民眾總動員——「國民精神總動員,有國民人人所易知易行之簡單明顯之三個共同目標,為國民精神所當集結者,當首先標揚之,即(一)國家至上民族至上,(二)軍事第一勝利第一,(三)意志集中力量集中是也。」〔註 44〕這三個共同目標的實質,就是使全體國民知道必須動員起來,全力以赴將抗戰進行到底。同時,這也是符合抗日民族統一戰線的現實需要的。

因此,1939 年 4 月 26 日,中國共產黨中央委員會在《中央為開展國民精神總動員運動告全黨同志書》中,認為「這些都是根本正確的」,在一一予以重申之後,指出「國民精神總動員,應成為全國人民的廣大政治運動,精神動員即是政治動員」,「只有經過民主方式,著重宣傳鼓動才能推動全國人民,造成壓倒敵人刷新自己的巨潮。」〔註 45〕幾天之後的 5 月 1 日,延安也與重慶一樣,舉行了各界「國民精神總動員」暨慶祝「五一」國際勞動節大會,在大會演講中,毛澤東又一次重申了《國民精神總動員綱領》所提出的三個共同目標,在帶頭高呼「擁護蔣委員長,擁護國民政府,擁護國民黨與共產黨合作」,「擁護國民政府,擁護國民精神總動員」的同時,更倡導「艱苦樸素的工作作風」和「堅定正確的政治方向」,提出「從今天起,全國國民

〔註 43〕重慶市地方志編纂委員會總編輯室編著:《重慶大事記》,科學技術文獻出版社重慶分社 1989 年版,第 179 頁。

〔註 44〕中國社會科學院臺灣研究所編:《中國國民黨全書(上)》,陝西人民出版社 2001 年版,第 458 頁;《新華日報》1939 年 3 月 12 日。

〔註 45〕《群眾》週刊第 3 卷第 1 期,1939 年 4 月。

都要真正實行三民主義」。〔註46〕

　　這無疑表明，抗戰到底的思想導向，在已經成為廣大民眾的愛國主義集體意識根基的同時，也成為國共兩黨的三民主義意識形態基石。所以，國民精神總動員運動不僅僅是民眾動員與政黨合作的社會運動，而且更是將陪都的政治效應擴大到文化的各個領域，尤其是文學這一領域中去的現實運動，正如《國民精神總動員綱領》中所說的那樣——「至於文化界，言論界，著作家之人士，更望省察國家安危民族盛衰之責任」，「接受精神總動員之要旨，而為共同之奮鬥」。〔註47〕這樣一來，陪都重慶文學運動無疑將承擔起前所未有的動員重擔，來激發出陪都氣象的全部文化能量。

　　文學運動較之民眾動員之中其他類型的運動，雖然在運動規模與動員效果上難以與後者相媲美，但是就文學運動所能夠達到的對於民眾意識轉換的傳播影響的廣度與深度來看，後者則是難以望其項背的。誠如馮玉祥所言：「打仗不但要外部健康，還要內部健康才能和敵人拼命，而文藝是使人內部健康的。」〔註48〕這已經成為全體文學工作者團結戰鬥的共同心願，於是，1938 年 3 月 27 日在武漢成立的中華全國文藝界抗敵協會，從一開始就提出文章下鄉、文章入伍、文章出國的戰鬥口號，以「中國化」、「戰鬥化」、「通俗化」的創作，來激發廣大農民和士兵的「抗敵的情感」，與此同時，又要「以全力有計劃地介紹中國抗戰文藝到歐美各國去」。移駐重慶之後的中華全國文藝界抗敵協會，更是在 1939 年 2 月專門設立了通俗讀物委員會、國際文藝宣傳委員會，以適應新形勢下民眾動員的需要。〔註49〕

　　1939 年 3 月 22 日，國民政府軍事委員會下設的戰地黨政委員會成立，以加強後方與戰地的全面聯繫，自然也將國民精神總動員納入其中。〔註50〕4 月 18 日，中華全國文藝界抗敵協會第二屆常務理事會舉行第一次會議，決議組織作家戰地訪問團，讓陪都重慶文學的影響借國民精神總動員運動的東風，在大後方與各個戰區中更加擴大，使陪都氣象能夠充分地在整個抗戰區

〔註46〕《國民精神總動員的政治方向》，《群眾》週刊第 3 卷第 3 期，1939 年 5 月。
〔註47〕《國民精神總動員綱領》，《新華日報》1939 年 3 月 12 日。
〔註48〕《全國文藝界空前大團結》《新華日報》1938 年 3 月 28 日。
〔註49〕《怎樣編寫士兵通俗讀物》、《出版狀況報告》、《會務報告》《抗戰文藝》第 1 卷第 5 期、第 4 卷第 1 期、第 3 卷第 8～9 期合刊。
〔註50〕中國社會科學院臺灣研究所編：《中國國民黨全書（上）》，陝西人民出版社 2001 年版，第 459 頁。

得到體現。據老舍《歡送文協戰地訪問團出發》一文中所記載，由於日機的「狂炸重慶」，「想以精神總動員為主題寫個劇本」，以演劇的收入來資助作家戰地訪問團出行的計劃落空，於是，中華全國文藝界抗敵協會「改向戰地黨政委員會接洽」，「得到了戰地黨政委員會三千五百元的幫助而驟然成功」。

這正如《作家戰地訪問團告別詞》所說：「我們十三個人是中華全國文藝界抗敵協會第一次派出的筆部隊——或者因為目的在敵後方，即叫筆游擊隊」，「所以，我們負有溝通戰地和後方的責任」，「我們要將後方人民在蔣委員長領導之下對抗戰的堅決與團結的鞏固，以及各線最近的勝利的情形，敵方之狼狽，傳達給戰地士兵與民眾，使他們能夠更好地和整個局面配合起來」；「我們還溝通敵後方和國際作家的聯繫」，「把中國的消息，尤其是戰地直接消息向國際作家宣傳，把國際作家對中國抗戰的同情告訴我們的戰士，也是我們不敢忽略的責任」。〔註51〕

作家戰地訪問團的整個戰地行，在由全體成員集體日記的「筆游擊」中一一展現：《川陝道上》、《陝西行記》、《在洛陽》、《漢奸和紅槍會代表的談話》、《中條山中》、《王禮錫先生的病和死》。這些前往戰地訪問來自陪都重慶的作家，表現出前所未有的堅毅和勇敢，付出了血的代價以至生命的犧牲，也因此而獲得巨大的收穫——他們發現「士兵同志，絕不是過去那樣魯莽、粗野，而是今天大時代的中的軍人」，「有豐富的抗戰知識和經驗，有濃厚的國家民族意識。問不短，說不窮，這真是有素養有教育的新軍人」，他們還發現農民參加了「各種民眾的組織」，「不論是老的、小的、男的、女的，都可以告訴你許多他們如何參加各種組織，怎樣上前線，跟隨軍隊打仗，以及一切生活中的細事和敵人的殘暴情形。」〔註52〕

作家戰地訪問團的整個戰地行以團長王禮錫的因病去世而中止，但是，作家戰地訪問的意義，不僅在於促進了抗戰文學運動從以陪都重慶為核心的大後方向戰地的全面展開，使抗戰文學創作與抗戰現實進程更加緊密地聯繫起來，從而推動抗戰文學更好地為抗戰服務；同時，也通過展示戰地軍民艱苦卓絕而又充滿必勝信念的戰鬥與生活情景，以鐵的事實來回答國際人士所提出的「中國人民在日本佔領區（自然，他們所謂的佔領區是連游擊區在內）

〔註51〕《抗戰文藝》第4卷3～4期合刊。
〔註52〕《漢奸和紅槍會代表的談話》，《抗戰文藝》第5卷第6期；「筆游擊」載《抗戰文藝》第4卷第5～6期合刊，第5卷第1～6期，第6卷第1期。

是否快活」這樣的問題。正如王禮錫在日記中所寫的那樣：「我想到敵人後方去把敵後方我們的活動告訴一切國際人士，使他們知道日本占去的領土，僅是點的，至多是線的，絕不可能是面的，中國人民在日本佔領區是快活的，因為他們仍然生活在中國的統治之下，這就是答案。」

　　由此可見，以陪都重慶為中心的抗戰文學運動，在中華全國文藝界抗敵協會這樣的全國性專業協會的指導下，在服務於抗戰的各種民眾動員活動中，在從大後方到戰地的抗戰區之中發揮著巨大的影響。這就難怪王禮錫在離開重慶之時，會依依不捨地在日記中這樣寫道：「暫別了，重慶！雄偉的大江，秀麗的嘉陵，像一雙秀麗的玉腕，日夜擁抱著你。敵人可以從高空來侵襲，可是千重山，萬重水，數萬萬人民血肉的長城，保護著你。」〔註53〕顯而易見的是，重慶那兩江懷抱半島的獨特地貌，以其雄偉秀麗深深打動了王禮錫的心。

　　只不過，此時王禮錫眼中的重慶，尚處於從區域文化中心向著全國文化中心的現代發展過程中，因而也就意味著抗戰前重慶的水碼頭形象，正在向著抗戰中重慶的山城意象進行人文地理的轉換。早在十九世紀末二十初，憑藉著川江這一黃金水道，就成為長江上游經濟中心的重慶，逐漸由傳統城市的「江州」重慶向現代城市的「山城」重慶緩慢走去，而地方軍事勢力的長期爭奪，使得這本來就緩慢的城市行走更顯得步履艱難，致使城市化無法完全實現，造成了重慶文化與文學滯後於沿海沿江的諸多城市。抗日戰爭導致了全國文化中心的從東向西的轉移，重慶文化與文學獲得了迅速發展的契機，賦予重慶的山山水水以現代特質，不僅川江繼續作為拱衛重慶的一道天塹，而且重慶周邊的群山更是成為戰時首都的天然屏障，為山城意象的凸顯，提供了得天獨厚的地理條件。

　　隨著重慶在抗戰時期第一次成為直轄市，尤其是國民政府明定重慶為陪都，為重慶形象中山城意象的凸顯，提供了一次千載難逢的機遇。重慶市區的擴大使重慶的行政區劃與人文地理之間的地理邊際達到了重合，其地理標記就是環繞重慶的群山。更為重要的是，抗戰時期的人口大遷徙，對於山城意象的凸顯來說，具有舉足輕重的現實作用。

　　這是因為，即使是湖廣填四川的大規模的傳統移民，也不過依然是使重

〔註53〕《王禮錫日記——記「作家戰地訪問團」》，《作家戰地訪問團史料選編》，四川省社會科學院出版社1984年版。

慶在保持著水碼頭的傳統城市格局之中，艱難地向現代城市突圍，到抗日戰爭全面爆發前夕，全市 47 萬人口之中，加入袍哥的竟有 7 萬人左右。〔註 54〕同時，城市化所必需的教育體系遠非完備，第一所大學的重慶大學遲至 1929 年才創辦，因而不僅在重慶難以形成城市化所需要的開風氣之先的知識階層，而且也導致整個人口教育程度水準的低下。所以，整個社會心態呈現出守舊的姿態，特別是女子纏腳的陋習盛行，以至於直到抗日時期的 1939 年，還要由重慶市政府發布《禁止婦女纏足條例》，來進行腳的「解放」。

抗戰時期的大移民，使陪都重慶的人口在八年間突破了百萬大關，奠定了現代大都市所必須的人口基礎。更為突出的是，外來移民的教育程度一般來說比較高，相應地促動了陪都重慶人口教育程度水準的上升，與此同時，在內遷高校的推動下，陪都重慶形成了結構合理的現代教育體系，加上國民政府大力推行國民教育制度，使學校教育向社會教育的方向發展。這就促使陪都重慶的文盲人口比例大幅度下降，據 1945 年 1 月的統計顯示，全市 104.8 萬人口中，文盲人數為全市總人口的 32.02%（其中包括 4、21%的教育程度未詳者），不到陪都重慶人口的三分之一。更為重要的是，人口教育程度的改善，促進了陪都重慶的社會科層化，突破了戰前重慶上層社會與下層社會相對峙的封閉格局，一些需要較高教育程度的行業，如商業、工業、交通、公務、自由職業等等，其從業人員已經達到全市總人口的 48.97%，接近陪都重慶人口的一半。〔註 55〕

這就表明，陪都重慶的市民階層已經開始形成，自然也就加快了陪都重慶向著現代大都市發展的步伐。更為重要的是，隨著抗戰時期的大移民，為陪都重慶文化與文學注入了來自全國各地的多種多樣的文化成份與文學元素，促使重慶這一區域文化中心獲得了全國文化中心所必需的豐富而多樣的文化構成。特別是所謂「下江人」到來，更是成為全國文化中心從東向西轉移的人口標誌，直接表現為重慶方言由四川方言的一個地方分支，轉為與之相併列的地方方言。比較而言，在重慶成為戰時首都之後，重慶方言由於接納了廣為流行的江浙「官話」，特別是國語的全面影響，其地方方言的特性已經有所減弱，而較趨近於國語。這就為陪都重慶文化與文學的發展創造了必

〔註 54〕隗瀛濤：《近代重慶城市史》，四川大學出版社 1991 年版，第 389、427 頁。
〔註 55〕《本市教育程度》、《本市人口職業分配》，《重慶要覽》1945 年版，第 18、17 頁。

不可少的語言根基，不僅有利於陪都重慶文化的群體累積，而且有助於陪都
重慶文學的個人表達。

　　由此可見，抗戰時期的大移民，首先是加快了重慶的城市化進程，促進
了重慶文化與文學的現代轉型；其次是為重慶帶來了多元化的文化與文學因
子，推動了重慶文化與文學的全面發展，從而賦予陪都重慶文化與文學的人
文地理內涵以現代性與多樣性相併重的時代新質，山城意象由此而凸現。山
城意象不僅是對於陪都重慶的現實性寫照，而且將是對於現代都市重慶的歷
史性觀照，在突破抗戰時期的階段性封閉的同時，所展示的正是重慶城市化
在時間開敞之中所呈現出來的空間形象——重慶形象的兩大構成之一的山
城意象。不可否認的是，山城意象的凸現正是從陪都重慶開始的，並且首先
出現在陪都重慶文學的個人創造之中，由此而顯現出陪都重慶文化的豐厚累
積。

　　無論是老舍的《鼓書藝人》從橫向交融的文化層面上，來展現山城意象
的文化包容廣度；還是梁實秋的《雅舍小品》從縱向挖掘的文化層面上，來
顯現山城意象的文化蘊涵深度，都同樣是以個人表達來給予山城意象一個有
意味的形式，分別從不同角度來對山城意象的文化意蘊進行大力呈現。從兩
者的社會傳播與個人閱讀的接受效果史來看，相形之下，《鼓書藝人》更多的
是表達出對於陪都重慶的某種難以排解的個人回憶，或許能夠成為僅僅是關
於陪都重慶文化的一次文學記憶；而《雅舍小品》則更多的是傳達出有關陪
都重慶的某種可以擴散開來的集體追思，已經能夠成為由陪都重慶文化而引
發的一種文學懷鄉。這也許就是為什麼《鼓書藝人》即使被搬上銀幕，其文
學反響也難以與《雅舍小品》相媲美，雖然它們都同樣都是呈現山城意象的
文學之花。

　　這無疑就表明，越是能夠體現出山城意象所蘊涵著的歷史文化意味的縱
深感的文學創作，其文學魅力就可能超過那些側重於山城意象所包容著的現
實文化意義的橫切面的文學創作。那些以陪都重慶的人和事為藝術反映對象
的話劇劇本，從早先創作的《霧重慶》、《重慶二十四小時》，到後來創作的《山
城故事》、《重慶屋簷下》，已經從偏重於陪都氣象的文學渲染，逐漸傾向於山
城意象的文學傳神，並且在舞臺上演出之後產生了較大的社會影響，尤其是
《重慶屋簷下》，在 1943 年到 1944 年度的第三次霧季公演中，引起了一次又
一次的對號入座者的干涉，以至發展到對簿公堂的地步，因而引發了關於該

劇是否具有真實性的激烈論爭。〔註56〕

　　儘管如此，所有這些標明與「重慶」或「山城」有關的話劇創作，由於注重對於陪都重慶進行直接的生活觀照，在轟動一時之後，隨著時過境遷，結果依然是默默無聞，更不用說那些基本上與陪都氣象直接相關的文學創作了。山城意象的文化內涵與文學魅力超過陪都氣象的文化內涵與文學魅力，也就在一定程度上證實：陪都重慶文化與文學的地方性較之地區性，更能夠在深層次上體現出陪都文化與文學的區域性來。在這樣的意義上，可以說只有那些既能夠產生地區性影響，又能夠引發地方性反響，具有著陪都氣象與山城意象雙重文化內涵的文學創作，才有可能使個人表達在完整地體現出陪都重慶文化與文學的區域性的同時，去超越時間與空間的雙重限制，融為中國現代文化與文學在區域發展之中的重慶形象。

〔註56〕石曼：《重慶抗戰劇壇紀事》，《重慶文化史料》1991 年第 2 期。

第二章　陪都詩歌的多樣選擇

一、震撼人心的詩歌

　　1937 年 12 月 16 日，重慶的第一個現代詩歌刊物《詩報》試刊號，伴隨著抗戰的隆隆炮聲在中國大地上的迴蕩而誕生。正如《詩報》的發刊詞《我們的告白》中所說：「詩歌，這短小精悍的武器，毫無疑義，對抗戰是有利的，它可以以經濟的手段暴露出敵人的罪惡，也能以澎湃的熱情去激發民眾抗敵的意志」，與此同時，抗戰更需要「強化詩歌這武器，使它屬於大眾，使它能衝破四川詩壇的寂寞」。〔註 1〕這就表明，現代詩歌不僅要成為激勵抗戰到底的精神武器，而且也要為滿足大眾而堅持詠唱。然而，重慶詩壇的寂寞並沒有因為《詩報》的出現而立即衝破，《詩報》反而因戰時審查而很快消失。

　　這就難怪一些本地詩人要離開重慶，不過，仍然要堅持詩歌的個人吶喊。何其芳在《成都，然我把你搖醒》中進行了這樣的激情宣洩：「這時代使我想大聲地笑，／又大聲地叫喊」，因為「敵人搶去了我們的北平、上海、南京，／無數的城市在它的蹂躪之下呻吟」，「於是誰都忘記個人的哀樂，／全國的人民連接成一條鋼的鏈索」，與此同時，「我像盲人的眼睛終於睜開，／從黑暗的深處看見光明」。這樣，當追求光明離開重慶而奔赴延安的詩人，重新回到重慶以後，除了寫出諷刺詩《笑話》（後改名為《重慶街頭所見》）之外，直到抗戰勝利之後的 1946 年 2 月，才寫出了《新中國的夢想將要實現》（後改

〔註 1〕李華飛：《〈詩報〉創刊五十年》，《重慶文史資料》第 29 集。

名為《新中國的夢想》)，來歡呼光明的即將到來。〔註2〕

　　也許，詩人何其芳的離去，當時就對其他詩人的詠唱有著這樣或那樣的影響。從曹葆華的《題未定》之中，傳來了這樣的呼應：「大炮聲震醒了許多人，卻撼不動古老的都市」——「成都，這民族最後的根據地」。〔註3〕不過，至少從客觀上看，有助於拓展詩人詠唱的個人視野，為重慶詩歌增添了幾分來自大西北的清新與自然、粗獷與奔放。於是，在他的《西北牧羊女》中，不僅出現了有著「不飾脂粉／鮮如蘋果的圓臉」的「西北牧羊女」，而且更展示出離別中的期盼：「當你半回頭／看長長的山峽裏／曳過了多少驟車／馱著寒衣／向天外送去」。〔註4〕這樣，少女的離別情懷與民族命運的緊密相聯，自然也就超越了個人的小天地，在天真嫵媚之中顯出激昂向上的另一面來。

　　這樣，僅僅是在重慶的《新華日報》上，就不僅發表了《敬禮，守衛國土的老媽媽》，來歌唱太行山手持紅纓槍的老媽媽們，〔註5〕而且也發表了《邊塞吟》，來歌唱察哈爾草原上浴血奮戰的蒙古族英雄，〔註6〕更發表了《夜過秦嶺——贈別西北》，通過反覆的吟唱來表達這樣的離別之情：「難以忘懷啊！／那堅實的黃土地，／和堅實的戰鬥夥伴們。」〔註7〕所有這些的短唱與長歌，雖然都是直抒胸臆的頌歌，但是，對於大西北軍民堅持抗戰到底的執著信念與犧牲精神的高度頌揚，在震撼著每一個身在重慶的讀者與詩人，大西北的崇山峻嶺、廣闊草原、黃土地，開始闖進他們的心靈深處。

　　詩人的聚散離合，是中國現代詩壇上是常見的現象，而抗日戰爭無疑加快了這一分分合合的進程。在重慶，既有著本地詩人的離去，更有著外地詩人的到來，而有關重慶形象的個人吟唱無疑已經成為重慶詩歌發展中的一種有意

〔註2〕《何其芳文集》第1卷，人民文學出版社1984年版。何其芳既是重慶本地詩人，更是中國現代詩人。只不過，自從他在抗戰初期離開重慶到延安去之後，極少寫出與陪都重慶相關的詩作，僅僅是在抗戰之前，尤是在他寫詩之初，寫出了大量以自己家鄉的風土與風物為抒發對象的詩作。由此可見，何其芳既與重慶文學的現代發展有關，又與其保持著階段性的疏離。參見中國大百科全書總編輯委員會《中國文學》編輯委員會、中國大百科全書出版委員會《中國大百科全書·中國文學》第1卷，中國大百科全書出版社，1986年版，第244頁。

〔註3〕曹葆華：《題未定》，《文藝陣地》第3卷第2期，1939年5月1日。

〔註4〕曹葆華：《西北牧羊女》，《國民公報》1940年7月6日。

〔註5〕袁勃：《敬禮，守衛國土的老媽媽》，《新華日報》1938年12月27日。

〔註6〕戈芒：《邊塞吟》，《新華日報》1939年11月6日。

〔註7〕李嘉：《夜過秦嶺——贈別西北》，《新華日報》1940年12月30日。

識的選擇，並且呈現出由兩相對照到意境融通這樣的循序漸進藝術創造來。

在《雨》的飄灑之中，「看不見山頂的古塔／層巒中現出蒼茫的雲海」這樣的雨中山城，與「柳絲搖曳在湖邊／芭蕉聲攪碎旅人情懷」這樣的故園情景，在鮮明的詩意對峙之中凸顯出來的，「是飢寒交迫的流亡者之哀呼／長空裏一兩聲雁唳」。〔註8〕而在《蘆花》的紛飛之中，身在戰時首都重慶的流亡者那思鄉之情，正是通過「蘆花白透河塘」之後「夜沉沉，雁南歸」的追憶，來喚起「少年流落在遠方」的離鄉背井之痛。〔註9〕應該說，無論是重慶形象之中的山城意象，還是重慶形象之中的陪都氣象，在這些外地詩人的吟唱中已經開始或明或暗地在詩情抒發之中得到了初步的表達。

對於本地詩人來說，對於重慶形象的個人吟唱，已經開始將山城意象與陪都氣象融為一體：「遠山模糊，江邊流娌著白霧／纖纖的柳枝閃起了嫩絲／爆竹裏傳來雄壯的《義勇軍進行曲》」。這就是《聽，那峰巒》之中閃現出來的一個完完整整的重慶形象，一個抗戰豪情高萬丈的充滿活力的重慶形象——「這是群綠竹一樣的年輕行列／從山城，挺拔的去到祖國的原野」，「嘉陵江畔輪船的汽笛長鳴／山風波蕩著海潮般的歡聲／江水，也藍澄澄的漾出多情」。如此明朗歡樂的重慶形象，烘托出如此慷慨激昂的抗戰豪情，儘管戰士們出征之時要告別自己的媽媽、告別自己的妻兒，可是，為著真正安樂的家庭，為著不再荒蕪的田園，必須高舉抗戰的大旗，「聽，那峰巒，那峽壁，遠遠回應著軍歌／船身東去了，可是——／抗戰的炮火卻燃燒著每個人的心窩」。〔註10〕

有戰鬥就有犧牲，散文詩《燃燒與埋葬》進行著詩意的吶喊，在祖國兒子的生命燃燒中，「我們要繼續這光榮的戰爭」，在祖國母親的懷抱裏，「一個英勇兄弟死了，在他自己的崗位上」。〔註11〕戰士的犧牲，迎來了後方的安寧，而後方的人民也同樣以努力的奉獻，來解除前方戰士的疲乏與飢寒。《嘉陵江上》一開始就訴說「從山國腹臟裏奔瀉而來的嘉陵江」，傳送著「田園並沒有荒蕪」的喜訊來告慰前方將士，飛馳著「扯滿風帆的糧艇」來確保前方將士的堅持戰鬥，所以，難怪全詩最後會發出這樣的讚美：「嘉陵江上孕育著無上

〔註 8〕蘇吉：《雨》，《新蜀報》1938 年 9 月 30 日。
〔註 9〕孫望：《蘆花》，《國民公報》1939 年 11 月 30 日。
〔註10〕李華飛：《聽，那峰巒》，《新蜀報》1939 年 3 月 17 日。
〔註11〕麗尼：《燃燒與埋葬》《國民公報》1939 年 8 月 15 日。

的光輝的希望」。〔註12〕嘉陵江是聯繫著前方與後方的生命線，而嘉陵江畔的戰時首都重慶，正是抗戰大後方的心臟。陪都氣象透過山城意象隱約可見。

　　無論是外地詩人，還是本地詩人，隨著抗日戰爭的持久進行，都面臨著同樣的選擇：為了抗戰到底而堅持歌唱。正是擁有了共同的選擇，詩人彼此之間的戰鬥情誼與日俱增。《打馬渡襄河——寄風磨》一詩中進行了這樣的贈答：「七百里風和雪，／我向東方，／打馬渡襄河。／你從枇杷坪，／寫詩來送行，囑我——／趕著春天去，／去豐收一個秋天。」〔註13〕無論是上前方，還是在重慶，千里同心為抗戰，彼此之間只留下激勵與思念。

　　戰友兼詩友的情懷浮現在《懷念》（光未然）中：以「我在地之南／你在天之北／你惦記著我／我惦記著你」始，而以「我在低吟／你在高飛／我在／地南／你在／天北」終，其間借助「你是那健走的白馬」、「那浪頭搏鬥的海燕」與「我是那受傷的毛驢」、「那晚潮退下的涸魚」的反覆對比，〔註14〕來抒發內心的羨慕與遺憾，表達出奔赴前方的渴望。不過，即使是離開重慶上前方要做到輕裝上陣，那也並非易事——「從此擺脫這兒女的私情，／不留守巴蜀的山景」——「春不遠了，／江南三月天；／看敵人總崩潰！／看健兒躍馬立功！」〔註15〕這是從《春來歌大地》之中傳出的告別壯歌。

　　所有這些在重慶發出的吟唱，一方面表現出全民抗戰的鬥志高漲，從重慶到西北，從前方到後方，從南方到北方進行了詩歌視野的現代拓展，與此同時，重慶形象的內外兩面也分別在詩情抒發中浮現出來，趨向山城意象與陪都氣象的詩意融合。不可否認的是，所有這些吟唱，往往是以心靈告白的方式進行詩情的個人宣洩，雖然降低了詩歌接受的門檻，卻又促使詩歌創作走向詩味的淡薄與詩意的單薄。於是，詩人們在重慶面臨著詩情抒發的新選擇。

　　能否通過對傳統詩歌營養的汲取來促進現代詩歌吟唱的多姿多彩呢？《懷舊別曲》（康陳珠英）進行這樣的個人嘗試，「城樓邊，／簫鼓滴出金馬的悲鳴」與「唱一聲——起來！／不願做奴隸的人們！」之間，〔註16〕企圖

〔註12〕沙白：《嘉陵江上》，《國民公報》1939年9月9日。

〔註13〕呂建：《打馬渡襄河——寄風磨》，《中國四十年代詩選》，重慶出版社1987年版。

〔註14〕光未然：《懷念》，《新蜀報》1940年2月22日。

〔註15〕朱亞南：《春來歌大地》，《國民公報》1940年5月20日。

〔註16〕康陳珠英：《懷舊別曲》，《國民公報》1939年3月29日。

進行詩與歌的古今縫合，在難能可貴之餘，留下了詩藝的生硬縫隙。這種詩藝的生硬，稍後在《哀杜鵑》（馮玉祥）中得到某種程度上的緩解，能夠以杜鵑花替代杜鵑鳥，來化用「杜鵑啼血」的傳統意象，進行這樣的吟唱：「我哀杜鵑，／我哀杜鵑，／我哀國家的金錢，／我哀人民的血汗！」〔註17〕由此來控訴著國賊與倭寇的罪惡。只有當直白轉向委婉，才有可能增多現代詩歌的個性色彩，所以，依然還是那古往今來一體的月光、荒店、行人……，不過「一壺土味的水酒，／醉去八百里的疲勞，／一床金黃的稻草，／好編織旅途的長夢」，〔註18〕無疑賦予《荒店》一詩較為醇厚的詩味與較為新鮮的詩意。

這一變化出現在從抗戰前期到抗戰後期的重慶現代詩歌發展之中，也無疑從一個側面上折射出陪都的現代詩人們，在1941年前後所進行的關於個人吟唱的新選擇。

在1941年2月28日的《新蜀報》上，發表了曉鶯的《唱下去》一詩，其中發出這樣的呼喚：「為真理而歌罷！／直到旭日照到山頭，／而大地開滿花朵」。這就是為堅持抗戰而唱下去，這就是為獻身抗戰而唱下去，這將意味著可能的犧牲。到了1941年10月，於是出現了《假如，我死了》中的反覆吟唱：「假如，我死了，我死了，／為了我的碧綠的碧綠的府河，／和淡藍淡藍的夢澤湖，／姑娘，你莫悲傷，莫悲傷！」……「假如，我死了，我死了，／請為我立一塊很小很小的石碑，／碑上刻著：一個年輕人為祖國而戰死！／姑娘，你莫悲傷，莫悲傷！」……〔註19〕在一唱三迭的詠歎之中，詩情抒發開始進入盪氣迴腸與幽遠深長交互融入的境地。

這就難怪一年後，同樣在1942年2月6日的《新蜀報》上，會出現禾泥的《醒後》這樣的詩意抒發——「兒時的夢」與「苦澀的快樂」交錯纏繞——「眉月無言瞅著江水／我浸浴在晚風裏／憶想到故鄉流水的低唱」……「然而歸期呢／很深的／很遠的／像無底的海」。從此時的江水到彼時的流水，延伸為未來的海水，綿延不絕的懷鄉情呈現為水的傳統意象在當下流蕩。

當然，在詩意抒發之中，出現了更多更多的個人創新。在《新葉》中，「羞澀的嬌小的新葉」不僅是「春天的襁褓」，而且是「生命的象徵」，更是美的化身：「我彷彿看見你坐在紅色的帆裏／漂浮在藍色的天空的泡沫裏

〔註17〕馮玉祥：《哀杜鵑》，《馮玉祥詩選》，四川人民出版社1982年版。
〔註18〕程康定：《荒店》，《詩前哨》叢刊1944年第2輯。
〔註19〕晏明：《假如，我死了》，《詩叢》1943年第1期。

了」。〔註20〕而在《四月的風》之中，「四月的風」，吹來了像晚霞一樣「鮮紅美麗」的山桃花，也吹出了像「江流一樣寬暢」的好心情，「四月的風／低唱在茫茫的夜空」，「星兒」、「月亮」、「我」都「沉醉在你的呼喚裏」。〔註21〕

春天的葉，春天的風，激動著詩人的想像，不由得去追憶春天的由來。在迎來抗戰勝利的 1945 年，出現了《六行──贈梅》一詩，外來現代詩風吹拂著「梅」這一中國傳統意象，由此展開了個人創新的任意揮灑，在堅貞裏鎔鑄犧牲的奉獻，從犧牲中喚起理想的追求，詩意充盈的詩境升騰到哲思的高度──「多少陣雜沓的音響，掠過你身旁，／一片玉瓣，是一滴生命，／剝落了生命，你召來燕語和鶯啼。／感謝你在我心裏投下溫馨與希望，將我從蒼白的國度帶向綠色世界，／而你卻在綠色的世界裏凋謝。」〔註22〕

僅僅由此，就可以看到從抗戰前期到抗戰後期，重慶現代詩歌發展之中，詩人進行多樣化的個人選擇的一個側面。如果承認這樣的個人選擇的存在事實，那麼，保障詩人進行這樣的個人選擇的現實條件，又是什麼呢？

雖然可以說，在由文化中心而出版中心的陪都重慶，通過大量報刊與出版物的市場發行，就這樣為天南地北的中國詩人，為生活在重慶的中國詩人，尤其是為戰火之中誕生的青年一代詩人，提供了舒展個人詩才的社會傳播舞臺。當然，對於重慶現代詩歌發展來說，僅僅是重慶提供了詩人施展才華的廣闊而多樣的社會傳播，還是遠遠不夠的，因為這只是重慶現代詩歌發展的傳播前提。所以，在這樣的社會傳播舞臺上必須有振奮人心的詩人出場。當這樣的詩人一旦到場，就可能在展示出他們創作中的個人選擇的同時，促成其他詩人開始在自己的創作中進行個人選擇，從而以其合力直接推動著重慶現代詩歌的發展不斷向前。這就需要從集體到個人的詩藝示範，而歷史老人無疑是偏愛重慶的，為詩人們提供了這樣的機遇。

1938 年底遷渝的《七月》，從 1939 年 7 月在重慶復刊到 1941 年 9 月停刊，集聚了一大批青年詩人，由此而形成七月詩人群。從 1942 年到 1944 年，南天出版社出版「七月詩叢」，吹生了青年詩人們的詩集──孫鈿的《旗》、亦門的《無弦琴》、冀汸的《躍動的夜》、鄒荻帆的《意志的賭徒》、綠原的《童話》、魯藜的《醒來的時候》，以及胡風編輯的青年詩人合集《我是初來的》；

〔註20〕左琴嵐：《新葉》，《詩墾地》1942 年第 4 輯。
〔註21〕沈慧：《四月的風》，《新華日報》1942 年 4 月 24 日。
〔註22〕曹辛之：《六行──贈梅》，《最初的蜜》，文化藝術出版社 1985 年版。

另外也推出了成名詩人的詩集——艾青的《北方》、田間的《給戰鬥者》、天藍的《預言》，顯示出七月詩人群的創作實力。1944 年 12 月《希望》在重慶創刊，該刊在抗戰勝利後遷往上海，於 1946 年 10 月停刊，繼續為七月詩人群的穩固與壯大提供了有效的保障，促使七月詩人群完成了詩歌流派的轉換，成為抗戰爆發以來中國詩歌發展中聲名最著的詩歌流派，這就是七月詩派。

　　七月詩人群對於重慶現代詩歌發展的現實影響從不斷擴大轉向日益深入，實際上是與七月詩派的形成保持著高度的一致的。1939 年 9 月在《七月》第 4 集第 3 期上，鍾瑄發表《我是初來的》一詩，預示著七月詩派的青年詩人以「黎明」追求者的歡唱形象出現在重慶詩壇上——「我是初來的／我最初看見／從遼闊的海彼岸／所升起的無比溫暖的，美麗的黎明」——「黎明照在少女的身上／照在漁民的身上」，激發起民族意識在覺醒中不斷地高揚。這就難怪胡風在編選七月詩派 14 位青年詩人合集的時候，會借用「我是初來的」進行命名。1942 年 4 月牛漢以谷風這一筆名發表了《山城與鷹》，表現出詩人與詩作在同步成長：「鷹飛著，歌唱著：／『自由，便是生活呵……』」，「於是山城在罪惡的霧中／哭泣著遠古的生命底悲哀／以後，山城卻在鷹底歌聲的哺育下／復活了，而鷹是山城生命的前哨……」。〔註23〕

　　由此可見，從看見民族解放的黎明，到歌唱文化復興的自由，詩歌創作中所展現出來的理想追求在個人吟唱中，進行著從簡單到繁複的意象轉換，由單純的傾訴轉為多重的對應，實際上已經促成詩意蘊涵的擴張與深化，與此同時，詩情抒發的方式與手段更趨向個人選擇的多樣化，從而構成了七月詩人群進行詩藝示範之中從詩思到詩形的兩極。

　　僅僅從七月詩人群所運用的詩歌體裁來看，抗戰之初，在七月詩人群中就出現了詩歌吟唱由短而長的變化，從 1938 年 4 月艾青寫出《向太陽》這樣的抒情長詩，到 1938 年 5 月天藍寫成《隊長騎馬去了》這樣的敘事長詩，展示出抗戰時期中國詩歌發展的新動向來。毫無疑問的是，七月詩人群以抒情長詩創作著稱，創作了大量佳作：《春天——大地的誘惑》（彭燕郊）、《渡》（冀汸）、《神話的夜》（綠原）、《風雪的晚上》（魯藜）、《終點，又是一個起點》（綠原）……並且也進行敘事長詩的不斷嘗試，如《縴夫》（阿壟）、《火把》（艾青）等。與此同時，還創作出系列性短詩的組詩，如《延河散歌》（魯藜）、《躍進》（艾漠）、《季候風》（冀汸）、《耕作的歌》（杜谷）、《六歌》（阿

璽)、《英雄的詩沒有寫完》(冀汸)等,以及寓言詩《小牛犢》(彭燕郊)、《給哥哥的信》(鄒荻帆)、《穗》(冀汸)與諷刺詩《猶大》(阿璽)、《他們的文化》(化鐵)等。

特別值得一提是小詩的創作,不僅有著《蕾》中對於生命初綻的憧憬:「一個年輕的笑／一股蘊藏的愛／一壇原封的酒／一個未完成的理想／一顆正待燃燒的心」;〔註24〕而且有著《隕落》中對於生命奉獻的讚頌:「流星是映照著愛者的晶瑩的淚珠／帶著聽不見的聲響落的／落了,落了,幾千年後的人間／閃著它不滅的生命的光」;〔註25〕更是有著《泥土》中對於生命價值的沉思:「老是把自己當作珍珠／就時時怕被埋沒的痛苦／把自己當作泥土吧／讓眾人把你踩成一條道路」。〔註26〕在這裡,可以看到在戰時生活中詩歌對於生命張揚所能達到的個人極致,顯示出七月詩人群通過同中有異的個人吟唱,已經能夠在詩思與詩形之間趨向高度的和諧。

顯而易見,正是七月詩人群以其充滿青春活力而多姿多彩的創作,為抗戰時期的中國詩人,特別是重慶詩人進行了集體性的詩藝示範。不過,隨著抗日戰爭全面爆發,成名詩人也先後來到了重慶,無論是七月詩人群一員的詩人艾青,還是自成一格的詩人臧克家,均以激情洋溢而各有側重的創作,為抗戰時期的中國詩人,特別是重慶詩人進行了個體性的詩藝示範,從而與七月詩人群一起,為重慶現代詩歌在抗戰時期的發展,以及抗戰勝利以後的發展,提供了難能可貴的詩藝資源。

首先是艾青的到來。艾青直到1940年5月才到達重慶,不過,艾青在前往重慶的途中所寫成的長達千行長詩《火把》,6月在重慶的《中蘇文化‧文藝專號》上發表之後,引發了一場論爭,而論爭的焦點就是:《火把》是不是基於現實生活而又塑造出新女性形象的得意之作?如果說《火把》是抒情長詩,裏面出現了關於「我」這樣的人物與情節大量虛構,如果說《火把》是敘事長詩,裏面又出現了關於「我們」這樣的抒情主人公過多的激情宣洩。那麼,《火把》是不是果真在「指示私生活的公眾化」的同時避免了「公式化」,自然就會引起針鋒相對的說法,也許,如何看待《火把》的詩藝新貢獻,倒應該是如艾青自己所說的:「我嘗試運用變化多端的手法,場景也一幕一幕的有

〔註24〕鄒荻帆:《蕾》,《意志的賭徒》,南天出版社1943年版。
〔註25〕曾卓:《隕落》,《曾卓抒情詩選》,中國文聯出版公司1988年版。
〔註26〕魯藜:《泥土》,《希望》第1集第1期,1945年12月。

所變換」。至少從艾青自己的評論中，可以看出《火把》應該是敘事長詩，只不過他本人是習慣於寫抒情長詩的，因而《火把》中出現「我」與「我們」的並置，也就不足為怪。〔註27〕因此，至少可以說，艾青雖然僅僅在重慶停留了半年多，到1941年2月就離開了重慶，〔註28〕但是，對於抒情長詩與敘事長詩應該如何寫，倒是進行了一次影響頗大的個人示範。

其次是臧克家的到來。臧克家是在1942年8月到重慶的，直到1946年6月才離開重慶，整整在重慶生活了4年。剛到重慶的臧克家就發表了完成不久的，自稱是「五千行的英雄史詩」《范築先》。這是因為，處於危難中的中華民族需要新的民族英雄來激勵民族精神的更生，猶如古樹綻放新花，而抗日戰爭催生了英雄的輩出，在臧克家看來，「人的花朵，先後開放了許多，而范築先，是這些人花中燦爛的一朵」。於是乎，《范築先》在期刊上連載之後，在重慶出版單行本時，被臧克家改名為《古樹的花朵》。這不僅證明英雄史詩《范築先》的中國誕生，需要以抗日戰爭的真人真事為原型，而且更說明英雄史詩《古樹的花朵》的重慶出版，需要確立民族精神更新之中的理想文化人格。臧克家能夠率先寫出抗戰以來最長的敘事長詩，也就在於他自己早已寫過「報告長詩」《走向火線》、《淮上吟》，並且完成了從《向祖國》到《他打仗去了》等六篇敘事長詩，因為「寫長詩特別需要氣魄和組織力」，只有通過艱苦的創作錯有可能獲得。臧克家不僅在到重慶之前寫成的英雄史詩《古樹的花朵》中，而且在到重慶之後寫成的愛情史詩《感情的野馬》中，都同樣表現出這樣的「氣魄與組織力」，〔註29〕從而以其對戰時生活進行的史詩吟唱，進行從英雄史詩到愛情史詩的個人示範。

應該承認，七月詩派的抒情長詩在重慶的發表之後，立即出現了眾多詩

〔註27〕楊匡漢、楊匡滿：《艾青傳論》，上海文藝出版社1984年版，第131～135頁；郝明工：《陪都文化論》，新疆大學出版社1994年版，第160頁。

〔註28〕顯而易見的是，已經成名的中國現代詩人在抗戰時期到陪都重慶來的，雖然不光是艾青一人，但是對於陪都詩歌創作的個人影響，艾青的短暫停留無疑是產生了某種轟動效應的。參見中國大百科全書總編輯委員會《中國文學》編輯委員會、中國大百科全書出版委員會：《中國大百科全書·中國文學》第1卷，中國大百科全書出版社1986年版，第6頁。

〔註29〕孫晨：《臧克家傳》，山東大學出版社，2000年版第216、232頁。臧克家在陪都重慶一直生活到抗戰勝利之後才離去，因而他對於陪都詩歌創作的個人影響，較之艾青，更為廣泛與深入。參見中國大百科全書總編輯委員會《中國文學》編輯委員會、中國大百科全書出版委員會《中國大百科全書·中國文學》第2卷，中國大百科全書出版社1986年版，第1220頁。

人在創作上的回應，隨後湧現了大量的抒情長詩，較為優秀的詩作有：《春》（常任俠）、《持久堅強冷靜》（徐遲）、《曠野的挹鬱》（江村）、《因為我愛……》（煉虹）、《哭亡女蘇菲》（高蘭）、《雅歌》（黎焚薰）、《受難者之歌》（方敬）、《駱駝和星》（朱健）、《白鳥頌》（程錚）、《全世界光明了》（懷湘）等。

不過，當艾青、臧克家到重慶以後，敘事長詩的創作才開始興旺起來，最為突出的詩作是《射虎者及其家族》（力揚），其他較好的詩作有：《小御河》（葛珍）、《問媽媽》（胡來）、《漁村之夜》（沈寄蹤）、《縫衣曲》（高蘭）、《爸爸殺日本強盜去了》（羅泅）、《這裡的日子莫有亮》（沙鷗）、《大石湖》（邵子南）、《賣唱的盲者和一個流浪的孩子》（白岩）等等。此外，在組詩的創作上也出現了一些較好的詩作：《冬天》（周為）、《秋歌》（孫躍冬）、《高粱熟了》（魯丁）、《火霧》（王亞平）等。

在寓言詩的創作上，出現了這樣一些較好的詩作：《擬寓言詩五章》（金克木）、《水牛贊》（郭沫若）、《昆蟲篇》（麗砂）、《夜》（屈楚）、《火把的歌唱》（應光采）、《短章，暴風雨時作》（馮雪峰）、《七月》（張晴）、《生活》（張凡）、《蜘蛛》（朱訊）、《夜的死敵》（斐然）、《老妓女》等。而諷刺詩的創作上，則出現了如下一些較好的詩作：《所見》（肖漫若）、《手牽手的》（芮中占）、《胡逖》（長虹）、《騙子頌》（童燧）、《在勞軍大會》（令狐令得）、《致北方》（劉嵐山）、《「天窗」》（木人）、《一幅難民寫照圖》（蘋平）、《標準青年的自畫像》（湛盧）、《他是一個中國人》（蕭揚）等。

在小詩的創作上，較早出現的是《歷史與詩》（徐遲）、《綠色的春天》（山莓）、《星雲集》（麗砂）、《敵後小詩》（莊言）、《拉縴夫》（丹丁）、《小土屋》（白堤）、《小詩兩首》（禾波）等，其中大多數是詠物或紀事的。直到《三代》（臧克家）中「孩子／在土裏洗澡／爸爸／在土裏流汗／爺爺／在土裏埋葬」，以生命的哲思融入「泥土的歌」，〔註30〕震撼著詩情抒發之中的個人吟唱，小詩的創作才顯得更加精粹而富有神韻。如《晨星》（王亞平）、《拾取溫暖者》（文綱）、《低唱六章》（晏明）、《十行小唱》（方漸）、《紅葉集》（文季）、《詩二首》（笠菁）、《算命者》（沈紋）、《盲者》（白堤）、《漁夫》（沙鷗）、《懷舊集》（甘永柏）、《花束》（鍾辛）、《鄉村》（林薇）、《河·船·橋》（木人）、《雨季》（陳敬容）等。

所有這些在重慶出現的抒情長詩、敘事長詩、組詩、語言詩、諷刺詩、

〔註30〕臧克家：《三代》，《泥土的歌》，今日文藝社 1943 年版。

小詩，都在展現出詩歌視野拓展的同時，從外地詩人到本地詩人，從成名詩人到青年詩人，經過了詩情表達的個人選擇之後，對於顯示出較為開闊的詩思與較為完備的詩形之間的一致來。從抗戰以來中國詩人在重慶已經發表的詩作來看，對於重慶形象進行詩意表達的詩作當不在少數，同樣也是通過詩思與詩形之間相一致的個人選擇，來進行陪都氣象與山城意象的個人吟唱。

戰時首都的重慶，已經成為全民抗戰的精神支柱，「我向你默祝著珍重，／你天空多霧的／中國的瑪德里呵！」這是發自《離渝小唱》中的吟唱，因為，「我要著上戎裝，／加入英勇的一群，／守衛祖國，／守衛你──／中國的瑪德里！」〔註31〕重慶不僅與國際反法西斯主義的正義戰爭聯為一體，而且更是成為中國抗日戰爭堅持到最後勝利的後方基地，在同樣的流血犧牲之中，竭盡全力支撐著抗戰到底。

於是，無論是《運輸隊》從後方為前方送去了：「彈藥箱，／麵粉袋，／還有，／溫暖的棉背心，／甜蜜的慰勞信」；〔註32〕還是《背夫》「寸寸的步履，寸寸的艱辛」，「負載著煤炭的重壓，／讓熊熊的爐火感激你，／負載著軍械的重壓，／讓遼遠的戰爭解放你」。〔註33〕已經承擔起如此歷史使命的重慶，在被明定為陪都之後，更是成為來自淪陷區那些顛沛流離的人們，尤其是來自白山黑水的流亡者的新家。這就爆發了《家》中的「齊聲吶喊」：「打回我們的老家」。〔註34〕

陪都重慶在日機的狂轟濫炸之中，已經失去了無數的生命，然而，一旦漠視生命的價值，無疑也就會導致毀滅生命的同樣罪惡，顯現出陪都重慶現實的負面來。於是，《罪惡的金字塔》中發出了這樣的抨擊──「只有憤怒，沒有悲哀，／只有火，沒有水。／連長江和嘉陵江都變成了火的洪流，／這火──／難道不會燒毀那罪惡砌成的金字塔麼？」〔註35〕不過，正如《更夫》面對「發著使黑夜痙攣的聲音，／刺撥喪家失業者的心靈」的同時，「催促著睡眠的人們起來！／去迎接心聲的朝陽。」〔註36〕由此可見，即使是陪都氣象曾經有過陰霾的遮蔽，畢竟還是能夠穩固全民抗戰的信念。

〔註31〕郭尼迪：《離渝小唱》，《中國詩藝》復刊第 2 期，1941 年 7 月。
〔註32〕蒲汀：《運輸隊》，《新蜀報》1940 年 9 月 6 日。
〔註33〕方敬：《背夫》，《行吟的歌》，文化生活出版社 1948 年版。
〔註34〕管火陵：《家》，《新蜀報》1940 年 9 月 21 日。
〔註35〕郭沫若：《罪惡的金字塔》，《蜩螗集》，群益出版社 1948 年版。
〔註36〕蒲汀：《更夫》，《新蜀報》1940 年 11 月 25 日。

　　所以，對作者蓬子來說，不僅坦然地看到《夜景——陪都轟炸季小景之一》，發現「廢墟上熱騰騰的從草棚噴出麵香，／時髦男女的笑聲落滿污黑左頭。／生活原沒有固定大小，固定尺寸，／戰爭教大家懂得幸福的伸縮性」；更是驚喜地見證《奇蹟——陪都轟炸季小景之二》，領悟「燕子築巢也沒有這般容易，／得銜泥銜草掙扎在風裏雨裏，／一條街瓦礫，縱橫著煙火氣味，／這才第五天都建起新的房子」。〔註37〕所有這一切都表明——陪都重慶並沒有在轟炸中消失，反而在轟炸中屹立，只要人們經受住戰火的錘鍊，就完全有可能創造出前所未有的人間奇蹟！所以，《他倆》中的「他倆是在防空洞裏認識的」——「恐怕敵人也完全沒有想到過吧？——／他們的屠殺和破壞的炸彈／竟變成了／使得有情人終成眷屬的媒妁！」〔註38〕

　　如果說陪都氣象是重慶形象中戰時生活的地域性表層，那麼，山城意象就是重慶形象中戰時生活的地方性深層。正是山城的霧和嘉陵江的水，成為建構山城意象的基本要素。

　　山城的霧是「灰黯而濃重的霧」，《灰色的囚衣》（江村）為它定下了這樣的意象底色，「蔥鬱的茂林晦暗了，／碧綠的山岩黴濕了，／曠闊的田野／在死寂的霧層裏沉沉地睡了」，「生活在山國的人民」，渴望「太陽，這山國美麗的稀客，／將用她千萬支纖長的金手／撩起這人間灰色的囚衣」。〔註39〕在這裡，霧與太陽，也就成為黑暗與光明，囚禁與解放的象徵，成為個人吟唱中對舉的山城意象，儘管霧的意象底色由灰向白轉換。在《霧》中，「霧／——白茫茫的霧」，「蓋住了樹木，房屋／山崗，河流……」，「遮斷了璀璨的陽光／人們的視線／所有的道路……」不過，「彌天的濃霧／會帶來一個大晴天／緊跟著沉悶的霧季來的／將是春天的美麗和明朗」。〔註40〕這就是《重慶的霧》所引發的內心渴望：「陰沉的霧就要消退了！／在它的後面會出現一輪紅輝的太陽！」〔註41〕

　　嘉陵江的滾滾波濤，當能引起「我的家在東北松花江上」似的鄉愁與鬥志，《嘉陵江上》迴蕩著思鄉的情懷：「如今我徘徊在嘉陵江上，／我彷彿聞到故鄉泥土的芳香。／一樣的流水，一樣的月亮，我已經失去一切歡笑和夢

〔註37〕《抗戰文藝》第7卷第4～5期合刊，1941年11月10日。
〔註38〕任鈞：《他倆》，《後方小唱》，上海雜誌公司1944年版。
〔註39〕江村：《灰色的囚衣》，《新蜀報》1940年12月7日。
〔註40〕任鈞：《霧》，《為勝利而歌》，國民圖書出版社1943年版。
〔註41〕丹茵：《重慶的霧》，《民主週刊·增刊》1945年第1期。

想。／江水每夜嗚咽的流過，／都彷彿流在我的心上」；同時也激蕩著戰鬥的意志：「我必須回去，／從敵人的刺刀叢裏回去；／把我打勝仗的刀槍，／放在我生長的地方！」〔註42〕

嘉陵江的滾滾波濤，又能引起對於「生和死並沒有什麼距離」的歎息與悲憤，《嘉陵江之歌》傾訴著如此沉重的感歎與質疑：「生命是多麼狹窄而迅速啊！／生活不是更為艱辛嗎」，因為生生死死一瞬間就是嘉陵江船工的命運。由此，只能在無比的悲哀之中進行了這樣的憤怒回答。「嘉陵江是美麗／還是憂鬱的呢？／嘉陵江是悲哀的！嘉陵江是悲哀的！」〔註43〕

嘉陵江的滾滾波濤，更能引起有關「一個民族的生存或淪亡」的沉思與感悟，《我徘徊在嘉陵江上》喚起了從「空襲警報，／像惡狼的嚎叫」，到「瘋狂的警備車，／叫人見了就心跳」的種種沉重而又沉痛的記憶。滔滔奔湧的記憶來自殘酷的戰爭，來自嚴酷的現實，於是，「我徘徊在／嘉陵江上／我懂得我心裏，／為什麼充滿憂傷。」〔註44〕

山城的霧作為意象構成是慘淡的單一，而嘉陵江的水作為意象構成是濃烈的多變，這就為山城意象提供了從單一到多變的構成形態，使之具有了變幻莫測的寓意性。如果說陪都氣象不乏陰霾的纏繞，那麼，山城意象也不乏陰沉的充斥，這就使從抗戰前期轉向抗戰後期的重慶形象染上了陰森的色調，與重慶形象的明朗形成鮮明的對照。

《別霧重慶》中離開重慶的理由，僅僅只有一個：「只怨這裡太冷，／留不住人，／讓人們追尋／另外的春！」〔註45〕而在《山城的側面》中，「一片濃霧」遮住山城「破爛的側面」，而山城就像「艙底破漏的海船／正迷失在霧海裏／漸漸靠近霧海的險灘裏」。〔註46〕並非僅僅是冷酷而險惡的霧遮蔽了重慶，江水也流淌著慘不忍睹的人間悲劇。在《棄嬰》中，一個嬰兒被拋棄在江岸上小巷的牆角邊，在「一塊破破爛爛的布片遮蓋」下，在過路人不加理睬的冷眼中，只有「街頭的野狗夾著尾巴躡行而來，幾隻烏鴉在空中困惑地盤旋著……」〔註47〕嬰兒如此不幸，大人也同樣不幸。在嘉陵江上游的煤礦重

〔註42〕端木蕻良：《嘉陵江上》，《中國民歌集》，文匯書店1942年版。
〔註43〕高蘭：《嘉陵江之歌》，《高蘭朗誦詩》第2集，建中出版社1944年版。
〔註44〕李一痕：《我徘徊在嘉陵江上》，《往日詩選》。
〔註45〕高詠：《別霧重慶》，《戰時文藝》1941年第1卷第1期。
〔註46〕吳視：《山城的側面》，《華西晚報》1944年12月10日。
〔註47〕邱曉崧：《棄嬰》，《遺忘的腳印》，1944年。

鎮白廟子，「冬天的嘉陵江啊！／清得像苦難的眼淚，／那樣悄悄地，那樣不盡地／從白廟子流下來」，這就出現了《白廟子》裏所描畫的悲慘的一幕：「白廟子是一個黑色的國度，／在那裡礦工們彎著腰幹活，／在陰暗幽深的洞底，／掘取他們黑色的生活。」〔註48〕

　　重慶形象就是在戰時日常生活的流逝中，被逐漸抹上了冷酷而險惡、冷漠而兇險的陰森色調，使陪都氣象黯然失色。所以才會出現《不是我們的城》中從憧憬到絕望的發現：「像一支停泊在寂寞裏的小船，／拍擊著希望的水花，／從遠方，我低唱著水花似的歌，／來到這被人們稱讚的山城」，而「山城的道越踏越不平」，證明它「不是我們的城」！〔註49〕問題在於，無論在現實中，還是在詩歌中，「我們」都是普普通通的大多數，而失去了這樣的「我們」的陪都重慶，也就失去了它繼續存在的真正價值。

　　無論是重慶形象的陰森，還是陪都氣象的陰霾與山城意象的陰沉，實質上是基於戰時生活的負面現實。從重慶現代詩歌發展的角度來看，在詩歌視野擴展的前體下，從詩歌蘊涵的厚積到詩歌體裁的多變，都是離不開對於戰時生活的整體性表達的。可以說，正是通過對戰時生活正負兩面的詩意表達，尤其是對重慶形象從明朗到陰森的個人吟唱，重慶現代詩歌的發展才走上了多樣選擇的道路。

二、心潮澎湃的抒情長詩

　　自從抗戰的烽火在全國各地燃燒起來，現代詩歌中的抒情長詩創作就顯得格外突出，並且一直延續到抗戰勝利以後。所以，抗戰時期的中國抒情長詩，尤其全國文化中心陪都重慶的抒情長詩，更是以其令人耳目一新的創作成就，在中國現代詩歌發展過程中佔有著一個非常醒目的位置。不可否認的是，抒情長詩的創作貫穿著整個抗戰時期的始終，進而標示出中國現代詩歌的發展趨向；更為重要的是，抒情長詩的創作出現了從抗戰前期到抗戰後期的變化，不僅抒情的生活基礎在繼續擴大與加深，而且抒情的藝術方式也在不斷汲取與創新。

　　對於陪都重慶的抒情長詩創作來說，七月詩人群發揮著引領的直接作用，首先是艾青以「太陽之歌」的大膽抒情，震撼著整個詩壇，無疑成為眾所矚

〔註48〕夏濤：《白廟子》，《春草詩叢》第 3 集，1945 年。
〔註49〕蒂克：《不是我們的城》，《詩叢》第 2 卷第 1 期，1945 年。

目的焦點——全詩分為「我起來」、「街上」、「昨天」、「日出」、「太陽之歌」、「太陽照在」、「在太陽下」、「今天」、「我向太陽」，共九大樂章的太陽頌歌——在「太陽向我滾來」的基調上迴旋起「我向太陽」傾倒的頌揚。

　　這就是為什麼《向太陽》一開始就要引用「舊作《太陽》」作為序詩，以「太陽向我滾來」進入具有想像張力的重疊與升騰的反覆詠唱：「我起來」——「我打開窗／用囚犯第一次看見光明的眼／看見了黎明／——這真實的黎明」；到「街上」——「早安呵」——「舉著白袖子的手的警察」、「挑著滿籮綠色的菜販」、「穿著紅色背心的清道夫」、「棕色皮膚的年輕的主婦」；在「昨天」——「我曾經狂奔在／陰暗而低沉的天幕下的／沒有太陽的原野／到山巔上去／伏倒在紫色的岩石上／流著溫熱的眼淚／哭泣我們的世紀」——「現在好了／一切都過去了」。在這裡，有關今昔變換的無限感慨，正是因為太陽升起之後黎明的真正到來，而陽光初照的人間，是如此色彩斑斕，使無限感慨植根在人生之中。然而，面對昨天的悲泣，是因為我們生活在沒有太陽的世紀，於是，渴望新世紀如同太陽升起那樣的到來。

　　於是再引用「舊作《太陽》」，將「太陽出來」與「城市從遠方／用電力與鋼鐵召喚它」並置，太陽即現代城市來作為新世紀到來的現代意象。這樣，「日出」就意味著現代城市將帶來「我們的世紀」的更新——「寬闊地／承受黎明的愛撫的城市／我看見日出／比所有的日出更美麗」。所以，「太陽之歌」要放歌「太陽比一切都美麗」——不僅一切偉大的藝術家，如惠特曼、凡高、鄧肯都「從太陽得到啟示」，而且「它使我想起」法國、美國的革命，博愛、平等、自由、民主，《馬賽曲》、《國際歌》，華盛頓、列寧、孫中山「和一切把人類從苦難裏拯救出來的人物的名字」。由此可見，新世紀的到來，與現代思想的傳播是分不開的，與現代革命的實行是分不開的，所以，「太陽之歌」在「太陽是美的／且是永生的」，這樣的高度讚頌中結束。

　　抗日戰爭就是將現代思想與現代革命融為一體的正義戰爭，「太陽照在」中國，「太陽的眩目的光芒／把我們從絕望的睡眠裏刺醒了」，從此，「看我們／我們／笑得像太陽！」已經覺醒起來的中國人民，「在太陽下」進行著進行艱苦卓絕的抗戰，「我們愛這日子／不是因為我們／看不見自己的苦難／不是因為我們／看不見飢餓與死亡／我們愛這日子／是因為這日子給我們／帶來了燦爛的明天的／最可信的音訊。」顯而易見，正是這種在正義戰爭之中完成中華民族的現代復興的博大胸懷與崇高境界，體現出激情抒發之

中現實性支撐的最大限度。

告別「昨天」來到「今天」，「我聽見太陽對我說／『向我來、／從今天／你應該快樂些呵……』」所以，「我感謝太陽／太陽召回了我的童年」。在這裡，「我」已經擴展為「我們」，「新生的日子」將開始於我們「原始的，粗暴的，健康的運動」，這就是全民抗戰到底。「我向太陽」奔馳，「我對我所看見　所聽見／感到了從未有過的寬懷與熱愛／我甚至想在這光明的際會中死去……」〔註50〕

這就表明，「我向太陽」之中的我是我們的大我，已經不同於「太陽向我滾來」之中的我這一小我，顯現出民族解放戰爭的抗日戰爭對於《向太陽》抒情基調的定位影響。這一影響主要是源自詩人自己對於祖國母親的真愛，正如《我愛這土地》中用「嘶啞的喉嚨歌唱」出來那樣：「為什麼我的眼裏常含淚水？／因為我對這土地愛得深沉……」〔註51〕

《向太陽》是艾青在抗戰之初的力作，特別是將「太陽」作為新世紀的現代意象，以朝陽升起喚起中華民族覺醒的激情歌唱，不僅具有抗日的宣傳影響，而且擁有抒情的典範作用，無論是對於七月詩人群的抒情長詩創作，還是對於其他詩人的抒情長詩創作，都進行了一次成功的個人示範。因此，有必要重新評價《向太陽》的抗日宣傳與抒情典範的雙重價值。

當然，《向太陽》也有著不足之處，除了抒情有時過於直白以外，還出現了詩句的複沓有時到拖沓的現象，比如說「在太陽下」一章中對於抗戰之中的「我們」所進行的讚頌，與此同時，為了避免激情抒發的突兀感，採用加括號的詩句來插入，如「（遠方／似乎傳來了群眾的歌聲）」、「（歌聲中斷了，她們向行人募捐）」，顯得多少有些生硬。不過，出現這樣一些不足，也許是激情宣洩的個人侷限，尤其在抒情長度較長的情況下，也許更為明顯。

至少有這樣一個例證，1938年4月完成《向太陽》一詩的四年之後，艾青在1942年7月8日的《新華日報》上，又發表了《給太陽》一詩，在抒情長度縮短的前提下，實際上成為濃縮《向太陽》一詩精華的再創之作，展現了詩人對於「太陽」意象進行的長期精心錘鍊，從而以個人創作表明：抒情長詩從抗戰前期到抗戰後期，的的確確是出現了創新性的變化。

1939年的春天，彭燕郊寫出的《春天——大地的誘惑》，就是一首比《向

〔註50〕《艾青詩選》，人民出版社1955年版。
〔註51〕《艾青詩選》，人民出版社1955年版。

太陽》更長的抒情長詩，從「大地解凍了／春天來了」的歡欣鼓舞開始，引發出「一個愛夢的幼小者」的無限遐想，進入「為可愛的大地」要「熱衷於戰鬥」的宣誓，對「帝國的佔領軍」吹響「嘹亮的衝鋒號」，因為「離開了戰鬥，我的生命就等於零」，因為「春天是我們的／春天是我們的」，於是，「我將用顫抖的聲音／去告訴每一個親人／一個確實的消息／我將這樣地去說焦我的嘴唇／『春天來了／勝利來了／我是來報信的！』」〔註52〕由於詩人在抒情過程中儘量克制情感以避免無意中的可能放縱，因而在張弛有序的激情釋放之中，詩情抒發直到最後才達到高潮，再加上春天來了所隱含著勝利來了的寓意，也隨同詩情抒發高潮的到來而揭曉，不僅成為「大地的誘惑」，而且實際上更成為一種詩藝的誘惑。

從《向太陽》到《春天——大地的誘惑》，抒情長詩的詩情抒發向抗戰現實不斷地逼近，因而在《渡》一詩中，出現了有關前方與後方的詩情抒發也就不足為怪：「我們一直不停地走向河……」，河的此岸是「十二月的風」呼嘯著的，荒涼得沒有人煙的戰場，只剩下「被拆毀了的」渡船「擱棄在沙灘上」，而我們已經彈盡糧絕，「我不相信／我不相信為我所熱烈地愛戀著的河流／就這樣／隔絕了我所同樣熱烈地愛戀著的兩岸！」因為，在河的彼岸，我們將「把一切兌換自由東西／重新準備好」。於是，此岸的我們對於「渡船」的呼喊，得到了來自彼岸的呼應：「這與自己兄弟的聲音呵！」〔註53〕前方與後方血肉相連，通過「渡」的感受來盡情渲染戰士在此岸的此景此情，以及對彼岸的企盼。

在後方的土地上，已經出現了這樣的快樂與希望，在《風雪的晚上》發出——「我愛北方的雪／我愛這沒有窮人痛苦的北方的雪」，雪就是寄寓著希望的詩歌意象，通過「純潔像羔羊的雪」，「美麗像海邊貝殼的雪」，「輕飄像浪花的雪」，「透明像水晶的雪」，「形體像白薔薇的雪」的反覆吟唱，抒發了迎來希望的快樂與迎接快樂的希望的激情，雪將「裝飾著我們的山」、樹林、河流、田野，「裝飾著我們人民走向自由和幸福的道路」。〔註54〕在這裡，詩情抒發已經通過雪這一詩歌意象由靜到動的變化，來得到延伸，並且由前方

〔註52〕彭燕郊：《春天——大地的誘惑》，《七月》第 7 集第 1～2 期合刊，1941 年 9 月。

〔註53〕冀汸：《渡》，《躍動的夜》，南天出版社 1941 年版。

〔註54〕魯藜：《風雪的晚上》，《希望》第 1 集第 4 期，1946 年 4 月。

拓展到後方，隨著抒情長詩扎根在整個戰時生活之中，也就擁有了從悲憤的傾訴到歡暢的吟唱這樣寬廣的抒情基調。

這一抒情長詩從抗戰前期到抗戰後期的變化，在一個詩人的創作中也許顯得更加鮮明。綠原在 1941 年寫成的《神話的夜》中，「荒涼」的夜是「淒涼」的，甚至可能是「蒼白」的，不過，「戰鬥常從夜間開始」，就會有「新鮮的生命」，「從夢谷爬出來」、「從夜間蒸發出來」，〔註55〕因而「神話的夜」充盈著憤怒中的憧憬。而在 1945 年寫成的《終點，又是一個起點》中，等待了「從一九三七年七月七日到一九四五年八月十五日，共計八年零八天」，「人民響應／勝利！」，只要「德謨克拉西的實踐！／而用一種／今天流的汗與昨天流的血可以比賽一下的工作」，〔註56〕所以，「終點，又是一個起點」融鑄著歡樂中的追求。

隨著《七月》在重慶復刊，七月詩人群的創作影響也將直接擴散開來。在常任俠的《春》一詩之中，就可以看到對於彭燕郊的《春天——大地的誘惑》一詩從詩歌意象到抒情方式的個人汲取：從「春所踏過的地方」都「立刻從寒冷中解放了」開始，到「我用我的希望變成許多歌曲，／將永遠為你大聲歌唱」而結束。〔註57〕當然，對於七月詩人群的詩藝示範的個人回應，各有不同。江村在《曠野的抑鬱》之中，將艾青的《曠野》一詩中的詩歌意象——「薄霧在迷蒙著曠野」，〔註58〕更加生動而活潑地具體化為：「霧／迷濛住田舍／迷濛住村路／是黑夜／在曠野掃過／揚起的塵土呵」，〔註59〕使之具有了更大包容度。隨著意象包容度的擴大，抒情也就更加生活化，因而與戰時生活，尤其是陪都重慶的戰時生活的聯繫更加緊密，顯現出從汲取到創新的個人努力來。

於是，《持久堅強冷靜》一詩抒發了「我從遠遠的海外歸來」的激情——「我經過了炮火連天的戰場，／經過了鐵蹄蹂躪的敵後方，／陽光底下安靜的城市，／月亮底下秀麗的村莊，／現在踏進了陪都重慶，／抗戰的堡壘，文化的中心／今晚和同志歡聚一堂。」不過，「美麗的感情」面臨著與「健康的理智」的個人對話，因為只有經受住長期抗戰的現實考驗，接受「持久堅

〔註55〕綠原：《神話的夜》，《童話》，南天出版社 1941 年版。
〔註56〕綠原：《終點，又是一個起點》，《又是一個起點》，上海青林詩社 1948 年版。
〔註57〕常任俠：《春》，《新蜀報》1940 年 3 月 18 日。
〔註58〕《艾青詩選》，人民出版社 1955 年版。
〔註59〕江村：《曠野的抑鬱》，《國民公報》1941 年 3 月 18 日。

強冷靜」的情感錘鍊，才能夠最終迎來「全中國的文化開花」。〔註60〕顯然，詩人在重慶必須承受詩情抒發與戰時生活之間可能發生的個人情理衝突。隨著抗戰的持久進行，從抗戰前期到抗戰後期，不僅是重慶詩人的個人感受更加愛恨交集，而且重慶詩人的個人吟唱也更加新穎響亮。

於是，《因為我愛……》一詩，宣揚「愛一切我所愛的」，而「我最愛的／是那閃灼著的一朵朵血花，／以及／無數閃亮的心／和凍得通紅的手腳」——普通士兵與普通百姓這樣的人，人的抗爭已經成為個人抒情的主要內容〔註61〕；而在《哭亡女蘇菲》之中發出了這樣的悲歡——「唉！歌樂山的青峰高入雲際！歌樂山的幽谷埋葬著我的亡女」，在長歌當哭之中，「我要走向風暴，／我已無所繫戀，／孩子！／假如你聽見有聲音叩著你的墓穴！／那就是我最後的眼淚滴入黃泉！」〔註62〕骨肉情已經在聲聲哀歌之中溶入民族情，個人抒情的精神境界在抗戰風暴中升騰。

即使是戰時生活，也總是離不開戀歌的吟誦，這才是全部的人的生活。《雅歌》一詩通過借鑒聖經的「雅歌」，以吟誦少女的「眼睛真好看，／這麼大，這麼亮」，其中所要傳達的，正是對生活在大後方的「農家少女」那一縷不絕的情思：「讓我告訴你一點愛情和春季的秘密」，從而透過那雙「會說話的眼睛」，來傾聽戰時生活中「悲哀而真摯」的個人心靈。〔註63〕與此相彷彿，《受難者之歌》化用了同樣源自聖經的典故，來抒發一個民族的崇高情懷——「我們被芒茨刺破的帶血的雙足／經歷著小的村莊與大的城市」——「苦難的洪水／淹沒不了我們生命的方舟」，因為抗戰到底的「偉大的理想」，已經「把我們緊緊結合起來」。〔註64〕由此僅見外來文化與文學的影響之一斑。

這樣，在臨近抗戰勝利的日子裏，《駱駝和星》一詩抒發了抗爭者的駱駝對於希望之星的無比渴求；〔註65〕《白鳥頌》中頌揚崇高而偉大的無名白鳥以自己生命的奉獻來延續所有生命，〔註66〕從而分別以仿擬神話與傳說的方

〔註60〕徐遲：《持久堅強冷靜》，《最強音》，白虹書店1941年版。

〔註61〕煉虹：《因為我愛……》，《紅色綠色的歌》，大地書局1947年版。

〔註62〕高蘭：《哭亡女蘇菲》，《高蘭朗誦詩》，建中出版社1949年版。

〔註63〕黎焚薰：《雅歌》，《文藝雜誌》第2卷第5期，1943年10月1日。

〔註64〕方敬：《受難者之歌》，《受難者的短曲》，星群出版社1948年版。

〔註65〕朱健：《駱駝和星》，《希望》第1集第1期，1945年12月。

〔註66〕程錚：《白鳥頌》，《文藝先鋒》第4卷第4期，1944年4月。

式，來言說人間真情的永存。正是在這樣的真情的激蕩之中，迎來了反法西斯主義的正義戰爭的最後勝利。正如《全世界光明了》一詩中所歌唱的那樣：「東方的人民，／西方的人民，／今天同時看到了解放的光明，／今天同時聽到了自由的鐘聲，／法西斯的末日到了，人民的世界已經降臨！」〔註67〕於是，勝利的放歌顯現出抒情長詩進行歡唱的最高點。

三、人生追溯的敘事長詩

敘事詩在現代詩歌中早已出現，不過，敘事長詩出現於抗日時期，卻是現代詩歌發展的新動向。促成敘事詩由短到長一個最直接的原因就是：詩人以詩歌的方式來進行有關戰爭生活的紀實報告，於是在抗戰前期出現了以「報告長詩」為主的敘事長詩的創作。進入抗戰後期，敘事長詩由戰爭生活轉向對於戰時生活的史詩吟唱，於是，敘事長詩的生活視野擴大，包容進戰時條件下的日常生活，而「英雄史詩」的出現，則表明了抗戰時期的敘事長詩，已經開始向著民族史詩的方向發展。

七月詩人群在抗戰之初就開始了敘事長詩的創作嘗試。《隊長騎馬去了》（天藍）一詩的序言中這樣寫道：「為紀念 W. F. D.而作，他在晉西南從潰散的匪軍中締造了一支很好的游擊隊，可是卻給奸人誘過黃河謀害了。這支部隊隨即落在壞人手裡。」全詩就記敘了游擊隊從「潰散」中「締造」到「隊長騎馬去了」後「失敗」的經過——從「我們曾經是／散漫的／潰退的／劫掠的一群！」開始，到「今天卻有另一種人／領導我們打硬仗／使我們遭受失敗」結束。以紀實性的敘事，顯現出《隊長騎馬去了》的「報告」特徵。

與此同時，對於隊長如何騎馬去了只進行了簡單的交代：「黃昏的時候，／你獨自個兒去了，／騎馬過黃河去了。」因為隨著隊長「騎馬去了，／一個月還不見回來」，這樣，「隊長騎馬去了」之後如何，實際上也就成為無人知曉的秘密，並且沒有進行虛構，由此也表現出《隊長騎馬去了》的「報告」特徵。當然，《隊長騎馬去了》畢竟是詩歌的敘事，詩意充溢在敘事之中，並且不乏抒情性的懷念，通過「隊長！／呵，回來！」的首尾重疊，不僅在敘事開始時傳出這樣叩問：「我們／一千個心在想，／一千雙眼睛在望，／你呀！／你什麼時候回來？」而在敘事結束時給出這樣的回答：「正當現在

〔註67〕懷湘：《全世界光明了》，《新華日報》1945 年 8 月 10 日。

我們改編的時候，／知道你永不回來了！」，從而以悲痛入骨的詩句來作為全詩的結尾──「你想單騎渡黃河，／黃河有不測的風波，／你奈黃河何？」〔註68〕由此而委婉地傳達出詩人的「紀念」之意。

這一敘事長詩的個人嘗試證明：敘事長詩在敘事過程中並不排斥抒情，關鍵在於敘事長詩中的抒情不能並置於同樣的地位，乃至壓倒敘事。這一點，也許對於出現於抗戰前期的報告長詩來說，顯得更為重要。艾青從1939年到1940年所寫成的《吹號者》、《他死在第二次》、《火把》等詩，除了具著有「報告」的特徵之外，在敘事之中抒情與敘事趨向並置，結果使這些詩作難以發揮藝術示範上的更大創作影響，儘管這些詩作一時間能產生抗日宣傳的較大社會反響。這就表明，敘事長詩之中的抒情，必須保持藝術的節制，並且盡可能地將抒情融入敘事之中。

對此，老舍在報告長詩《劍北篇》進行了個人嘗試。以記遊詩的形式來報告去西北戰地進行慰勞的所見所聞與所感所思，凡是所經之地，無論是名山大川，還是城市鄉村，都在景與情互相結合之中展開記敘。《劍北篇》的第七章，即以「寶雞火車站」為題，「那火車的汽笛忽長忽短」，引發「我」從「七七抗戰」爆發後，從青島到武漢，直至「走入巴蜀的群山」的歷程回憶，由此再回到當下：「可是，在今天，／在渭河上微風的夜晚，／我又聽見，／像久別的故鄉的語言，／那汽笛，甜脆的流蕩在山水之間！／隔著淚，我又看見，／那噴著火星，吐著濃煙，／勇敢熱烈的機車躍躍欲前」。〔註69〕在聲聲汽笛中進行從回憶到現實的記敘，而此景此情在一韻到底的吟誦之中，又如一幅幅圖畫似的歷歷在目。

當然，記遊詩畢竟不是敘事詩，而記敘也不能等同於敘事，再加上要進行抗戰宣傳，因而《劍北篇》偏重於記敘的寫景與抒情，在進行報告個人行程的同時也抒發個人感受，實際上成為關於沿途風光與沿途感觸的個人報告。也許是出於個人對於小說創作與詩歌創作的努力區分，《劍北篇》每一章都是在選擇某一韻腳的前提下分別進行一韻到底的吟誦，接近民間曲藝的演唱特點。不過，這樣的押韻固然有利於詩歌的上口吟誦，未免也顯得多少有些單調，更為重要的是，對於詩歌的敘事在無意之中妨礙了從記敘向著敘事的轉換。長達27章3000多行《劍北篇》所展示出來的不足，除了種種個人原因

〔註68〕天藍：《隊長騎馬去了》，《隊長騎馬去了》，新文藝出版社1953年版。
〔註69〕老舍：《劍北篇》，文藝獎助金管理委員會出版部1942年版。

之外，〔註70〕主要還是與抗戰前期敘事長詩的「報告」特徵直接相關。當然，《劍北篇》的出現，至少表明敘事長詩隨著詩歌視野的擴大，詩歌長度也逐漸趨於長。

這就意味著，後方的生活景象進入敘事長詩，已經成為陪都重慶現代詩歌發展的新動向，於是，在1941年11月就出現了《縴夫》一詩，來展現嘉陵江上：「一條纖繩維繫了一切／大木船和縴夫們／糧食和種子和縴夫們／力和方向和縴夫們」。與此同時，「縴夫們自己」在嘉陵江上不屈不撓的逆流而上，完成了「一個集團」的整體造像。這就是──「傴僂著腰／匍匐著屁股／堅持而又強進！／四十五度傾斜的／銅赤的身體和鵝卵石灘所成的角度」；這更是──「而到了水急灘險之處／嘩噪的水浪強迫地奪住大木船／人半腰浸入洪怒的水沫飛濺的江水／去小山一樣扛抬著／去鯨魚一樣拖拉著／用了／那最大的力和最後的力」。其實，這不過是──「而那縴夫們／正面著逆吹的風／正面著逆流的江水／在三百尺遠的一條纖繩之前／又大大地──跨出了一寸的腳步！……」，所要表達的正是民族危亡之間「人底意志力」──「一寸的前進是一寸的勝利啊」。〔註71〕

如果說《縴夫》的出現，表明七月詩人群對於戰時生活的個人關注，並且在山城意象的個人顯現中進行有關重慶形象的敘事，那麼，七月詩人群基於戰時生活的個人吟唱，直接為敘事長詩在重慶開拓了進入敘事想像空間的自由之路，這就是始於有關「母親」的歌唱。

在1939年冬創作的《母親》一詩中，通過抗日軍人的兒子對生前害怕兵這種「生物」，在抗戰爆發前五年就已經去世的母親所進行的回憶，來展示母親那勤勞艱辛而又淒涼不幸的一生，「但受難者奔突流離／更甚於母親生前的痛苦悲淒」，因而違背母親的意願穿上軍裝去抗日，也正是為了最後能夠「脫下你曾不喜悅的軍服」。〔註72〕而在1941年1月創作的《母親》一詩中，是由兒子閱讀母親從「遠方的來信」開始，思念在抗戰之中失去家園而顛沛流離的母親，來展開對於母親「不幸而悲苦的遭遇」的回憶，盼望著勝利之日的團聚。〔註73〕在同樣創作於1941年初春的《獻給母親的詩》中，

〔註70〕關紀新：《老舍評傳》，重慶出版社1998年版，第325～328頁。

〔註71〕阿壟：《縴夫》，《無弦琴》，南天出版社1942年版。

〔註72〕雷蒙：《母親》，《國民公報》1940年1月25日。

〔註73〕曾卓：《母親》，《曾卓抒情詩選》，中國文聯出版公司1988年版。

是兒子在想像母親如何為支持抗戰而辛勤勞動的動人情景，離開了生活在後方的母親已經三年，而三年來「為了更多的人需要更多的麥粉，／你更疲勞了啊……」。〔註74〕

　　這樣，母親的形象在七月詩人群的筆下，已經貫穿了抗戰的爆發前後、抗戰的前方與後方，成為歷經苦難而又堅忍不拔的祖國母親的生動寫照，因而既是所有戰鬥在抗日前線上的兒子們的母親，更是堅持抗戰的每一個中國人的母親。這樣，關於母親的敘事長詩自然也就在重慶引起程度不同的回應，不過，七月詩人群對於母親的個人吟唱，主要是從兒子的角度來進行的，而進入抗戰後期以來，重慶詩人所創作的關於母親的敘事長詩，則注重從母親的角度來進行個人吟唱，尤其是從大後方的日常生活層面上來進行相關的個人吟唱。

　　首先，《小御河》一詩中的母親，是一個長年在小御河邊靠洗衣為生的洗衣婦。母親的出場選擇了「桃紅柳綠」的陽春二月，無論是太平年間，還是在戰爭年代，「但她還是一樣／弓著腰洗衣裳／不過那時候年輕一些／洗多了還不覺得／腰痛／手酸」，這就是終年辛勞的普通母親的日常生活，而母親與抗戰之間的聯繫，僅僅是用「洗衣婦的兒子呀／當兵在前方」來點出，〔註75〕由此而道出母親辛辛苦苦洗衣，實際上是以自己的力量來默默地支持著抗戰的進行。這樣，母親的形象在如實描寫之中顯得豐厚起來。

　　其次，《問媽媽》中的母親，是一個獨自扶養著幼小兒子的游擊隊員的妻子。通過兒子「小狗子」一連串自己有沒有爸爸的追問，尤其在追問中以「你說」的方式來寫出媽媽心中的一段痛苦的經歷——你說自從「鬼子來了」，「爸爸就當了游擊隊員」，你說爸爸先來信說「像期待著秋收，／我期待著戰鬥」，又來信說「想念著你，／想念著孩子」，「你說你還回了信的，／說『稻長肥了／小狗子也長肥了』」，如今的媽媽已經無法通過「你說」來回答兒子的追問，〔註76〕而是一味地保持著沉默，而無言之中也許包藏中莫大的痛苦——自己失去了丈夫，兒子失去了爸爸。於是，母親的形象在「問媽媽」的天真追問之中顯得凝重起來。

　　最後，《縫衣曲》中的母親，是一個與女兒一道為前方戰士「縫著寒衣」

〔註74〕鄒荻帆：《獻給母親的詩》《鄒荻帆抒情詩》，長江文藝出版社1983年版。
〔註75〕葛珍：《小御河》，《高原流響》，《詩墾地》第4輯。
〔註76〕胡來：《問媽媽》，《國民公報》1942年11月3日。

的母親。一邊是，「母親為了她的衰老而憂鬱，／認上了針便是一聲歎息，／因此又添上幾根白髮」；一邊是，「縫啊！縫啊！迅速地縫下去／快為你縫起這寒衣，／為的天明就寄到前方去」。母親是平凡的，「她拿起了棉花，／又翻轉了寒衣，／她鋪進去的是白髮？／還是棉絮？」母親又是偉大的，「她理不清她的千頭萬緒，／她滴著她那崇高而聖潔的眼淚；／那淚珠閃耀著正義的光輝，／她把它也一起縫了進去！」〔註78〕緊緊圍繞著深秋夜、油燈下縫寒衣的特定場景，來刻畫出母親對於戰士的那份發自心底的愛心，與那份堅信抗戰勝利的決心。所以，母親的形象在融情於景的「縫衣」之中顯得高大起來。

母親的形象在敘事長詩中的出現，在預告著關於一個民族的史詩性敘事的時代已經來臨，因而臧克家以英雄史詩《古樹的花朵》的創作，標誌著進入抗戰後期以來，敘事長詩從報告長詩轉向敘事史詩的發展趨勢。僅就臧克家自己來說，來到重慶之後就根據自己的戰地生活，創作了愛情史詩《感情的野馬》。這是從僅僅有八行進行愛情詠歎的一首小詩中生長出來的，長達3000餘行的敘事長詩《感情的野馬》，前者已經賦予後者以這樣的心靈內核與敘事命名：「開在你腮邊的笑的花朵，／它要把人間的哀愁笑落，／你的眸子似深海，／從裏邊我撈到了失去了青春。／愛情從古結伴著恨，／時光會暗中偷換人心；／我放出一匹感情的野馬，／去追你的笑，你的天真。」〔註79〕

抗戰時期，對於追求愛情的全過程進行史詩性的個人吟唱，無疑是需要敘事才能的，這就是感情的野馬需要與敘事的野馬並駕齊驅。幸運的是，臧克家進行過敘事長詩的個人創作，並且完成了從報告長詩到英雄史詩的個人轉換，實際上已經完全具備了這樣的敘事能力，因而能夠將短短的一首情詩，植入自己的生命歷程來得到奇異的敘事生長，成為抗戰時期關於愛情追求的唯一長詩；與此同時，基於戰時生活真實基礎上的愛情追求，不僅具有強烈的個性色彩，而且賦以愛情追求一種現代情懷，展現出對愛情理想進行戰時追求的巨大包容度。因此，《感情的野馬》的史詩性是不言而喻的，對於愛情史詩的確認必須通過認真的閱讀來展開。

然而，即使在《臧克家文集》裏面也難以尋覓《感情的野馬》存在的蹤影。這是為什麼呢？或許詩人在寫完《感情的野馬》之後，曾經進行過這樣

〔註78〕高蘭：《縫衣曲》，《高蘭朗誦詩》，建中出版社1949年版。
〔註79〕臧克家：《感情的野馬》，當今出版社1943年版。

或那樣的反省，基本上是自認在抗戰中畢竟還有比追求愛情更重要的民族解放重任，放縱「感情的野馬」將有害於抗戰的進行。這樣一種評價野馬式的個人感情的宣傳尺度，必定要影響到評價「感情的野馬」進行詩歌奔馳的藝術尺度，因而對《感情的野馬》進行有意或無意的個人遮蔽，也就可以理解。其實，詩人在進行敘事的當初，就出現了文本中的自相矛盾：在抗日戰爭的年月中，沉溺於一己感情的野馬奔騰，已經使得男主人公難以自拔，倒是女主人公顯得更為冷靜更為決斷——「她並沒有騙我，／也沒有騙她自己，／她追去了，追一種／比愛情更有價值的東西。」〔註80〕

無論如何，《感情的野馬》的問世，與《古樹的花朵》一起，對敘事長詩在重慶的創作產生了直接的影響，提供了從英雄到愛情的敘事空間這樣的個人選擇可能性。如果說在《漁村之夜》一詩之中，「中國漁娘」以生命搏殺「皇軍隊長」，在流血犧牲中迎來殲滅敵人的勝利，〔註81〕那麼，在《爸爸殺日本強盜去了》一詩之中，爸爸為「殺日本強盜」，不得不讓失去了母親的年幼兒子獨自去逃難，〔註82〕都同樣顯現出中國男男女女堅持抗戰的決心與意志。這一點在《大石湖》一詩中更是直接展現為群情振奮的戰鬥場面。〔註83〕

當然，除了戰爭生活以外，日常生活也進入了敘事長詩：在《這裡的日子莫有亮》一詩中，正是透過發生在大後方鄉村中百姓家婚禮上的慘劇，來揭示「人命比狗命賤」的殘酷事實，〔註84〕進而在《賣唱的盲者和一個流浪的孩子》一詩中，展示鄉村生活的本真：本是陌路相逢的盲者與孩子，終於能夠相濡以沫——「在生疏的人群裏／他們是需要直相依靠，直相安慰的／患難和長期的流浪／使他們再也分離不開」；而在鄉間流浪著賣唱的盲者和孩子，終於受到人們的歡迎——「那歌聲是誘人的／它不停地訴說著／中國人民的無止盡的悲哀／和流傳幾千年的／廣闊地散佈在民間的美麗故事」。〔註85〕

這就表明，戰時生活不幸的原因，既有來自社會的，也有來自個人的，不過，生活的根本源於民族文化之中。

〔註80〕臧克家：《感情的野馬》，當今出版社1943年版；孫晨：《臧克家傳》，山東大學出版社2000年版，第253～260頁。

〔註81〕沈寄蹤：《漁村之夜》，《國民公報》1942年1月26日。

〔註82〕羅泅：《爸爸殺日本強盜去了》，《商務日報》1943年9月23日。

〔註83〕邵子南：《大石湖》，《新華日報》1945年3月3日。

〔註84〕沙鷗：《這裡的日子莫有亮》，《文哨》第1卷第1期，1945年5月4日。

〔註85〕白岩：《賣唱的盲者和一個流浪的孩子》，《文哨》第1卷第1期，1945年5月4日。

　　因此，《射虎者及其家族》就是通過一個普通農民的家族變遷史，來展現民族文化所孕育著的頑強生命力：「射虎者／射殺了無數隻猛虎／他自己卻在猶能彎弓的歲月／被他的仇敵所搏噬」，不過，「他的遺囑是一張巨大的弓／掛在被炊煙薰黑的屋樑上／他的遺囑是一個永久的仇恨／掛在我們的心上」。即使是「我們」不再拿起彎弓，「找住了鐮刀和鋤頭」，可那「永久的仇恨」依然牢牢種在心頭，成為世世代代生活下去的內在驅力。所以，以「農民的子孫」自視的詩人，就是通過對於家族歷史的顯現，「抓著我的筆」來進行自己的復仇。〔註 86〕

　　當然，在 1942 年完成的《射虎者及其家族》一詩的最後，詩人發出了這樣的心靈叩問：「可是，當我寫完這悲歌的時候／我卻在問著我自己／『除了這，是不是／還有更好的復仇武器？』」正是在其後寫成的《射虎者及其家族續篇》裏，詩人進行了這樣的回答：所有的人都在「做著一個多好的夢」——「這是被壓迫得過久的人們／在仇恨的日子／哭泣得太久，哭泣得太久／想用這溫暖的夢來拭去淚痕」。所以，「永久的仇恨」正是推動進行「多好的夢」成為現實的民族文化動力，因而抗日戰爭成為民族仇恨感召下進行民族復興的文化重建過程，於是，「這是一個夢呵／但是由於他們底血汗的灌溉／他們底『勤勞』和『忍耐』的培養／十年之後，這夢也成為現實」。〔註 87〕

　　從《射虎者及其家族》到《射虎者及其家族續篇》，通過對由捕獵到農耕的家族史進行綿延不絕的當下敘述，實際上已經成為關於民族文化重建的民族史詩，它所要表達是「永久的仇恨」既是家族，更是民族的，家族的仇恨由此而與民族的仇恨血肉相連，最終凝結為促成「多好的夢」能夠夢想成真的民族文化動力，不過，無論是家族的好夢，還是民族的好夢，都必須經過長期進行「血汗的灌溉」，才能夠成為民族文化現實，否則，將永遠是一個「溫暖的夢」。

〔註 86〕力揚：《射虎者及其家族》，《文藝陣地》第 7 卷第 1 期，1942 年 8 月 30 日。
〔註 87〕力揚：《射虎者及其家族續篇》，《詩文學》第 1 輯，1945 年 2 月。

第三章　陪都小說的史詩建構

一、力求真實的小說

　　1936 年底，在重慶創刊了第一份地方性的文學月刊《春雲》，以發表小說為主。〔註 1〕《春雲》的出現，對於重慶文學來說，不僅證實重慶現代文學創作已經完成了從業餘到專業的過渡，而且也為重慶現代文學在抗戰時期的發展，尤其是小說的發展提供了不可缺少的本地文化資源。一年之後的 1937 年 12 月，《春雲短篇小說選集》出版，其《序言》中就這樣寫道：「本刊成立至今，恰好一年。所貢獻社會者，與擁有全國讀者的權威刊物相較，所發生的影響，所取得的成果，遠不及他們。但，在四川這個環境中，卻算得是文藝戰線上一名堅強的戰士，不管別人的侮譽，我們，總本著時代的需要而努力」。〔註 2〕

　　這就表明，重慶小說的現代發展，僅僅依靠本地青年作者的創作努力，是遠遠不夠的，還需要與整個中國小說的現代發展緊密地聯繫起來，於是乎也就需要強化與外地成名作家之間在創作上的全方位聯繫。要做到這一點，必須在彼此之間形成面對面的文學交流，通過以外地作家為中介來汲取來自重慶以外的中外文學的現代影響。正是抗日戰爭的全面爆發，提供了一個有

〔註 1〕《春雲》於 1939 年 4 月出版了第 5 卷第 1 期後停刊，共出 25 期，每期約 5
　　　　萬字，發表小說近百篇。參見李華飛：《〈春雲〉文藝始末》，《抗戰文藝研究》
　　　　1983 年第 2 期。
〔註 2〕《春雲短篇小說選》收入小說 10 篇，約 8 萬字，計 124 頁，由《春雲》月刊
　　　　編輯部編輯，重慶春雲社發行，今日出版合作社總經售。

利於迅速展開全面交流的歷史契機，促成了陪都重慶的小說發展突飛猛進，展示出中國現代小說區域發展的時代高度。

儘管《春雲》作者群中的一位作者被人認為是創作了抗戰全面爆發以來第一篇與抗戰有關的小說，這就是李華飛在 1937 年 7 月 23 日寫成的《博士的悲哀》。但是，《博士的悲哀》所要「暴露與諷刺」的，主要是國人固有的奴才意識經過所謂留學美國的洋化之後的種種表現，並且在抗日戰爭所引發的愛國熱潮之中的個人心理畸變，因而導致亡國奴「博士的悲哀」這樣的結局。所以，《博士的悲哀》也就不同於 1938 年 4 月發表的《華威先生》，後者所進行的「暴露與諷刺」，是直接「速寫」某些中國官僚自視抗戰領導中心的卑劣心態，與企圖壓制民眾抗日且又包而不辦的醜惡行徑，從而引發了由國外而國內的普遍關注。事實上，這一普遍關注的發生自有其內在的深刻而多樣的中外政治原因，而且一直左右著對《華威先生》的文學史評價。〔註3〕

這就表明，抗戰時期的中國小說創作，從一開始就要求著小說能夠發揮宣傳抗戰與藝術審美這樣的雙重功能，因而小說作者被迫進行如同老舍當時所說的，「既是藝術的又是宣傳的」兩難選擇。在抗戰爆發之初，從全國小說創作來看，的確出現了宣傳抗戰壓倒了藝術審美的公式化寫作現象，致使小說創作流於所謂的抗戰八股式的抗戰宣傳。不過，面對要宣傳還是要藝術的兩難選擇，對於《春雲》作者群來說，或許正是因為他們生活在中國西南部的抗戰區大後方，雖然無時無刻不在感受到戰火的襲來，並且在風雲變幻之中常常會有感而發，但畢竟保持了小說敘事之中對戰時生活進行藝術審美的如實描寫，尚未轉向為宣傳抗戰進行急救章式寫作的小說「速寫」。

所以，《春雲》作者群中的另一位作者金滿成，在同樣收入《春雲短篇小說選》的《中日關係的另一角》中，展現了從良心出發來愛國的中國人的英雄行動，頂著國人眼中既娶了日本老婆又同日本人經常打交道這樣的漢奸嫌疑，偏偏要用自己的生命來喚醒那些沒有喪失良知的日本士兵放下殺人的武器，從而就顯現出抗日戰爭的正義性與侵略戰爭的非正義性對於中日兩國關係的可能影響來。由此可見，《春雲》作者群從抗戰伊始，就能夠以比較開闊的眼光，來關注戰爭風雲，不僅要揭示出抗戰時期生活在大後方的國人可能

〔註3〕蘇光文主編：《抗戰時期重慶的文化》，重慶出版社 1995 年版，第 98～99 頁；錢理群、溫儒敏、吳福輝著：《中國現代文學三十年》，北京大學出版社 1999 年版，第 495～497 頁。

存在著亡國奴心理的精神表現，而且更顯現出抗戰時期戰鬥在前線的國人企盼中日兩國人民共同反對侵略的精神追求。

當然，《春雲》作者群進行如此的小說創作，並不能證明重慶現代小說在進入抗戰時期之際，就已經達到了小說創作的全國水平，恰恰相反的是，不過表明了中國小說創作在抗戰之初藝術水準的普遍下降，即使是中華全國文藝界抗敵協會所主辦的《抗戰文藝》，由於在《發刊詞》中「強調文藝國防」，因而所發表的小說中，也有很大一部分作品是宣傳抗戰的成份超過藝術審美的要求。這就證明，擁有所謂權威地位的文學刊物，如果僅僅著眼於文藝服務於抗戰，而放棄對於文學審美的藝術追求，也會在有意與無意之中促成宣傳與藝術的二元對立的創作局面的出現。實際上，對於小說創作來說，如此二元對立往往會導致個人創作在小說的失敗與小說的成功之間來來回回地波動。這一點，在抗戰時期來到重慶的外地作家的個人創作之中顯得尤為突出。

在抗戰時期來到重慶的外地作家，尤為具有代表性的是茅盾、巴金、老舍、張恨水等人。這不僅是因為他們在抗戰之前的中國文壇上都已經是知名作家，在重慶進行的小說創作無疑會擴大重慶現代小說在全國乃至全世界的文學影響；而且更是因為他們在重慶進行小說創作的成敗得失，恰恰能夠體現出抗戰時期重慶現代小說發展的一般趨向來：從宣傳抗戰的小說報告文學化的個人失敗基點上，開始轉向藝術審美的小說史詩化的普遍成功，由此才有可能通過個人創作來促進重慶現代小說的戰時發展。

茅盾自從在抗戰之初匆匆中斷了「報告小說」《第一階段的故事》之後，再一次暫時放棄了「腰斬「長篇小說的習慣，在香港終於寫成並發表了《腐蝕》。《腐蝕》的創作雖然與重慶沒有任何直接關聯，不過，為了證明其是來自生活的紀實性作品，茅盾在小說中是以「小序」的形式來標明日記體的《腐蝕》源自重慶某防空洞中發現的一本日記；與此同時，在《後記》中也承認之所以要給予女主人公以「自新之路」，也就在於「在當時的宣傳策略上看來，似亦未始不可」。〔註4〕這樣，堅持小說創作既要紀實又要宣傳的茅盾，要繼續進行長篇小說的個人創作，也就難免陷入了自設的困境，於是，在1942年12月來重慶之前，茅盾在桂林不得不「腰斬」了《霜葉紅似二月花》，而到重慶之後還是要對《鍛鍊》一再自行「腰斬」。反倒是茅盾在重慶創作的短篇小說能夠擺脫紀實與宣傳的雙重限制，一方面寫出了源於聖經舊約的《參孫》，

─────────────

〔註4〕茅盾：《〈腐蝕〉後記》，《腐蝕》，人民文學出版社1954年版。

在故事新編的敘事之中激勵與敵偕亡的英雄氣概，另一方面又寫出了來自戰地生活的《報施》，在好心好報的虛構之中推崇為國奉獻的平凡英雄，從而面對戰時生活來進行與抗戰有關的小說敘事。〔註5〕

巴金到重慶之前，在上海已經成功地完成了「激流三部曲」中的《春》與《秋》的創作，此後離開上海來往穿行於昆明、桂林、重慶之間，寫成了自認為是失敗之作的長篇小說《火》三部曲，並且在從第一部到第三部的所有《後記》中，都一再指出《火》的寫作失敗，最大的原因就是自己要從宣傳出發來進行小說敘事。於是，汲取了《火》的寫作失敗教訓的巴金，終於能夠下定決心結束長期的單身流浪生活，在 1944 年 5 月結婚之後，從貴陽到重慶長住。在重慶，巴金憑藉自己所熟悉的戰時生活，先後完成了中篇小說《憩園》和《第四病室》的寫作，成為其小說創作再度走向成功的起點。這就在於，無論是《憩園》對「激流三部曲」反封建主義主題的不斷深化，還是《第四病室》對大後方戰時生活的親歷性展示，這些寫成並發表於重慶的中篇小說，在促使巴金小說重新保持創作個性的獨立性的同時，更是促成了長篇小說《寒夜》的開始創作，巴金由此而再次進入了小說創作的高峰期。〔註6〕

1938 年 8 月，老舍隨同中華全國文藝界抗敵協會總會從武漢遷來重慶，1946 年 2 月，老舍接受了美利堅合眾國國務院赴美講學之邀請，離開重慶出國，其間整整在重慶生活了近八年。老舍不僅像茅盾一樣，腰斬過從 1938 年

〔註5〕 在現有的中國現代文學史的研究論著之中，無論是專論，還是教材，對於茅盾所寫出的似乎與陪都重慶有關的長篇小說《腐蝕》往往給予過高的評價，其實這不過是一種浮於表象的誤認，因為與陪都重慶戰時生活緊密相關的個人感受，事實上，正是出現在茅盾此時在陪都重慶寫作的短篇小說之中。因此，如何認識茅盾對陪都小說發展的個人影響，理應是從他此時的小說創作出發來加以重新把握，而不是囿於其文學盛名而導致偏見的文本延續。參見中國大百科全書總編輯委員會《中國文學》編輯委員會、中國大百科全書出版委員會：《中國大百科全書·中國文學》第 1 卷 1986 年版，第 520 頁。

〔註6〕 巴金：《〈火〉第一部後記》，《火》第一部，重慶開明書店 1940 年版；《〈火〉第二部後記》，《火》第二部，重慶開明書店 1941 年版；《〈火〉第三部後記》，《火》第三部，重慶開明書店 1943 年版。如果巴金沒有在陪都重慶渡過較長時日並迎來中國抗戰的最後勝利，也許也就不會寫出能與《家》相媲美的《寒夜》，而人們往往比較忽略在陪都重慶的戰時生活對於巴金個人生命歷程中的至深影響這一點，而更多地去論及《寒夜》所牽涉到的城市生活之中的政治表象。參見中國大百科全書總編輯委員會《中國文學》編輯委員會、中國大百科全書出版委員會：《中國大百科全書·中國文學》第 1 卷，中國大百科全書出版社 1986 年版，第 13 頁。

初開始寫作的長篇小說《蛻》，而且也像巴金一樣，在 1943 年寫出了自認為是失敗之作的《火葬》，與此同時，從 1939 年到 1942 年，老舍還留下了一段長達四年之久的小說創作的空白。之所以會出現這樣的個人創作現象，也許正如老舍自己在《我怎樣寫〈火葬〉》中所說的那樣：「它的失敗不在於它不應當寫戰爭，或是戰爭並無可寫，而是我對戰爭知道得太少」，因此「我應當寫自己的確知道的人與事。但是，我不能因此將抗戰放在一旁，而只寫我知道的貓兒狗兒」。〔註7〕事實上，老舍在 1943 年重新開始小說的寫作之時，不僅寫了與戰爭有關的《火葬》，而且還寫了與大後方生活有關的一些小說，從短篇小說《一筒炮臺煙》到中篇小說《不是問題的問題》，對中國人的文化人格重建進行了前瞻性的審美觀照。也就在這 1943 年 11 月，老舍的家人輾轉逃難從北平來到重慶，這就使得老舍能夠瞭解並體驗到日軍佔領下的北平市民的生活，從而進行《四世同堂》的創作。〔註8〕除了對古都北平的市民生活「的確知道」之外，老舍畢竟在重慶生活了八年，對於流亡到陪都重慶的北平市民的日常生活也同樣是「的確知道」，所以，在美國講學期間，老舍創作了長篇小說《鼓書藝人》。

張恨水與老舍相似，從 1938 年底到重慶，到 1946 初年離開重慶，在重慶也生活了八年之久。從張恨水初到重慶發表的短篇小說《證明文件》來看，帶有濃厚的報告文學色彩，描寫了一位「純粹的藝術家」的教員張競存先生如何被委任為游擊支隊長的經過，隨後發表的中篇小說《巷戰之夜》（又名《衝鋒》、《天津衛》）則敘述了張競存先生如何率領部下與天津軍民一起，與日寇浴血奮戰的經歷，同樣也帶有紀實報導的特點。這就表明，作為報人的張恨水所進行的夫子自道式的小說創作基點，已經從社會言情的通俗小說轉向與抗戰有關的紀實小說。不過，等到對大後方生活熟悉之後，張恨水以報紙副

〔註7〕老舍：《我怎樣寫〈火葬〉》，《火葬》重慶出版公司 1944 年版。

〔註8〕老舍的《四世同堂》第一部《惶惑》，就是從 1944 年 11 月 10 日開始在《掃蕩報》上連載，後由上海良友復興圖書公司在 1946 年出版單行本。在陪都重慶長達八年的戰時生活，不僅使老舍能夠更加深入地去體味中國文化人格的正負兩面，而且也使老舍能夠更加開闊地去感受平民百姓戰時精神面貌的區域演變，從而使其小說視野得到空前的拓展並進入個人創作的第二次高峰。這就有必要對老舍與陪都重慶有關的小說創作進行重新評價。參見中國大百科全書總編輯委員會《中國文學》編輯委員會、中國大百科全書出版委員會：《中國大百科全書·中國文學》第 1 卷，中國大百科全書出版社 1986 年版，第 365 頁。

刊連載的方式，從 1938 年 12 月到 1941 年 4 月在《新民報‧最後關頭》陸續
發表了《八十一夢》，儘管《八十一夢》被人視為長篇小說，但事實上不過是
名為長篇而實為短製的系列短篇，在故事新編的傚仿之中，對以陪都重慶為
文化政治中心的大後方，進行從官場到商場的官商一體統統加以現形的寓言
式敘事，其政治諷喻的社會反響引發了有關當局的暗中干預，致使「八十一
夢」夢斷於第十四夢，而對《八十一夢》的文學史評價也往往據此而論，似乎
沒有更多地看到它在藝術上的浮躁與粗糙。夢斷之後，從 1941 年 5 月到 1945
年 11 月，張恨水隨即在《新民報‧最後關頭》上連載《牛馬走》（1957 出版
時改名為《魍魎世界》），以章回體小說的形式來揭示在「中華官國」如何轉
變為「中華商國」的過程之中，在為金錢奔忙的國人與為民族解放效力的國
民之間，所呈現出來的從日常行為到文化心態的種種差異，從而成為對於抗
戰時期大後方生活的一個側面上的暴露與諷刺。〔註 9〕

　　抗日戰爭全面爆發以來，在重慶生活過的外地作家為數不少，或者是長
期居留，或者是暫住一時，對於他們所寫作的眾多小說來說，較能引人關注
的就是他們筆下的重慶形象。

　　首先是在重慶生活的所見所聞進入了他們的小說視野，尤其是重慶獨特的
山川景象與城鄉風貌成為小說描寫的對象，從《山下》（蕭紅）那奔流的嘉陵江，
到《過年》（茅盾）逛到的精神堡壘；從《南溫泉的瘋子》（草明）居住的南溫
泉，到《春》（徐訏）襲來的鄉間小店，顯露出重慶生活對外地作家進行小說創
作的外在直接影響。其次是在重慶生活的所感所思融入了他們的小說敘事，特
別是重慶當下的戰時境遇與抗戰氛圍激發出小說創作的熱情，日機狂轟濫炸重
慶不僅引出了揭露大後方徵兵弊病的《在其香居茶館裏》（沙汀），而且進入了
表達日本人民反戰情緒的《梅子姑娘》（謝冰瑩）；遠離重慶奔赴前線不僅留下
了堅持抗戰到底的《嬰》（梅林），而且傳達了祖國高於一切的《遙遠的愛》（郁
茹），表現出重慶生活對外地作家進行小說創作的內在間接影響。能夠將重慶形

〔註 9〕較之其他通俗小說作家，張恨水之所以能在一些中國現代文學史教材中享有
　　　　一席之地，主要是因為對其在陪都重慶發表的小說進行政治化解讀所導致的。
　　　　實際上，應該將張恨水在陪都重慶的小說創作置於中國文學的現代發展過程
　　　　中來加以重新審視，由此而對現代中國的通俗文學進行文學史的再次定位。
　　　　參見中國大百科全書總編輯委員會《中國文學》編輯委員會、中國大百科全
　　　　書出版委員會：《中國大百科全書‧中國文學》第 1 卷，中國大百科全書出版
　　　　社 1986 年版，第 365 頁。

象的內外兩面影響融合起來的外地作家，並且在小說敘事中呈現出抗戰以來重慶小說所達到的史詩高度的，可以說是巴金的《寒夜》與老舍的《鼓書藝人》。

較之外地作家，本地作家主要是在重慶成長起來的年輕一代作家。在這些青年作家之中，既有著土生土長的重慶籍作家，也有著隨著流亡潮而來的外省籍作家。抗戰時期的重慶生活不僅為他們進行小說創作提供了必不可少的個人動機和現實契機，促成他們開始去描寫戰時生活的方方面面；而且更是為他們進行小說敘事打開了前所未有的個人眼界和歷史視野，促使他們去追溯中國文化的根根底底，從而以他們自己的獨特視角，來觀照抗戰時期複雜多變的國民靈魂：城里人與鄉下人，尤其是市民、農民、工人、藝人、船夫、縴夫、官員、職員、教員、演員，在眾多人生角色扮演之中，從南到北又從西向東的全中國男男女女的內心世界，通過戰時生活中人生場景的不同放大，所能展現出來的——人性的錯位與張揚，人心的延宕與決斷，人情的壓抑與膨脹，人格的顛倒與追求——從文化意識到文化心態的不同層面上進行民族復興那曲折而複雜的全過程。

對於抗戰時期重慶出現的土生土長的青年作家來說，他們浸潤在生於斯長於斯的本地文化之中，重慶形象內化為進行小說敘事中個人動力，在描寫重慶戰時生活的同時，更是將審美的生活視野擴大到整個中國乃至整個世界，他們中較為突出的是劉盛亞。〔註10〕劉盛亞不僅在南京、北平讀過中學，而且到德國留過學，因而先後寫出了揭露德國法西斯主義專制暴行的《小母親》，展現北平京劇女演員在抗戰前後悲劇生涯的《夜霧》，最後又寫出在淪落中張揚女性本色的城市女性傳奇的《地獄門》，小說敘事的視線從外向內地收斂，重慶形象內在影響也就越來越濃厚地在小說中彰顯，從而也就表明個人生活視野的開闊總是離不開重慶形象這一個人生活的根。

對於抗戰時期流亡重慶而成長起來的青年作家來說，他們被迫離開故鄉而長途跋涉，重慶生活給予他們以希望與絕望並存的雙重感受，重慶形象在引發了小說敘事的個人慾望的同時，更是激發小說敘事的個人批判，他們中尤為突出的是路翎。〔註11〕從下江人的少年路翎成長為重慶人的青年路翎，

〔註10〕重慶市市中區文化藝術志編纂委員會編：《重慶市市中區文化藝術志》，文化藝術出版社 1990 年版，第 303 頁。

〔註11〕中國大百科全書總編輯委員會《中國文學》編輯委員會、中國大百科全書出版委員會：《中國大百科全書·中國文學》第 1 卷，中國大百科全書出版社 1986 年版，第 490 頁。

在失學與失業的生活窘迫之中開始了小說的書寫，從《「要塞」退出以後》到《卸煤臺下》，流亡生活的印象逐漸為重慶生活的現實所替代，而從《飢餓的郭素娥》到《財主底兒女們》，對於原始生命強力的女性追溯轉向現代文化人格的青年重塑，由此而顯現出已經不斷滲入小說之中的重慶形象，小說敘事的挖掘從現實表象向著歷史底蘊的深入，從而也就表明進行個人文化批判需要展開由重慶到故鄉的文化尋根。

隨著抗日戰爭的全面爆發，無論是本地作家，還是外地作家，無論是成名作家，還是青年作家，他們在重慶所進行的小說創作，不僅促動了重慶現代小說的迅速發展，在全面展現戰時重慶生活的敘事之中，促使重慶形象得以融入中國現代小說的審美視界；而且更是促成了中國現代小說的正常發展，在完整顯現戰時中國生活的敘事之中，促發了民族文化反省以進行國民精神的審美重建。因此，完全可以這樣說：抗日戰爭全面爆發以來，尤其是抗戰時期的重慶現代小說，在表明重慶現代小說進入空前繁榮的發展階段的同時，也擁有了中國現代小說在這一時期中的主導地位，從而使重慶現代小說成為抗戰時期中國現代小說發展的全國典範。

這首先就在於，抗戰時期的重慶現代小說在不僅重視進行與抗戰有關的小說敘事，而且也同樣注重展開與戰時生活相關的小說敘事，進而在對戰時生活進行的小說敘事之中，更為明顯地表現出小說紀實與小說傳奇的分野來，擴大了小說敘事的想像空間與審美視界，不再侷限於戰爭風雲的事件性紀實，而是充分展示戰爭陰雲籠罩之下的理想性傳奇。從《風蕭蕭》（徐訏）到《北極風情畫》、《塔裏的女人》（無名氏），無論是波瀾起伏的間諜生涯與愛情角逐，還是如風似煙的異域戀情或本土悲情，所展現的無非是從淪陷區到抗戰區，青年男女之間的情感戰爭即使是在血與火的戰火之中，仍然能夠超越戰火的濃濃硝煙而化為戰時文化條件下的個人生活追求。

如果說，對於《風蕭蕭》這樣的小說傳奇能夠得到從社會傳播到文學史的一致認同，那麼，《北極風情畫》、《塔裏的女人》所引發的從社會傳播到文學史的不同評價，主要原因就在於《風蕭蕭》是以中日間諜活動來作為情感戰爭的敘事線索，而從《北極風情畫》到《塔裏的女人》，男女之間的恩恩怨怨，則是越來越遠離甚至脫離了抗日戰爭這一當下的敘事場景。由此可見，小說敘事是否與抗戰有關，之所以能夠成為從現實到歷史的一種評價標準，也就在一定程度上折射出小說傳奇的評價難度實際上要大於小說紀實的文學

史現況。儘管如此，必須指出的就是，以小說紀實為主的小說敘事是抗戰時期重慶現代小說的基本特點之一。

這其次就在於，抗戰時期的重慶現代小說在小說敘事中趨向小說紀實，一開始是由於受到了文學服務於抗戰這一戰時需求的直接影響，對抗日戰爭的戰爭進程與戰爭場面進行全面的紀實描寫。不過，通過小說敘事成為有關戰局與戰況的如實報導，即使是達到了小說正面宣傳抗戰的目的，但也是削弱了小說藝術審美發展的文本基礎。隨著抗日戰爭的持久展開，小說敘事從滿足現世性的正面宣傳開始逐漸轉向現實性的藝術審美。

1940 年底，中華全國文藝界抗敵協會徵求抗戰長篇小說進行評選，《春雷》成為被評選出來的兩部佳作之一。《春雷》的作者正是從重慶的報紙上看到有關「江南我人民自衛軍極為活躍」的報導，在「調查實細」之後，通過藝術虛構來如實「表現日寇和漢奸的暴行，表現故鄉人民的苦難和鬥爭」。因此，《春雷》實現了這樣的小說敘事目的：「故鄉的無名英雄的這段事蹟表揚於世界，不致湮沒，或能予別地方的戰士一點鼓勵」。故而《春雷》很快就被改編為話劇《江南之春》在各地演出，擴大了小說文本的藝術影響。〔註12〕

《春雷》從現實出發的小說虛構，不僅打破了拘泥於事件報導的小說敘事的宣傳困境，而且更是成為預示著小說紀實進入小說敘事的史詩追求的一聲藝術春雷。從此以後，無論是成名作家，還是青年作家，紛紛著眼於整個戰時生活，進行著更為廣泛而又更為深入的小說紀實，於是，小說敘事的史詩追求終於成為心靈史詩的小說現實。這樣，抗戰時期的重慶現代小說在進行史詩建構的同時，為中國現代文學提供了現代小說的典範之作，代表著抗戰時期中國現代文學發展的藝術高度。

二、挖掘人性的中短篇小說

抗戰以來的重慶中短篇小說在敘事之中，出現了兩個值得注意的傾向：第一，從抗戰初期對於戰爭風雲的特別關注逐漸轉向對於戰時生活的全面關心，到抗戰後期也就展現出越來越寬廣的審美視野與越來越豐富的敘事題材；第二，由抗戰初期對短篇小說創作的推崇逐漸轉向中篇小說創作的大量湧現，

〔註12〕郴瘦竹：《春雷・楔子》，《春雷》，江蘇人民出版社 1986 年版。《春雷》經馬彥祥改編為話劇《江南之春》，於 1941 年 10 月起，由中國萬歲劇團在陪都第一次霧季公演中首演，並連續演出多場。

到抗戰後期也就顯示出越來越多樣的個人敘事與越來越自由的藝術創新，從而在相輔相成之中趨向小說敘事的史詩性追求，在表現出重慶現代小說進入戰時大發展的同時，更是體現出抗戰時期中國現代小說發展的方向。

《荒村之火》應該是抗戰初期重慶小說創作中比較出色的一篇短篇小說。小說中不僅選取了日寇佔領之下，中國人由開始的表面屈從到最後的以死抗爭這一轉變過程，來展示中國人民抗戰到底的決心，而且更是通過對敵我雙方在戰爭狀態下的不同心理感受，來揭示日軍偶然流露出來的厭戰難以掩蓋其兇殘的獸性，而中國人表現出來的屈從則無法取消其頑強的鬥志，正是這一戰爭心態的中日差異從根本上顯現出抗日戰爭的正義性，尤其是中國人民抗戰到底的堅定信念。

所以，小說一開始就渲染了一場「大規模火葬」式的大屠殺所造成的恐怖氣氛：「一股陰森的鬼氣，散佈在這死城的每一角落，淒風徹骨，揚起破瓦的積雪，地上的血跡，砍斷了頭顱的殘屍，因為失去慈愛的母親，在極度恐懼中凍死的嬰兒，……」這是日寇鐵蹄踐踏之下中國淪陷區的一個活生生的現實縮影。面對如此戰爭慘狀，一些日軍士兵產生了厭戰的情緒，而日寇用來對付它的竟然是命令漢奸組織「慰勞院」。

小說對於漢奸的描寫沒有簡單化，而是通過一個對話的場面，生動地畫出維持會長一方面儘量維持，另一方面又全力保命的漢奸嘴臉：向日寇反映日軍姦殺中國婦女，遭受日寇打罵之後，為保住自己性命不得不在三天之內完成組織「慰勞院」的任務。隨後又通過維持會長帶領日寇到自己故鄉葛家村抓中國婦女的罪惡行動，又將小說敘事引向了中國人火山爆發般的反抗。這樣，漢奸的出場，實際上成為小說結構上的敘事連接點：戰火從城中燃燒到鄉村，必然引起引起更為慘烈而普遍的抗爭。

儘管葛家村的村民們已經下定決心進行抗爭，「決定把年輕的婦女設法躲避，壯丁隊握持武器，潛伏在村的四周，把守著要道和橋樑，必要時，並聯絡鄰村的壯丁隊，助長他們的聲勢」。但是，村民們對於日寇的殘忍還沒有親眼目睹，同時又是把日寇視作當年的「長毛」，以為只要「舉行敬神謝鬼的盛典」這樣的歡迎，就可以避免日寇的蹂躪。可是，維持會長面對村民的質問，在良心發現之中的茫然失措，反而促使日寇的獸性大發，對前來歡迎的村民們大打出手，殘殺村民。於是，「憤怒點燃了荒村的烽火」，從老頭子到壯丁，從男人到女人，都奮不顧身地衝上去，「廣闊的原野，沸騰著殺鬼子的聲音」。這是一

場空前悲壯的戰鬥，「鬼子兵終於在無數的草鞋的腳底，被踏成了泥漿」。

　　不用說，村民們不僅在前赴後繼之中付出了巨大的生命代價，而且還要以焚燒自己家園的行動來表示與日寇抗爭到底的決心──「決定在同一個時間一齊放火」，因為「他們決不願在人家的旗幟下作順民，他們寧願在青天白日的旗子下做一個無家可歸的難民」。〔註13〕這也許可以說是《荒村之火》所帶有的某種人為的抗戰宣傳色彩，不過，通過小說敘事所展示的正是中國人民寧死不屈抗戰到底的堅定信念，只有在這樣的信念支撐下，才有可能迎來抗日戰爭的最後勝利。

　　《荒村之火》對於戰爭場景的過程展示，達到了相當高的藝術水準，以其如此短小的篇幅完成了對於戰爭本身的多方面紀實性描寫，實際上也就表明了小說敘事在抗戰時期發展的可能方向來。所以，在《馬泊頭》中自然會寫出鄉下人在面對侵略戰爭襲來，從恐懼轉向憤怒這一中國民眾的普遍覺醒過程，〔註14〕從而顯示出在堅持抗戰到底的同時進行民眾動員的必要性。應該看到的是，民眾動員的目的就是抗日戰爭必須成為全民抗戰的正義之戰，然而，全民抗戰的現實之中也存在著一些不和諧的怪現狀。因此，在《喬英》中，採用正邪人物兩相對照的多種寫法，在揭示出抗戰熱潮之中的少數「荒淫無恥者」的醜惡嘴臉的同時，頌揚了無私奉獻的愛國女性的崇高精神，〔註15〕使小說敘事達到人性挖掘的深度。

　　由此可見，短篇小說的紀實對象已經從淪陷區轉向抗戰區，而處於抗戰大後方的重慶也開始進入小說敘事的視野。具體而言，也就是從在重慶進行抗日戰爭的小說紀實，已經轉向將重慶包容進戰時生活的小說敘事之中，畢竟戰爭僅僅是戰時生活的一個重要組成部分。所以，《逝影》中的主人公在回憶故鄉多年來死水一樣平靜的生活，是如何被抗戰的炮聲打破的同時，更是認為抗戰是鎔鑄民族的大熔爐，而自己的老師就是以個人的犧牲來喚起民眾的普通英雄。儘管這一回憶是由「山城重慶的灰霧」之下生命的躍動而引發的倒敘，但是，主人公房間中出現的「那盆暗綠色仙人掌」，以其倔強的形象象徵著抗戰意志的普遍存在。〔註16〕在這裡，重慶形象，特別是山城意象成

〔註13〕王平陵：《文藝月刊》第2卷第9～10期合刊，1939年1月1日。
〔註14〕青苗：《馬泊頭》，《七月》第4集第4期，1939年12月。
〔註15〕梅林：《喬英》，《喬英》，文獻出版社1942年版。
〔註16〕無名氏：《逝影》，《國民公報》1940年8月12日。

為小說主題顯現的敘事背景。

不過，在《南溫泉的瘋子》之中，講述了重慶南溫泉的一個善良而愚笨的本地男人，如何在妻子的哄騙與虐待之中成為瘋子的故事。這個來自重慶戰時生活中的不幸故事，與仙境一般的南溫泉形成強烈的對照，而敵機的不時轟炸，更是在賦予瘋子的行為以喜劇性的同時展露出瘋子生存的悲劇性。〔註17〕小說對於南溫泉的仙境越是進行渲染，反倒越發凸出了瘋子的人生悲劇。小說敘事本來應該到此為止，可是，小說的結尾偏偏要引向「逼人發瘋的社會」的結論，這也許跟外來作家的作者急於在小說中對重慶人的生活評頭論足有關，而忽略了本地風土人情對於重慶人的生活的固有影響。儘管存在著種種難以盡如人意的地方，但是，重慶的山光水色能夠直接融入小說文本，畢竟促成了山城意象在重慶小說敘事之中從隱隱約約到越來越鮮明的浮現。

較之在現有文學史著上默默無聞的《荒村之火》，《在其香居茶館裏》則是抗戰小說中頗為轟動的代表作，〔註18〕特別是這一小說的諷刺鋒芒直指大後方徵兵制度的弊端，尤為受到諸多文學史家的親睞。在此姑且不論《在其香居茶館裏》的政治批判性質，僅就其藝術水準而言，應該承認的確是達到了小說諷刺藝術的戰時高度，儘管諷刺的鋒芒過於外露而不夠內斂，致使小說文本的蘊涵不夠深厚。不過，《在其香居茶館裏》的小說諷刺，不僅基於大後方戰時生活的真實事件，而且與重慶的戰時生活有關。據作者回憶，這是他將當年在重慶「跑警報」時聽到的真實故事寫成了小說。〔註19〕正是因為《在其香居茶館裏》的生活真實性不容質疑，其小說諷刺的意味才有可能顯現出長久的藝術魅力。

有關大後方徵兵制度的弊端成為整個抗戰時期小說敘事揭露的政治現象，直到抗戰勝利之後發表的《互替的兩船夫》，仍然是在展現重慶本地的船夫無辜被抽壯丁，還得加上一頂又一頂的政治帽子，以至於當壯丁倒成為一條逃脫迫害的「光榮」之路。〔註20〕這樣，小說除了寫出船夫的愚昧之外，更強化了現實生活中的政治險惡。除此之外，同樣在全民抗戰的戰時生活環

〔註17〕草明：《南溫泉的瘋子》，《今天》，光華書店1947年版。
〔註18〕沙汀：《在其香居茶館裏》，《抗戰文藝》第6卷第4期，1940年12月1日。
〔註19〕沙汀：《生活是創作的源泉》，《收穫》1979年第1期。
〔註20〕田苗：《互替的兩船夫》，《文聯》第7期，1946年6月10日。

境中，還有可能會出現一些投機分子，利用動員民眾的機會來謀取個人私利，只不過，這些投機分子大多是與政府機構有著種種關係的各色人物。《受訓》中就描寫了這樣兩個踴躍報名受訓而又彼此傾軋，以便乘機向上爬的來自政府機構的老科員。〔註21〕只不過，敘事中的諷刺較為溫和，帶有含而不露的喜謔味道，因而倒別有一番意味，小說的諷刺藝術也就顯現出多樣發展的勢頭來。

　　全民抗戰的熱潮之中，儘管存在著這樣或那樣的制度性弊病，但是，廣大民眾對於抗戰的熱情始終未減，越是艱苦越是要堅持到抗戰的勝利。《招弟和她的馬》就是從兒童視角來側寫大後方的青年農民，是如何為打鬼子而離家自願當壯丁，接受訓練隨時準備上前線的愛國熱情。正是在這樣的愛國熱情感召之下，小小年紀的妹妹招弟，從哥哥手中接過了家中僅有的那匹馬，每天精心餵養，好讓哥哥騎著上前線。招弟的這個夢雖然被貧窮擊破，馬被爸爸賣掉了。但是，招弟將勝利的希望寄託在所有和哥哥一道打鬼子的「壯丁」身上。〔註22〕這樣，招弟的天真單純即使是受到戰時生活困苦的擠壓，也仍然折射出全民抗戰的高度熱情來，因為很難想像抗戰前線的中國軍人全是被抓去的而不是自願上戰場的。

　　這就涉及到抗日戰爭的正義性的問題，隨著抗日戰爭的持久進行，侵略戰爭對日本人民也造成了深重的災難，引發了他們的反戰情緒。《梅子姑娘》中就寫出了日本姑娘梅子在侵華戰爭所帶來的家破人亡之後，受當局欺騙而被迫做了隨軍營妓，在覺醒之後與自己的戀人一起投奔中國軍隊，最後加入反對侵略戰爭陣營的故事。這個故事的關鍵就在於，梅子的戀人是日軍飛行員，痛感什麼是戰爭罪行而企圖潔身自好，因而反戰情緒也就成為兩人相戀的現實基礎。所以，梅子反對戀人參與對陪都重慶的狂轟濫炸，最後導致兩人出逃，成為抗日隊伍中的「兩名英勇的戰士」。〔註23〕在這裡，重慶不僅是整個大後方的中心城市，更是整個中國的抗戰首都，日軍的連年轟炸都始終無法摧毀陪都重慶，更不用說中國人民進行抗日戰爭的民族意志。可以說，重慶形象，尤其是陪都氣象建構了小說敘事的時代大背景。

　　《嬰》中通過詳寫嬰兒出生與略寫嬰兒收養，展現了以陪都重慶為中心

〔註21〕寒波：《受訓》，《文藝生活》第 1 卷第 3 期，1941 年 11 月 15 日。
〔註22〕叔文：《招弟和她的馬》，《湖畔》，文化生活出版社 1941 年版。
〔註23〕謝冰瑩：《梅子姑娘》，《文學創作》第 2 卷第 1 期，1942 年 12 月 15 日。

的大後方對於抗日戰爭的重要性，它的存在勢必關係到整個中華民族的未來，因此，正如嬰兒的父母所留下的親筆信中所說：「強壯的，年青的，應該到前線去戰鬥；稚嫩的，幼小的，應該在後方生長」。應該看到，陪都重慶的戰時生活也有著嚴酷的另一面，小說中嬰兒出生的過程是異常的艱難，來自前方的父母不得不面臨著種種「規則」的折磨。不過，人間真情終究還是勝過了那些不近情理的規則，嬰兒順利出生了；更是超越了嬰兒收養的困難，嬰兒得到了從年輕護士到鄰居老太婆的細心照料。在這裡，相濡以沫的人間真情被戰爭放大，顯現出重慶人與外地人之間的深厚民族感情根基。這或許是《嬰》為什麼要被作者加上這樣一個副標題——「謹以《嬰》獻給在艱苦戰鬥中的『四萬萬五千萬人口』的祖國」——的最大原因吧。〔註24〕

這樣的民族感情支撐著將全民抗戰進行到底，每一個真正的中國人將為此而作出個人情感的選擇。所以，為了抗戰，人們被割捨不僅有骨肉親情，而且也有男女戀情，這就在於「生活就是戰鬥」！這是《黑玫瑰》中女主人公對男主人公的諄諄告誡，也是整篇小說的題旨所在。不過，小說並不是據此題旨而進行隨意虛構，恰恰相反，通過女主人公的綽號「黑玫瑰」來引出對於戰地生活的回憶，由此而溝通男女之間的心靈，通過彼此之間的對話來展示後方生活對雙方的影響，在進行情感的個人交流之中來展現抗戰時期年輕一代的複雜心態。〔註25〕儘管對於個人生活道路的不同選擇促成了這段戰時情緣的中斷，可是，小說結尾並沒有落入俗套，反而是在男主人公對重赴前線的女主人公可能遇險的綿綿不絕的哀思中，以山川草木同悲的移情渲染，來意味深長地突出「生活就是戰鬥」的題旨。

事實上，抗戰時期以陪都重慶為中心的大後方，不僅是來自前方的戰鬥者的根據地，而且是來自淪陷區的流亡者的戰時家園。這些本地人眼中的外地人，被稱為「下江人」。他們的到來，在促使重慶的戰時生活顯得多姿多彩之外，更是顯現出本地人與下江人之間的文化差異來。同時，這一不同人群之間的文化差異，實際上包孕著傳統與現代之間的可能對立。因此，本地人與下江人的對舉，實際上也就成為中國社會現代化過程中鄉下人與城里人之間對立的戰時翻版。

所以，《山下》的敘事，就是通過十一歲的小女孩「林姑娘」在短短時間

〔註24〕梅林：《嬰》，《嬰》，上海雜誌公司1941年版。
〔註25〕田濤：《黑玫瑰》，《希望》，萬葉書店1946年版。

內的心理成長過程描寫，來折射出下江人的到來對於本地人在心靈上所造成的文化衝擊。這樣，從林姑娘歡呼雀躍「洋船來啦」開始，到林姑娘對「洋船來啦」的無動於衷結束，整篇小說的敘事，以下江人的作者視角來講述了一個關於重慶小女孩的故事，從而展示了有關本地人與下江人、鄉下人與城里人、傳統人與現代人之間，現實發生並且可能發生的心理對抗。〔註26〕這就賦予了小說文本以豐厚的內涵，同時也就意味著現代與傳統之間的文化對立在日常生活中無所不在，而嘉陵江邊涼爽的風與「帶著甜味的朝陽」，在對重慶形象的詩情畫意般揮灑之中，則使其更加凸顯。

當然，這樣的文化對立並不意味著就一定會導致文化衝突，必須尋求一條現實的出路，來將這一文化的群體對立引向文化的個人融合，使之成為區域文化之間在現代意識訴求中的文化交流，以消融基於根深蒂固的地方文化而可能發生的個人文化對抗。於是，如何能夠促進下江人與本地人之間的文化融合，實際也就成為此時的重慶小說敘事所面臨的一個問題。《春》裏通過下江人的記者與本地人的村姑相戀而成為一家人的故事，來企圖給出一個答案：必須在彼此互相尊重的基礎上相親相愛，才有可能消除彼此之間的隔膜而融為一體。〔註27〕在這裡，「春」是一個具有象徵性的字眼，不僅寄託著個人情感的家庭和諧，更是寄寓著全民抗戰的勝利理想，而正是這樣的勝利理想支持著家庭和諧。所以，《春》既是一個男女自由戀愛的現代故事，又是一個有情人終成眷屬的傳統故事，由此而展現出現代與傳統之間在戰時生活中進行文化融合的可能一面來。

不過，無論是下江人，還是本地人，都是重慶人，而小說必須面對重慶人戰時生活的常態來進行敘事。所以，無論是外來作家還是本地作家，對於重慶人的戰時生活進行了更為密切的個人觀照，來寫出自己親身感受與體驗到的重慶生活。於是，在《過年》裏，通過大年三十那一天，從主人公到全家在大街小巷的行走，寫出了重慶人在戰時生活中的困苦與無奈；〔註28〕在《後悔》中，通過父親給思念自己的女兒寫了一封信，更因為自己對女兒的善意說謊而自責，寫出了重慶人在戰時生活中的骨肉分離與親情思念。〔註29〕同

〔註26〕蕭紅：《山下》，《山下》，文風書店1942年版。

〔註27〕徐訏：《春》，《幻覺》，夜宿書屋1946年版。

〔註28〕茅盾：《過年》，《文學創作》第3卷第1期，1944年5月15日。

〔註29〕紺弩：《後悔》，《紺弩小說集》，湖南人民出版社1981年版。

時，在《希望》裏，通過兒子一家從戰地回來與鄉下父母團聚，在寫出兩代人之間的新舊隔膜難以溝通的同時，更是揭示出生活的未來將寄託在孫子們的身上；〔註30〕在《豐收》中，通過稻穀的豐收與抗戰的勝利一併到來，寫出它們在給人們帶來歡樂的同時更帶來「穀賤傷農」的重演，因而戰時生活的結束並不表明生活中災難的結束。〔註31〕就這樣，從城市到鄉村，從市民到農民，重慶人的生活全方位地進入了小說敘事的個人視野。

較之短篇小說，中篇小說的容量更大，也就對戰時生活，特別是重慶人的日常生活更具有包容度，展現出更為廣闊的生活場景，進行更為深入的小說觀照。這就是說，中篇小說的創作，不僅需要作家擁有更多的生活積累，同時也需要作家進行更多的創作積累。所以，至少可以說中篇小說在抗戰後期的大量湧現，實際上是可以視為在短篇小說創作的基礎上的一次厚積薄發。這一點，不僅對於諸多成名作家來說是如此，對於諸多新進作家來說則更是如此，由此展現出由短而長的個人小說創作的一般傾向，儘管在戰時生活條件下，這一傾向表現得更為明顯。只不過，對於成名作家來說，也許更重要的是個人的生活積累，而對於新進作家而言，則更是需要個人的創作積累。

所以，即使是在戰時生活之中，也仍然能夠保持住作者對於戰前生活的記憶。這樣，兒時生活的追憶一旦在《早春》裏展開，就呈現出一種《紅樓夢》中賈寶玉進大觀園似的敘事效果：北國早春的到來，主人公的小男孩野外放風引發了性意識的萌動，由此而開始感受從鄉村少女到富家主婦的女性魅力，透過野外景色與大戶人家的對照描寫，借助一朵「黃色的小花」的得而復失的串連，來折射出一種純潔無暇而略帶苦味的稚嫩追求。〔註32〕這樣的「傷春」情懷，是人之初都共同擁有的，因而「早春」所寄託著的那種對於純真情感的個人求索，在戰爭陰影籠罩之下的日常生活中也就顯得彌足珍貴。由此可見，一份真感情，是所有人在任何狀況中都需要的，只要寫出來，就能夠打動讀者的心。

這或許就是《北極風情畫》與《塔裏的女人》能夠轟動一時，並且使其作者無名氏得以出名的最大原因。當然，無論是《北極風情畫》，還是《塔裏

〔註30〕田濤：《希望》，《當代文學》第 1 卷第 2 期，1944 年 2 月。
〔註31〕木人：《豐收》，《青年學習》第 1 卷第 5 期，1946 年 4 月 10 日。
〔註32〕端木蕻良：《早春》，《文學創作》第 1 卷第 2、3 期連載，1942 年 10 月 15 日、11 月 15 日。

的女人》，都是將愛情故事與抗日戰爭以不同的形式聯繫起來，寫出了戰時生活中的戀愛傳奇。唯其如此，更能滿足讀者的多樣性的閱讀需要。從《北極風情畫》到《塔裏的女人》，都是以「我」為旁觀者來引入小說敘事，而故事的主體部分是以插入他人回憶的方式來展開小說敘事，從而使這兩個作品具有結構上的連續性，實際上更有助於引發讀者的閱讀興趣。

《北極風情畫》以中國抗戰為舞臺，展現出來的卻是一派異國情調的男歡女愛：在西伯利亞托木斯克城，朝鮮流亡者的中國抗聯軍人與波蘭將軍遺孤的俄羅斯少女之間，亡國之痛成為愛情悲劇誕生的催化劑。〔註33〕所以，這就不是普普通通的男女豔遇，而是將個人情感根植在民族感情之上的如詩如畫的人間風情。或許正是因為如此，最初在報紙上連載的《北極豔遇》最終以《北極風情畫》出版。

《塔裏的女人》則是一個地地道道的以抗日戰爭為背景的現代中國傳奇：在南京，男方不僅以提琴家的狂熱來追求外交官的女兒，而且又以醫學家的冷靜來處理這場感情波瀾，因而在保留自己的舊式婚姻的同時，力圖為女方找到自己的完美替身，從而保持個人的良心安定。〔註34〕這就從始至終都是把癡情的女方置於被動的地位，使其被迫埋名隱姓流落在西康，成為「癡心女子負心漢」的當下翻版，儘管男方以出家的方式勉表示懺悔。可是，法號「覺空」的這個拉提琴的道士，實際上為女方建構了一座居於有形與無形之間的精神禁錮之塔，這塔基就是男尊女卑的悠長傳統。「塔裏的女人」，這無疑是讀者更為熟悉的中國故事、中國生活、中國文化，它們居然能夠在浪漫傳奇之中完成三合一，因而讀者閱讀興趣的普遍高漲，也就是自然而然的事情。

對於中國文化的反思，《憩園》是從大戶人家來開始，在封建大家庭衰落之後，承襲其故園的所謂新式家庭，到底會出現什麼樣的局面來呢？小說中以重返大後方的家鄉為契機，由「黎先生」的親自出場，來目睹了新舊家庭之間，如果只是換湯不換藥，沒有從根本上消除封建家族制度的傳統陰影，就會導致所謂的新式家庭重蹈封建大家庭衰敗的覆轍。〔註35〕如果《憩園》中現實生活的描寫需要通過回憶的不時插入來顯示小說敘事的深入，那麼，

〔註33〕無名氏：《北極風情畫》，西安無名書屋1944年版。
〔註34〕無名氏：《塔裏的女人》，真善美圖書出版公司1944年版。
〔註35〕巴金：《憩園》，文化生活出版社1944年版。

《聲價》中則是對於戰時生活的如實描寫來擴大了小說敘事的開闊。《聲價》寫出了戰時的「拉郎配」：由從重慶疏散到縣城的人們的到來，引發了大戶人家如何挑選女婿而又後悔不已的一幕幕喜劇。〔註 36〕選女婿的傳統聲價，更看重的是權與錢，而不是現代聲價的才與德，因而也就在已經「文明」的中國將成為兩難的選擇。所以，一旦按照傳統聲價選錯了女婿，固守傳統婚姻又不便輕易離婚，以免大傷家長的面子，剩下的唯一感覺當然只能是「硬是撞到了鬼」。

較之成名作家對戰時條件下個人情感生活與家庭生活的重視，新進作家更為關注戰時生活中人的生存狀況，尤其是女性的生存狀態。在《遙遠的愛》中，小說所要表達是一位現代女性將一己之愛昇華到遍及人類的「遙遠」高度，成為發自內心的對於人生理想的執著追求，即使要付出個人情感的沉痛代價。〔註 37〕而在《飢餓的郭素娥》中，小說所要表現的是一位傳統女性的心理飢餓對生理飢餓的原始反叛，展現出面對苦難而源自靈魂的強烈生命力，儘管是這樣的個人反叛結果是付出了生命的沉重代價。〔註 38〕在這兩部小說裏，雖然都展現了男男女女之間的複雜關係是如何糾葛在一起，並且保持著與重慶戰時生活的緊密聯繫，但是，兩者之間的主題意向是截然對立的：《遙遠的愛》顯示了對於女性生存的現代理想追求，而《飢餓的郭素娥》則將批判的矛頭指向女性生存的傳統形態，由此而展示出戰時生活條件下中國女性從可能到現實的個人生存空間。

三、重塑人格的長篇小說

隨著 1941 年 12 月 8 日太平洋戰爭的爆發，重慶小說的發展也從抗戰前期的短篇小說創作熱潮的興起，開始逐漸轉向抗戰後期中長篇小說創作的一派繁榮。這樣，長篇小說的大量湧現，特別是具有較高藝術水平的個人之作的出現，在顯示著重慶小說從紀實性的文本敘事向著史詩性的文本敘事進行轉向的同時，更是代表著抗日戰爭全面爆發以來中國現代小說發展的時代高度。不僅成名作家進入了個人長篇小說的第二次創作高峰期，而且新進作家也開始了長篇小說的個人創作，因而共同促成了長篇小說創作的欣欣向榮。

〔註 36〕陳瘦竹：《聲價》，國民圖書出版社 1944 年版。
〔註 37〕郁茹：《遙遠的愛》，自強出版社 1944 年版。
〔註 38〕路翎：《飢餓的郭素娥》，南天出版社 1943 年版。

這就在於，經過長期的戰時生活個人體驗與豐厚的小說創作個人積累，所有這些生活在陪都重慶的作家，都已經具備了進行長篇小說的基本條件；更為重要的是，較之中篇小說，長篇小說能夠展示出在抗日戰爭這一歷史場景之中的戰時生活全景，並且通過長篇小說的個人敘事來推動具有史詩性的小說文本的湧現，從而使現代史詩的審美理想在長篇小說的創作中最大限度地由可能變為現實。這樣，無論是淪陷區人民的奮力抗爭，還是抗戰區人民的抗戰到底，都將通過長篇小說的個人敘事來進行有關中國戰時生活的文本顯現，由此而揭示出在艱苦卓絕的八年抗日戰爭中，千千萬萬中國人的靈魂蛻變，尤其是精神成長的心路歷程，使長篇小說有可能成為有關中國人的民族心理戰時演變的史詩性文本。這樣的史詩性文本可以稱為中國現代小說中的戰時史詩，而有關戰時史詩的個人敘事，可以分為兩大類：一類是戰爭史詩。另一類是生活史詩。

企圖進行戰爭史詩的個人敘事，往往會由於作家對於戰爭場面缺乏切身感受，不僅沒有可能進行史詩性的小說敘事，而且甚至也無法進行紀實性的小說敘事，最終失落了真實性這一藝術根基，直接導致小說文本在個人敘事之中的失敗，即便是知名作家也難以避免這樣的失敗。所以，無論是巴金的《火》，還是老舍的《火葬》，均成為游離於藝術真實性之外的失敗之作，也就不是偶然的。當然，這並不是說戰爭史詩不需要虛構，恰恰相反，戰爭史詩必須在基於戰爭真實的基礎上進行趨向藝術真實的個人虛構。如果這樣的藝術虛構，能夠擺脫紀實性的敘事約束，也就有可能促成個人敘事向著戰爭史詩的方向轉換，因而《春雷》的出現，正好表明重慶作家已經開始進行這樣的小說敘事轉換，進而預示著在進行史詩性的敘事突圍之中，戰爭史詩的個人創作可能即將轉變成為長篇小說的個人創作現實。

事實上，為了衝破紀實性的敘事牢籠，有必要把藝術虛構的敘事功能加以大大地張揚，所以，這就需要進行傳奇性的小說敘事，來促成戰爭史詩的盡快誕生，因而也就意味著重慶作家將通過戰爭傳奇的個人敘事，來開拓戰爭史詩這一中國現代長篇小說的創作荒野。於是，也就有了《風蕭蕭》（徐訏）的問世。《風蕭蕭》不僅僅是作者個人敘事的傳奇格調在戰爭史詩之中的延續，也是作者個人生活的戰時體驗在戰爭史詩之中的顯現，由此而涉及到抗戰時期在淪陷區所發生的間諜之戰。這一秘密戰線上正義與邪惡之間的反覆較量過程，一旦作為小說主導線索來推動小說情節的展開，也就在揭露

日軍及其間諜的殘忍與陰險的同時，更是顯現出中國人民與其同盟者的智慧與勇氣。

特別重要的是，《風蕭蕭》通過對間諜之戰的小說敘事，充分地展示了男女主人公各自不同而又獨特多彩的性格特徵，進而將男主人公置於兩個層面上的複雜男女關係之間，來分別表現出具有人性深度的激情奔湧與情感波瀾：潛心於哲學研究而又「抱獨身主義」的男主人公徐先生，在戰爭陰影籠罩下的上海，一方面與分屬中美日三國的女間諜白蘋、梅瀛子、宮間美子進行周旋，並且在周旋的過程之中激發民族感情，最後投入間諜之戰而踏上抗戰之途；另一方面，又與美國女郎海倫在彼此敬慕之中開始交往，並且在交往之中萌生戀情，最後不得不揮淚斬斷情思。〔註 39〕

在這裡，離別淚顯現出個人情感服從於民族大義的悲壯，當徐先生以敘述者的「我」進入文本敘事，從民族情到男女情的兩個層面，通過恨中有愛與愛中有憾的個人感受進行小說敘事的藝術縫合，從而促使有關戰爭傳奇的個人敘事極大地拓展了藝術虛構的敘事功能。與此同時，《風蕭蕭》為了強化小說敘事的傳奇性，採用了色香味交互的通感手法，來醇化中外女性的內外和諧之美，顯現出藝術虛構所必需的想像張力，而藝術虛構的敘事功能的拓展，正是基於想像力之上的。合理的虛構與獨特的想像自然而然地賦予《風蕭蕭》以動人心弦的閱讀魅力，戰爭傳奇的史詩性小說敘事對於習慣於紀實性小說敘事的小說閱讀定勢的讀者來說，自然是在大力衝擊之中開始動搖而後傾心，其閱讀反響可想而知。這就難怪《風蕭蕭》在《掃蕩報》上連載發表的 1943 年，被稱為「徐訐年」。

「徐訐年」的到來不是偶然的，除了戰爭傳奇對小說閱讀定勢的動搖所引發的小說創作格局的分化之外，重慶作家在小說敘事之中對史詩性的追求更為自覺，進一步推動著長篇小說的大量湧現，促成從紀實性的個人敘事轉向史詩性的個人敘事。

必須看到的是，無論是《淘金記》之中刻畫出來的大後方鄉鎮上無恥而卑劣的土豪劣紳，還是《風沙之戀》、《春暖花開的時候》之中塑造出來的奔赴抗戰前線的勇敢而浪漫的新女性，或者是偏於暴露而顯得小說視野的偏狹，或者是偏向頌揚而顯露小說虛構的偏頗，因而較多地顯現出這一小說敘事史詩性轉向過程中個人敘事的審美侷限，在當時就被評論者稱為小說藝術上的

〔註 39〕徐訐：《風蕭蕭》，成都東方書店 1944 年版。

「潦草」。〔註40〕這就表明，對於作家個人來說，進行長篇小說敘事的史詩性轉向，不僅需要對戰時生活，尤其是對戰爭生活的深入體驗，更需要對小說虛構，特別是對想像空間的努力拓展。在這樣的意義上，要完成長篇小說的史詩性敘事的個人轉向，必須使創作的個人努力與創作的個人天賦融為一體，並不是任何一個作家都能夠達到小說敘事的史詩性高度的，更為重要的是，即使是能夠使創作的個人努力與創作的個人天賦融為一體，也是要通過艱苦創作的個人過程來予以實現的。

與此同時，《夜霧》中的女主人公，通過其從抗戰前的北平到戰時的大後方，再回到北平的流浪生涯，以顯現出京劇女演員的悲劇命運；而《地獄門》裏的女主人公，經歷了從城市底層進入上層，最又淪落到城市底層的坎坷人生，以顯現出市民女性的抗爭本能，後來卻被認為是脫離現實，僅僅在「描寫下層民性民情」方面有「唯一可取之處」。〔註41〕

顯而易見的是，長篇小說敘事的史詩性轉向，固然不能離開戰時生活這個最大的現實，卻也不是非要以個人戰鬥的經歷為描寫對象，除了戰爭場面之外，戰爭過程中的個人生活無疑更為長篇小說的史詩性敘事所關注。這樣，包括民風民情民俗在內的地方文化勢必成為生活史詩的描寫對象，也就不足為怪。所以，不僅需要對戰時生活的個人體驗，而且也需要對地方文化的個人感受，只有在兩者不可偏廢的狀態下進行個人敘事，才有可能促使長篇小說敘事最終完成史詩性轉向。

無論是在大後方，還是在淪陷區，較之戰爭場面，日常生活顯然是與絕大多數人分不開的。在這樣的前提下，可以說，同為戰時史詩兩大構成的戰爭史詩與生活史詩，後者較之前者，無疑更能夠顯現出戰時生活更為普遍而深刻的一面來，並且由此而延伸到戰爭前後的生活過程之中，呈現出生活史詩所能體現的歷史整體感。這就意味著在重慶進行長篇小說敘事的史詩性轉向，一方面需要作家通過一己體驗來拓展生活視野；另一方面需要作家基於創作個性來擴大想像空間，從而使作家能夠以本地人與外地人的雙重文化眼

〔註40〕茅盾：《讀書雜記》，《文哨》第 1 卷第 1 期。沙汀：《淘金記》，文化生活出版社 1943 年版；碧野：《風砂之戀》，群益出版社 1944 年版；姚雪垠：《春暖花開的時候》，現代出版社 1944 年版。

〔註41〕楊義：《中國現代小史》第三卷，人民文學出版社 1991 年版第 134 頁。劉盛亞：《夜霧》，群益出版社，1945 年版；劉盛亞：《地獄門》，上海春秋出版社 1949 年版。

光,打破戰時生活的區域文化限制,發掘戰時史詩賴以生長的豐厚文化底蘊。

1944 年完成的《財主底兒女們》,就率先顯現出長篇小說敘事進行史詩性轉向的創作實績來——「在這裡,作者和他底人物們一道身在民族解放戰爭底偉大的風暴裏,面對著這悲痛的然而偉大的現實,用驚人的力量執行了全面的追求也就是全面的批判」——出版之初胡風就作出如是說。〔註 42〕這一評說似乎有可能造成《財主底兒女》是戰爭史詩的錯覺。不過,從整個小說敘事來看,抗日戰爭——從二十世紀三十年代初開始的抗擊日本帝國主義侵華戰爭的民族解放戰爭——僅僅是為整個小說敘事提供了時代背景,以 1937 年抗日戰爭全面爆發為界,小說分為上下卷,分別描寫了蘇州財主蔣氏家族的分崩離析與流亡旅途蔣氏兒女的心靈吶喊,展示出從遠離關外戰火的封建世家的衰落,到硝煙彌漫關內的破落子弟的奮起這一全過程,主人公們的日常生活成為貫穿和平日子與戰爭年代的敘事軌跡,從而演繹出一部完完整整的生活史詩。

更為重要的,那個舉起了自己的整個生命來呼喊的蔣純祖,是《財主底兒女們》中最具叛逆性的人物。這一叛逆性不僅表現在他對於封建家族制度進行的家庭批判上,而且更表現在他對於整個中國封建文化意識進行的社會批判上。正是抗日戰爭的全面爆發促成了蔣純祖在從南京到重慶的顛沛流離之中,展開了從家庭轉向了社會的反封建主義,將全面的追求置於全面的批判之中,也就需要將全面的批判寓於追求「人的覺醒」的國民性批判之中。在此可以看到作家憑藉著過去生活的回憶與當下生活的親歷,在兩者相互交織之中來展示對於未來生活的嚮往。在這樣意義上,可以說《財主底兒女們》已經成為抗日戰爭中一代新人成長的心靈史詩:中國的又一代青年在戰火燃燒的歲月裏如何擺脫古老傳統的因襲與纏繞,披掛著種種精神奴役的創傷在艱難的人生道路上掙扎著前行,如此靈魂磨難歷程的小說寫照。

《財主底兒女們》顯示出獨特的文化蘊涵,僅僅由主人公蔣純祖從蘇州到南京,從南京到武漢,從武漢到重慶的流亡生活,就可以看到長江文化顯現出從下游的吳越文化,到中游的荊楚文化,再到上游的巴蜀文化的區域分化,並且在小說敘事中得到詳略不同的顯露,尤其是蔣純祖在重慶,經歷了

〔註 42〕張以英:《路翎的生平、小說和書信(——代序)》,《路翎書信集》,灕江出版社 1989 年版。路翎的《財主底兒女們》上卷於 1945 年 8 月由南天出版社出版,《財主底兒女們》下卷於 1948 年 2 月由上海希望社出版。

從演劇隊到農村小學的生活場景轉換，對於重慶的城市與鄉村進行了較為深入的感受，由此而使得小說敘事能夠透露出重慶文化的獨特與侷限來。儘管《財主底兒女們》對於重慶形象進行了一種批判性的揭示，但是，這樣的文化批判正是進行文化追求所不可缺少的，不僅對於蔣純祖們來說是如此，對於重慶文化來說更是如此。

如果說《財主底兒女們》所進行的文化批判經歷了從家庭本位到社會本位的轉變，那麼，《寒夜》（巴金）所進行的文化批判仍然是以家庭為本位的，不過，在《寒夜》中出現了從封建大家庭到百姓小家庭這樣的轉換。〔註43〕一般說來，人們往往關注戰時體制重壓之下汪文宣一家的悲劇性解體，並且直接歸罪於戰時體制本身，而往往忽略了傳統意識對人心的毒害與扭曲，才是這個家庭解體的內在原因，從而更是根本原因之所在。這是因為無數的家庭在戰時體制之下都能夠相濡以沫，堅持到抗戰勝利的到來，而這一家人重演「孔雀東南飛」式的古老悲劇，不能不引發人們對於中國反封建主義的思考，尤其是對於一貫堅持對不合理的制度進行「我控訴」的巴金小說來說，更是以《家》到《寒夜》的小說敘事將反封建主義的必要性從上流社會的大戶人家推廣到社會底層的普通人家，由此可見生活史詩進行文化批判的重要性。

《寒夜》之中的重慶形象是以寒夜之中小巷尋覓的方式呈現出來：從小說以汪文宣尋覓曾樹生開始，到以曾樹生尋覓汪文宣結束，寒冷的冬夜寄寓著陪都氣象在戰時體制中的蕭殺氣氛，而狹窄的小巷寓意著山城意象在難以溝通中的人心隔膜，為小說敘事設置了一種陰森森的文化氛圍，人物的悲劇性也就得以在這樣的氛圍中逐漸得到充分展示，家破人亡的結局也就是人心衝突的必然結果。可以說，《寒夜》正是在對戰時體制的負面進行揭露的同時，更加深入地暴露出國人心態固有的殘缺與偏執，在戰時生活中如何頑強地表現並影響到人的生死存亡。只有這樣，才有可能將文化批判的鋒芒不是僅僅對準不合理的社會制度，而是要同時對準所有那些不合理的制度與思想。這就是《寒夜》所講訴的重慶故事為什麼能夠成為生活史詩的最主要的原因。

小說的文化批判與小說的文化重建應該是同時發生的，儘管在不同的作家那裡各有所側重。1944 年開始陸續發表《四世同堂》，將人放到淪陷區的放大鏡下來見出「北平人」與「道地中國人」之間的巨大文化人格差異：前者苟

〔註43〕巴金：《寒夜》，上海晨光出版公司 1947 年版。

安、忍隱、麻木,而後者抗爭、不屈、清醒。〔註 44〕所以,當前者安於亡國奴的現狀之時,後者寧願為國殺身成仁,由此而展示了中國文化的真正力量與巨大感召力。文化重建需要剝離出民族文化的優秀傳統來作為現實基礎,承載這一傳統的文化人格正是導致文化重建的個人前提,古都北京提供文化重建所需要民族文化傳統與個人文化人格,而淪陷區的存在促成了文化傳統的剝離與文化人格的分野,而「小羊圈胡同」就是淪陷區北平的小說縮影,「祁家」的故事就是北平人的現實生活的小說寫照。由此可見,《四世同堂》的史詩性主要表現在文化批判與文化重建的小說敘事之中。

如果說《四世同堂》是北平人的作家老舍,居住在重慶去回顧淪陷區的北平生活,那麼而《鼓書藝人》則是這個曾經在抗戰時期在重慶生活過八年的作家,在美國寫成關於北平鼓書藝人方寶慶一家在陪都重慶生活的長篇小說。

在《鼓書藝人》中,陪都重慶的戰時生活通過北平來的鼓書藝人的外地人眼光,得到了較為完整的折射:一方面,從北平出逃到落腳重慶,大鼓仍舊唱得那麼漂亮,藝人一家受到了芸芸眾生的喜愛,而從賣藝為生到不忘愛國,鼓詞振奮了抗戰的意志,藝人一家得到了全社會的敬重;另一方面,從茶館演唱到學校補習,在世人的白眼之中,藝人一家默默忍受屈辱,而從日機轟炸到官員橫行,在權勢的欺凌之下,藝人一家歷經重重人禍,從而展現出陪都重慶戰時生活的不同側面。〔註 45〕《鼓書藝人》正是通過對來自北平的鼓書藝人在陪都重慶的日常生活所進行的整體描寫,來顯現出進行文化重建的艱巨性,然而,文化重建的不可逆轉的潮流,正如小說結尾,主人公在抗戰勝利之時面對滾滾江水,所唱出的「長江後浪推前浪,一代新人換舊人」的心聲。

抗戰後期重慶長篇小說敘事的史詩性轉向,正是通過從新進作家到知名作家的鼎力合作而實現的,儘管這些作家由於缺乏對於戰爭場面的親身體驗,而沒有能夠創作出有關抗日戰爭的戰爭史詩,但是,他們基於戰時生活的個人體驗,創作出了有關抗日戰爭的生活史詩。所有這些生活史詩在中國現代文學發展過程中都佔據了重要位置,所有這些生活史詩的創作都與陪都重慶的戰時文化發展不可分離,從而也就奠定了抗戰時期的重慶長篇小說從文學到文化的全國地位。

〔註 44〕老舍:《四世同堂》,上海良友圖書出版公司 1946 年版。
〔註 45〕老舍:《鼓書藝人》,人民文學出版社 1980 年版。

第四章　陪都散文的戰時寫照

一、紀實生活的散文

　　抗戰軍興，隨之出現了報告文學熱，對戰爭進程進行迅速及時的文學紀實。報告文學通過即事而發的紀實性敘事，在及時傳播的過程中跨越了散文敘事與新聞通訊之間的文類界限。因此，報告文學不僅促成其他文學樣式中創作「報告化」現象的出現，而且促使散文創作難以保持與現實之間的審美距離，甚至在一定程度上消解了敘事散文的體裁邊界，致使對一些散文作品難以進行敘事散文與報告文學的體裁區分。所以，敘事散文創作的數量與影響在抗戰前期無法與報告文學創作相比，從文類到體裁的越界，至少應當視為一個並非不重要的原因。

　　進入抗戰後期，散文創作在逐漸擺脫報告文學的創作影響的同時，回到了「美文」的發展軌道上，在散文的敘事性、抒情性、議論性的文學基點上，無論是以某一文學基點為主的敘事散文，抒情散文、雜文，還是立足於文學基點三位一體的小品散文，均得到了相應的發展。與此同時，報告文學也保持著脫離新聞報導軌範，趨向文學性追求的發展勢頭，最終成為一種獨立的散文體裁。

　　無論是抗戰前期散文偏向紀實的報告化，還是抗戰後期散文強化美文的藝術化，所有這一切，在抗戰以來重慶散文的發展中顯得尤為突出，諸多散文體裁在個人書寫之中，不僅呈現出豐富多彩的創作格局，而且凸顯出流光溢彩的重慶形象。不可忽視的是，陪都重慶的散文獨具全民書寫的戰時特徵，也就是社會公眾都熱衷於散文的個人書寫——「它們的作者，除散文家以外，

還有詩人、小說家、戲劇家、理論家和社會上許多行業的人們，大夥組成了浩浩蕩蕩的散文作家群」，〔註1〕即便是抗戰時期並沒有湧現出純粹文學意義上的散文家。

在敘事散文中，對於重慶形象進行了集中描寫。於是，蕭紅在《長安寺》一文中，對於長安寺展開了動靜結合的描寫，從「憂鬱的」眾多佛像到虔誠的老太婆，從賣花生糖的到賣瓜子的，「尤其是那沖茶的紅臉的老頭，他總是高高興興的」，在無意與有意之中營造出一個「安靜得可喜的」好去處。尤為出彩的是寫出了源自身體的獨特感受——「耳朵聽的是梵鐘和誦經的聲音；眼睛看的是些幽閒而且自得的遊客或燒香的人；鼻子所聞到的，不用說是檀香和別的香料的氣息」，似乎「一切都是太平無事」。不過，「這是一塊沒有受到外面侵擾的重慶的唯一的地方」嗎？眼見著長安寺外那些對付日機轟炸的救火設施，「我頓然地感到悲哀」。〔註2〕戰爭陰影時時將降臨這僅剩的「重慶的唯一的地方」，威脅著芸芸眾生的生命，由此，個人的悲哀無疑就成為所有中國人的悲哀，顯現出女性那特有的見微知著的家國情懷。

同樣是以女性作者的細膩筆觸，鳳子在《北泉日記》裏，寫出了「一個有生氣的地方」，在連續三天轟炸之後，陪都依然生意盎然——「每一次轟炸後半小時，市面就可以照常恢復」，「電燈線給炸斷了，街上一眼望去如同十年前在小縣城裏過元宵燈節，太平燈是那樣美觀而有秩序地在每家店鋪門口點燃」，「街上行人加倍地多，加倍地匆忙」。與此同時，陪都的北碚在歷經轟炸之後，仍舊「風景宜人」——在「山頭重疊，樹木叢生」之中，居然有「這麼一個新興的小市鎮」，不僅可以去溫泉遊游泳，更可以去縉雲寺爬爬山，「希望自己有個健康的身體，能夠好好地生活兩年，多做點工作，多出口氣」。〔註3〕顯然，既要抗戰到底，也要享受生活，正是這樣的個人企望點燃了所有人的希望。

較之女性作者，男性作者的戰時生活視野或許更為開闊；再加上較之小說的敘事，詩歌的吟唱或許更為激情內蘊。艾青在《夏日書簡》中，先是通過詩意的揮灑，呈現出山城的重慶陪都那「曠野的粗壯而富麗的畫幅」：「無數

〔註1〕秦牧：《序》，《中國抗日戰爭時期大後方書系·第五編　散文、雜文》第 11 集，重慶出版 1989 年版。

〔註2〕蕭紅：《長安寺》，《蕭紅散文集》，黑龍江人民出版社 1982 年版。

〔註3〕鳳子：《北泉日記》，《畫像——鳳子散文小說選集》，北京出版社 1982 年版。

的山互相牽連著又各自聳立著，褐色的，紫色的，暗黛色的，淺藍色的山！溫和的，險峻的，寬大的山！起伏不平的多變化的山！映在陽光裏的數不清的山！」，更何況「岩石，茂林，峽谷，峰巒，山與山之間的狹小的平野，沿著山向上延展的梯田，村舍，零落在各處的村舍……」然後更是以詩意的「蕪亂」，展現了在北碚育才學校中到處活躍著的「文學的，戲劇的，音樂的，以及繪畫的青年」，與他們所要教導的更年輕的小朋友們，期盼著彼此之間的不斷溝通和交流，真正成為「可以坦白相處的朋友」。〔註4〕重慶形象於是就開始顯現出其獨特的厚重與多彩。

　　如果說山城意象已經開始在重慶形象的散文浮動之中不時閃爍，那麼，直到抗戰後期，在梁實秋的《雅舍》中才閃亮登場：「『雅舍』最宜月夜——地勢較高，得月較先。看山頭吐月，紅盤乍湧，一霎間，清光四射，天空皎潔，四野無聲，微聞犬吠，坐客無不悄然！」儘管「雅舍」不過是所有重慶房屋中「此地人建造房屋最是經濟」的那種——「火燒過的磚，是常用來做柱子，孤零零砌起四根磚柱，上面蓋上一個木頭架子，看上去瘦骨嶙嶙，單薄得可憐；但是頂上鋪了瓦，四面編了竹篦牆，牆上敷了泥灰，遠遠地看過去，沒有人能說不像是座房子」，或許因為戰時條件所限，「縱然不能蔽風雨，『雅舍』還是自有它的個性。有個性就可愛」。〔註5〕從房子延伸到房主，兩相對應，在艱難中苦熬，更顯露出堅韌與樂觀的個性，彌足珍貴之中誰又能說不可愛呢？

　　在這戰時生活中，重慶人的純樸也最能令人感動，葉聖陶在《春聯兒》中寫出了一個推雞公車的車夫老俞的喪子之痛：一道推車的「小兒子胸口害了外症，他娘聽信鄰居婦人家的話，沒讓老俞知道請醫生給開了刀，不上三天就死了。老俞哭得好傷心」。不過。老俞的「大兒子在前線打國仗，由二等兵升到了排長，隔個把月二十來天就來封信，封封都是航空掛」。老俞在回信中告訴小兒子去世的消息，叮囑大兒子「打國仗的事情要緊，不能叫你回來，將來把東洋鬼子趕了出去，你趕緊就回來」。通過春聯兒中「有子荷戈庶無愧，為人推轂亦復佳」的貼心撫慰，老俞這樣一個平凡得不能再平凡的車夫，從悲痛中重新振作起來，打「心窩裏」為「有個兒子在前方打國仗」而益發自豪，為自己靠「力氣換飯吃」而快樂起來。〔註6〕由此展現出山城意象的民族文化底蘊來。

〔註4〕艾青：《夏日書簡》，《現代文藝》第2期，1940年11月25日。

〔註5〕梁實秋：《雅舍》，《雅舍小品》，正中書局1949年版。

〔註6〕葉聖陶：《春聯兒》，《我與四川》，四川人民出版社1984年版。

　　重慶形象中的陪都氣象，有著一個逐漸形成的過程，這正如《從轟炸中成長》中所描寫的那樣：「山城一到夏天來，氣候變得特別炎熱，尤其是近幾日裏，小小的石頭城，人口已達五十七八萬之多，而流動的尚不在數！除了受到自然熱力的壓制外，還要遭遇人身熱氣的侵襲。疏散的效果，不過使一切人們在上午離開重慶過江，下午又回轉這金迷紙醉，粉白黛綠的繁華都市的懷抱裏來。」可是，在不無貶斥陪都生活表象的同時，更展示出陪都的真正活力來：即便是日機的狂轟濫炸，「最令人感動的，是許多小學生也在搶救受傷的同胞，因為力氣太小，乃由四五個人擡一個，那種勇敢的精神實在叫人淚盈欲滴！青年的一代，是新中國的主人啊」。這就充分表達出「儘管日寇會轟炸，我們卻要從轟炸中成長」，〔註7〕這一抗戰到底的全民意志。

　　不過，在陪都氣象的閃亮之外也存在著濃重的陰影，司馬訏在《都會之餘蔭》中，就通過一個攝影家的眼睛，「發現了一件東西，一個奇蹟」——「那馬路轉角處，停著一輛看來剛卸貨不久的大卡車，那車廂的尾部在地上印著一塊長方形的陰影，約有頭號皮箱大，就在那塊陰影中，酣臥一個小乞兒，那樣子，初看極像一隻狗，真實一個人。」可惜，只有「一條瘦狗走攏來，聞了聞他那比大眾食堂的鴨子更瘦的屁股，然後無所留戀地夾著尾巴走開了」，於是乎，所有路過的人們，無論老少貧富，都同樣熟視無睹地走過，只有旁觀者的攝影家在質疑「他莫非也有夢麼」——「慈母的眼睛？爸爸買回來的一塊糖？一張吃不完的餅？掉在地上的錢票？從飛機上丟下來的小麵包？會說話的豬頭肉？」〔註8〕顯然，戰爭殘酷，人心冷漠，民眾自顧不暇的狀況，在城市中被無形放大，而在陪都重慶似乎臻於更甚。

　　正是這兩種截然不同的陪都戰時生活景象，在兩相對峙之中構築了同一個陪都氣象的正負兩極，從而擴充了重慶形象的包容度。

　　進入抗戰後期，陪都氣象的兩極性逐漸在文本中得到較為完整的展示：《控訴》中凸現了「由於快樂的生活我成為一個母親，由於悲哀的日子我成為一個教師」這一全過程：「當我們隨著流亡的行列，離開了我們所依戀的快樂的幸福的地方，走向遙遠不可知處，我們已經有了兩個孩子」。隨著流亡生活的艱辛變得漫長，夫妻之間最終陷入「無告的同聲長歎」——「沉默，沉默，那難堪的沉默呀！」於是乎，在「一個更為沉默的日子，他默默地出

〔註7〕李華飛：《從轟炸中成長》，《流火》第9期，1939年9月16日。

〔註8〕司馬訏：《都會之餘蔭》，《重慶客》，重慶出版社1983年版。

走了」，「他給我留下的是兩百塊錢，和一個即將出世的孩子！」痛苦和悲哀使人難以自拔，而孩子卻「來定了」。勇敢起來的她在「養育孩子以外，又終於做了小學教師」！所有這一切不過都是「我的生活」。只能在戰時生活中學會頑強地生活下去，「雖然在年齡上，在學識上，我還都很年輕，可是，我已是三個孩子的母親，同時又是幾百個孩子的教師了！」〔註9〕面對生活的個人「控訴」，所顯現出來的，正是陪都氣象對戰時生活中個人精神的正向引導。

隨後，《狂歡之夜》中展現出「全世界都在大慶祝」中國抗戰勝利的時刻，住在陪都重慶這「最莊嚴的城」中的詩人，卻不得不半夜倉皇出逃的經歷：「他恐怖地轉了身就跑，投入黑暗中。而八月十五日這一個晚上，可真是偉大的狂歡的夜晚。」可他反而覺得「一定什麼大不幸降落到這個民族的頭上了，全境一定都在混亂中。忽然一道探照燈從他身上掃視而過，那樣強烈的光線，他閉上了眼睛，以為自己的心要從嘴裏跳出來了。探照燈正在交織著V字，他卻認定這是為搜索逃亡者而探照的」。直到最後朋友們找到他，他都還是弄不明白——「是勝利的狂歡，還是大屠殺的混亂？」〔註10〕就這樣，「狂歡之夜」居然會成了「逃亡之夜」，也就不僅僅是個人神經過敏的小小鬧劇，而更是靈魂飽受驚嚇的國人悲劇，大喜與大悲之間，相隔不過一層紙，就看有沒有捅破這層紙的生存勇氣！由此可見陪都氣象對於戰時生活中個人心態的反向扭曲。

較之敘事散文，抒情散文在陪都重慶的發展出現了這樣的新動向：儘管群情振奮的戰時生活更能夠激動起個人的情懷，不過，在散文抒情中已經開始注重個人的文本節制，無論是情感的個人澎湃，還是情緒的個人波動，都不是放任自流，而是通過散文的詩化來克制情感的文本奔湧與情緒的文本流淌。這一散文的詩化，在抗戰前期主要是對於詩情抒發跳躍性的文本借用，使之有別於通常的抒情散文；而在抗戰後期則主要對於詩情抒發意象性的文本仿擬，使之有別於通常的散文詩。

在《碩鼠篇》中，以「逝將去女／適彼樂土」起興，從古老的《詩經·碩鼠》擴展為當下的「流浪的辛酸」中一波又一波的散文抒情：「到處燒著侵略者播下的烽火，狼煙彌漫著所有肥美的原野和村落」，「但是哪兒是樂土呢」；

〔註9〕高蘭：《控訴》，《時與潮文藝》第4卷第1期，1944年9月15日。
〔註10〕徐遲：《狂歡之夜》，《徐遲散文選集》，上海文藝出版社1979年版。

「走不了就幹吧」，「我們是這肥美的中原地帶的主人」，「於是這些樸實的靈魂開始跳動了」；「一個冬天在殘殺和混亂中過去了」，「於是便像遠古的民族驅趕著黃牛，帶著孩子和老婆到處的流浪著」；「只要我們，我們一起幹呀，家還是我們的」，「九月帶來了豐美的收穫」──「高闊的晴空，遠山，村莊，小河，房舍，晚風，炊煙，家鄉是我們的了。」這樣，狼煙下的惶惑、絕望中的怒吼、屠刀下的恐懼、團結中的振奮，成為對「樂土」進行抒情追尋的散文四部曲，而貫通其中的正是「歲月和艱苦把愉快帶來了，勝利無異是屬於我們的了」，〔註11〕這樣的抗戰到底信念。

在《火燒的都門》中，以「不死的鳳鳥」作喻，從現代的《鳳凰涅槃》轉向「你火燒的城喲，你應該有毀滅的大歡喜」中一章又一章的散文抒情──「啊，你火燒的城」、「生命的剎那」、「人性的尊嚴」、「花袖章與巨人」、「我的眼睛濕了」、「屍身」、「生前與死後」、「靈魂頌」──日機大轟炸對於陪都重慶來說，不僅僅是城，更是人「在火焰中化為灰燼！又從灰燼中再生」的過程，不斷地證明著生命的價值、展現著人性的尊嚴、顯示出忠於職守者那巨人般的崇高、揭示出一心保命者那行屍走肉似的渺小，這樣，「忠於職守」的個人「用他可怕的屍身來證實敵人的罪惡」，而「黃帝子孫要用彈片與火焰裝飾他的靈魂」來證實敵人的「愚蠢」，所有這一切，都出於這樣一個「信仰」……「中華民族決不會亡！」這樣的信仰，〔註12〕促成了在「我的眼睛濕了」狀態下，來進行似斷實連的散文抒情。

如果說抗戰前期抒情散文對於詩情抒發跳躍性的文本借用，遏止了抒情的冗長與泛濫，那麼，在抗戰後期詩情抒發意象性的文本仿擬，則阻止了抒情的單一與淺薄。

《江之歌》在激情湧動中來書寫重慶詩歌中較為常見的「嘉陵江」這一意象，迴蕩起嘉陵江上的縴夫之歌──「縴夫喏喏地打著號子」──「縴夫匍匐著，鼓著多毛的腿肚，縴夫挨近沙灘，一步步地爬了過去，爬過一片沙灘，又爬過一堵巉岩，低沉地叫出了負荷的沉重，緩緩地突出胸間的氣力。喏，喏喏……聲音高起來了，無數的聲音組成了一個雄壯的合唱。江在唱著，江是要壯壯他們的氣懷呢。」嘉陵江上的縴夫之歌正是「江之歌」那不可分離的一部分，追隨著嘉陵江水奔騰的主旋律，於是，「江上響起了一片原始的

〔註11〕尹雪曼：《碩鼠篇》，《抗戰文藝》第5卷第6期，1940年2月20日。
〔註12〕無名氏：《火燒的都門》，《火燒的都門》，真善美圖書出版公司1947年版。

音樂」！〔註13〕以此來表達對於「原始的力」的無限憧憬與敬仰，縴夫與嘉陵江水同在，更是人與江同在。

　　《銀杏》在情真意切中對銀杏這「中國的國樹」進行了極力讚美：「並不是因為你是中國的特產，我才特別的喜歡，是因為你美，你真，你善」——春風吹拂，「你那摺扇形的葉片是多麼的青翠」；夏日暑熱，「你也為多少的勞苦人撐出了清涼的華蓋」；秋霜凜冽，「你的碧葉要翻成金黃」猶如「滿園的蝴蝶」；冬雪飄飛，「你那槎丫的枝幹挺撐在太空中」。顯然，「你的名諱似乎就是『超然』，你超在乎一切的草木之上，你超在乎一切之上，但你並不隱遁」。然而，「銀杏，中國人是忘記了你呀」！因為「很少看到中國的詩人詠贊你的詩，也很少看到中國的畫家描寫你的畫」。從根本上來看，也就在於銀杏「你這中國人文的有生命的紀念塔」，被國人在有意無意之間忽視掉了——「陪都不是首善之區嗎？但我就很少看見你的影子」。〔註14〕這顯然是在諷喻美真善的三位一體在戰時生活中的缺位，甚至缺席。

　　《冬樹》中出現了如此深情的傾訴：「當真冬天來了，湖畔的樹大半是木葉盡落，在新月下，我看見更美麗的湖山。因為我尋得了更美麗的樹。」之所以傾慕這「更美麗的樹」，也就在於「木葉盡落」的冬天的樹，它「沒有虛飾的美乃是真正的美」，更在於它「每一根細枝全充滿了那麼矯健的生命力」，它是「如此飄逸，如此挺秀，雖然簡樸，卻如此傲岸」。「每一棵樹都如此怡然自得，各自有它的最動人的美姿」。〔註15〕美的嚮往，美的希冀，當充溢在去掉虛飾，展現生命力的矯健這樣的生活姿態之中！由此方能顯現出古老的詩歌意象對於抒情散文的影響之一斑。

　　現代詩歌意象的影響也出現在抒情散文中：正是《蜜蜂》中，那些勇敢無畏而要衝破「一切和諧、一切自然」的蜜蜂，爆發出了「可怕憤怒」，「用狂暴的速度在走廊間畫著拋物線似的高高飛起又驟然墜下，它們的小身體時時撞擊到欄杆上，地上，沾了一身塵土又重新飛起來，繼續追逐，飛旋，追到了卻用同樣的速度又飛開去」，一心一意向「殘害它們的敵人」進行「報復」，〔註16〕這樣，以犧牲的方式復仇正是源於對生命的無比珍惜。

〔註13〕一文：《江之歌》，《懷士集》，文化生活出版社 1943 年版。
〔註14〕郭沫若：《銀杏》，《波》，群益出版社 1946 年版。
〔註15〕馬國亮：《冬樹》，《春天，春天》，重慶良友復興圖書印刷公司 1945 年版。
〔註16〕劉北汜：《蜜蜂》，《抗戰文藝》第 8 卷第 4 期，1943 年 5 月 15 日。

生命的復仇需要付出生命的代價，同樣。生命的奉獻也需要得到生命的敬仰。所以。在《螢》中，那「成千上萬的螢火蟲」，「為人照亮了路邊的深坑，也為人照出僵臥的毒蛇」，卻是「一直愉快地飄著」，不斷地「在黯黑的世界中穿行」。只有「當著太陽的光重複來到大地，他們就和天際的星星互相道著辛苦隱下去了，等待黯夜復來的時候再為人類現出它們微弱的光輝」。〔註17〕由此推己及人，所有那些為衝破人間黑暗的無私奉獻，勢必將贏得無上的崇敬與榮光。

於是，在《希望的花環》中，時時刻刻「守候著太陽」的女神們，卻看到「連月亮也沒有，連星星也沒有」！於是，她們不得不「自己來編織希望的花環」。可是，沒有快樂的存在，沒有幸福的存在，只有黑暗中的痛苦存在著，只有「將她們的形體溶入黑暗」，堅持整整八年「從黑暗中採擷痛苦，辛勤地編織著希望的花環」，正是為了迎接黎明的到來。在這抗戰勝利的時刻，「我底祖國呵，我祝福你用痛苦換來的新生，並願你在充滿希望的黎明裏永莫忘記長夜的痛苦。」〔註18〕面對黑暗中痛苦，迎來快樂而幸福的光明，無疑是需要付出生命代價的，這意味著生命的犧牲與奉獻。

在抒情散文中，重慶形象也隨處閃現：《星星樓》中對於「青春零星的割裂」進行沉重的反思：「如今，我坐在星星樓上了」，「我飲著黑色的咖啡；我學習著閒情和逸致」。然而，「星星樓，這裡是富麗的宮殿，宮殿上的人是不需要明天的」，而「我還有明天」。〔註19〕唯一的出路就是離開，不再停留在閒情逸致裏！這才是真實的戰時生活。同樣，《嘉陵江的歌聲》如同「葬歌」，喚起了無比的「悲哀」——縴夫們「唱著這樣的歌，像是被鞭打，被壓迫，被侮辱和損害了似的哭泣一般的，是哀訴還是呼嚎？是詛咒還是憤怒」？「於是，他們不但是個送葬的行列，還是個被埋葬者的行列，是走向墳墓的，是走向墳墓者的歌」；於是，縴夫們是悲哀的，「嘉陵江是悲哀的」。〔註20〕其實，悲哀的歌聲不過是悲哀人生的表象而已，消除這雙重悲哀，只能是期待他們的覺醒，有待他們的自覺。

與此同時，《擺龍門陣——從昆明到重慶》中，顯露出對重慶那些生活在

〔註17〕靳以：《螢》，《沉默的果實》，正中書局 1945 年版。

〔註18〕陳敬容：《希望的花環》，《陳敬容選集》，四川人民出版社 1983 年版。

〔註19〕林谷：《星星樓》，《時事新報·青光》1940 年 4 月 16 日。

〔註20〕高蘭：《嘉陵江的歌聲》，《文學月報》第 1 卷第 5 期，1940 年 5 月 15 日。

「忙」和「擠」中的「興奮的人們」那發自心底的喜歡。〔註21〕所有這些關於重慶形象的初步感受，在《重慶客》裏，呈現為從「山之都」到「樓居生活」的諸多感受；〔註22〕在《希望者——寄漓水邊的友人們》裏，表達了身在「陪都」對桂林朋友的無盡思念；〔註23〕《我遙望著北方》裏，要「在霧都的嘉陵江之濱」遙望故鄉〔註24〕。凡此種種，都引發出故園情之中的此景此情與此情此景。

特別值得注意的是，在《巴山夜雨》中，「雨不僅可看，而且可聽」，不用說「聽雨最好是在夜晚」，「在夜雨中，又以巴山夜雨為最出色」。雖然在城中居住頗得其趣，「然而好景不長」，「被日本的炸彈逐出」到鄉下住進茅草屋，漏下的「雨水一樣可以使我遭殃」，〔註25〕消解了「巴山夜雨」的詩情畫意。而在《月下渡江》中，「船開行了，江上吹來清涼的風，我面對叢林深處的彼岸，似有燈光從茅屋中漏出，但給清朗的月光掩沒了」……可惜的是，這「在明月下泛一葉的孤舟」的古今愜意，被喧鬧的市聲「無情地粉碎」。〔註26〕從巴山雨到江中月，都同樣顯現出從歷史記憶到現實生活的兩重天來。

儘管敘事散文與抒情散文佔據了散文書寫的半壁天地，但是，散文之中仍不乏散文小品、雜文的創作園地，只不過，相對散文小品創作數量而言，雜文數量就顯得略多一些，在陪都重慶的散文創作中形成了兩者共存的獨特景觀，因為畢竟是在全民抗戰的戰時氛圍之中，直接針砭社會現實的雜文自然是大行其道。從雜文創作的整個情況來看，可以說，在針對社會現象進行的社會批評，與針對文化現象進行的文明批評之外，針對政治現象進行的政治批評顯得格外突出。雖然在陪都重慶沒有類似在桂林出版的《野草》那樣的雜文刊物，但是，在各種刊物，尤其是報紙的副刊上，刊載了不少的雜文，《新華日報》上刊發的雜文堪稱陪都重慶雜文的代表。

在抗戰前期的《新華日報》上發表的雜文裏，《解衣衣戰士》中進行了這

〔註21〕冰心：《擺龍門陣——從昆明到重慶》，《冰心選集》第 2 卷，四川人民出版社 1984 年版。

〔註22〕司馬訏：《重慶客》，《重慶客》，重慶出版社 1983 年版。

〔註23〕繆崇群：《希望者——寄漓水邊的友人們》，《文藝雜誌》第 1 卷第 6 期，1942 年 10 月 5 日。

〔註24〕王德龍：《我遙望著北方》，《文藝青年》第 3 卷第 3～4 期合刊，1942 年 4 月 1 日。

〔註25〕味橄：《巴山夜雨》，《巴山隨筆》，中華書局 1944 年版。

〔註26〕王平陵：《月下渡江》，《副產品》，商務印書館 1945 年版。

樣的對比：抗日軍人在受傷之後缺少棉衣棉被禦寒，而在酒樓上大吃大喝的食客卻穿著皮大衣，最後「希望這些在後方享樂的人們」，「本著解衣衣人的大義，為傷兵們解除些痛苦」，由此而進行社會批評。〔註27〕在《「養肥了再殺」》中通過養雞的故事來揭示衛道者的官本位教義：肉食者們「不但要被吃者甘心貢獻自己的血肉，作為『報恩』的禮品，還要自寫供狀，認為『死』是對自己的栽培，求之不得」，〔註28〕由此進行文明批評。在《真理不是掩得住的》（吉）、《屠刀與金子》（漢）、《恨煞秦檜》（宰）、《拜倫的告誡》（企）等雜文中，〔註29〕主要是對抗戰中出現的壓制言論、消極抗戰、賣國求榮、迷信強權這些政治現象進行批評的，而何其芳在《論「土地之鹽」》中，更是直接提出知識分子在抗戰之中應該「是更容易走向革命一些的」，所以，「一個新的知識分子起碼應該會正確地處理他的私人問題」，〔註30〕這就涉及到知識分子如何政治改造的現實問題。

進入抗戰後期，在《新華日報》上發表的雜文，各種批評繼續進行，其中政治批評的火力更為猛烈。艾青在《先知——為追念普式庚而作》中，認為俄國詩人普式庚是「民主政治的渴求者」，因而「在這新的世界上，作為先知的詩人普式庚，從千百萬人民中，領受了和它的偉大的創始人馬克思、恩格斯、列寧，同樣的永遠的懷念，和至高的敬仰」。〔註31〕林乃英在《兩種迷信》中指出迷信以武力對付《新華日報》不能奏效之後，又求助於另外一種迷信：「說是如果還看新華日報，就要遭神譴，七孔流血而死云云。」〔註32〕由此可見，越是臨近抗戰的勝利，政治民主如何得到保障，也就越發是成為一個必須面對並且予以解決的現實問題。

二、貼近戰爭的報告文學

抗戰時期報告文學熱的出現，不僅是因為陪都重慶的眾多報刊與出版社為報告文學的社會接受提供了不可或缺的發表陣地，保障了報告文學在八年

〔註27〕繪：《解衣衣戰士》，《新華日報》1940 年 1 月 17 日。

〔註28〕吉光：《「養肥了再殺」》《新華日報》19403 月 10 日。

〔註29〕分載《新華日報》1940 年 1 月 25 日，1940 年 2 月 3 日，1940 年 2 月 26 日，1940 年 3 月 4 日。

〔註30〕何其芳：《論「土地之鹽」》，《新華日報》1941 年 4 月 8 日。

〔註31〕艾青：《先知——為追念普式庚而作》，《新華日報》1942 賓 4 月 24 日。

〔註32〕林乃英（林默涵）：《兩種迷信》，《新華日報》1945 年 4 月 14 日。

抗戰中社會影響的經久不衰；而且更是因為陪都重慶的眾多作者積極投入報告文學的書寫之中，促成了報告文學在抗戰到底中文學地位的不斷上升，最終促使報告文學真正跨越了通訊報導的新聞門檻，而得以進入文學的世界，成為散文之中的新興體裁，在與其他散文體裁的互動之中推進散文的戰時發展的同時，對於散文之外的其他文學樣式的發展也發生著不容忽視的直接影響，從而顯現出抗戰時期中國報告文學的書寫特點來。

不可否認的是，報告文學這一邊緣性的新興散文體裁，一方面在戰時條件下，通過報告文學書寫的文學化，完成了從新聞本位到文學本位的書寫轉型，成為基於文本文學性之上的散文體裁；另一方面在報告文學熱興起之中，促成了散文書寫乃至文學書寫的戰時化，導致了文本書寫中偏向紀實性的宣傳需要而忽略了真實性的藝術追求。這就需要在不斷提升報告文學的審美品質的同時，對宣傳需要與藝術追求進行戰時書寫中的不斷平衡。只有這樣，方能使報告文學在戰時書寫姿態走向協調的過程中真正得到長足的發展。

應該看到的是，報告文學書寫文學化的戰時發生，是與作者和讀者共有的激情抒發的個人需求緊密地聯繫在一起的——正是在「天下興亡，匹夫有責」這一具有時代特徵的民族激情性的驅動之下，使得平實穩重的新聞通訊報導轉向熱情洋溢的報告文學書寫，因而報告文學成長為散文體裁之一的文學創作，在擴大其傳播影響的同時，也就能夠及時而形象地展現出戰時生活的多種變化來。

在抗戰之初，以長篇通訊形式出現的報告文學，主要是對戰時生活的熱點及焦點進行及時描寫，因而抗日戰場上戰況的進展成為報告文學的主要描寫對象，特別是抗戰前期，通過主要戰役的描寫來盡可能展現抗日戰爭逐步擴大的實際進程，與此同時，後方對前方進行積極的支持也成為抗日戰爭全景中不可分離的一部分；進入抗戰後期，國內戰場與國際戰場緊密地連接在一起，在反法西斯主義的正義之戰中，迎來國家獨立與民族解放的最後勝利。

這就難怪抗戰全面爆發之初，報告文學的主要作者仍然是新聞記者。《蘆溝橋畔》對戰鬥場面與戰鬥過程進行了概括性的報告，之所以這樣，也就在於對於整個戰況的瞭解主要是通過採訪完成的。不過，對我軍在抗擊日軍進攻之前準備的不足，倒是進行了較為全面的報告，並進行了對比：「此次衝突，日方興師動眾，範圍甚廣，其後方為豐臺、為天津、為瀋陽、為高麗、為其本國，而迄今日止，我們之後方為宛平縣之第六區，且此區區之一區亦非有組

織有計劃者。」〔註33〕儘管這一報告，主要是新聞性而並非是文學性，但是仍然在一定程度上揭示了在戰爭準備不足的情況下，中國軍隊的忠勇精神與中國民眾的犧牲精神，全力支持著盧溝橋畔抗戰的繼續進行，進而為全民抗戰提供了精神導向。由此可見，報告文學在對戰況進行紀實性描寫的同時，也在發揮新聞評論的引導作用。

隨著抗戰烽火由中國北方燃燒到中國南方，繼「七・七」事變在北方的盧溝橋爆發以後，「八・一三」事變在南方的上海爆發，中國軍民英勇抗擊日軍進犯的全過程，隨之出現了「上海一日」的書寫浪潮，標誌著報告文學的書寫在全民參與之中將趨向文學化的發展道路。在所有相關的報告文學書寫之中，由於眾多作者描寫的對象不同，因而是在具體書寫中注重視角的轉換，尤其注重戰火中人的精神面貌的深入展示，從而也就初步顯現出文學書寫的基本特點來。

所以，在《臺兒莊血戰》之中，就開始了對整個戰役進行紀實性描寫，並且不再插入主觀性的評論，通過血戰到底迎來勝利的全過程展示，來形象地了證明「以運動戰為主，而以陣地戰和游擊戰為輔的戰術原則」的有效性——「我們第二期作戰新戰術思想新實驗的大成功」。〔註34〕這就表明即使是新聞記者，在進行報告文學的個人書寫之中，也開始脫離新聞本位而轉向文學本位，從一個側面上顯現出報告文學書寫的文學化趨向的開始出現。

這一切，在個人書寫的報告文學系列作品《閘北打了起來》、《從攻擊到防禦》、《斜交遭遇戰》中，得到了較為完整的展現——在《閘北打起來》中，通過一個中國排長的親自敘述，以「我」的視角來進行有關上海軍民積極備戰，直到最後與日軍在「閘北打了起來」的紀實性描寫，給人一種親臨戰場的真實感。〔註35〕而在《從攻擊到防禦》中，以第三人稱來講述「閘北之戰」的全面展開到最後撤出，充分體現了在敵強我弱的狀態下，「戰略上採取的是消耗戰，戰術上採取的是決戰防禦」的抗戰原則，再加上「我們底空軍，常給敵人夜襲」的陸空一體化作戰，〔註36〕從而也就顯現出中國抗日戰爭所具有

〔註33〕范長江：《盧溝橋畔》，《長江戰地通訊專集》，重慶開明書店1938年版。
〔註34〕范長江：《臺兒莊血戰》，《長江戰地通訊專集》，重慶開明書店1938年版。
〔註35〕S. M.：《閘北打了起來》，《七月》第3集第3期、第4期連載，1938年6月1日、6月16日。
〔註36〕S. M.：《從攻擊到防禦》，《七月》第4集第2期、第3期連載，1939年8月、10月。

的現代戰爭性質。在《斜交遭遇戰》中出現了一位講故事的軍人，以具體的戰例來解說什麼是「斜交遭遇戰」——在敵我雙方在運動狀態中，進行不期而遇的遭遇戰，其關鍵是如何把握戰機，〔註37〕從而表明，「兩軍相逢勇者勝」的中國智慧正是「斜交遭遇戰」的制勝根本。

從此以後，立足於文學本位的報告文學與立足於新聞本位的長篇通訊開始分道揚鑣，即使是新聞記者也非常注重報告文學書寫的文學性，中國的抗日戰爭從此進入了全面而立體的現代戰爭階段。無論是在北方，還是在南方，無論是內地，還是在沿海，無論在陸地，還是在天空，任何地方只要有日寇出現，都是侵略者必須付出死亡代價的抗日戰場。

《中國炸彈爆發在臺北》的發表，無疑表明了中國人民抗戰到底的堅強決心——「我們英勇粗大反攻的拳頭，馬上就伸過臺灣海峽，在臺北敵人的空軍根據地上重重的一搏！」在猛烈地轟炸聲中，敵人機場被炸毀了，通訊被終斷了，硝煙彌漫之中，「載在鐵翼之上的天兵，又重臨我失陷的故土，高高在上的『天日之徽』，給弱小民族以遠大的希望，威猛滅亡的鐵血火花，警告敵人以末日的來臨」。〔註38〕在顯現出英勇殺敵的無比壯觀的同時，展現出豪邁無敵的戰士情懷，打動著每一個中國人的心。

這是因為，只要是一個中國人，哪怕是生活在淪陷區，也同樣懷著一顆報國之心，時時刻刻堅守住中國人的尊嚴，時時刻刻牢記著侵略者的罪行。正是因為如此，所以在《從東北來》之中，可以看到的就是——「我們的土地失去了，但是我們人心不死」！在這樣的誓言激勵下，我們既頑強地反抗日寇的奴化教育，我們又頑強地戰鬥在冰天雪地，為了我們的土地，為了我們的生存，「我們都能夠為了理想而努力」！〔註39〕在這裡，那些曾經在淪陷區生活過的人們，無論是記者、作家，還是普通人，在同仇敵愾之中都開始了對於報告文學的書寫，向所有的同胞揭露侵略者的卑鄙與殘忍，以激發抗戰到底的無比勇氣與堅強意志。

所以，《血債》中以第一人稱敘述了主人公的我，在「殘暴敵人飛機屠刀之下」撿來一條命之後，親眼目睹自己家人與鄉親一步一步掉進東洋鬼子的

〔註37〕S. M.：《斜交遭遇戰》，《七月》第 5 集第 2 期，1940 年 5 月。
〔註38〕丁布夫、黃震遐：《中國炸彈爆發在臺北》，《光榮的紀事》，《中國的空軍》出版社 1939 年版。
〔註39〕孫陵：《從東北來》，前線出版社 1940 年版。

虎口，更看到了自己同學不甘凌辱不惜與東洋鬼子同歸於盡，也聽說了一時軟弱做了漢奸的人們如何抗命東洋鬼子的故事……一筆又一筆的血債，使我奮起抗爭，直到三天以後「才遇著我們中國的隊伍」。這就無比沉痛而生動地顯露了一個普普通通的中國人是怎樣走上抗日之路的。

不僅中國人難以逃脫日寇的屠刀，就是外國神父也照樣避免不了日寇魔手，從而成為一個「偉大的死者」——「日本帝國主義者的魔手伸向一切阻撓他對中國侵略的人」，而這位外國神父僅僅是因為同情並祝福中國抗戰，保護逃到教堂來的中國難民，就被殘忍地殺害了，而無恥的日寇卻出示了一張偽造的「神父自殺證」，來表白兇手們的無辜。〔註40〕這就表明，披著羊皮的狼終究是狼，非正義的侵略戰爭必將遭到世界各國人民的一致反對，而中國人民的抗日戰爭是正義之戰，必將得到世界各國人民的全力支持。

在中國的抗日戰爭中，前方的勝利與後方的大力支持是分不開的。特別是為了打破日軍的封鎖，爭取國際援助，打通國際交通線在雲南與緬甸的接壤處展開。後方人民為此作出了巨大的犧牲。在1939年3月發表的《血肉築成的滇緬路》之中，提供了這樣一組令人觸目驚心的數字：「九百七十三公里的汽車路，三百七十座橋樑，一百四十萬立方尺的石砌工程，近兩千萬立方尺的土方，不曾沾過一架機器的光，不曾動用鉅款，只憑二千五百萬民工的搶築：鋪土，鋪石，也鋪血肉」。〔註41〕滇緬公路就是在短短的時間內由「千千萬萬築路羅漢」用血肉築成的，是現代的萬里長城。在這「血肉築成的滇緬路」上，難度最大的是橋樑的架設。僅僅從《一○六號橋——滇緬公路是怎樣築成的》一文中，就可以看到正是民工們以生命的犧牲為代價才「築成」了這「一○六號橋」。〔註42〕這樣，「用我們的血肉築成新的長城」的吶喊，在滇緬公路上成為如此驚人由又如此慘烈的現實。

當然，更多的生命將犧牲在前方的戰場上，後方人民踴躍參軍殺敵，構成一道又一道血肉築成的「新的長城」。在《偉大的離別》中，呈現出歡送「壯丁入伍」盛大集會的一派熱鬧景象，前來送行的親友和其他民眾一樣，「都覺得從軍是當然的事了」。所以，他們的臉上「連半點離別悶然之色沒有」，而

〔註40〕魏伯：《偉大的死者——敵人暴行之一》，《抗戰文藝》第3卷第2期，1938年12月10日。

〔註41〕蕭乾：《血肉築成的滇緬路》，《蕭乾散文特寫選》，人民文學出版社1980年版。

〔註42〕木楓：《一○六號橋》，《七月》第5集第2期，1940年3月。

壯丁們更是表示：「我們這回打火線去，一定要多殺幾個日本鬼子，這才對得住大家，才不負大家的期望。」〔註43〕這就表明，抗日必定是全民抗戰，每一個中國人都心懷殺敵之心，壯丁入伍是自願而非強拉，因而才會出現「偉大的離別」這樣的動人場面，於是乎，只有在如此高漲的抗戰覺悟與熱情之中，才能迎來勝利的日子。

日本侵略者面對著如此堅強與頑強的中國軍民，面對著如此勇敢與無畏的中國軍民，不得不採取轟炸中國抗戰中樞城市──陪都重慶的卑劣手段，企圖瓦解中國軍民的意志，企圖打擊中國軍民的鬥志。1939 年 5 月初，日寇對陪都重慶進行了一系列空前慘烈的大轟炸。在日機的狂轟濫炸之中，面對這呼嘯而來的漫天彈雨，在熊熊燃燒的遍地火焰中，在隆隆不絕的滿城爆炸聲中，越發顯現出中國人抗戰到底的信心與決心。眾多作者紛紛投入了報告文學的寫作。寫出了自己的怒火，寫出了自己的堅信，寫出了自己的悲痛、寫出了自己的控訴……

首先是在轟炸的硝煙尚未散去的 5 月底出刊的《抗戰文藝》上，就發表了大量的作品，集中爆發出作者們，尤其是女作者們那決不屈服、永不妥協、奮起抗爭、堅持戰鬥的抗戰意志。

白朗的《在轟炸中》這樣寫到：「經過了第一天敵機狂炸之後，新都綺麗的面容已失去了整個的壯觀，這裡那裡的顯現出許多的瘡疤與血跡」，「江上櫛密的木板房，已在敵機的摧毀下粉碎了，餘燼在掙扎著，被難同胞的屍骸到處露著，我不敢看，也不忍看；然而我終於看到了。」所有的人，無不「悲憤填了胸腔，胸腔快爆炸了」。〔註44〕在面對血腥與殘忍而悲憤難消的同時，更有著沉默與喧鬧之中的怒火在燃燒──安娥在《炸後》裏展現了這樣的劫後景象──「男人們挑著亂七八糟的東西，默默的喘著氣從火裏疾走出來，經過人們的臉前時，一股火熱氣燙人！女人們扶老攜幼背著火向外逃！失散人家或是死了家人的哭哭啼啼，欲行又止！」，面對如此景象，沒有哪一個人能夠不發出這樣的詛咒：「如果有人說：用鐵和火殺人不野蠻的話，那我簡直就否認這個世界！」〔註45〕

如果說白朗與安娥以大轟炸親歷者的第一人稱寫，在即事而發之中出了

〔註43〕寒先艾：《偉大的離別》，《離散集》，今日文藝社 1941 年版。
〔註44〕白朗：《在轟炸中》，《抗戰文藝》第 4 卷第 3～4 期合刊，1939 年 5 月 25 日。
〔註45〕安娥：《炸後》，《抗戰文藝》第 4 卷第 3～4 期合刊，1939 年 5 月 25 日。

女作者特有的細膩與激情，那麼，蕭紅在稍後寫成的《放火者》之中，更是寫出了女作者細膩中的洞悉入微與激情中的冷靜沉著。

雖然仍然是保持了第一人稱的個人書寫，然而，不僅「我就看到了這大瓦礫場的近邊，那高坎上仍舊站著被烤乾了的小樹，有誰能夠認得出那是什麼樹，完全脫掉了葉子，並且變了顏色，好像是用赭色的石雕成的」；而且我也看到「大批的飛機在頭上過了，那裡三架三架地集著小堆，這些小堆在空中橫排著，飛得不算頂高，一共四十幾架。高射炮一串一串地發著，紅色和黃色的火球像一條長繩似的扯在公園的上空」。面對著「放火者」的如此血腥與殘暴，則是以自問自答的方式來作出即刻回應——「死了多少人？我不願說出他的數目來，但我必須說出他的數目來」，因為「重慶在這一天，有多少人從此不會聽見解除警報的聲音了……」〔註46〕這顯然是將國仇家恨在個人的高度克制之中進行寓熱於冷的壓縮，鍛鍊成對「放火者」的「我控訴」！

較之女作者們的「我控訴」，男作者們則在大聲吶喊之中號召「以親愛團結答覆敵人的狂炸」。

這首先是因為，「整千的良善人民死亡在敵人的炸彈機槍轟擊下了，難以統計的財產毀滅在敵人所投放的罪惡火焰中了」。所以，「我滿心海樣深的仇恨，我滿心海濤樣的洶湧的感情」，在表達出男作者粗獷與真摯的同時，更顯現出深沉的憤怒——「逼之以死地，仍以死相威脅，這是枉然的！因為新『五四』的血海深仇，連和平的月亮也憤恨紅了臉龐。」於是，「三天以後，重慶市的所有罪惡火焰完全消滅了，秩序恢復，而且比以前更剛強勇武地屹立在揚子嘉陵兩江中間，它已成為可以擊碎敵機再度濫炸的抗戰大堡壘！」〔註47〕

這其次是因為，「給血染過了的五月三日，天空像燒過了似的。這一天的慘劇，加深了一層中日民族的仇恨！」所以，「每個人的眼前，放著一串悲痛的事，父親想著兒子，母親想著女兒，兒女想著父母，哥哥想著弟弟，妹妹也想著姊姊。他們死得太慘了！他們怎樣死的？我相信三歲的孩子，忘記不了鮮紅的血，毀滅的火！」〔註48〕仇恨在不斷的加深，而怒火也在不斷的燃燒。「連續的轟炸又開始了，今天是第十五次」……「這是第十八次的

〔註46〕蕭紅：《放火者》，《文摘·戰時旬刊》第51～52～53期合刊，1939年7月11日。

〔註47〕梅林：《以親愛團結答覆敵人的狂炸——新「五四」血債三日記》，《抗戰文藝》第4卷第3～4期合刊，1939年5月25日。

〔註48〕秋江：《血染的兩天》，《七月》第3集第4卷，1939年7月。

市區轟炸」……「也許覺得我寫得太多了吧，但是不，我只寫了一點點，只是在全部血債中的細微的一滴。」所有這一切，將都是為了證實：「敵人想用炸彈來毀滅這個都市，但是它，卻永遠地屹立在這裡！無論你十八次十九次乃至一百次都是一樣的。」〔註49〕

由此可見，男作者們在展現出更為廣闊一些的個人眼界的同時，男作者們的情感宣洩也就會表現得更加理智一些，可是，他們與她們一樣，依然是以親歷者的「我」的視角，刻意展示出中國軍民在重慶大轟炸之中的種種動人情景，尤其是日益高漲著從頑強與團結到堅韌與不屈這樣的民族精神。

然而，千萬不要忘記的是，「在南洋，美洲、歐洲甚至非洲，『唐人』永遠懷念祖國，在紛紛出錢為祖國買飛機打擊敵之外，還不斷的培植他們的子弟，回國保衛領空抗戰。」湧現了眾多血灑長空的牛仔式的英雄，「從八一三開戰時起即在祖國天空作戰」，尤其是「南京、武漢、一直到重慶，揚子江畔有空戰發生」，都時時閃現著這些空中牛仔浴血奮戰的身影，在奮不顧身之中為保衛祖國人民獻出了年輕的生命。尤其是在重慶大轟炸之中，他們展開了絕地反擊，「牛仔永不歸來了，揚子江承受了嘉陵江嗚咽的流水，南山青松上浮騰白雲，可是我們空軍中最好的一位分隊長永不歸來了。」〔註50〕請記住，記住所有這些為祖國捐軀「永不歸來」的華僑飛行員，他們的英靈將長存在祖國人民的心裏。

支持中國人民抗戰到底的，不僅來自海外的「唐人」，也來自世界各國的友人。在1941年12月8日那一天，隨著日軍偷襲珍珠港，太平洋戰爭的爆發促成了世界反法西斯同盟國的出現，中國成為反法西斯戰爭的遠東戰區，中國的抗日戰爭也隨之進入抗戰後期。這一巨大的歷史轉機，集中體現在消滅法西斯的戰場上。於是，從國內戰場到國際戰場，相繼發動了一系列戰役，展現出前所未有的戰爭場面。從此以後，對於報告文學的個人書寫來說，也就意味著擁有了更為廣闊的視野與更為多樣的視角。

在《戰長沙》中，通過中國武官陪伴同盟國的武官和記者到長沙進行戰場考察，來自美國的武官稱讚長沙大捷「是同盟軍成立後在太平洋方面的第一次大勝利，這一點，我們都是知道的，這是一次非常大的勝利」。對此，長

〔註49〕羅蓀：《轟炸書簡》，《自由中國》新1卷第1期，1940年11月。
〔註50〕林有：《保衛祖國領空的華僑飛航員》，《大公報》1940年4月17～27日連載。

沙的司令長官作出了這樣的呼應:「我們中國兵是能打勝仗的,我們不單在國內,我們還能在國外作戰。假如我們再經過嚴格的訓練,尤其是有精良的武器,我們到國外去一定幫助你們打勝仗」。在正義之戰中,不僅需要相互支持,更需要的是相互理解,「中國打了四年半的仗,現在才被別人知道了,現在我們中國人可以挺起胸脯來說話了」,進而喊出了中國軍人的鋼鐵誓言:「我們要打下去——打下去,困難地打下去,給全世界看!」〔註51〕

中國軍人的誓言很快就變成了行動。隨著印緬戰場的開闢,中國軍隊跨越國境,發動一次又一次的對日作戰。報告文學的書寫也更加趨向文學化,由彼此間的戰地對話擴展到對戰場氛圍,尤其個人心理的深入描寫。《雨的世界》中喧囂著印緬戰場上那傾盆大雨——「天空中每天總是鋪著雨雲,只要林中風一響,雲林的相接處便湧起漫天的煙霧,眼看著它們一步步的逼上來,雨的腳步聲愈走愈近」,隨後「地上集起齊腰的泥水,遇有窪地更深,我們的士兵和馬匹常常陷死在泥裏」,使這「雨的世界」更加險惡。「但是我們火線上的戰士便以這副肉身子在泥水著中匍匐衝殺」,〔註52〕奪得了一個又一個勝利。

在與美軍協同作戰之中,隨著幾聲槍響,「好像誰在我們後面放爆竹,我已經被推倒在地上了」;「我爬到一撮蘆葦下面,褲子上的血突湧出來」;「一點也不痛,但是覺得傷口有一道灼熱」。隨後「美籍軍醫替我上藥,眼睛笑眯眯的」,而「緬甸小姐替我注射預防針,也是笑眯眯的」。就這樣,「我匆匆而來 我匆匆而去,一切如在夢中」。〔註53〕這就在寫出印緬戰場上一個負傷的中國軍人那心中的朦朧感覺的同時,又從一個側面展現出同盟國軍人之間那份無所不在的友情,從而顯露出戰地上的另一種獨特風采。

從國內到國外,中國軍隊的浴血奮戰表明了正義之戰的勝利來之不易,因而也就自然而然地成為抗戰後期報告文學書寫的熱點。與此同時,應該看到的是,抗戰後期的報告文學書寫已經能夠全力描寫戰爭中的人,尤其是個人的心路歷程,加快了報告文學的文學化。在所有這些關於戰爭與人的文學報告之中,不僅僅寫出了中國人的戰時心態,而且將個人書寫的視線擴展到

〔註51〕徐盈:《戰長沙》,《文藝陣地》第6卷第6期,1942年7月10日。
〔註52〕呂德潤:《雨的世界》,《中緬公路是怎樣打通的?》,重慶大公報館1945年版。
〔註53〕黃仁宇:《密芝那像個罐頭》,《大公報》1943年6月12～17日連載。

敵對陣營中的人們，尤其是那些日本戰俘，去寫出他們是否有可能在逐漸覺醒之中開始人性的復蘇。這一類作品逐漸成為抗戰前期到抗戰後期報告文學書寫中頗為引人關注的一個文學焦點。

在 1940 年發表的《聽日本人自己的聲音》一文之中，以側寫的方式引用日軍指揮官的訓話，來見出侵略者深陷持久戰爭泥潭的窘態——「長期的事變使士兵都意氣消沉，不守軍紀，同時更發生許多幻想」——「使部隊內部發生許多的不安現象」。軍心不穩根源就在非正義的侵略戰爭，這一點首先得到了日軍士兵書信中的印證：「晝夜不分地響著不斷的槍聲，日夜都在襲擊中，弄得我們的身體都疲勞得像棉一樣，眼睛深深地陷下去了」，尤其是「糧食斷絕了，只得吃些山芋和蘿蔔，甚至撿中國人民丟下的小米吃，真苦極了」；這一點也得到了來自日本國內家信中的印證：「隨著戰爭的延長，國內的物價日益騰貴，市面非常蕭條！」，在無法度日之中發出這樣的期盼與思念：「假如你能寄十塊來，我們母子也不至於分離了」，「假如我有翅膀，一定飛到你那裡」。〔註54〕

顯然，這些所披露出來的「日本人自己的聲音」，基本上是來自抗戰前期繳獲的日軍信件，隨著抗戰後期日軍俘虜的激增，終於能夠正面寫出《日本俘虜訪問記》這樣的作品來。

從重慶到西安，在走進「日本俘虜集中營」之前，作為訪問者，「我並不希望所有的俘虜列隊站出來，我只想看看今天上午他們如何過日子——和平日一樣」，從而立足於平等待人的立場，以平視的眼光來審視這些日本俘虜。儘管「據說俘虜們有『改變』了的和『未改變』的兩種」，不過，實際上集中營裏的「俘虜分成兩部分，軍官們與忠實的武士代表，和普通的士兵們，他們彼此之間好像沒有什麼關係」，因而「不得不將這兩類俘虜分開來住」。通過面對面的訪問，普通士兵除了想家之外，對於這場侵略戰爭感到「莫名其妙而且想不透」。然而，軍官們，特別是「日本飛行員不僅是坦白，而且極想說話」，顯得「『士氣』仍舊很高，他們殘忍，聰明，狂熱而不悔過」，甚至認為「全世界的人都死光了的時候，那麼才會有世界的和平」。由此可見，日本俘虜中無論是士兵，還是軍官，哪怕是那些在集中營裏生活了多年的俘虜，基本上處於「未改變」的狀態之中，這主要是因為「中國對俘虜的待遇已實

〔註54〕以群：《聽日本人自己的告白》，《生長在戰鬥中》，中國文化服務社 1940 年版。

行了西方各國的人道主義的傳統」。〔註55〕

不過。在《人性的恢復》中,發現了陪都重慶郊區的「一個地主的古老的住宅」,如今已經成為日本俘虜收容所。「但為儘量把解除了武裝的諸君當成『人』來看待,我們卻另外取了個名字叫『博愛村』」,「於是『村員自治會』組織起來了。即俘虜自身的生活,由其自身來約束,來實踐,來管理,所方僅居於監督和指導的地位」,而博愛村的幹事長則是由日軍俘虜中的軍官擔任。在這樣的博愛氣氛之中,通過「我」這個所方人員,與「步、騎、炮、工、輜,各類兵種的俘虜」的交談,得知他們「都是在無可奈何才來作戰,而也無一不抱著厭戰的情緒」。不過,他們對某些派來的所謂日本「覺悟者」比較反感,認為「他反而不比一個有理解的中國人更理解我們」。正是與「我」這樣的「有理解的中國人」朝夕相處,生活在「博愛村」中的村員們逐漸覺醒過來。他們通過公開演出自編自演的《中國魂》一劇,在「博愛村」周圍的中國老百姓面前,公開承認日本侵略者的暴行,同時肯定了中國人民反抗侵略的正義性,由此開始了發自內心的反省。〔註56〕只有這樣,以陪都重慶「博愛村」的村員們為代表的日軍俘虜,通過持久的覺醒,才有可能真正走上「人性的恢復」之路。

三、親歷人世的散文小品

正是報告文學的戰時書寫,開拓著越來越廣闊的題材領域,展開著越來越深入的人性挖掘,進行著越來越生動的如實表述,促成戰時生活全面呈現於社會大眾之前,在事實上也就為報告文學的文學化趨向予以了文本的確認,尤其是眾多作家湧入報告文學的書寫行列,無疑加快了報告文學完成文學化的戰時進程。與此同時,報告文學緊密關注戰時生活的現實發展,也對作家個人的文學書寫產生極大的影響,所謂文學書寫的戰時化,即使是對與現實生活保持最大審美間距的遊記書寫來說,也難以脫離這一影響。

隨著全國各地的作家紛紛來到重慶,在國難之中輾轉於戰時旅途的作家們,不僅個人眼界越來越開闊,而且個人體驗越來越豐富,個人的所見所聞與所感所思,無疑成為進行散文敘事的創作源泉,因而也就不約而同地採用

〔註55〕林語堂:《日本俘虜訪問記》,《亞美雜誌》1944年11月號。
〔註56〕沈起予:《人性的恢復》:《文藝陣地》第6卷第2、3、4期連載,1941年2月10日、6月10日,1942年4月10日。

了遊記這一敘事散文體裁來進行個人寫作。這就需要作家對戰時生活保持一種開放包容的眼光，去更多地發現以陪都重慶為中心的大後方那山山水水，那男男女女，那風物風情，進而在一種較為從容的寫作姿態中來予以一一展現。自然而然地，從抗戰前期到抗戰後期，遊記書寫也同樣進入不斷調整個人書寫姿態，推進遊記書寫審美水準不斷提升這一現實過程。

抗戰之初，剛剛到重慶不久的宋之的，就在《重慶到成都》一文中，傳達出浮光掠影似的個人所見：「重慶看不見天，天被霧遮著。」自然也會看到重慶的人：「一個老重慶這樣告訴我：『要是重慶人不爬山，一定會早夭十年！』這話，我是相信的。」不過，重慶人的好動是靜中有動，既有坐茶館的悠閒，更有跑警報的匆忙，畢竟這是生活在日機常常要轟炸的戰時首都重慶。當然，重慶的街景也自然延伸進來：「重慶街上，甜食店特別的多，特別特別的多」。「『這不是偶然的現象，』老重慶說，『這是——為了癮君子的需要』」。在看一看與聽一聽之中，較之這樣的重慶和重慶人，同時還發現了那些忙於「救國」的重慶人，只不過這些人之中，「女孩子是要比男孩子熱情些」——「這是重慶的一個特殊現象，在街頭講演，以及各種集會上，女孩子確實是較為熱烈一些」。

帶著這樣的印象離開重慶到了成都，也就發現臨近成都——「窮孩子也和重慶一樣特別多，不僅孩子，也有老人，青年男子跟老太婆，這些人大抵都難得在哀求裏得到好處的，那唯一生存的法子就是搶！」在路邊飯鋪吃飯，一不留神就會被這些人一把搶光，再一哄而散。不過，進城後倒是看到「成都馬路很整潔，人也似乎很閒散，喝茶，在這地方乃是第一要事。大街小巷，三步一『館』五步一『樓』，不論館樓，且必滿堂」。至於宣傳抗戰的人，聽說「也有宣傳團下鄉，但卻常受阻礙，地方當局喜歡把他們作漢奸辦，加以驅逐」。顯然此時的成都與重慶相差無幾，或許最大的差別就是——日機轟炸時重慶人要臨時跑警報，而「成都的闊人都早做安排，躲到鄉下去也不算過分了」。〔註57〕

在這裡，可以看到此時的遊記即使是在發現重慶與成都這兩個城市的過程中，還是比較注意將這一發現與抗戰聯繫起來。當然，這並不是說，遊記也必須與抗戰有關。茅盾在《新疆風土雜憶》中，一開始，就對新疆的「坎兒

〔註57〕宋之的：《重慶到成都》，《宋之的散文選》，江蘇人民出版社1983年版。

井」進行歷史考察，其後又進行「新疆是一塊高原」的地質考察。由此著眼於新疆的維吾爾人的舞蹈與語言，著手進行「風土」考察：從氣候到水果，從城隍廟到各省會館，從佛教、道教到伊斯蘭教，從商務到旅遊，從雪蓮、雪蛆到馬奶、麻煙，從農牧兼營的「新疆十四民族」到各個民族豢養的種類不同的狗。凡此種種，分別數來，其中不乏較有意味者，儘管更多的是跑馬觀花似的印象速寫。

不過，在對城市的掃視之中，看到「迪化是省會，飲食娛樂之事，自然是五花八門的了」，具體如何依然是凡此種種的印象速寫，同時也順便談到抗戰對飲食娛樂的影響——如「各種海味因抗戰後來源斷絕」，而「國產片僅以抗戰前的老片子偶有到者」。其中較為精彩的發現有二：一是「迪化人家，幾乎家家養狗」，因而在從南郊到城中的一段路上，「群狗竟分段而『治』。倘有他段之狗走過其地盤，必群起而吠逐之，直至其垂尾逃出『界線』而後已」；一是「一般民眾尚重男女有別之封建的禮儀」，然而「漢族小市民之婦女，實已相當『解放』」，除了「婦女上茶館，交男友，視為故常」之外，離婚也相當自由，「《新疆日報》所登離婚啟示，日有數則，法院判離婚案亦寬」。〔註58〕由此可見「風土雜憶」之中的城市漫遊，倒也不乏較為精細的留意之處。

從這些寫於抗戰前期的遊記來看，印象式的速寫斷片居多，不是偶然的，畢竟只是匆匆忙忙地路過，難得深入地進行體味。隨著進入抗戰後期，作家對所到之地，不再是路過時的隨意一瞥，而是觀賞中的刻意一遊，因而遊記的文本特點顯得格外鮮明：以遊玩的路線為線索，對所見所聞如數家珍地娓娓道來，並且伴以旅遊途中的所感所思。

老舍在《青蓉略記》一文中，首先記敘了從重慶出發到成都，前往灌縣青城山一遊的全過程。由於在灌縣暫住了十天之久，得以仔細審視城中出現的新氣象，上千的男女學生在此「舉行夏令營」，尤其是「女學生也練習騎馬，結隊穿過街市」。隨後較為詳盡地介紹了都江堰的水利工程，特別是對「古來治水的格言」更是「細細玩味」。而後就發現「竹索橋最有趣」，立即上去獨自行走，故而感受到「我們的祖先確有不敢趨附而苦心焦慮的去克服困難的精神」。此後才前往青城山，得出一個「遊山玩水的訣竅：『風景好的地方，雖無古蹟，也值得來，風景不好的地方，縱有古蹟，大可以不去』」。

〔註58〕茅盾：《新疆風土雜憶》，《茅盾散文速寫集（下）》，人民文學出版社1980年版。

　　所以，在略寫去天師洞與上清宮遊玩的同時，大寫「青城天下幽」之「青」
——「這個籠罩全山的青色是竹葉，楠葉的嫩綠，是一種要滴落的，有些光
澤的，要浮動的淡綠。這個青色使人心中輕快，可是不敢高聲呼喚，彷彿怕
把那似滴未滴，欲動未動的青翠驚壞了似的。這個青色是使人吸到心中去的，
而不是只看一眼，誇讚一聲便完事的。當這個青色在你周圍，你便覺出一種
恬靜，一種說不出，也無須說出的舒適。」再加上，青城山之幽不會「使人生
畏」，而是「令人能體會到『悠然見南山』的那個『悠然』」。這樣，關於青城
山的「青」與「幽」，已經化為頗有孤芳自賞之意的「淡綠」與「悠然」。僅此
可謂已經達到遊記寫作的當時新境界。

　　在青城山流連了十幾天以後，再回到蓉城成都，也住了半個多月，總算
完成「青蓉」之旅。文中只是簡單地交代了在蓉城與成都文協分會會員的聚
會，看川戲、竹琴、洋琴，逛舊書攤兒的經過。全篇布局詳略得當，尤其是結
尾處別有一番意味：「因下雨，過至中秋前一日才動身返渝。中秋日下午五時
到陳家橋，天還陰著。夜間沒有月光，馬馬虎虎的也就忘了過節。這樣也好，
省得看月思鄉，又是一番難過！」〔註59〕這就為整個遊記提供了與抗戰有關
的個人想像的現實空間，使整個文本蘊涵豐潤起來。

　　僅就抗戰前期的遊記書寫與抗戰後期的遊記書寫而言，兩相對照之中，
就可以看到，遊記書寫的戰時化色彩在不斷地減褪，向著遊記的文學本真進
行著個人書寫的文本復歸。更為重要的是，這一遊記書寫中的個人姿態所展
現出來的，正是文學書寫戰時化的衰頹之勢，因而與報告文學文學化的興盛
之態，保持著共時性的相反相成。

　　這一文本復歸的影響，在「國難旅行」這類遊記中立即顯現出來。即使
是詩人李金髮，到了抗戰後期，也放棄了早年那晦澀朦朧的詩意表達，轉而
力求在當下進行明快曉暢的如實描寫，在「國難旅行」之時，寫出了由陪都
重慶出發，前往長沙這一主戰場的沿途所見所聞。在與戰時生活直接相關的
那些遊記之中，李金髮的《國難旅行——重慶、巫峽、三斗坪、洞庭湖、長
沙》，顯然是具有一定代表性的，使人感受到「我們抗戰了五年多，居然能在
敵人火線不遠的地方，建立交通孔道，這就是我們民族的偉大處」。

　　這是一次從陪都重慶到戰區為完成「派出的公事」而進行的報國之旅：
從重慶朝天門上船後沿江而下，為避免日機轟炸，輪船採取「晝伏夜出的政

〔註59〕老舍：《青蓉略記》，《大公報》1942 年 10 月 10 日。

策」,每每到白天「我們又到街上去大嚼,看新嫁娘,遊山澗,幾忘人間何事」。直到有一天等到剛剛黑下來,「此船過巫峽。從床上驚起,想細看這個名勝,可是月色朦朧,波濤洶湧,只覺兩岸狹窄險要,不能看到全景」。到凌晨三時半,由於連日轟炸,輪船無法前行,只好高價租下木船到三斗坪,「冒著夜寒到江邊,下弦月無限淒涼,這個旅程,就是象徵人之一生。」然後從三斗坪七天步行到「洞庭湖口之津市」,「沿途貧瘠不堪,過著原始時代的生活,幾乎沒有文化的影子,也不見一所學校」。

最後從津市乘船到長沙,途中「親歷湘北大戰的勝地」,遙望「湖中沙鳥成千上萬,上下飛逐,若吾人能棄絕名利之念,在此與樵夫牧子終老,亦是幸事」。大發感慨之餘,隨同「大家下船步行沙岸上,心曠神怡,拾得奇形蚌殼二隻,以作紀念,又拾得鴻雁的大羽毛數根,預備做筆」。至此,遊興已盡,「平淡的旅程,也不打算再記了」。〔註60〕由此可見,艱難困苦的戰時生活,仍然有著生意盎然,乃至物我兩忘的一面,而如何享受與感受這一面,無疑需要保持的一份內在的樂觀,故而方有此「國難旅行」。

尤為可貴的是,當戰時生活在持久抗戰中越來越顯現出日常生活中更深的那一面,散文中的小品書寫也隨之湧現,來表達出基於個人生活的種種獨特感受。當然,這同樣也經歷了由表及裏而不斷深入的小品書寫中的個人選擇。

《不朽的心和力》中講述著希臘神話中那些「有不死的心」的巨人們,之所以能從絕望處抗拒著神,首先就在於「人,應該有人的生活」,正如「神,應該有神的生活」;其次就更在於「希望正從絕望產生;絕望愈殘酷,希望愈強大」。人的生活與希望不應該被神剝奪——因為「他底心,是從自己底能力復活的!他底心,是從真理和正義的力量再生的」。正是這樣的「自信」支撐著巨人們,從「不死」走向「不朽」。所以,面對著命運的重壓,人卻能堅持不懈地抗爭,顯示出真正的人,也就是巨人那「不朽心和力」——「我不相信所給的命運;我還相信所有的力量」,更何況「我有對於人類的大愛。我願意為這世界受難,吃苦」。〔註61〕從巨人抗爭的神話到國人戰鬥的現實,都同樣需要那「不朽的心和力」。

〔註60〕李金髮:《國難旅行——重慶、巫峽、三斗坪、洞庭湖、長沙》,《文藝先鋒》第 2 卷第 3 期,1943 年 3 月 20 日。
〔註61〕S. M.:《不朽的心和力》,《現代文藝》第 4 卷第 4 期,1942 年 1 月 25 日。

在《鐘》中還述說著「我也曾有過這樣悠閒的日子」——「夢裏，鐘聲走著遙遠的路」，而那「擊碎沈寂的一聲聲斷續的鐘聲」，「相同於孩子聽慣媽媽的催眠曲」。多麼美好的夢境，多麼美妙的鐘聲，卻偏偏要被殘酷無情的侵略戰爭統統擊碎——「現在，當敵機侵入我們警戒線，那些鐘發出嘹亮的聲音」，「彷彿山洪奔流在空谷和松濤共鳴的巨響」，所以「那不是祈禱，那是個已付給祖國以犧牲的允諾，永恆的為祖國爭取勝利和自由」。於是，「往昔懸掛在廟宇的就是現在聽它發出警報的鐘呵！我傾心於今天的鐘聲」！從此，在鐘的震響中傳來充滿活力與堅信的心聲——「一切鎮壓在『歷史』磐石之下的事物，迎著時代站起來，發揮它所有的力量！」〔註62〕只有震撼靈魂的鐘聲，才能喚起全民族的抗戰意志，最終抵達「勝利和自由」的彼岸。

如果說這些寫於抗戰前期小品，無論是神話中的巨人，還是現實中的鐘聲，都或明或暗地展現了與抗戰到底這一全民信念之間的精神聯繫，那麼，進入抗戰後期，小品對戰時環境中日常生活的種種不足和遺憾，予以了更多的個人關注。

《結婚典禮》中不無調侃地指出「結婚這樁事，只要是成年男女兩廂情願就成，並不需要而且不可以有第三者的參加」。可是，偏偏民法規定「要有公開儀式，再加上社會的陋俗（大部分近似『野蠻的遺留』），以及愛受西洋罪者之參酌西法，遂形成了近年來通行於中上階層之所謂結婚典禮，又名『文明結婚』，猶戲中之有『文明新戲』」。順理成章的就是，「假如人生本來像戲，結婚典禮便是『戲中戲』，越隆重越像」。較之「文明結婚」這「隆重」的婚禮，傳統婚禮無疑是「潦草」的——「單憑父母之命，媒妁之言」，「請親戚朋友街坊四鄰來胡吃海喝」……當然，舉行婚禮是從古至今的重要，不過，傳統婚禮的「潦草」固然難保婚姻的幸福與否，同樣，「文明結婚」之「典禮的隆重並不發生任何擔保的價值」。有鑑於此，「我們能否有一種簡便的節儉的合理的愉快的結婚儀式呢？這件事需要未結婚者來細想一下，已婚者就不必費心了。」〔註63〕顯然，當事人選擇什麼樣的婚禮，不僅應是當時所思之事，而且也應是當下所思之事。

《做客》中頗為認真地認為「做客就是到人家去應酬——結婚，開喪，或是講交情，都有的吃，而且吃得很多很美」。更為重要的是，做客「不需要

〔註62〕程錚：《鐘》，《文藝青年》第2卷第1期，1941年8月。

〔註63〕子佳（梁實秋）：《結婚典禮》，《星期評論》第41期，1942年2月14日。

什麼客氣，一客氣反叫主人家不高興，回頭怪客人不給他面子了。有好多次我都不認識主人是誰，便吃了他很多東西」。這樣一來就是「我想」——做客「還莫若叫做『吃客』才妥當些」。當「吃」成為應酬的唯一目標，「我每逢做一次客，我就輕蔑一次自己的薄情，以致我也憐憫那些做主人的，為什麼要這樣奢侈，虛偽而浪費！」所有這一切的「吃」，無非是證明「虛榮和舊禮教，往往是一種糖衣的苦丸」而已。因此，「所謂飽經世故的『飽』字，已是使我嘔心的了！」〔註64〕從來如此——從古至今的應酬沒完，從古至今的吃個不停——便對麼？

無論是結婚，還是做客，似乎都是人人都要經歷的一些事兒。可是，從本土傳統到西洋規矩，在中西合璧土洋參雜之中，對於日常生活所有那些事兒的纏繞，不僅在戰時環境中一如既往地進行著，而且在和平年代裏依然風光地進行著，真是值得發人深省。當然，這並不意味著在戰時環境中，就一定會失落了個人日常生活所固有的那些小情趣與大情懷。

《辣椒》中先是考證一番辣椒——「辣椒作為食品，不知起於何時。只聽說孔子不撤姜食，卻不曾說他吃辣椒」；可「恰巧屈原又是湖南人，若說他吃辣椒，是可以說得通的」。不過，「依考據家的說法」，從《詩經》到《離騷》，只見花椒的記載，而辣椒則是在諸多典籍中均不見蹤影，再加上「辣椒又名番椒，也許是來自西番」，於是便有了「辣椒西來說」。同時，「辣椒的功用，據說是去濕氣，助消化，除胃病」，尤其是「辣椒之動人，在激，不在誘。而且它激得凶，一進口就像刺入你的舌頭」，「已經具有『剛者』之強」。接下來就發現愛吃辣椒的「西南各省支持抗戰，不屈服，不妥協，自然更是受了辣椒的剛者之強的感召了」。所以，應該把辣椒「鄭重地介紹給西洋人」，因為，「至少得讓西洋人知道中國人會吃好東西！」〔註65〕於是乎，對據說是利國利民的辣椒，在娓娓道來之中，還不忘時時幽上一默，足見出個人情趣當無微無不至。

《戒茶》裏一開始就下筆寫道——「我既已戒了煙酒而半死不活，因思莫若多加幾戒，爽性快快的死了倒也乾脆。」那「再戒什麼呢？戒葷嗎？根本用不著戒，與魚不見面者已整整二年，而豬羊肉近來也頗疏遠，還敢說戒」？思來想去，「必不得已，只好戒茶」，那怕是煙酒有著男性的「粗莽、熱烈」，

〔註64〕繆崇群：《做客》，《石屏隨筆》，文化生活出版社1942年版。
〔註65〕王了一：《辣椒》，《龍蟲並雕齋瑣語》，中國社會科學出版社1982年版。

好戒！「莫若茶之溫柔，雅潔」而有如女性，難戒！儘管如此，也只能在戒掉煙酒之後，不得不說說戒茶——「我是地道中國人」，「有一杯好茶，我便能萬物靜觀皆自得」，故而「我不知道戒了茶還怎麼活著，和幹嗎活著」。看看茶價，「恐怕呀，茶也得戒！」而世事無常，「想想看，茶也須戒！」〔註66〕雖然透露出戰時生活中幾分個人的窘迫與無奈，更可以看出幾絲個人的豁達和不羈，自嘲中不乏自得，自貶中不無自傲，足見出個人情懷當無為無不為。

〔註66〕老舍：《戒茶》，《新民報·晚刊》1944 年 12 月 7 日。

第五章　陪都話劇的全民動員

一、上下求索的話劇

在中國文學的戰時發展中，陪都重慶話劇的創作影響遠遠超過其他文學樣式。而造成這一文學發展奇觀的主要原因，首先應該從社會傳播的角度來看，話劇通過舞臺演出的二度創作，擴張了話劇影響的傳播速度與範圍，從讀者到觀眾的受眾數量，無疑會形成倍增效應，實現了話劇傳播的社會化；其次從接受美學的角度來看，話劇通過舞臺演出的二度創作，降低了文本傳播的審美門檻與接受成本，從劇本到演出的受眾消費，自然會激發話劇創作需求，催生了話劇接受的大眾化。因此，這就促使話劇這一從國外移植的戲劇形式，在社會化的藝術傳播與大眾化的審美接受之中，通過彼此之間的現實互動，最終走向了話劇的中國化。

所以，抗戰伊始，從陪都重慶開始，話劇就逐漸成為國人最為喜愛的戲劇形式。在這樣的意義上，可以說，在整個抗戰時期，從中國戲劇到中國文學的現代發展之中，陪都重慶的話劇創作顯然是佔據著舉足輕重的領軍地位，並且發揮了表率全國的領先作用。

當然，無論是陪都重慶話劇創作的領軍地位，還是陪都重慶話劇創作的領先作用，都是與國民政府在整個抗戰區實施戰時體制分不開的，這就直接導致了陪都重慶的話劇創作充分體現出陪都重慶文學審美導向之間的基本互動——從抗戰前期以紀實的正面性宣傳動員為主，轉向了抗戰後期以真實的史詩性藝術創造為主，進而具體化為抗戰宣傳與話劇創作之間的對峙互動，現實劇與歷史劇之間的對持互動。於是，陪都重慶的話劇創作就在這多重對

峙互動的合力推進之中，達到了中國文學運動戰時發展的頂點。

抗日戰爭的全面爆發，直接促成了重慶話劇的迅猛發展，無論是話劇的舞臺演出，還是話劇的劇本創作，都出現了從業餘轉向專業的戰時大轉型。1937 年 9 月 15 日，怒吼劇社在重慶成立，在 50 多個成員中，既有來自重慶本地各行各業的青年話劇愛好者，又有來自北平、天津、上海等地的話劇界專業人士。從 10 月 1 日到 3 日，怒吼劇社在當時重慶最大的影劇院國泰大戲院連續公演三幕話劇《保衛盧溝橋》，取得極大的成功。

這不僅是話劇第一次在重慶進行大規模的公演，同時也是話劇第一次在重慶以公演的形式來進行抗戰宣傳，因而 1937 年 10 月 4 日，在《新蜀報》當天發表的諸多評論中，都認為「重慶有真正的演劇，那是以怒吼劇社為歷史紀元」。隨著國民政府即將遷駐重慶，全國各地的戲劇演出團體也開始陸續來到即將成為戰時首都的重慶。10 月 27 日，第一個外地赴重慶進行抗戰宣傳的專業劇團上海影人劇團，在國泰大戲院也同樣以《保衛盧溝橋》開始了在重慶的公演，使話劇在戰時首都的重慶開始受到廣大市民的普遍關注。

在抗日戰爭的硝煙剛剛升騰之際，署名「中國劇作者協會集體創作」的《保衛盧溝橋》，於 1937 年 7 月 30 日在上海出版；僅僅在短短兩個多月之後，就在重慶就進行了從怒吼劇社到上海影人劇團的連續公演，來進行全民抗戰的精神動員，以奠定重慶成為戰時首都的民族意識基礎。

這就在於，《保衛盧溝橋》中傳達了所有中國人的愛國心聲：「保衛祖國，一切不願做奴隸的人們，起來！」。不過，從話劇劇本創作的角度來看，三幕話劇的《保衛盧溝橋》，其實是由三個連續性的獨幕劇構成的：《暴風雨的前夕》、《盧溝橋是我們的墳墓》、《全民的抗戰》。這樣，《保衛盧溝橋》實際上成為有關「七·七」事變全過程的「報告」話劇。較之隨後個人創作的同類題材的多幕劇，如《盧溝橋》（田漢）、《血灑盧溝橋》（張季純）、《盧溝橋之戰》（陳白塵）等。〔註1〕《保衛盧溝橋》在抗戰之初的更為轟動，最根本的原因也就在於該劇進行了中國抗日戰爭全面爆發的話劇報導，而這正是進行抗戰宣傳的全民總動員所需要的。

隨著中華戲劇界抗敵協會遷到戰時首都重慶，眾多戲劇演出團體也紛紛來到戰時首都重慶，戰時首都的重慶也就成為抗戰戲劇運動的全國中心，而重慶的話劇發展也就成為全國抗戰戲劇運動的中堅。

〔註 1〕葛一虹主編：《中國話劇通史》，文化藝術出版社 1990 年版，第 199 頁。

　　1938 年 10 月 10 日，中華民國第一屆戲劇節在戰時首都重慶開幕，標誌著在戰時體制下重慶這一全國戲劇運動中心地位的確立：不僅要展示出全國戲劇工作者共赴國難的團結愛國精神，在戲劇運動中樹立中華民族戲劇體系的發展新方向；〔註 2〕而且更需要全國戲劇工作者承擔起抗日宣傳的現實任務，在進行全民總動員的同時提高戲劇藝術的創作水平。〔註 3〕為了達到全民總動員的宣傳目的，戲劇節演出委員會組織了「五分票價公演」，擴大了話劇的社會傳播規模，使之為廣大市民樂於接受，進而推進重慶的話劇創作走向繁榮。

　　第一屆中華民國戲劇節的壓軸戲就是四幕話劇《全民總動員》，該劇由曹禺和宋之的兩人共同改編。從 10 月 29 日到 11 月 1 日連續上演了 7 場，場場爆滿，反響熱烈。《全民總動員》的演出成功，不僅在於該劇參演人員達 200餘人，並且人才薈萃，擁有第一流的導演與演員陣容，顯現出戲劇工作者的空前團結；而且更在於該劇在劇本創作上的較為成熟——雖然《全民總動員》是在抗戰初期集體創作的《總動員》一劇的基礎上進行改編的，但是，由於改編者的精心修改，「結果只是引用了原著中一部分人的故事，由曹、宋兩先生另行構寫了另一個更適宜舞臺演出的故事。所以與其說《全民總動員》是『改編』的，無寧說是『創作』的更為切實」。〔註 4〕

　　這就表明話劇劇本創作對於話劇舞臺演出來說，是非常重要的，尤其是話劇的藝術水準必須在話劇劇本的根基上得到創作的保障。《全民總動員》較之其前身的《總動員》，除了通過破獲代號為「黑字二十八」的日本間諜這一故事進行精心重構，來使全民動員肅清內奸外特，奮勇參軍殺敵的主題更為鮮明突出之外，更在於從集體創作轉向個人創作的話劇現實發展過程中，在進行抗戰宣傳的同時，是否注重藝術上的個人創新，將直接影響到話劇進行精神動員的社會傳播影響的持續擴大。應該說，只有將重慶話劇置於整個抗戰戲劇運動之中，才有可能促進話劇創作的不斷向前發展。

　　從 1939 年起，一年一度的中華民國戲劇節，雖然在日機對重慶的大轟炸之中無法舉行大規模的演出活動，不過，仍然堅持進行劇場演出，這對於重

〔註 2〕葛一虹：《第一屆中國戲劇節》，《新蜀報》1938 年 10 月 10 日。

〔註 3〕張道藩：《中華民國第一屆戲劇節的意義》，《掃蕩報》1938 年 10 月 11 日。

〔註 4〕辛予：《〈全民總動員〉的一般批評》，《戲劇新聞》第 1 卷第 8～9 期合刊，1938 年 10 月。《全民總動員》後改名為《黑字二十八》，由正中書局在 1945年出版。

慶的話劇發展來說，無疑起到了促進的作用。到第三屆戲劇節舉行的前夕，據 1940 年 9 月 5 日《新蜀報》報導，僅國民政府行政院教育部審定公布的可供演出的話劇劇本就有 80 多種，由此可略見話劇劇本創作實績之一斑。

　　這就表明話劇在戰時首都重慶的抗戰戲劇運動中已經開始佔據了主導地位，並且在 1940 年 9 月 7 日被明定為陪都之後的重慶，話劇成為抗戰戲劇舞臺上盛開的藝術之花。由於此時的重慶在每年的 10 月到來年的 5 月常有大霧，這就是素有霧重慶之稱的霧季。一來是日機無法在能見度惡劣的霧季進行騷擾，二來是為了擴大抗戰戲劇演出的社會傳播規模，所以，從 1941 年第四屆戲劇節開始，形成一年一度的「霧季公演」，以其公演時間長，演出水平高，社會反響大，有力地推動了抗戰戲劇運動的發展，僅僅第一次「霧季公演」，就在「短短的五個月中，竟演出了將近四十齣戲，創造了從未有過的成績」，而其中話劇佔了絕大多數。〔註 5〕

　　正是由於陪都重慶的話劇創作所取得的突出實績，引起了從中國國民黨到國民政府有關部門的關注和重視，於是對中華民國戲劇節的舉行進行了相應的時間調整，實際上卻更有利於話劇創作的可持續發展。

　　從抗戰前期剛剛進入抗戰後期的第一年，也就是第二次「霧季公演」即將開演的那一年──1942 年 9 月，中國國民黨中央宣傳部出臺了三民主義文藝政策，對包括話劇運動在內的抗戰文藝運動進行意識形態限制；1942 年 10 月，國民政府行政院社會部又以「戲劇節未便與國慶節合併舉行」為由，宣布取消每年 10 月 10 日舉行的戲劇節，隨後又明令確立每年 2 月 15 日為戲劇節。

　　這就使得在陪都重慶得以確立的中華民國戲劇節，能夠突破行政性的時間限制，進而成為每年春節前後，在舉國一致與民同樂之中，進行抗戰宣傳與民眾動員的盛大節日。更為重要的是，中華民國戲劇節的這一時間變動，卻恰好使其與「霧季公演」相輔相成，這對於「霧季公演」來說，並未造成實質性的影響，反而促成演出高潮的不斷迭起。正是因為這樣，在 1942 年 10 月 17 日，就以夏衍所創作的《法西斯細菌》一劇的上演，拉開了第二次「霧季公演」的序幕。〔註 6〕

〔註 5〕章罌：《劇季的過去和現在》，《新華日報》1943 年 9 月 21 日。
〔註 6〕石曼：《重慶市抗戰劇壇紀事（1938 年 7 月～1946 年 6 月）》，中國戲劇出版
　　　社 1995 年版，第 104 頁。

　　1943 年 2 月 15 日，陪都重慶的各大報紙上發表了中國國民黨中央宣傳部新聞處提供的《抗戰以來的話劇運動》一文，其中就肯定了話劇「一直是現實主義的藝術，是服務於革命的藝術」，並且「差不多每一個劇本都是指向著這一目標的」，「顯然已有極大的成就與貢獻」，具體而言，就是對於戰時生活從「正面的反映英勇抗戰」擴展到整個戰時生活——由「後方工業的建設」到「淪陷區人民生活及其艱苦鬥爭」。這就表明，話劇從抗戰之初進行關於戰爭生涯的全程「報告」，已經轉向當下對於戰時生活的全面「反映」。

　　顯然，《抗戰以來的話劇運動》一文的發表與中華民國戲劇節在時間上的重新確立，能夠同在一天，並非完全是是一種巧合，而是恰恰證實了一個不可動搖的事實：中華民國戲劇節的得以確立，不僅表明陪都重慶的話劇創作在戰時體制的保障下已經進入繁榮時期，而且更是證明陪都重慶的話劇創作已經體現出陪都重慶文化與文學的全國代表性。這就在於，從抗戰前期到抗戰後期，陪都重慶的話劇創作有可能在展現出抗戰時期中華民族的心路歷程的同時，更揭示出中華民族的人格重塑的未來方向，從而體現了抗戰時期中國文化與文學所能達到的精神高度。

　　所以，從整個抗戰時期的話劇運動這一角度來看，首先，在陪都重慶，僅就上演的多幕劇而言，至少就有 120 多部，而其中三分之二在抗戰後期上演；〔註7〕其次，在大後方，創作的戲劇劇本超過 1200 種，其中大多數是話劇劇本，而陪都重慶出版的單行本就遠遠超過 100 種，其中基本上為多幕劇，且不包括在報刊上連載發表者。〔註8〕由此，可以說陪都重慶的話劇，無論從話劇舞臺演出來看，還是從話劇劇本創作來看，尤其是從多幕劇的演出與創作來看，都產生了舉足輕重的中堅作用，從而不僅奠定了陪都重慶話劇在抗戰戲劇運動中的主導地位，而且也成為中國現代戲劇在抗戰時期發展的一個方向性標誌。

　　陪都重慶話劇運動所進行的精神動員，固然與話劇舞臺演出直接相聯，但更與話劇劇本創作緊密相關。儘管可以說話劇劇本創作與話劇運動之間的聯繫是具有間接性的，但是，話劇劇本的創作質量畢竟是話劇運動藝術水平

〔註7〕田進：《抗戰八年以來的戲劇創作》，《新華日報》1946 年 1 月 16 日；石曼：《抗戰時期重慶霧季公演劇目一覽（1941 年 10 月～1945 年 10 月）》，《抗戰文藝研究》1983 年第 5 期。

〔註8〕廖全京：《中國戲劇啟示錄——大後方演劇的總體歷史把握》，《抗戰文藝研究》1987 年第 4 期；重慶市圖書館編印：《抗戰時期出版圖書目錄‧第一輯》。

能否提高的關鍵，所以，必須進行高質量的話劇劇本創作來保證高質量的話劇舞臺演出，只有當一流的劇本與一流的演出結合起來，話劇才有可能實現高水平的精神動員。正是因為如此，在話劇基礎較為貧弱的重慶，話劇的迅速生長，主要是通過外來作者的努力創作來得到辛勤澆灌的。

這些外來作者，尤其是曹禺、夏衍、郭沫若、陳銓、茅盾等人，一旦他們創作的劇本走上舞臺，在顯現出話劇的藝術魅力的同時，也激發了從社會到群體的不同評價，擴大了話劇進行精神動員的抗戰宣傳影響。這是因為話劇的精神動員，必須通過從劇本到舞臺的二度創作來最終完成，所以對於話劇的劇本評價往往是從話劇觀眾對於舞臺評價來開始的。從抗戰前期到抗戰後期，話劇觀眾的接受批評，已經從共鳴式的被動響應開始轉向評判性的主動選擇。

在眾多的話劇觀眾之中，可分為普通觀眾與專業人士。較之專業人士，普通觀眾佔據了觀眾的絕大多數，他們是精神動員的主要對象，因而普通觀眾的社會評價成為話劇的精神動員的群眾接受基礎，對於陪都重慶的話劇運動來說，失去這樣的群眾接受基礎，會直接導致話劇運動在陪都重慶的消亡。抗戰勝利之後重慶的話劇創作與演出的不斷萎縮，即可予以證實。不過，除了一般市民，如果當政府要員出現在劇場中，其接受的個人反應往往會以這樣或那樣的權力形式來影響對於話劇創作與演出的社會評價，對於曹禺所創作的《蛻變》一劇，在有關社會評價中，這一點就表現得非常突出。

1940 年的陪都重慶，《蛻變》在第三屆戲劇節上首次公演，激發了具有轟動性的社會反響，促成了《蛻變》在全國範圍內的演出：從大後方演到抗日根據地，從整個抗戰區演到淪陷區的上海孤島，每一次《蛻變》的演出，都激發起抗戰意志的高揚。〔註9〕1941 年 10 月 10 日，上海孤島（即公共租界）上演《蛻變》，每天日夜兩場，連續 35 天客滿，儘管後來公共租界工部局迫於日本軍方壓力而不得不禁演。《蛻變》的每次演出，都同樣是在「中國，中國，你應該是強的」所喚起的同仇敵愾中，達到群情激奮的高潮。〔註10〕

《蛻變》之所以能夠引發來自全國各地與社會各界的好評如潮，也就在於：《蛻變》中展現了曹禺所把握到的「我們民族在抗戰中一種『蛻』舊『變』

〔註9〕胡叔和：《曹禺評傳》，中國戲劇出版社 1994 年版，第 150、165 頁。
〔註10〕柯靈、楊英梧：《回憶「苦幹」》，《中國話劇運動五十年史料集》第 2 輯，中國戲劇出版社 1959 年版。

新的新氣象」這樣的時代主題，抗日戰爭不僅是中國人民走向勝利的正義之戰，而且也是中華民族走向現代的文化復興。所以，巴金在為《蛻變》所寫的「後記」中，這樣寫道：「一口氣讀完了《蛻變》，我忘記夜深，忘記疲勞，我心裏充滿了快樂，我眼前閃爍著光亮。作家的確給我們帶來了希望。」〔註 11〕

　　1942 年 12 月 21 日，在陪都重慶新擴建為 1000 座的抗建堂中，由中國萬歲劇團再次上演《蛻變》，到 1943 年 1 月演出共達 28 場，引發了強烈而又廣泛的社會反響，不但報刊對《蛻變》一片盛讚之聲，而且中國萬歲劇團也因演出《蛻變》，「抗戰建國增加莫大效果」而獲得戲劇指導委員會的嘉獎。

　　更為重要的是，中央圖書雜誌審查委員會於 1943 年 1 月決定對《蛻變》「頒發榮譽獎狀及獎金 1000 元」，並且「分別函請中央宣傳部及教育部，通令各劇團、學校獎勵演出」。於是，三個月之後的 4 月 21 日，蔣中正為首的黨政要員特地前往觀看了《蛻變》，隨後也紛紛予以稱讚，並表達了作進一步修改的希望，以更好地發揮精神總動員的作用。〔註 12〕

　　《蛻變》一劇從抗戰前期到抗戰後期都能夠取得演出的成功，其引發的社會反響一再證明：「蛻舊變新」的必要性已經成為舉國一致的共識。這樣，《蛻變》通過揭露傷兵醫院的因循苟且，來展示出蛻舊變新的現實過程，大力讚美男女主人公，也就為民族文化的復興樹立了人格榜樣。更為重要的是，進入抗戰後期以來，陪都重慶話劇中類似《蛻變》裏那樣的人格榜樣形象，開始普遍出現，從而表明戰時條件下民族文化復興的可能在逐漸成為曹禺所說的現實：「抗戰非但把人們的外形蛻變了，還變換了他們的內質」。〔註 13〕

　　必須看到的就是，關於《蛻變》的社會評價應該說還是比較公允和客觀的，因而得到來自社會各界與當局有關部門的共同認可，也就不足為怪，儘管《蛻變》在藝術上還存在著這樣或那樣的不足與偏頗。當然，對於《蛻變》的社會評價出現一邊倒的現象，主要是與抗戰前期，尤其是與從抗戰前期轉向抗戰後期的民族文化復興直接相關。也許可以說，來自普通觀眾的社會評價，較之專業人士的群體評價，可能並不那麼精到與全面，可是，對於話劇

〔註 11〕曹禺：《關於〈蛻變〉兩個字》；巴金：《後記》，《蛻變》，文化生活出版社 1941年版。

〔註 12〕石曼：《重慶抗戰劇壇紀事》，《重慶文化史料》1991 年第 2 期。1943 年 6 月22 日，《新華日報》刊出《蛻變》暫遭禁演的消息，其實是根據蔣中正等人的「希望」進行修改而暫停演出。

〔註 13〕曹禺：《關於〈蛻變〉兩個字》，《蛻變》，文化生活出版社 1941 年版。

的創作與演出來說，兩種評價的並存都同樣是不可偏廢的。

在專業人士中，既有話劇評論者，又有話劇評審者。一般說來，話劇評論者比較關注話劇的藝術水準，而話劇評審者比較注重話劇的政治傾向，因而專業人士對於話劇創作與演出的群體評價，在實際的評價過程，往往是居於話劇的藝術水準與政治傾向之間的。如果基於藝術標準來進行話劇評論，往往是看重個人見解而形成眾說紛紜的評價熱潮；如果立足政治標準來進行話劇評審，通常是憑藉權力話語而導致針鋒相對的評價對峙。從陪都重慶話劇運動的發展來看，在專業人士進行的群體評價之中，大多是基於藝術標準的，出現了話劇評論中一波又一波的評價熱潮，儘管也同樣會出現立足政治標準的評價對峙。

1942 年 3 月 5 日，陳銓創作的《野玫瑰》一劇在抗建堂上演，共演出 16 場，觀眾 10200 人；4 月 3 日，郭沫若創作的《屈原》一劇在國泰大戲院上演，共演出 22 場，觀眾 32000 人。兩劇的演出均產生了社會轟動效應，更引起了毀譽參半的評價激烈論爭。〔註 14〕有人認為《野玫瑰》是鼓吹「漢奸也大有可為」的「糖衣毒藥」，「企圖篡改觀眾讀者的抗戰意識」；〔註 15〕同時也有人認為《屈原》「與歷史相差太遠」，「牽強」、「滑稽」、「草率」、「粗暴」，「所表現的完全是『恨』」，〔註 16〕從而形成了互不相讓的對攻局面。

隨後的 4 月下旬，《野玫瑰》獲得教育部學術審議會評定的學術三等獎，陪都重慶戲劇界 200 人聯名致函中華全國戲劇界抗敵協會，要求向教育部提出抗議以撤消頒獎。5 月 16 日，中央文化運動委員會與中央圖書雜誌審查委員會聯合舉行招待戲劇界同人茶會，戲劇界同人再次提出嚴重抗議，要求撤消獎勵、禁止上演。教育部長陳立夫稱謂——學術審議會獎勵《野玫瑰》乃投票結果，給予三等獎並非認為「最佳者」，不過是「聊示提倡而已」。〔註 17〕6 月 28 日，《解放日報》以「獲得教育部學術審議會獎勵的為漢奸製造理論根據之《野玫瑰》一劇」為導語，報導了上述內容，並稱「《野玫瑰》現在後方仍到處上演」。

如果不是僅僅停留在政治性質的表象揭示上，而是從藝術構成的文本角

〔註 14〕石曼：《重慶抗戰劇壇紀事》，《重慶文化史料》1991 年第 1 期。

〔註 15〕方紀：《糖衣毒藥——〈野玫瑰〉觀後》，《時事新報》1942 年 4 月 8 日、11日、14 日連載。

〔註 16〕王健民：《〈屈原〉、〈孔雀膽〉、〈虎符〉》，《中央週刊》第 5 卷第 28 期。

〔註 17〕石曼：《重慶抗戰劇壇紀事》，《重慶文化史料》1991 年第 1 期。

度來看，或許就會發現：《野玫瑰》與《屈原》之間，並非主題的對立，也非人物的對立，而是主題理解上的對立，並且被這種主題理解的對立直接附著到人物身上去，最終導致群體評價的政治對立。然而，如果從藝術的評論出發，進行《野玫瑰》與《屈原》的文本還原，《野玫瑰》中的「野玫瑰」就是置身於浪漫化的現實，並且戰鬥在秘密戰線上的民族鬥士，要表達出作者這樣的思想——「凡是對民族光榮生存有利的，就應當保存，有損害的，就應當消滅」；〔註18〕而《屈原》中的「屈原」就是獻身於現實化的歷史，並且為人民解放而吶喊的戰士詩人，要表達出作者這樣的意願——「中國由楚人來統一，由屈原思想來統一，我相信自由空氣一定要濃厚，學術的風味也一定更濃厚」。〔註19〕

這就說明，如何堅持以藝術標準來進行話劇創作與演出的個人評論，由此而形成群體評價的熱潮，對於陪都重慶話劇的正常發展來說，將成為至關重要的關鍵。所幸的，在抗戰後期的陪都重慶，已經出湧現出了這樣的群體評論。

在第二次「霧季公演」中上演的《法西斯細菌》，以太平洋戰爭爆發為契機，來揭示「法西斯與科學勢不兩立」的現實命題，通過充分展示科學家俞實夫從信奉「科學救國」，到認清必須消滅「法西斯細菌」才能拯救祖國的個人自覺，〔註20〕表明了愛國熱情必須與反法西斯的國際主義結合起來的時代主題。然而，《法西斯細菌》卻被人認為是出於國際形勢變化的需要，來進行的「前線主義」公式化寫作；〔註21〕而夏衍則提出真正的批評，不應該以扣帽子的方式進行，不要讓批評成為束縛創作的「符咒」。〔註22〕實際上引發了一場關於話劇創作的藝術真實性何在的爭論。

事實上，關於話劇創作的藝術真實性問題，不僅成為針對有關夏衍的話劇創作評論中不斷出現的個人話題，而且更成為從抗日前期到抗戰後期，直至抗戰勝利以後，陪都重慶話劇發展中始終面臨著的一個評論焦點問題。從抗戰前期《蛻變》之中男主人公梁專員形象是否具有藝術真實性的評論質疑，實際上就成為有關藝術真實性這一問題的發端，在抗戰後期的《野玫瑰》與

〔註18〕陳銓：《民族文學運動》，《大公報》1942年5月13日；
〔註19〕郭沫若：《論古代文學》，《學習生活》，1942年第3卷第4期。
〔註20〕夏衍：《法西斯細菌》，上海開明書店1945年版。
〔註21〕黃薳茵：《談夏衍底〈法西斯細菌〉》，《新華日報》1942年12月30日。
〔註22〕夏衍：《公式、符咒與「批評」》，《新蜀報》1943年1月5日。

《屈原》之爭，其實質也是一個藝術真實性問題。在抗戰勝利前後，有關《芳草天涯》與《清明前後》的討論，更是直接觸及到藝術真實性這個話劇創作的核心問題。

在抗戰勝利之前完成的《芳草天涯》裏，夏衍較為真實地描寫了抗戰時期知識分子的家庭矛盾和愛情糾紛，最後主人公以投身抗戰來走出了個人情感泥潭這一人生歷程。因此，《芳草天涯》所遭到「政治傾向不鮮明」、「愛情過分誇大」等等指責，實際上已經游離於藝術真實性討論的宗旨之外。而在抗戰勝利之際寫成的《清明前後》中，茅盾主要描寫了抗戰時期的民族資本家在事業上的艱辛與生活中的壓抑之中，對工業發展與民主建國的熱切期盼。所以，《清明前後》是否「標語口號公式主義的作品」，實際上也就引發了一場關於藝術真實性的激烈論爭。一波又一波的論爭的發生，引起了社會各界，尤其專業人士的積極關注，而 1945 年 11 月 28 日的《新華日報》上，《〈清明前後〉與〈芳草天涯〉兩個話劇的座談》一文的發表，更是將這一論爭推向高潮。由此可見，陪都重慶話劇運動在進行精神動員之中已經能夠達到的社會廣度與現實深度，在抗戰時期的確是堪稱全國表率。

二、直面生活的現實劇

從整個抗戰時期重慶話劇創作的狀況來看，出現了現實劇與歷史劇的分野。在這裡，所謂現實劇，主要是其文本內容與戰時生活直接相關，通過對戰時生活進行從紀實性到史詩性的如實書寫，來呈現出戰時生活的諸多風貌；而所謂歷史劇，則主要是其內容與戰時生活間接相關，通過對歷史情境進行從想像性到實錄性的還原書寫，來折射出戰時生活的種種鏡象。現實劇與歷史劇之間的兩相對應，無疑是在文本書寫的對峙互動之中，建構出從現實到歷史的戰時中國形象。

因此，現實劇正是通過對戰時生活的不同層面和角度的敘事性描寫，運用了從正劇到喜劇的各種話劇體裁，由淺入深地觸及到與重慶形象有關的方方面面。更為重要的是，從抗戰前期到抗戰後期的陪都重慶現實劇，逐漸開始並堅持進行史詩性敘事的戰時話劇轉型。只有經歷了這樣的話劇轉型，陪都重慶的現實劇才能在中國話劇向前發展的過程中發揮著積極的引導作用。

在抗戰前期，從《全民總動員》一劇的創作與演出開始，就提出必須進行全民抗戰這一精神動員的話劇使命之後，曹禺在《蛻變》中指出全民抗戰

的過程，同時也是整個中華民族進行蛻舊變新的現實過程，或許是《蛻變》中所塑造的男主人公這一變新形象，遭遇到是否具有藝術真實性的種種質疑，故而曹禺轉向關注民族復興中如何進行「蛻舊」，於是就有了《北京人》。

在《北京人》中，變新僅僅作為蛻舊的時代大背景，並且得到了象徵性的展示，由此使《北京人》與《雷雨》之間保持著某種精神上的聯繫，只不過，當初《雷雨》所表現出來的所謂天地間的「殘忍」，如今已經在《北京人》中被置換為蛻舊途中的「堅韌」，〔註23〕分別體現在兩劇之中女主人公們的命運上：《雷雨》的女主人公們不得不非死即瘋，而《北京人》的女主人公們則勇敢地衝出家門。

之所以出現這樣的女性命運的大逆轉，並非僅僅是由於戰時生活的影響，更有其內在的個人情感原因：《北京人》中的素芳，是以曹禺此時的戀人方瑞為原型的，並且通過方瑞為《北京人》一劇抄稿來達到彼此心曲的交流與共鳴，近在咫尺的兩人，卻難以促膝談情，因而也就賦予《北京人》以創作的個人激情。此時，在《北京人》單行本扉頁上引用「海內存知己，天涯若比鄰」的名句，其用心的確倒也良苦，因為只要稍作顛倒，即可表白作者內心的苦戀之情——海內存知己，比鄰若天涯！唯其如是，才使人能夠看到在民族復興與個人情變之間，在如何蛻舊之上的一致性。

或許是因為個人激情已經在《北京人》的創作過程中得到充分燃燒，此後曹禺創作的話劇便少了下來，即使是在改編巴金小說《家》的時候，也主要是關注覺新與瑞珏、梅芬之間的情感悲劇。這自然是與作者內心的悽楚蒼涼相關的，因而也就難以為怪，至於任何後來的人為拔高與偏愛，無論是對話劇劇本而言，還是對曹禺本人來說，其實都是不足取的。〔註24〕

由此可見，即便是抗戰時期的話劇創作，恐怕也不能僅僅以在陪都重慶進行話劇的精神動員為個人創作的唯一動因，還得考慮到作者個人的種種創作動機。這對於曹禺來說是情感之累，對於老舍來說是盛名之累：「《殘霧》和《國家至上》，都是應時受命之作。它們的推出，引來了又一些帶著題目找來的話劇約稿，熱心腸的老舍，繼續實行來者不拒，如數踐約的方針。於是，便又有了《張自忠》和《大地龍蛇》。

在這些創作於抗戰前期的話劇劇本之中，《國家至上》一劇，就是以民族

〔註23〕曹禺：《北京人》，文化生活出版社 1941 年版。
〔註24〕胡叔和：《曹禺評傳》，中國戲劇出版社 1994 年版，第 168～169、211 頁。

內部的團結為主線，輔之以回族與漢族之間的民族團結，藉以展示中華民族團結抗日的合作精神——堅信「我們都是中國人」！而《張自忠》一劇，正是通過抗日烈士張自忠白璧微瑕的抗戰經歷，表現出抗日軍人視死如歸的英雄氣概——高呼「抗戰就是民族良心的試金石」！至於《大地龍蛇》一劇，則是以書香門第趙家的戰時經歷為線索，來對中華文化乃至東方文化照一照「愛克斯光」——探查「它的過去、現在與將來」。〔註25〕

必須加以承認的是，僅僅從老舍的話劇創作中，就可以看到擅長寫小說的老舍暫且放下書寫小說而轉向創作話劇，主要還是因為話劇「在抗戰宣傳上有突出的功效」，而且在具體的創作過程中，往往採用兩種方式來進行：與人合作和自己動手。《國家至上》較之《張自忠》、《大地龍蛇》顯得較為成功，就是老舍與宋之的彼此合作而完成的。至於抗戰後期較為成功的《桃李春風》，也是老舍與趙清閣二人合作而完成的。由此可見，由書寫小說而創作話劇，其創作難度較大且不易成功，往往需要借助外援之手，這似乎已經是司空見慣之事——對於在抗戰期間寫了 9 部現實劇的老舍來說是如此，對於僅僅寫了 1 部現實劇的茅盾來說，也就更是如此。

進入抗戰後期，夏衍在《法西斯細菌》一劇中，實際上提出一個人人必須面對的嚴肅話題——進行反法西斯的正義戰爭，結束反人類的侵略戰爭，無論是中國人，還是日本人，都應當責無旁貸，並各司其職。正如中國科學家俞實夫的日本妻子靜子所說——「參加中國的抗戰，說起來也就是為了日本，為了日本人」。可是，要如何才能達成一致的共識，顯然不是能夠一蹴而就的容易事兒。無論是對中國人的俞實夫來說，還是對日本人的靜子來說，都不得不經歷一場艱難而痛苦，直接來自「法西斯細菌」的殘酷折磨與殘忍殺戮。

面對友人的提醒：「顯微鏡外面，有更大的世界，還有國家，民族，……」俞實夫一開始就自信滿滿，大唱高調——「老實說，研究醫學的人看的更遠，看的更大」，「我的研究不僅是為國家，為民族，而且是為人類，為全世界人類的將來！」可是他偏偏忘記了科學家有祖國，自己精心培育的細菌，不只是造福人類，更能夠成為侵略者手中殺人的利器。只有在他遭受到日軍的毆打之後，才逃到大後方，「為了國家，為了傷兵難民」，決定投身到「一件撲滅法西斯細菌的實際工作」之中。

〔註25〕關紀新：《老舍評傳》，重慶出版社 1998 年版，第 333～340 頁。

與此同時，自以為「到中國來之後，我覺得，已經是一個中國人」的靜子，「不知道為什麼，聽人講起中國和日本，講到日本人的殘暴，我總覺得非常地難受」。不僅如此，「更使我苦痛的是，我親自看見了我的同胞，日本人，公然搶劫，姦淫，屠殺，做一切非人的事情」……於是猛然醒悟過來，決定與丈夫一起到大後方去！於是，所有那些痛恨「法西斯細菌」的中國人和日本人，都必須「再出發」──「在大家共同的立場上，為我們國家，為人類，盡一點兒力量。」〔註26〕

堅決消滅一切「法西斯細菌」的時代召喚，在抗戰後期的陪都重慶話劇創作和演出之中，激發起強烈而熱烈的反響。這就表明正義的反侵略戰爭，在促動個人在愛國熱情高漲之中完成心靈覺醒的同時，已經成為進行民族文化人格重塑的現實過程。

在《少年遊》之中，吳祖光以 1943 年盛夏時分的北平為背景，描寫了四個大學畢業的女青年，面臨人生道路的個人選擇。這四個同學四年的女大學生，住在「女宿舍裏的一間房子」裏，床邊的「壁上的裝飾代表著四個人不同的個性」──董若儀是「掛一條小小的山水單幅」，顯得嫻靜溫和；顧麗君是釘上「美國電影明星照片」，顯得時髦輕率；姚舜英是「貼了一張木刻的人像」，顯得穩重自信；洪薔是「插了一對很長孔雀翎子」，顯得活潑真摯。那麼，這四個年輕女性各自不同的個性，是否將意味著她們在人生旅途上將會游蕩出不同的個人道路來呢？尤其是在這國難當頭的艱難日子裏。

「九月的秋天，北平的天氣晴爽開朗，但是四個女孩子的這間屋裏卻是愁雲密布」，心情與天氣截然相反，日子為何會過成這個樣子呢？因為「四個大人連一個『鏰兒』都沒有了」！在戰亂中畢業即失業，再加上鬼子「三天兩頭兒地斷絕交通，當街檢查，一個不留神，可就是麻煩」，她們面對的結局或許只有死路一條。所以，顧麗君無奈地說：「也許我們不能長待在一塊兒了，人無千日好，花無百日紅，從來就沒有百年不散的筵席」，「我只好走別的路了」。然而，姚舜英堅定地說：「貧窮，艱苦，才能產生鬥士」！洪薔倔強地說：「我就甘心這麼昏昏沉沉過下去」？董若儀哀怨地說：「我母親在家裏生病」，「什麼時候才回得去」？

從學校宿舍搬到市內公寓，她們在日寇的淫威之下，艱難地生活著，面臨著反抗還是屈從的選擇，除了顧麗君貪圖享樂嫁給漢奸之外，姚舜英、洪

〔註26〕夏衍：《法西斯細菌》，上海開明書店 1945 年版。

薔、董若儀她們最後決定離開北平去參加抗日，表達出抗戰到底的無比心聲：「到我們解放了的國土去，什麼困難攔得住我們？」〔註27〕這就表明，年輕的一代只有在戰時生活中逐漸覺悟，並且在覺悟中進行人生道路的選擇，只有經受住人生道路上的艱苦磨煉，才有可能培養出反抗的意識與鬥爭的意志，從而走上全民抗戰之路。這樣的「少年遊」，不僅為淪陷區的年青一代，而且也為抗戰區的年青一代，提供了戰時生活中的個人楷模。

如果說《少年遊》中年青一代知識分子，需要在戰時生活中通過人生道路的選擇來逐漸走上覺醒之路，那麼，被視為社會良心的老一代知識分子，則需要在戰時生活中砥礪個人的節氣與操守，來進行文化人格的重塑。

《桃李春風》一劇通過教師辛永年在抗戰爆發前後，從教學到辦學的經歷，來展現出教師生涯中必須堅守的人格信念與精神追求。在抗戰爆發之前，一個「初春下午，微雪，春寒尚厲」，辛永年僅僅「著舊皮襖，藍布棉褲，獨坐齋中，為學生改文章」。當看到學生的文章寫的太差，就急忙問明原因，將僅有的十塊錢送給學生的母親治病。學生稱讚他的「心頂好」，他卻說道：「因為我的心好，我才對學生嚴加管教，我盼望我的學生各個有出息，都成為有用之材」。因為「教書的就是犧牲自己，給青年造前途！只要有一個有出息的學生，一切苦楚就算沒有白受」！可是，這樣的教師卻被校長無理趕出了學校！

辛永年不改初心，決定毀家辦學，卻阻礙重重，一直到抗戰爆發之後，「乃為鄉民辦平民補習班，雖缺衣斷炊，弗綴也」。這是因為：「在今天，我們已經和日本決一死戰，小學，中學，大學教育固然要緊，平民教育也絕對不可疏忽，我們起碼得把平民教導明白，教他們知道寧可斷頭，也不要去作日本人的奴隸呀！」一旦目睹「敵人的飛機已經到了」，就決定立即「帶著學生走！政府派我作校長，我不能帶著學生去投降敵人，多帶走一個學生，就減少一個奴隸呀」！這就充分顯現出始終如一的「熱心教育辛苦備嘗，志未稍餒」的人格精神。〔註28〕

這樣的人格精神，在抗戰爆發之前，主要是以甘守清貧而認真教學，來

〔註27〕吳祖光：《少年遊》，重慶開明書店 1944 年版。
〔註28〕老舍、趙清閣：《桃李春風》，中西書局 1943 年版。該劇又名《金聲玉振》，是為紀念教師節而作。國民政府於 1939 年頒布的《教師節紀念暫行辦法》，確定孔子誕辰日，每年 8 月 27 日為教師節。

表現人格追求中個人的執著；而在抗戰爆發之後，則是在堅持長期抗戰之中歷盡辦學的艱辛，來顯現無怨無悔的人格魅力，由此而展現出抗日戰爭對於個人操守的人格磨煉。因此，《桃李春風》在上演之後，立即得到來自社會的好評。

《中央日報》1943 年 11 月 5 日轉發中央社 4 日消息——由於切合提倡教育的宗旨，得到了中央文化運動委員會文藝獎助金委員會授予的劇本創作獎與舞臺演出獎各 4 千元，同時中央圖書雜誌審查委員會也予以獎勵。不過，隨即有人質疑《桃李春風》一劇中的主人公，為何「對於一連串在中國社會中引起的巨浪激變」，似乎是無動於衷；而「劇作者為什麼不接觸這一些問題」？〔註29〕難免有苛評之嫌。

較之《桃李春風》一劇主要立足於教育界之內來頌揚教師的人格精神，《歲寒圖》中選擇了「歲寒三友」中寧折不彎的竹子這一傳統文化人格意象，來為該劇主人公命名為黎竹蓀。與此同時，還對「歲寒」這一傳統語境進行當下的置換，展現為戰時生活中的現實場景：「大學教授也好，小學教員也好，公務員也好，文化工作者也好，甚至若干民族資本家，以至於規規矩矩的商人也全都改行了！改行的，去投機發財了；不改行的，大半也利用著自己固有的地位在投機發財！——投機發財的心理像一股狂濤巨浪，浸蝕著這整個社會！」在這樣的社會性「歲寒」浪潮之中，難免令人心寒。

問題在於，如何面對社會現實進行生存，不再僅僅是一個是否參與投機發財的個人選擇，而是在社會畸變心態的滾滾寒流之中，如何才能保持凌雪傲霜的個人氣節。黎竹蓀堅持住了一個學者的氣節：「我們學醫的人如果不把自己的醫術當作科學去研究，而當作商品去販賣的話，那便不是一個學者，只是一個市儈！」所以，他面對市儈心態的泛濫，如同自己對付結核病菌的肆虐一樣，竭盡自己的全力，甚至不惜任何代價堅持進行「打仗」。正是在這一「打仗」的持久過程中，可以看到對於文化人格進行重塑的重要性——「您不投機，不改行，堅守著崗位，您的存在便是一種力量！一種正義的力量！」〔註30〕可以說，《歲寒圖》所展現出老一代知識分子心靈蛻變之中的人格追求，正是對民族文化復興不可缺少的人格底蘊進行了史詩般的重建。

與此同時，在陪都重慶的現實劇中，更是出現了一系列與「重慶」有關

〔註29〕趙涵：《評〈桃李春風〉》，《新華日報》1943 年 11 月 15 日。
〔註30〕陳白塵：《歲寒圖》，群益出版社 1945 年版。

的話劇。這類話劇將生活在陪都重慶的年青一代，尤其是作為外來者的他們的戰時生活現狀，直接呈現在人們的眼前——他們是如何在人生苦悶之中迷茫，他們又是如何在人生旅途上搖擺，從而揭示出陪都重慶日常生活中的種種負面來。特別值得注意是，陪都重慶日常生活的諸多負面陰影，在戰時生活的不斷延伸之中，越來越濃重，也就越來越引發全社會的普遍關注。其中，從抗戰前期創作的《霧重慶》一劇，到抗戰後期創作的《重慶二十四小時》一劇，無疑是能夠以其各自的創作實績來予以鑒證的！

《霧重慶》中描寫一群流亡重慶的北平大學生在戰時生活的苦悶之中，如何進行人生的選擇。主人公的夫妻倆一來到重慶，就住進這樣的屋子——「幾乎一年到頭都見不到陽光，倒是有時候，霧會從哪兒輾轉地湧進來，使得本來已經陰暗的屋子裏，更顯得潮濕，——這屋子是陰暗而且潮濕的，甚至連牆壁都大膽地滴著水」。儘管如此，女主人公卻這樣說：「我想，既然逃到重慶來了，就不能這麼白瞪著兩眼閒著，總要想法子活下去，要是生活不成問題，就該做點兒更有價值，更有意義的工作。」可惜的是，「空軍沒考上，孩子又死了，又沒有錢，又沒有工作」，讓人覺得「逃到大後方來，倒更氣悶了」，不得不面臨著「怎麼辦」的現實問題。

思來想去的兩全其美結果就是——「我早就想到兒童保育會或者傷兵醫院去服務，要是小飯館開了張，只要夠吃的，我們不是還有許多時間，去替國家出力嗎？」七七小飯館終於開了張，「原來本打算藉此維持生活，不錯，生活是維持住了，可是一點時間也沒有，連書都沒工夫讀了」，更何況「去服務」？女主人公林卷好如是說。然而，男主人公沙大千卻偏偏要對著幹：「要是我們老走大路，你準能保證通過嗎？抄小路，就近多了！」然而，所謂抄小路就是「去香港做運輸生意」。〔註31〕

最終，男女主人公各持己見而不得不分道揚鑣。這就提出了生活在陪都重慶的年青一代必須面對的問題——究竟是真心愛國而投身抗戰？還是只顧發財而埋頭賺錢？這一問題在抗戰後期的《重慶二十四小時》中繼續發酵，通過一個東北流亡女青年來審視陪都重慶的日常生活，藉此披露出年青一代在面臨戰時生活中的兩難選擇時，無疑是更為無奈，也更加困惑。

《重慶二十四小時》中，「房子的樣子在重慶很多見，轟炸時受了震動，遍體鱗傷。房子主人就是薛藜，她的幾件簡單而精緻的家具擺在裏面，顯與

〔註31〕宋之的：《霧重慶》，重慶生活書店 1940 年版。

這屋裏的氛圍不大協調。像是幾件珍貴的女人首飾，放在一隻鄉下人的破鞋裏一樣」，這就是東北流亡女青年的家！如今，薛藜朝思暮想的一件事兒就是家人團聚——把流落在外的「他們接了來，我就是再吃一點苦，也是願意的」。可是，薛藜能夠如願以償嗎？這實在是一個空前的難題，要不然，早就團聚在一起了。「那可叫我怎麼辦呢？」

這就需要大量的錢，不過，「職業婦女」哪怕是掙點兒活命的錢，「有的時候就隨便任人擺佈，明明知道自己是被人利用，被人當做商品，為了生活，也要做，甚至莫名其妙的被人擺在那兒當招牌，可是為了生活還要做」。也許擺脫這樣的生存困境。只有兩條路——或是找個有錢人結婚，或是去做走私生意。可惜的是，有錢人難找，走私太危險。在被公司辭退之後更是雪上加霜，怎麼辦呢？薛藜義無反顧地選擇了「新生活」，那就是要做一個戲劇運動的「新女兵」——「戲劇運動在抗戰過程中已經廣泛發展而發揮了它的偉大效能。我們的國家重視它，我們的人民重視它，相信得到勝利之後那就會發揚光大」！〔註32〕

儘管在此難免有作者的夫子自道之嫌，但畢竟給出了別開生面的新選擇，破解了此前的兩難困境，顯現出重慶形象的亮色來。與此同時，是忍辱含垢的偷生苟活？還是乘國之危的大發其財？無疑也就顯露出重慶形象那陰暗的一面。尤其是，面對著陪都重慶的戰時生活中的種種精神負面，更是需要通過喜劇的形式來進行諷刺，以便在一片哄笑之中引發深刻的反思。

在陪都重慶出現的較為出色的獨幕諷刺喜劇，不僅有《三塊錢國幣》，其中揭示「外省人」的斤斤計較，時時都表現出狹隘與偏激的小市民習氣——「這年頭，哪一個不窮呢，哪一個不是窮人呢？」於是，「高級的窮人」的女主人，逼著「低級的窮人」的女傭人，非要其賠償無意中打破的花瓶「三塊國幣」不可；〔註33〕而且有《禁止小便》，其戳穿「現代公務員」舞文弄墨的假面，從「禁止小便」到「此處禁止小便」，再到「禁止小便」的等因奉此循環，難以遮掩權力崇拜中那依然如故的諂上驕下心態。〔註34〕隨著陪都重慶的戰時生活日益成為諷刺喜劇的表現對象，也就出現了多幕諷刺喜劇，促成了從市井向著官場的話劇擴張。

〔註32〕沈浮：《重慶二十四小時》，重慶聯友出版社143年版。
〔註33〕丁西林：《三塊錢國幣》，正中書局1941年版。
〔註34〕陳白塵：《禁止小便》，重慶生活書店1942年版。

所以，諷刺喜劇在密切關注陪都重慶的市井生活的同時，更是將諷刺鋒芒對準官場中人——無論是抗戰前期寫成的《面子問題》，還是抗戰勝利之後完成的《陞官圖》，都是以官員為諷刺對象，只不過，《面子問題》中是通過諸多官員不幹實事，只要面子的是是非非，來顯現官場醜惡的一面，哪怕最後是為了面子去自殺，至少「吃安眠藥比上弔跳河都要體面一點」；〔註35〕而《陞官圖》中則是通過一個縣的官員大肆腐敗反倒陞官不斷的好事連連，來預示官場的終將崩潰，哪怕眾多的官員們一再欺騙一再出賣，最終忍無可忍的「老百姓齊聲大吼」——「我們，要審判你們」！〔註36〕從而表明陪都重慶的諷刺喜劇擁有了更為犀利，更加強勁的諷刺力量。

三、實事求是的歷史劇

抗戰時期陪都重慶的歷史劇，儘管可以說與戰時生活有關，但是，歷史劇與抗戰現實的文本聯繫如何，導致歷史劇出現了三大類型——第一大類型就是使戰時生活與古代歷史事件之間形成某種程度上的文本對應，於是就有了故事新編式的歷史劇；第二大類型就是使戰時生活通過借古諷今的方式來進行歷史的現實化，於是就有了失事求似式的歷史劇；第三大類型就是使戰時生活融入歷史過程之中而成為現代史實中的一部分，於是就有了生活長卷式的歷史劇。與此同時，歷史劇不僅獲得了從悲劇到正劇的體裁外觀，而且進行了從抗戰前期到抗戰後期的史詩性轉換，從而使歷史劇在陪都重慶得到了前所未有的發展。

抗戰前期出現的《岳飛》一劇，〔註37〕顯然是在吸取了戲曲《朱仙鎮》與《風波亭》中有關內容的基礎上，進行了具有移植性質的話劇改編。一方面是將分離的情節進行了綜合，使之能夠成為較為完整的情節，先是側寫出在大勝金兵之後岳飛奉旨離開朱仙鎮大營回臨安，然後正面描寫岳飛在秦檜的丞相府地窖密室中被毒死，而岳飛之子岳雲則成為貫穿整個劇情的線索人物。另一方面，主要是通過人物之間的對話來將推動劇情的發展，顯現人物的情感起伏、心理變化，以及性格差異，因而較之戲曲的程式化，不僅生氣盎然，而且頗為生活化。

〔註35〕老舍：《面子問題》，正中書局 1941 年版。
〔註36〕陳白塵：《陞官圖》，群益出版社 1946 年版。
〔註37〕顧一樵：《岳飛》，長沙商務印書館 1940 年版。

　　經過這樣的劇本改編，當《岳飛》在舞臺上演時，美、英等國駐華使節也觀看了演出，並報以熱烈的掌聲，並且紛紛索要《岳飛》的劇本，成為陪都重慶話劇中較早產生國際影響的歷史劇之一。〔註38〕如果說對戲曲中岳飛形象進行話劇重塑，是為了使「精忠報國」的本土傳統得到現代闡釋，以激勵國人抗戰到底的民族意志高揚。那麼，對小說中「紅樓夢」展開話劇演繹，則是為了使這虛幻迷人的青春故事得以復歸抗戰現實之中，以免重蹈陷於情愛難以自拔的覆轍，警醒年青一代不斷奮發有為。

　　抗戰後期出現的《鬱雷》一劇，〔註39〕是根據小說《紅樓夢》改編而成的，以「大觀園」中男女青年之間的感情糾葛為線索，尤其是寶玉從愛情到婚姻諸多層面上所進行的個人選擇，藉此來顯現出在傳統束縛之中進行拼死抗爭的頑強鬥志，進而揭示出主人公將不可避免地走向悲劇性的人生結局。因此，當《鬱雷》緊接著《少年遊》上演之後，在現實與歷史之間所形成的古今人物命運的巨大的時代差異與審美張力，深深地打動了青年觀眾的心，對於他們怎樣在戰時生活中如何進行人生道路的個人選擇，無疑是給以了當下的重要啟示。

　　除了從戲曲與小說之中獲取歷史劇創作的有關題材之外，更多的歷史劇則從歷史記載中尋求歷史劇創作的相應題材，尤其從與戰時生活具有內在聯繫的歷史史料中尋找。於是，出現了大量的有關「太平天國」的歷史劇，因為在內憂外患這樣的歷史背景上存在著相通之處，所以，根據「太平天國」流傳下來的有關史料，從中選取與戰時生活相對應的素材來進行歷史劇的創作。這一類歷史劇在整個抗戰時期的話劇創作中是頗為突出的，特別是在陪都重慶所進行的有關歷史劇的創作，無疑具有一定的代表性。

　　在抗戰前期，在《天國春秋》一劇中，以太平天國的東王楊秀清與北王韋昌輝之間互相殘殺的史實為依據，通過話劇的創作來揭示其原因在於洪秀全企圖獨自掌握大權：不僅讓北王殺了東王，而且還殺了北王來安撫翼王石達開，與此同時，又準備殺害翼王——洪秀全的國舅賴漢英對洪秀全的妹妹洪宣嬌說——「告訴你，宣嬌！現在陛下一面派人去迎接達開，一面卻又叫我把城裏的兵將布置好等他啦！」所以，洪宣嬌在全劇結束時，在無比悲憤中大聲疾呼：「大敵當前，我們不該自相殘殺！」〔註40〕其寓意也就不僅僅止

〔註38〕石曼：《重慶抗戰劇壇紀事》，《重慶文化史料》1991 年第 1 期。
〔註39〕朱彤：《鬱雷》，讀書出版社 1944 年版。
〔註40〕陽翰笙：《天國春秋》，群益出版社 1944 年版。

於進行所謂「借古諷今，體現了『同室操戈，相煎何急』的主題思想」，〔註41〕而是徹底地揭露出一切專制者都不惜以屠殺來維護其獨裁的歷史真相。

這樣，到了抗戰後期，陳白塵有關《大渡河》一劇的寫作目的，就在於，「不逃避現實以獻媚觀眾，也不歪曲歷史以遷就現實」，因為「我更沒想在這歷史劇風靡一時的當口來趕熱鬧，那樣一個趨時的藝術家將會墮落成為匠人的」。〔註42〕所以，在《大渡河》中的石達開有這樣的一番言語，也就不足為怪：「天王昏庸懦弱，既不能彌禍患於未發，又不能平內亂於事後」，「如今更遠君子，親小人，大封洪氏兄弟，遂令讒臣當道，忠言逆耳」；「再回想當年金田起義，原是要驅逐韃虜，恢復漢室，但大事未成中途內訌」，「四川底定，再取雲貴，造成鼎足三分之勢，則進可以攻，退可以守，豈不也是為天國創立基業，為太平軍保全兵力麼？」〔註43〕這樣的人物內心表白，應該說是較為貼近歷史的本來面目的，由此也可以反證《天國春秋》的藝術真實性。因此，在《大渡河》中，不僅可以看到它與《天國春秋》之間的前後呼應，而且更進一步，已經能夠展現出從金田起義到大渡河兵敗的「太平天國」興衰全過程，由此表明抗戰時期有關「太平天國」的歷史劇，基本上是再現歷史的悲劇。

當然，故事的新編是以故事為基礎的，故事的悲劇性決定了歷史劇的悲劇性。除此之外，對於歷史的現實化，也可以賦予失事求似的歷史劇以悲劇性，只不過，很有可能發生的是——話劇中的歷史悲劇往往會成為戰時生活中發生的現實悲劇的個人翻版，由此而促使借古的個人創作動機轉化成為諷今的個人創作目的。在這一類歷史劇中，最具有代表性的，也就是被郭沫若自稱為「獻給現實的蟠桃」——的《屈原》一劇。從 1942 年 1 月 24 日到 2 月 7 日，《屈原》全劇在《中央日報》的副刊《中央副刊》上分 10 次連載完畢，到 4 月 3 日開始公演。劇本剛剛登完之後的第二天，主持《中央副刊》的孫伏園就認為《屈原》是「一篇『新正氣歌』」；〔註44〕等到《屈原》公演後，有人則稱讚道——「詩人獨自有千秋，嫉惡平生恍若仇」。〔註45〕

這就是說，歷史上曾經的楚國三閭大夫屈原，似乎是以一個詩人的文學

〔註41〕葛一虹主編：《中國話劇通史》，文化藝術出版社 1990 年版，第 219 頁。

〔註42〕陳白塵：《歷史與現實——〈大渡河〉代序》，《習劇隨筆》，當今出版社 1944 年版。

〔註43〕陳白塵：《大渡河》，群益出版社 1946 年版。

〔註44〕孫伏園：《讀〈屈原〉劇本》，《中央副刊》1942 年 2 月 8 日。

〔註45〕董必武：《觀屈原劇賦兩絕句》，《新華日報》1942 年 4 月 13 日。

形象出現在歷史劇之中的。然而，在《屈原》一劇中，用以表達「把這包含著一切罪惡的黑暗燃毀」主題的《雷電頌》，卻並非屈原所作，真正的作者不是寫出過《離騷》的楚國大夫屈原，而是《屈原》一劇作者的著名現代詩人郭沫若！這就表明《屈原》一劇在創作之中失事求似的文本限度，已經達到了文本藝術虛構的極致，換句話說，也就是為了諷今，借古已經變成了撰古——杜撰歷史。

之所以在創作《屈原》的時候要這樣做，或許是因為郭沫若在當時是如此認為的——「在反動政府的嚴格檢查制度之下，當代的事蹟不能自由表達或批判，故作家採用了迂迴的路，用歷史題材來兼帶著表達並批判當代的任務」，儘管此番言說是在《屈原》一劇發表之後才出現的。〔註46〕所以，在《屈原》引發的評價熱潮之中，出現了非此即彼的評論衝突，更多的是與《屈原》「批判當代」的政治性質有關，而與「歷史題材」的藝術審美無關。

即使是就郭沫若在陪都重慶寫成的 6 部歷史劇來看，《屈原》無疑是在失事求似的創作道路上走得最遠的歷史劇之一。雖然寫於《屈原》之前的《棠棣之花》，已經開啟了郭沫若進行失事求似的歷史劇的個人寫作道路，但是，《棠棣之花》之中愛國愛民的英雄，畢竟還保留著快意恩仇的俠義之士風範，人物形象的兩面性在主題表現上，彼此的距離相差並不太遠。同時，更應該指出的是，從《屈原》之後寫成的《虎符》、《築》（又名《高漸離》）、《孔雀膽》、《南冠草》（又名《金風剪玉衣》）來看，除了接著寫的《虎符》、《築》與《屈原》一樣，有著郭沫若本人所說的「暗射的用意」之外，從《孔雀膽》到《南冠草》的歷史劇創作，已經從失事求似轉向故事新編，因而這對那些習慣於對郭沫若的歷史劇進行政治解讀的評論者來說，也就出現了所謂「主題不明確」的說法。〔註47〕

其實，只要能夠看到無論是《孔雀膽》，還是《南冠草》，它們與「戰國四劇」的《棠棣之花》、《屈原》、《虎符》、《築》之間，所存在著的歷史劇類型差異，也就不難根據它們各自與歷史的關係來進行歷史劇的主題解讀，更不用說進行歷史劇的藝術評論了。

如果說，歷史劇出現故事新編與失事求似這樣的類型差異，主要是抗戰時期的政治環境所造成的產物，那麼，歷史劇從失事求似向著故事新編的個

〔註46〕郭沫若：《關於歷史劇》，《風下》週刊 1948 年 5 月 22 日。
〔註47〕秦川：《郭沫若評傳》，重慶出版社 1993 年版，第 268～273 頁。

人回歸，無疑表明歷史劇必須在與古代歷史事件相關的文本基礎上，來進行話劇的藝術創造。不過，這並不意味著歷史劇的寫作只能侷限在歷史文本之中進行，從抗戰前期到抗戰後期，話劇的史詩性敘事同樣也出現在歷史劇之中。這就是以現代史實為基礎的歷史正劇的個人創作。

《萬世師表》一劇以大學教授林桐從 1918 年剛剛到大學任教開始，到 1942 年大學生們為 50 歲的林桐祝壽，獻上大書「萬世師表」的旗幟而結束，通過在大學任教 25 年的一個普通教師的人生經歷，來展現 25 年來的中國社會巨變的歷程。從全劇的結構來看，選取了最具有歷史意義的個人生活片段，在中國從和平到戰爭的風雲變幻之中，來進行史詩性書寫的話劇創作。

在第一幕中，1918 年 7 月間，「二十餘歲的青年」林桐，「穿一身新藏青嗶嘰學生服，剪裁不大合身」，「顯然他今天穿扮了起來赴會的」。剛剛一進門就遭到婁教授的斥責：「新同事？哼」，「簡直是開我們的玩笑！什麼東西，也請來教書」！就說「胡適！他寫得出什麼好東西」，更何況「像林桐這種海水都沒見過的土包子」。然而，邀請他來校任教的方教授，卻認為「這是個極有希望的青年，我和他談過三次話，讀過他一本書，我知道他是一個誠懇篤實，天性深厚的人」。可見，林桐剛剛進入大學教書，就遭遇到舊派教師的當面侮辱與新派教師的衷心歡迎，由此而顯現出新文化運動對大學乃至全社會的巨大衝擊。

在第二幕中，1919 年 5 月 3 日，林桐「襯衫敞領，精神飽滿」地招呼：「幫我一個忙，這一批《告全國民眾書》上，偏偏把曹汝霖的汝字三點水漏了，變成了曹女霖，我要了兩個鉛字來，我們馬上就把它改一下吧」，「明天一切按照預定的計劃遊行示威！」可是，「林桐從五月四日請願被捕」，「整整五十天了」。「當然，放是遲早要放的，現在全國都在罷工罷市，響應學生運動，弄得舉世注目。政府再腐敗，也不敢亂來」。林桐終於回到學校，「四萬萬的人都叫咱們叫醒了」！這就是以林桐參加五四愛國群眾運動被捕的事件，來顯示從大學教師到社會民眾在走向覺悟之中的複雜心態。

在第三幕中，1939 年的春天，「神聖的抗日戰爭有了一年又半的歷史」。儘管「四十六歲鬢角上留下了不少花白的頭髮」，這「已經不是二十年前的林桐──他是沉著多了，深厚多了，也更堅強了」。因此，既然「教育部一再要我們遷到後方去」，「那麼只有硬著頭皮不管吃多少苦也得搬」，「更重要的是這種精神，表示我們的大學生肯徒步六七十天走到雲南來維持國家的教育，

這是可以引起國際間的注意，全世界的同情的」。就這樣，林桐與學生一道徒步到大後方堅持辦學，努力為國家培養抗戰人才，展現了愛國不惜一切代價的崇高精神。

在第四幕中，「大學到昆明後四年，林桐依然堅守在自己的崗位，以教讀為事」，而「林桐此時像所有苦守本分的教師一樣真是困窘不堪」。儘管如此，林桐還是決定「不管多苦，不管多窮，只要還有一口氣在」，都要堅守住三尺講臺。林桐在艱難困苦的戰時生活條件下，仍然堅守崗位而得到學生的崇敬與愛戴，表現出獻身教育事業的偉大人格。這樣，在林桐「服務母校二十五週年」暨「五十壽辰」的紀念會上，學生們發自內心地高呼「林桐先生萬歲！」〔註48〕實際上也就成為對勇於犧牲而堅韌不拔的現代人格精神的高度頌揚，正是這樣的現代人格精神，才足以堪稱「萬世師表」之人格風範。

《萬世師表》是從一個人的教學生涯來展現社會的歷史進程，可以說是關於社會運動的個人心靈史詩，而《戲劇春秋》則是從一個人的話劇生涯來顯現話劇運動在中國的最初興起與在抗戰時期的全面發展，可以說是關於話劇運動的個人生命史詩。〔註49〕在話劇結構上，《戲劇春秋》與《萬世師表》有著相似之處，都是以一個人物獻身於自己的事業，這樣的人生經歷為線索，通過選取具有歷史意義的生活片段，來顯現其所獻身的事業如何與整個中國社會的變遷保持著高度的一致。當然，《戲劇春秋》與《萬世師表》之間，最大的不同點就在於：《萬世師表》沒有對中國教育事業的發展進行正面描寫，而《戲劇春秋》將個人與社會聯繫起來的話劇運動，進行了完整的描述。這樣，《戲劇春秋》表明，中國話劇運動既是中國社會運動的歷史縮影，更是話劇工作者個人成長的生命歷程。

《戲劇春秋》通過對話劇工作者個人生活的史詩性敘事，展現了對於文化人格進行重塑的必要性，證明了話劇運動在抗戰戲劇運動中主導地位形成的必然性——這就是在 1944 年 6 月公開發布的「中華全國戲劇界抗敵協會三十三年戲劇節廣播詞」中所說的——「永遠永遠站立在中國民族中國人民的立場，為民族自由，民權平等，民生幸福的新中國而工作，而創造，而奮鬥。」〔註50〕

〔註48〕袁俊：《萬世師表》，文化生活出版社 1944 年版。
〔註49〕夏衍、于伶、宋之的：《戲劇春秋》，未林出版社 1943 年版。
〔註50〕中華全國戲劇界抗敵協會：《攜起手來，更勇敢地前進——中華全國戲劇界抗敵協會三十三年戲劇節廣播詞》，《戲劇時代》第 1 卷第 4～5 期合刊，1944 年 6 月 1 日。

　　當歷史劇的根基從古代文本轉向現代史實，實際上也促成了從歷史悲劇轉向歷史正劇的過程中，大量話劇創作的湧現，在歷史正劇層出不窮之中擴張了歷史劇的廣度和深度，由此展現出話劇創作之中如何趨向史詩性書寫的新路徑來，在推動著陪都重慶話劇的戰時發展的同時，更是有助於中國話劇，乃至中國文學在不斷發展中的現代轉型。

第六章　陪都文論的主義論辯

一、「新現實主義」

　　隨著「全民總動員」運動的興起，在「文藝服務於抗戰」的總體號召之下，為滿足戰時需要而進行的文學書寫，已經先後化為「文章下鄉、文章入伍、文章出國」這樣的具體口號，首先提出「第一要『中國化』，第二要『戰鬥化』，第三要『通俗化』」，來適應以農民與士兵為基本讀者的接受水平，達到「激發他們的抗戰的情感」的動員目的；〔註1〕其次是提出要努力「翻譯中國的抗戰文藝」，來形成「抗戰文藝的出國運動」，以爭取世界各國人民對中國抗戰的大力支持。〔註2〕不過，無論是「文章下鄉，文章入伍」，還是「文章出國」，固然有著戰時文學直接服務於中國抗戰的一面，更涉及到戰時文學如何在中國自主發展的另一面。

　　這就有必要從戰時文學自主發展的中國角度，去審視現代文學戰時發展中出現的形形色色的論爭，以揭示出戰時文學發展的中國新動向。在這裡，陪都重慶出現的現實主義論辯，不僅貫穿著八年抗戰，而且發生了從抗戰前期到抗戰後期的嬗變，從而顯現出陪都重慶的現實主義論辯，不僅代表著文學思潮戰時發展的中國主流，而且也在抗戰時期的中國文學運動中發揮著主導作用。

　　實際上，就現實主義自身而言，一方面表現為關注現實人生的文學意識，

〔註1〕《怎樣編寫士兵通俗讀物（座談會）》，《抗戰文藝》第 1 卷第 5 期，1938 年 5 月 21 日。
〔註2〕出版部：《出版狀況報告》，《抗戰文藝》第 4 卷第 1 期，1939 年 4 月 10 日。

即現實性；一方面體現為復現現實人生的創作法則，即寫實性，正是通過對現實性的人生觀照而展開寫實性的人生描寫，才能夠建構出現實主義文學的真實性基礎。在這裡，文學真實性是由作者通過對生活的真實進行審美觀照之後所創造出來的藝術真實這兩者之間可能達到的一致性。對於現實主義而言，其真實性也就是現實性與寫實性的高度融合——在關注現實人生之中進行復現現實人生以臻於對現實人生的如實描寫，從而逐漸發展成中國文學現代發展中所謂新文學的現實主義傳統。

但是，這一發展中的現實主義傳統，在抗戰爆發前的左翼文學運動之中遭到了某種政治化改寫，被捲入一九三四年八月在蘇聯正式頒布的「社會主義的現實主義」體系的政治影響之中，文學的真實性被強加了政治內容——必須與「現實的革命發展」和「社會主義精神」相結合，實際上強化了「真實使文學變成了反對資本主義擁護社會主義的武器」這一政治需要的中國影響。〔註3〕這就直接導致左翼文學運動之中出現「差不多」這一文學現象——「文章內容差不多，所表現的觀念也差不多」，可偏偏「忘了『藝術』」，因而期盼著中國現實主義傳統在現代文學「新運動」興起之中的復歸。〔註4〕顯然，這一文學「新運動」興起的可能，在此後抗日戰爭的全面爆發之中成為現實了。只不過，中國現實主義的戰時復歸，一開始仍然難以避免政治化的改寫。

抗戰伊始，周揚就指出：「中國的新文學運動一開始就是一個現實主義的文學運動」；「現實主義給『五四』以來的文學造出了一個新的傳統」；「目前的文學將要而且一定要順著現實主義的主流前進，這是中國新文學之發展的康莊大道」。因此，「對於現實主義，我們應當有一種比以前更廣更深的看法」——「對現實的忠實」。顯而易見的是，這一所謂「對現實的忠實」，不過就是要求將文學納入政治化，甚至政策化這樣的忠實於政治的戰時軌道——「文學上的現實主義、民主主義的運動是和政治上的救亡運動、憲政運動相配合的」。〔註5〕不可否認的是，就現實主義中國傳統而言，在戰時文學運動之中，是忠實於政治，還是忠實於藝術，其間已經出現了與周揚相反的看法。這正如茅盾所指出的那樣：「遵守著現實主義的大路，投身於可歌可

〔註3〕馬良春等：《中國現代文學思潮史》下冊，北京十月文藝出版社 1995 年，第 669~671 頁。

〔註4〕沈從文：《作家間需要一種新運動》，《大公報・文藝》，1936 年 10 月 25 日。

〔註5〕周揚：《現實主義和民主主義》，《中華公論》創刊號，1937 年 7 月 20 日。

泣的現實中，儘量發揮，儘量反映，──當前文藝對戰事的反映，如斯而已」。因此，茅盾針對要求制定「戰時的文藝政策」的如此鼓吹，在加以堅決反對的同時，堅持認為「我們目前的文藝大路，就是現實主義，除此之外，無所謂政策」。〔註6〕

在忠實於政治還是忠實於藝術的論爭之間，其實質則在於戰時文學運動之中對現實主義傳統應該怎樣去發揚廣大，正如李南卓所指出的那樣：「每一個作家對現實都有他單獨的新發現，對藝術形式的史的堆積上，都有他的新貢獻」，「把自己與當前的中心現實──『抗戰』──間的最短距離線找出來吧！」「如果我們非要一個『主義』不可，那麼就要最廣義的『現實主義』吧！」〔註7〕問題在於，這一個人的卓識並沒有成為全體的共識，因而也就難怪其後相繼在出現了「三民主義的現實主義」，「民主主義現實主義」，「民族革命的現實主義」，「抗戰建國的現實主義」，「抗日的現實主義與革命的浪漫主義」，「新民主主義的現實主義」，「三民主義的新寫實主義」等等眾多的具有政治性前置定語的現實主義主張。〔註8〕這些主張之所以五花八門，也就在於它們各自側重於戰時文化中不同的政治需要，實際上成為悖離文學自身發展要求的「狹現實主義」，從而呈現出現實主義論辯之中偏於政治化的現實趨向。

事實在於，所有這些偏於政治化的現實主義主張，除了「三民主義的新寫實主義」這一主張出現在陪都重慶之外，其他的絕大多數都出現在隸屬於國民政府的各個邊區的抗日根據地之內，以至於不得不成為一個值得加以特別研究的學術話題。不過，在此更為重要的是針對陪都重慶的現實主義論辯，去追溯其緣起與發展的諸多變動。

在抗戰前期，隨著文學期刊在陪都重慶的先後復刊與創刊，現實主義論辯也就隨之而在陪都重慶發生，並且這一論辯是隨著《七月》在陪都重慶復刊而興起；與此同時，隨著在陪都重慶創刊的《文學月報》，率先傳播「新現實主義」的新主張，這一論辯也就走向興旺。這就表明，現實主義論辯在陪都重慶的開展，與那些能夠容納諸多論辯群體的文學主陣地，在陪都重慶的

〔註6〕茅盾：《還是現實主義》，《救亡日報・戰時聯合旬刊》第3期，1937年9月21日。

〔註7〕南卓：《廣現實主義》，《文藝陣地》創刊號，1938年4月16日。

〔註8〕邵伯周：《中國現代文學思潮研究》，學林出版社1993年版，第503～506頁；馬良春等：《中國現代文學思潮史》下冊，北京十月文藝出版社1995年版，第1116～1125頁。

出現是截然不可分的。

　　1940 年 1 月，胡風在《七月》上發表了《今天，我們底中心問題是什麼？》一文，首先指出：「今天的作家們，有誰反對現實主義麼？不但沒有，恐怕反而都是以現實主義者自命的，雖然他們底理解和到達點怎樣，是值得深究的迫切的問題。但至少，像目前一些理論家所提供的關於理論的一點點概念（在這裡且不說那裡面含著的不正確的成分），對於多數作家並不是常識以上的東西」，這是因為「二十多年來新文學底傳統，不但沒有煙消雲散，如一張白紙，反而是對於各個作家或強或弱地教育了指導著他們，對於整個文藝進程把住了基本的方向。」由此批駁了抗戰以來「文學的活動是始終在散漫著的帶著自發性的情狀之下盲目地遲鈍地進行著」這一偏見。然後認為：「今天的作家們有誰會把他底主題離開民族戰爭的麼？恐怕情形恰恰相反，他們大都是性急地廉價地向民族戰爭所擁有的意識形態或思想遠景突進」，這是因為「民族戰爭所創造的生活環境以及它所擁有的意識形態和思想遠景，也或強或弱地和作家們底主觀結合了，無論是生活或創作活動，都在某一方式上受著了規定。」於是就斷然否認了抗戰以來「積極方面的人物，作家還沒有給我們留下不滅的典型」這一指責。

　　這樣的認識前提下，胡風提出了「從創作裏面追求創作與生活」這一命題，以促使「創作實踐與生活實踐的聯結問題」成為抗戰文學運動的「中心問題」，否則，「不理解文學活動底主體（作家）底精神狀態，不理解文學活動是和歷史進程結著血緣的作家底認識作用對於客觀生活的特殊的搏鬥過程，就產生了從文學的道路上滑開了的，實際上非使文學成為不是文學，也就是文學自己解除武裝不止的種種見解」，這是因為「在我們，戰爭被有血有肉的活人所堅持，這些活人，雖然被『科學』武裝他們底精神，但決不會被『科學』殺死他們的情緒。」在這裡，所謂「科學」就是種種與主義相關的「合理概念」，特別是對詩人創作進行「個人主義」、「感傷主義」之類的「空洞的叫喊」。因此，「這也是為什麼我們不惜過高地估計詩人的生活實踐和他底主觀精神活動。」〔註 9〕

　　由此可見，無論是新文學傳統的戰時延續，還是作家創作活動的戰時展開，都不能離開對戰時生活這一最大的現實，在規定著現實主義的戰時發展

〔註 9〕胡風《今天，我們底中心問題是什麼？——其一、關於創作與生活的小感》《七月》第 5 集第 1 期，1940 年 1 月。

新方向的同時，也規定著戰時作家創作的現實主義新道路，從而引導著陪都重慶發生的關於現實主義的「新」思考。不可否認的是，胡風在他的討論之中有若干「科學」理據引自《文藝戰線》第四冊所載《蘇聯文學當前的幾個問題》一文，而正是在這一點上，直接促動了關於現實主義的中國論辯，由此可見在抗戰前期來自蘇聯的文學影響。

同樣也在 1940 年 1 月，《文學月報》創刊號上翻譯發表了盧卡契的《論新現實主義》一文，盧卡契認為：「只有一種現實主義」，即「新現實主義」──那就是從「古典的」現實主義的文化根基上，生長出來的具有「完全新」的內容，從新的形式、新的人物、新的事物，到新的描寫方法、新的情節、新的文體，都能符合新的現實的──才能表現「我們偉大的現實」。〔註 10〕顯然，「新現實主義」必須與「我們偉大的現實」相一致，而中國的現實主義發展必須與中國的抗戰現實緊密地結合起來！所以，這一新主張對於戰時中國，特別是陪都重慶的現實主義論辯來說，直接引發了新思考，推進了現實主義論辯的日趨興旺。

隨後羅蓀發表了《關於現實主義》，認為現實主義「乃是結合著作家主觀的感性與社會客觀的理性相一致的血肉搏鬥的產物」，而非「客觀主義」的文學描寫。〔註 11〕而史篤則在《再關於現實主義》之中，提出「一切都是歷史的產物，現實主義亦然。不同的時代，不同的社會，不同的階級，產生不同的現實主義。社會主義的現實主義是蘇聯的產物，我們不可強求」，而「我們的現實是，民主主義革命的現實，我們所需要的現實主義是，民主主義的現實主義。」〔註 12〕顯然，給現實主義貼上政治標籤，是悖離起碼的文學常識的。

所以，羅蓀發表《再談關於現實主義──答史篤先生》一文，針對「民主主義的現實主義」就是此時的「新現實主義」這一結論進行駁斥，「因為有人說過，我們今日的新文化是要『民族的形式，民主主義的內容』，所以，史篤先生就給出了這末一個巧妙的結論。可惜是錯誤的，因為理論與實踐雖然是互相影響的，但是卻並非是一件事，方法和內容不能混成一事是同樣的理由」，反對把現實主義的「理論方法」與「文學的內容」相混淆。更為重要的

〔註 10〕盧卡契：《論新現實主義》，《文學月報》創刊號，1940 年 1 月 15 日。此時作者的匈牙利人盧卡契僑居蘇聯，該文節譯自其 1939 年出版的《論現實主義史》（英語版譯名為《歐洲現實主義研究》）一書。

〔註 11〕羅蓀：《關於現實主義》，《文學月刊》第 1 卷第 3 期，1940 年 3 月 15 日。

〔註 12〕史篤：《再關於現實主義》，《文藝陣地》第 4 卷第 12 期，1940 年 4 月 16 日。

是，他還指出「世界觀和現實主義同樣是發展的，不是固定不變的東西」，「同時，世界觀也並非完全絕對的決定著創作方法，這就是為什麼觀念論的現實主義也能成為一面反映社會的鏡子，因為作家在一定時代，社會，政治的實踐上為現實生活所推動著。」顯然，在這裡可以看到對胡風所提出的「中心問題」在一定程度上的積極回應，同時也看到現實主義論辯之中來自蘇聯文學與國內政治的雙重影響。

當然，羅蓀也承認「社會主義的現實主義乃是現實主義文學的發展階段，在現實主義的發展體系中，它有著最高的成就，自然，這並不是說它已經是現實主義的最後完成。但是它卻已然而且必然的成為全世界新興文藝的創作方法」。〔註13〕為了確認這一點，就在這同一期的《文學月報》上，發表了《關於「新」現實主義》、《「現實的正確描寫」》兩文與之相呼應，首先在《關於「新」現實主義》中引用高爾基的話來為「新」的現實主義理論體系進行正確地說明：「我們底藝術必須不使人物脫離現實，而站得比現實更高，以便將人物提高在現實之上。」〔註14〕其次在《「現實的正確描寫」》中指出「新」現實主義所要求的「現實的正確描寫」，就是要「正確的描寫生活的本質」以「發現社會的典型」。〔註15〕由此已充分表明社會主義的現實主義的中國影響之一斑。

只不過，社會主義的現實主畢竟離戰火中的中國太遙遠，反倒是世界觀與現實主義之間的關係，較為國人所關注。事實上，早在1940年初，就有人指出「最近幾年來，新興的文藝理論家們常為世界觀與創作方法這問題上，發生著甚為激烈論爭，現在，卻已得到一個具主潮性結語」——「文藝根本上就是以具體的形象手段，來說明客觀現實的。文藝作家過分地偏視於世界觀，常常會有使作品墮入於高遠的理想，使成一種失掉文藝根本性的概念化的作品」；更何況「創作者縱令沒有深刻的世界觀，只要他能深入現實」，並且「被創作者具體形象了出來，雖然他（創作者）的作品中沒有闡述深刻的較正確的世界觀，但其所寫出者也離這較正確的世界觀不遠矣」。〔註16〕然而

〔註13〕羅蓀：《再談關於現實主義——答史篤先生》，《文學月報》第2卷第4期，1940年11月15日。

〔註14〕歐陽山：《關於「新」現實主義》，《文學月報》第2卷第4期，1940年11月15日。

〔註15〕畢端：《「現實的正確描寫」》，《文學月報》第2卷第4期，1940年11月15日。

〔註16〕王潔之：《世界觀與創作方法》，《新蜀報》1940年1月16日。

此時舊事重提，顯然更加凸顯來自蘇聯的文學影響。具體而言，就是有人提出「我們要說明中國現實主義的抗戰文藝和作家世界觀的問題」，那就是「中國抗日戰爭的現實主義文藝，亦應該是『人民的喉舌』」，在反映現實生活時「只有科學的世界觀才能歸納成為一幅活生生的圖畫」，這是「因為中國抗戰，已經超過自發性的東西，而覺醒性的東西了」。〔註17〕顯然，有關世界觀與創作方法之關係，出現了巨大的分歧──或者是世界觀與創作方法之間僅僅是相輔相成的互動關係，正確的世界觀能體現在現實主義的創作之中；或者是創作方法與世界觀是主次分明的制約關係，正確的世界觀就決定著現實主義的創作成敗。

　　1941 年 1 月 8 日，在陪都重慶召開了專題座談會，在參照「蘇聯文藝論戰」有關文章的同時，關注「我們文壇上」的現實主義討論，由此展開「作家的主觀性與藝術的客觀性」這一話題。

　　討論一開始，戈寶權就介紹了蘇聯文壇新動向──1940 年在蘇聯文壇「引起論爭的主角盧卡契是近年來蘇聯文壇上一位相當有聲譽的批評家」，而他和一些見解相近的蘇聯批評家，據說「形成了一個宗派主義小集團」，正是他們首先指出「蘇聯文學主要的危險，就在於官樣性的樂觀主義」；其次認為「蘇聯的文藝作品，是太熱衷於政治」；最後「否定了蘇聯文學的創造道路」──「人民領袖的形象不能夠做為藝術的英雄」。因此，《列寧在十月》，《保衛察里津》這類的作品被他們大加指謫。又「因此，這個小集團遭到了嚴厲批判，說他們對社會主義的現實主義是一種污蔑和誹謗，是對馬克思主義文藝理論的庸俗化」。

　　以群接下來就召集此次座談會的動機進行了解釋：「在一九三二年以前，蘇聯曾經盛行過『唯物辯證法的創作方法』的口號，這口號偏重作家的世界觀，而忽視了作品底現實性，結果形成了文學作品的概念化，公式化傾向。一九三四年，蘇聯提出了社會主義現實主義的創作方法，著重文學作品底現實性，而清算了『唯物辯證法的創作方法』這口號底概念化的偏向。而現在被批判的以盧卡契為代表的小集團，則走向了另一個偏向──就是忽視了正確世界觀在創作中的重要性和決定的作用。」

　　顯然，以群所說的召集座談會動機，實際上是帶有個人傾向性的，不然

────────────

〔註17〕侯外盧：《《抗戰文藝的現實主義性》，《中蘇文化月刊・文藝特刊》，1941 年 1 月 1 日。

就不會這樣批判盧卡契的所謂理論「歪曲」和「誤解」——「作家可以不看重世界觀，只要忠實於現實，就可以有偉大的成就」，「從這論點出發，我以為中國抗戰以來的文藝創作上有許多問題，是值得注意的。例如在我們今天的文壇上，純客觀主義的傾向和論點正在逐漸生長，我想這是應該提醒和矯正的。」

茅盾對以群這一說法，在回應中多少有點自相矛盾——先說「我們應該從正面來看問題，還是世界觀的決定作用大些」；可又說「一個藝術家對於自己的藝術是忠實的話，那麼，他仍然能寫出了舊社會的沒落和新的生長」。儘管如此搖擺於兩者之間，茅盾最後還是要說「年青的作家認為有了正確的世界觀便可以解決一切了，不再下苦功向生活之海中掏摸，結果，寫出來的東西就不免於空洞」，希望「青年作家們」能夠「向生活學習」。

胡風隨後指出：「強調藝術創作的現實主義，強調藝術與生活的結合——藝術應該是生活的反映，強調現實主義的力量，這個現實主義的力量是要作家盡力的從現實生活裏面去發掘而生長出來的，這是現實主義的道路。因為現實主義的力量可能把不正確的世界觀打碎，減弱，強調現實主義的力量就是在此」。可見胡風真正強調的現實主義，其實就是「藝術應該是生活的反映」，而「實際創作活動的認識過程，也就是世界觀的問題」，世界觀的正確與否不過是在這一認識過程中，對現實主義力量產生的增強或減弱的藝術效應而已。

艾青由此提出：「我認為一個作家的世界觀應該是發展的，所以所謂世界觀不應當作為一個固定的，先入為主的概念來理解。他的世界觀的發展就是他的認識的發展，完全是從對於現實生活的不斷的審視，不斷的思考中得來的。作家的創作過程，就是他的認識過程，從創作的過程中，不斷的提高和加深對於現實的認識，從他的新的更高的認識，不斷的提高他的作品的藝術價值，所以創作越努力，越能逐漸地迫近客觀世界的真實。」顯然，唯有真正感受過創作艱辛的人，才會這樣說。

於是，胡風在贊同之餘，重申「我們所說的世界觀，是說對於世界的看法，實該是包括實踐完全的認識，但一般所說的作家的世界觀乃是指的成見，政治立場。政治的立場當然應該貫穿到對於一切事物的認識。但實際上卻常常會和對於具體的生活認識發生分裂」。這就在事實上涉及了一個極為敏感的論題：作家的政治立場是否會直接影響到現實主義藝術實踐的成敗。於是，「談論到這裡，大家的情緒非常的緊張。」結果，還是得回到「新現實主義和

舊現實主義」之間的性質有何不同這一論題上來。

　　儘管討論中眾說紛紜，但是歸根結底就是世界觀與創作方法的關係到底如何？依然呈現出是制約還是互動的關係兩極：

　　或是制約的關係——「新現實主義，在它本質的涵義上，首先就十分著重於把握現實的態度和觀察現實的視角，這就包含世界觀的問題」。因此，「只有最進步的世界觀，才能最完全的，最科學的，以藝術的客觀態度，表現現實的一切過程，描寫出現實的各種複雜形態」。這也就是說世界觀正確與否，直接決定著新現實主義的成敗。

　　或是互動的關係——「新現實主義的本身，必須結合著正確的世界觀的。也就是說，創作方法不能離開正確的世界觀而孤立起來」。所以，「正確的世界觀和新現實主義，不管在什麼時候，什麼地方，都是不可分離的統一體。正確的世界觀的體系，表現在作家的創作實踐上，除了新現實主義，再沒有第二條道路」。〔註 18〕這也就是說世界觀的正確與否，間接促成新現實主義的興衰。

　　抗戰前期，陪都重慶的「新現實主義」論辯，不僅可以看到來自蘇聯文壇的政治評判的直接影響，更可以看到源自中國左聯的文藝主張的潛在延續，而兩者的戰時交集都是基於「馬克思主義文藝理論」的。只不過，前者難免在政治偏見之下趨向評判，而後者執著於文藝立場之上固守主張，在互不相讓之中各持己見，難以達成共識。儘管如此，只要雙方能夠真正捐棄成見，不再拘泥於世界觀與新現實主義之關係，而是對於現實主義如何在反映中國抗日戰爭之中進行新的發展，開闢出新現實主義的戰時道路，這才是值得進一步認真思考的。

　　由此就會有新的發現——「今後新文藝的任務是什麼呢？我們認為是提高並發揚作家的批判性」——「不僅僅把現實反映出來就算完事，還應該對現實加以批判」，「因為暴露了黑暗，才使人更覺得光明的可愛和有力，只有這樣，文學才可以配合得上抗戰，才可以成為抗戰的有力武器。」〔註 19〕顯

〔註 18〕茅盾、胡風等：《作家的主觀性與藝術的客觀性（座談筆錄）》《文學月報》第
　　　　3 卷第 1 期，1941 年 6 月 1 日。參加座談者共 14 人，還有戈寶權、莊啟東、
　　　　以群、羅蓀、宋之的、萬迪鶴、胡繩、艾青、光未然、葛一虹、力揚、臧雲
　　　　遠。

〔註 19〕鄭伯奇：《文學的新任務》，《抗戰藝術的新任務》，《新蜀報》1941 年 8 月 4
　　　　日。

然，必須摒棄諸如社會主義的現實主義這類的外來影響，在反映現實中加強批判，在批判中不斷暴露黑暗，從而大力推進新現實主義在戰時中國的發展。

二、「民族文學運動」

1940 年 4 月 1 日，以國立西南聯合大學、國立雲南大學等高校文科教授為主要作者的《戰國策》在昆明創刊。〔註 20〕在創刊號上，林同濟就發表了《戰國時代的重演》一文，提出「我們必須瞭解時代的意義。民族的命運，只有兩條路可走：不是瞭解時代，猛力推進做個時代的主人翁；便是茫無瞭解，抑或瞭解不徹底，結果乃徘徊，紛歧，失機，而流為時代的犧牲品。現時代的意義是什麼呢？乾脆又乾脆，曰在『戰』的一個字。如果我們運用比較歷史家的眼光來占斷這個赫赫當頭的時代，我們不禁要拍案舉手而呼道：這乃是又一度『戰國時代』的來臨！」。顯然，這一歷史比較，既是立足學術立場來展開的，更是著眼中國抗日戰爭來進行的。

於是，「戰國時代之所以為戰國時代」，首先就在於「戰為中心」──「戰的威脅與需求迫切到一個程度，而戰乃竟成為一切行動的大前提」；其次就在於「戰成全體」──「顯著地向著『全體戰』一條路展進」，「盡其文化內在條件的可能範圍，都一致力求『人人皆兵，物物成械』」；最後就在於「戰在殲滅」──「用戰的方式來解決民族間，國家間的各種問題」，「道地的戰國靈魂乃竟有一種『純政治』以至『純武力』的傾向」。

這就是從大文化觀出發，既比較了中國古代的戰國七雄之戰，又比較了此時爆發的歐洲各國之戰，指出從古至今「一切為戰，一切皆戰」的「全能國家」，先是中國的秦國，後是歐洲的德國、意大利、蘇聯這類「續秦」的國家，因而「全能國家」與「戰國時代」相伴而行。於是乎，得出合乎學理的結論只能是：「運用全體戰，遷滅戰，向著世界大帝國一條路無情地殺進──這是戰國時代的作風，戰國發展的邏輯」。不過，面對抗日戰爭的中國現實，林同濟認為：「與一般的『強侵弱』的形勢大大不同，即是日本這次來侵，不但被侵的國家（中國）生死在此一舉，即是侵略者（日本）的命運也孤注在這一擲中！此所以日本對我們更非要全部殲滅不可，而我們的對策，捨『抗戰到底』再沒有第二途！」

應該看到的是，在《戰國策》上發表的諸多文章，都是偏於學理的探討，

〔註 20〕倪偉：《「民族」想像與國家統制》，上海教育出版社 2003 年版，第 260 頁。

其實反響並非後來者所想像的那麼大，這是因為作為半月刊的《戰國策》，僅僅出刊 17 期就停刊了，存續的時間不過從當年的春季到冬季。在陪都重慶，針對「戰國時代重演」之說的批評，應該是《戰國策》停刊之時。

　　首先是，茅盾在《「時代錯誤」》一文中，稱林同濟「所鼓吹者，正是這樣一種要消滅『信仰，企業，社會改造等等大事情』的目的的威力的一戰，但是，被侵略而作自衛的我們卻不能擁護這樣的見解」；而是「要加緊發展」那「革命的三民主義」信仰，「民族工業」，「排除那阻礙進步的封建勢力以及其他政治經濟的改進設置」。〔註21〕與此同時，胡繩也發表《論反理性主義的逆流》一文，對「某些反理性主義的傾向」，進行了點名批評，如鼓吹「大戰國時代」的林同濟等人，要求「在民族解放戰爭的發展中充分發揚清醒的，現實的，科學的理性主義」。〔註22〕

　　面對這些批評，林同濟僅僅是在陪都重慶的《大公報》上，重新發表《戰國時代的重演》作為回應，由此足見其學術自信與底氣。〔註23〕1941 年 12 月 3 日，《大公報》副刊《戰國》在陪都重慶創刊，林同濟發表了《從戰國重演到形態歷史觀》一文，提出要「注重統一和集權」，具體而言，就是「政權集中，經濟統一，國教創立」，而「最適當的象徵可以說是百家爭鳴後多少都要產生出來的思想統制的主張」。

　　隨著不少與此相關的文章在《戰國》上陸續發表，隨即就引發了這樣的批評，在確認「戰國派」這教授群體存在的同時，更是確定了其言論的「法西斯主義實質」，在集體點名批評中，肇啟了對「戰國派」進行從哲學到文學的一波又一波的清算浪潮。〔註24〕

　　被點名批評的人中當然就有陳銓，因為他主張「指環就是力量」──「假如你問我什麼是四年來奮勇抗戰的中心意義，我以為莫過於借敵人的『不正義』，來硬鑄出我們的『指環』，先有了指環，然後才配談正義。」陳銓在《指環與正義》一文中作如是說。也許是該文的意志哲學面紗太重，難免引發種種的揣測與誤解，應該予以重新讀解。

〔註21〕茅盾：《「錯誤時代」》，《大公報》1941 年 1 月 1 日。
〔註22〕胡繩：《論反理性主義的逆流》，《讀書月報》第 2 卷第 10 期，1941 年 1 月 1 日。
〔註23〕林同濟：《戰國時代的重演》，《大公報》1941 年 1 月月 28 日。
〔註24〕漢夫：《「戰國派」的法西斯主義實質》，《群眾》第 7 卷第 1 期，1942 年 1 月 25 日。

　　首先，「一個國家或民族，圖謀自全以至發展，第一步辦法就要取得指環。沒有指環，只渴望正義來救，它的生命和自由必被斷送。德國狂飆時代有一部著名的小說，名叫《馬丁黑羅》。裏面講一尊蠟做的神，立在燒陶器的爐火旁邊，陶器燒好了，蠟神卻燒壞了。蠟神埋怨火太無正義，偏愛陶器。火的回答和簡單：你應當埋怨自己沒有抵抗的能力，我呢，無論在那裡我都是火！」然而，「我所望於中國出版界與作家，也就是一點『馬丁黑羅』的看法。少作些蠟神的抱怨，多提倡些陶器的精神。莫要怨火無情，因為到處都是火。」〔註25〕

　　其次，「政治理想要崇高，但是理想政治卻要切實。」這就在於，「崇高的政治理想，是政治生命的源泉，它可以教人生，它可以教人死，因為它追隨了歷史演進的進程」；「但理想政治並不是要拋棄政治理想，乃是要把實現政治理想的步驟，清楚劃分出來，依次實行，以達到理想的境界。」所以，「抗戰以來，中國最有意義，最切合事實的口號，莫過於『軍事第一，勝利第一』，『國家至上，民族至上』，『意志集中，力量集中』」。「孫中山先生雖然講世界大同，他同時更提倡民族主義，世界大同是他的政治理想，民族主義才是他的理想政治」。這樣，「遼遠的政治理想，外交官的辭令，暫時不必對民眾宣傳，先實行能夠應付時代環境，爭取中華民族獨立自由的理想政治。」〔註26〕

　　從上述引文中可以見出在大敵當前之下要求進行精神總動員，特別是文化界總動員的一種強烈而迫切的願望，應該說這正是與抗戰的現實發展和需要保持著高度的一致。所謂「戰國派」的意志至上論哲學，文化形態學史觀是否具有一個「法西斯主義實質」，顯然是應該予以科學的討論，決非是攻擊一點而不及其餘，甚至冠以罵名以收借鍾馗打鬼之效所能蓋棺論定的。

　　獨及在《寄語中國藝術人——恐怖、狂歡、虔恪》一文中提出了「你們要開闢一個『特強度』的嶄新局面嗎？」——「猛把恐怖，狂歡與虔恪揉著一團畫出來！」因此，《大公報》的編者在按語中指出：「抗戰以來，中國藝術，由繪畫，雕刻，以至詩歌，戲劇，音樂，是不是確有嶄新的發展——這是文化再造中的一個絕篤重要的問題。工具，取材，技術，這都是枝節，關鍵尤在企圖一種精神上心靈上的革命。」

〔註25〕陳銓：《指環與正義》，《大公報・戰國》1941年12月17日。
〔註26〕陳銓：《政治理想與理想政治》，《大公報・戰國》1942年1月28日。

　　三大母題的提出，就是針對「兄弟們」那「一味的安眠」，「數千年的『修養』與消磨」，「四千年的聖訓賢謨」所造成的「虛無」，這樣的精神狀態進行療救。〔註27〕對此，有人曾這樣評論道：「恐怖，狂歡，虔恪，煞是生活奮鬥的三部曲。恐怖是懾服，也正是醒覺的開始，狂歡不是醉生夢死，而是情緒的奔放，能予勝利途中的邁進者以其所必須而應有之勇氣。至於虔恪的境界，倒超出尋常成敗得失的心理以外，古往今來大聖大賢，以及肩荷天下重任而成就百代的大事業者，庶幾近之，所謂與造化同其功也」，從而「啟發中國新文化」。〔註28〕

　　不過，當時還是召來了如此批評——「《戰國》上的文藝思想也正是這一系列的法西斯思想中的一部分。雖然在文藝方面《戰國》還沒有能夠像其他方面一樣提出思想體系來，然而那法西斯主義的猙獰面具，是已經無可掩飾的了。」然後，指出「戰國派」的哲學淵源就是從康德的「唯心觀點」到尼采的「『超人』論」，要求對這些哲學上的「時代的先覺」進行徹底批判。〔註29〕這就一直影響到此後對於「戰國派」的評價和批判，不過，「戰國派」真的沒有提出過文學上的理論主張嗎？其實不然。

　　正是陳銓，於此時開始倡導「民族文學運動」，力圖將抗戰文藝運動引向發揚「民族主義」的戰時軌道。

　　在這裡，所謂的「民族主義」，正是在「大戰的世紀」中成為「個人意識的伸張與政治組織的強化」的「調人」，既「富於自覺性，自動性」，又「富於組織性，實力性」，「不僅僅是一個概念，乃擁有一個社會制度以為其執行意志的機關的」。在國際上，民族主義的高漲，尚「有待於聯合國家的政治家」。在國內，由於「在二千年大一統皇權下，我們的民族意識未得充分發揚，年來剛露新芽，實不容中輟。我們的問題是必須在繼續發展強烈的民族意識裏求一個與世界合作之方」。於是乎，這樣的「民族主義」，無疑就具體化為反對「希特勒東條的武力威脅」，解除民主的「空前的危機」，〔註30〕由此在中

〔註27〕獨及（林同濟）：《寄語中國藝術人——恐怖、狂歡、虔恪》，《大公報·戰國》1942 年 1 月 21 日。

〔註28〕沈來秋：《讀〈寄語中國藝術人〉後》，《文藝先鋒》第 2 卷 5～6 期合刊，1943 年 5 月。

〔註29〕歐樣凡海：《什麼是「戰國」派的文藝》，《群眾》第 7 卷第 7 期，1942 年 4 月 15 日。

〔註30〕林同濟：《民族主義與二十世紀》，《大公報·戰國》1942 年 6 月 17 日、24 日連載。

國不斷增進民族意識生長的戰時追求。

於是，陳銓首先指出：「文學是文化形態的一部分」，而「時間和空間，對於文學有偉大支配力量。時間就是時代的精神，空間就是民族的性格。拋棄了這兩個條件來談文學，我們就不能真正瞭解文學」，「只有強烈的民族意識，才能產生真正的民族文學」。這就意味著，文學具有從時代精神到民族性格的文化形態構成，文學不過是文化形態的形象表達。更為重要的是，「世界上許多偉大的文學運動，往往同偉大的民族運動同時發生，攜手前進。意大利是這樣，法國是這樣，英國，德國也是這樣。」歐洲的文藝復興運動到啟蒙運動，正是民族運動與文學運動相一致的文化運動，由此出發，戰時中國所需要的文學運動，就是融入民族運動之中的文學運動，也就是推動民族文化復興與現代啟蒙的民族文學運動。

但是，正確的認識反而結出自相矛盾的果實：一方面是「一個人要認識自我，才能夠創造有價值的文學，一個民族也要認識自我，對於世界文學然後才有真正的貢獻」；強調「沒有民族文學，根本就沒有世界文學；沒有民族意識，也根本沒有民族文學」。另一方面則是「政治的力量支配一切，每一個民族都是一個嚴密組織的政治集團。文學家是集團中一分子，他的思想生活，同集團息息相關，離開政治，等於離開他自己大部分的思想生活，他創造的文學，還有多少意義呢？所以民族意識的提倡，不單是一個政治問題，同時也是一個文學問題。」這樣就將民族意識等同於政治意識，民族文學囿於政治文學，成為政治的時代傳聲筒與民族號角，從而有悖於文學是嶄新的自由創造，使時代精神無從表現，民族性格也難以重塑。

與此同時，陳銓還堅持認為：「在某一個時代，民族意識還不夠強烈，時代精神把一般作者領導到另外一個方向，使他們不能認識他們自己。在這種時候，真正的民族文學就不容易產生，它對於世界文學的貢獻，因此也不能偉大。文學的情狀既然這樣，政治的情狀當然也陷於一種苦悶的境界。全國民眾意見紛歧，沒有中心的思想，中心的人物，中心的政治力量，來推動一切，團結一切。這是文學的末路，也是民族的末路。」顯然，這是偏離了「時代精神有轉變，民族特性表現的方式也有轉變」的正確認識基點，過於注重民族意識與時代精神之間的衝突，堅持民族意識的形成與中心的思想、中心的人物，特別是中心的政治力量的確立直接有關。

這樣，以文學即政治，民族意識即政治力量的視角來考察二十世紀的中國新文化的發展，無論是學術思潮，還是文學運動，都是由個人主義經社會主義達到民族主義，「不以個人為中心，不以階級為中心，而以全民族為中心。中華民族是一個整個的集團，這一個集團，不但要求生存，而且要求光榮的生存。在這樣一個大前提之下，個人主義，社會主義，都要聽它的支配。」顯然，由於忽視二十世紀的中國新文化是一個具有連續性和一致性的發展過程，而進行三階段的分割與超越的推演，其結論只能是——「我們可以不要個人自由，但是我們一定要民族自由，我們當然希望全世界的人類平等，但是我們先要求中國人和外國人平等」。〔註31〕

然而，真正的自由正是源於個人自由的確立，真正的平等是基於人類的平等。如此本末倒置，以至於所謂「中華民族第一次養成極強烈的民族意識」竟然帶有反民主主義的傾向，與這一時期中時代與民族的需要是背道而馳的。在這樣的民族主義感情中是不可能產生真正的民族文學，在這樣的民族主義範疇中也不能形成所倡導的文學運動。或許，陳銓自己也意識到這一理論上的漏洞，給出了這樣的辯解：「民族文學運動的提出，在中國還只是一種嘗試」。「這次抗戰發生後，由於民族意識的普遍覺悟，正是中華民族感覺到自己是一個特殊民族的時候，也正是民族文學運動應運而生的時候。」〔註32〕

這自然會受到這樣的批評：「陳銓先生雖然口裏說著『民族文學運動』，然而卻不知道抗戰文藝，就正是中國民族解放鬥爭的英雄史詩的真實的文學表現；而且抗戰文藝運動，也就正是繼承了五四以來的新文學的歷史傳統，更向前發展的中國新文學運動，陳銓先生居然無視了這一點，實令人大惑不解。」〔註33〕

於是，陳銓提出了民族文學運動從否定到肯定的六大原則來予以補救——「否定的三點」是：民族文學運動不是口號的運動，「一定要埋頭苦幹，多多創作出示範的作品」；民族文學運動不是排外的運動，對外來文化採取「批評的接受，把它好的部分，經過選擇消化，補充自己的不足」；民族文學不是復古的運動，「前人的遺產固應該繼承，但總以獨出機杼為本。」至於「肯定的三點」是：民族文學運動要發揚固有精神，固有道德，民族意識，然則抱「仁

〔註31〕陳銓：《民族文學運動》，《大公報・戰國》1942 年 5 月 13 日。

〔註32〕陳銓：《民族文學運動的意義》，《大公報・戰國》1942 年 6 月 20 日。

〔註33〕戈矛：《什麼是「民族文學運動」？》，《新華日報》1942 年 6 月 30 日。

者見仁，智者見智」的態度，〔註34〕於含糊其辭中則語焉不詳。

　　就否定的三點與肯定的三點而言，前三點不過是民族文學運動的方法論，而後三點卻正是民族文學運動的本質論，對這些原則闡釋的明確與含混的不協調，是與所謂中國二十世紀文化及文學發展三階段論的理論主張直接相關的。

　　楊華在當時就指出：「在『民族主義文學』這籠統的稱號之下也包含著兩種完全不同的內容。一種是帝國主義者，侵略主義者，獨裁主義者宣揚黷武，鼓吹侵略弱小民族的文學（例如這一次世界大戰前鼓吹『第三帝國』的德國文學和今日宣傳『大亞細亞主義』的日本文學之類），另一種則是被壓迫的弱小民族以及侵略國陣營內部的反侵略份子所致力的宣揚民族解放的文學。前者以帝國主義的侵略為中心，後者則以民族主義的解放、民主主義的自由為基幹。」然後指出「民族主義文學」作為「官家文學」，「早在十年前就已『應運而生』了！」〔註35〕

　　儘管陳銓所倡導的「民族文學運動」主張，雖然因其含混被人誤認為官家文學之流，並指責其「中華民族感覺到自己是一個特殊民族」之說是提倡「法西斯式的侵略精神」。〔註36〕但是，陳銓使用「特殊民族」一語，是用來討論民族文學運動的必要性，關於「特殊」的理解也只能在這樣的語境中進行：「一國的文學，如果不把握到當時的特殊性，或者光跟著別人跑，是不會有成就的。中華民族有中華民族的特殊環境與特殊環境下所形成的特殊條件，一定要運用自己的語言和題材去創作，才能成為真正有價值的文學」。〔註37〕因此，「特殊」，對於民族來說是空間性，對於時代來說是時間性，對於文學來說是形象性，對於作家來說是個體性……

　　儘管如此，由於民族文學運動的性質不明確，難以引發社會性的反響，結果只能進行在以《民族文學》為陣地的狹窄範圍內，成為少數人的短暫運動──1943 年 7 月 7 日，陳銓主編的《民族文學》月刊創刊於陪都重慶，1944 年 1 月終刊。

〔註34〕陳銓：《民族文學運動試論》，《文化先鋒》第 1 卷 9 期，1942 年 10 月。

〔註35〕楊華：《關於文學底民族性──文藝時論之一》，《新華日報》1943 年 2 月 16 日。

〔註36〕楊華：《關於文學底民族性──文藝時論之一》，《新華日報》1943 年 2 月 16 日。

〔註37〕陳銓：《民族文學運動的意義》，《大公報·戰國》1942 年 6 月 20 日。

　　民族文學運動的無疾而終，有兩大原因：首先，民族文學運動在理論倡導上的失誤，致使其成為紙上的運動，儘管陳銓意識到「文學是文化形態的一部分」，「時代的精神」和「民族的性格」對文學「有偉大的支配力量」；〔註38〕其次，民族文學運動在進行嘗試中的舛誤，使其成為無人響應的運動，儘管陳銓更承認「民族文學運動的提出，在中國還只是一種嘗試」，「如果不把握到當時的特殊性，或者光跟著別人跑，是不會有成就的」。〔註39〕

　　民族文學運動雖然困頓於從理論到嘗試的自設陷阱之中，但是，它以其特有的方式提出了有關抗日戰爭時期中國文學運動發展的兩個至關重要的問題：一個是戰時文學與現實政治的關係，一個是文學作者與戰時文化的關係。這兩個問題如何解決，將直接影響到抗日戰爭時期中國文學的自身發展，與文學作者的創作方向，實際上也就是如何從社會與個人這兩方面，來實現文學自由的戰時保障。

三、「現實主義在今天」

　　在七七事變爆發四週年之際，「抗戰以來的中國」文學的動向如何，需要予以及時總結，以有助於繼續向前發展。於是，《抗戰以來的中國新詩》一文中指出——「這時，中國新詩和中國文學的各部門一樣，急速的，在現實主義的道上，成長與繁茂起來」，「全國的作家幾乎全都激動著詩的情感，用素樸的形式寫過詩」。〔註40〕而《抗戰以來的中國報告文學》一文中認為——「報告文學是中國新文學當中的一個最年輕的兄弟，它底產生和發達，永遠和中國民眾的反日運動、抗日鬥爭密切地結合著」，「完全是中國社會現實底激變所促成的」，「報告文學在抗戰以後，所以能一躍而為中國文學底主流」，就是「作家底生活隨著現實底激變發生了劇烈底變化」，「逼著他們選取最直接而單純的形式，迅速而敏捷地記錄出生活的事實」。〔註41〕

　　「在現實主義的道上」，抗戰以來中國新詩的激情揮灑是「素樸的」，抗戰以來中國報告文學的敏捷記錄是「單純的」，那麼，抗戰以來的中國話劇和

〔註38〕陳銓：《民族文學運動》《大公報‧戰國》1942 年 5 月 13 日。

〔註39〕陳銓：《民族文學運動的意義》《大公報‧戰國》1942 年 6 月 20 日。

〔註40〕艾青：《抗戰以來的中國新詩》，《中蘇文化》第 9 卷第 1 期，1941 年 7 月 25 日。

〔註41〕以群：《抗戰以來的中國報告文學》，《中蘇文化》第 9 卷第 1 期，1941 年 7 月 25 日。

小說又是什麼樣的呢？

《抗戰四年來的話劇創作》一文中寫到——「劇作家們為愛國的熱血所鼓動」，「放棄了『為藝術而藝術』的意識，認定了『藝術宣傳』為當前最主要的目標」，「他們寫作的態度更認真了，更謹慎了，把創作劇本更當作一件事業看待」，而採取「白描的手法，現實的態度」，會「給抗戰劇另創出一條新的出路」。〔註42〕《抗戰四年來的小說》一文中提到——「可惜的是，抗戰四年來的中國文壇，最感不夠勁的要算理論的指導了」，因而難以「使作品真能達到『反映現實』的水準」，儘管「我們的小說作者，的確是努力的」。今後，「作家們要尋覓現實」，因為他們「是在人類社會中搜尋現實本質的工作者」。〔註43〕

抗戰以來的中國文學在「理論的指導」方面真的是失語嗎？《五年來的文藝理論》一文中給出了回答——「想起五年來，中國文藝理論上的情形，實在有點愴涼。把文藝各部門的發展相互比較，最落後的部門就是理論」。不過，「文藝理論上的建設」，「單在大後方，零星的，不集中的表現是仍然還有的」，並且能夠「向多方面發展的，它更切實，堅定而深入了」。〔註44〕看起來，並非文學的理論失語，而是文學的理論失衡，不過，通常文學的理論探討，往往會滯後於文學的創作發展，這似乎也算是一種文學的常識。

全面抗戰的第五年，也就是進入抗戰後期的 1942 年，胡風發表了《關於創作發展的二三感想》一文，認為隨著戰時生活的不斷延續，「有的作家是，生活隨遇而安了，熱情衰落了，因而對待生活的是被動的精神，從事創作的是冷淡的職業的心境」，因而同樣是失去了「向生活突擊的戰鬥熱情」，也就直接導致「客觀主義」與「主觀主義」在相反相成之中成為「非驢非馬的」同一創作傾向。〔註45〕顯而易見的是，正是作家的生活態度轉變了作家的創作態度，已經促成惡劣的創作傾向的形成，直接影響到現實主義的創作道路能否繼續走下去，從而不利於現實主義的戰時發展。胡風的這一「感想」，引起

〔註42〕余上沅、何治安：《抗戰四年來的劇本創作》，《文藝月刊》第十一年七月號，1941 年 7 月。

〔註43〕王平陵：《抗戰四年來的小說》，《文藝月刊》，《文藝月刊》第十一年八月號，1941 年 8 月。

〔註44〕歐陽凡海：《五年來的文藝理論》，《學習生活》第 3 卷第 1 期，1942 年 8 月 20 日。

〔註45〕胡風：《關於創作發展的二三感想》《創作月刊》第 2 卷第 1 期，1942 年 12 月。

了陪都重慶文壇的警覺。

於是，針對什麼是生活，有人指出：「生活的第一個涵義」，就是「改變生活環境，擴大生活範圍」；「生活的第二個涵義」，則是「加深生活經驗」，「生活在人民當中」；「生活的第三個涵義」，當為「人民不是一本書」，要「真正關心他們的命運」。由此提出「擴大生活範圍指的是生活的廣度，加深生活經驗指的是生活的深度，而用全副心腸去關切人民的命運指的是生活的密度」——要是「通俗」一點簡單一點說，就是要見過「世面」，要閱歷「世故」，要貼近「人情」。這是因為「生活不是為了搜集材料，生活本身就是目的」。〔註46〕

然而，即使能見過「世面」，閱歷「世故」，但很難貼近「人情」，也就是缺乏這樣的生活態度，寫出的作品或許有「生活的廣度」，甚至有「生活的深度」，唯獨沒有「生活的密度」。怎麼辦呢？能夠給出的唯一具有文學創作可行性的回答就是：「所以在真實意義上的現實主義文學，乃是真正有光，有熱，有力，有生命的文學。我們要求作家表現現實不是單純的描寫事實，而是有熱有力的描繪並深深發掘生活的真實。」〔註47〕這樣一來，「生活有了密度的作家，不必定要寫血淋淋鬥爭的題材，不必定要反映所謂當代的現實，才能見出他對於生活的熱情，對於人民大眾的命運的關心，平凡的小故事中，歷史的題材中，都可以見出他的熱情和關心」。〔註48〕

于潮在《論生活態度與現實主義》一文中，提出要「建立一種新的生活態度」，就必須克服「對於現實的冷淡，甚至麻木；對於人民的命運的漠不關心」這一已經出現的「障礙」。不過，對於如何克服「障礙」以建立「新的生活態度」，給出的答案就是要用「科學的社會主義」來「武裝我們的頭腦」。至於如何扭轉「客觀主義」與「主觀主義」的惡劣創作傾向，同樣也是要用「科學的社會主義」來武裝作家的頭腦，實際上，開出了作家必須改造思想這樣的政治藥方。

因此可以說，「科學的社會主義」這一「真正的能創造出科學、民主和大眾的新文化的思想體系」，「它不但是一種研究指南和工作方法，而且是一種

〔註46〕嘉梨：《人民不是一本書》，《新華日報》1943 年 3 月 17 日。
〔註47〕簡壞：《現實主義論》，《新華日報》1943 年 3 月 27 日。
〔註48〕茅盾：《論所謂的生活三度》，《中原》第 1 卷第 2 期，1943 年 9 月。此文完成於 1943 年 4 月 20 日。

生活態度」，足以「恢復我們的氣度，擴展我們的心胸，提煉我們的靈魂」，以便能夠「和人民在一起生活」，「用全副心腸去貼近我們人民」，因為「人民不是書本」。更為重要的是「生活的態度正確了」，就必須「在最艱難複雜的現實生活的河流當中堅持下去，我們所要求的是千錘百鍊，永不失那份『赤子之心』」。

「新的文化必須從批判舊的開始，在這一點上，今天和五四運動並無二致」。顯然，這才是于潮所認為新文學傳統的「除舊」現實主義，必須在抗戰之中進行「布新」的發展，而發展的基礎只能是「科學的社會主義」——具體化為「密切的注視著現實而發自衷心的關注人民命運，深沉的感覺這一個世界的『社會主義的人道主義』的生活態度」，這樣一來，所謂的「新人道主義」勢必將支配著現實主義的「新」發展，從而企圖將作為新文學傳統的現實主義納入「新文化」的政治軌道——「自由獨立新中國需要有它的新文化」。〔註49〕

同樣是「回想一下新文藝底歷史」，胡風指出作為新文學傳統的現實主義，其使命就是除舊布新——「它控告黑暗，它追求光明」，而「現實主義在今天」應該如何？這就是「立腳在這種現實主義上面的新文藝，戰爭爆發後就一方面更能夠獲得本身底發展，另一方面更能夠發揮戰鬥的性能」。這就表明，新文學傳統的現實主義始終是基於除舊布新的文學追求的。儘管人民需要「現實主義的新文藝向他們投入」，戰爭推進作家「創作的追求力能夠向人生更深地突進」，但是「新文藝在經歷著困苦的處境，因而也就面對著嚴重的危機」，也就是「首先有了等於不要文藝的事實，其次就產生了等於不要文藝的『理論』」。在胡風看來，「等於不要文藝」的「客觀主義」與「主觀主義」的創作危機已經是既成事實，只有在戰時文學發展的過程中才能逐步得到解決。

然而，「現實主義主義在今天」迫切需要解決的危機，則來自那些「等於不要文藝的『理論』」——首先是，「要創作從一種思想出發，盡可能地離開現實的人生」；其次是，「要作家寫光明！寫正面人物，黑暗或否定的人物不能寫，至多也只能寫一點點作為陪襯」。這是因為「像這樣的理論，雖然嘴裏

〔註49〕于潮：《論生活態度與現實主義》，《中原》創刊號，1943 年 6 月。此文完成於 1943 年 3 月 4 日，而 1943 年 3 月 17 日《新華日報》，所發表的署名嘉梨的《人民不是一本書》一文，不過是《論生活態度與現實主義》的部分內容的減縮改寫。

說要『光明』的文藝，『高尚』的文藝，但實際上只是不要文藝，是捏死文藝」！所以，「我把這叫做危機，而且要為文藝請命；不要逼作家說謊，不要污蔑現實的人生」。〔註50〕

這一「理論」危機顯然是與諸如「建立三民主義的哲學、社會科學及文藝的理論體系」之類的黨派意識形態訴求直接相關；〔註51〕也是與「社會主義的現實主義」這樣的蘇聯文壇批判「宗派小集團」對中國的影響密切相關。

顯而易見的是，「一個現實主義的文學作家，是時時刻刻不允許和生活的搏鬥相脫離的」，因而所謂「生活的三度」只能是「不可分離的統一的認識過程」，而不是「把它分為一個一個階段來理解」，尤其是「一個作家和人民的關係，應該他自己就是人民中間的一個」，不是什麼「貼近」，反而應該是彼此的「緊貼」。

這是因為「現實主義文學論的哲學基礎是所謂的反映論。簡單的說，就是通過藝術家的思想，反映出歷史的真實」——「藝術家用他們的纖細而複雜的筆觸，把它活生生地凝聚在藝術形象中間」，來「反映生活和創造生活」。這就避免了非要讓作家貼上某種政治思想的標籤，以至於脫離了現實生活而成為某種政治思想的傳聲筒的可能。這不過是因為「文學乃是一種思想活動的形式」，而「作家主觀的思想感情和客觀的生活不斷的搏鬥著，統一著，這樣才產生了文學，而在這過程中間，藝術的形象就已經存在了」。〔註52〕

問題在於，較之「理論」危機只需要進行基於文學常識之上的駁斥即可應對，創作危機則需要重新喚起作家「向生活突擊的熱情」，並且已經成為作家的群體性共識，於是便有了《文藝工作底發展及其努力方向——「文協」理事會推舉五位理事商討要點，由研究部執筆草成在第六屆年會上宣讀的參考論文》一文的發表。

該文指出：「既然戰爭變成了持續的日常生活，文藝家就要在經營一種日常生活的情況下從事創作」，「再聯繫到思想限制和物質困苦這雙重的重壓」，「結果當然會引起主觀戰鬥精神底衰落」，而「主觀戰鬥精神底衰落同時也就是對於客觀觀察的把握力、擁抱力、突擊力的衰落」，其結果就是出現了「各

〔註50〕胡風：《現實主義在今天》，《時事新報‧元旦增刊》1944年1月1日。
〔註51〕《文化運動綱領草案》，《文化先鋒》第2卷第24期，1943年9月。《文化運動綱領草案》由1943年9月6日至13日召開的中國國民黨第五屆十一全會通過。
〔註52〕荃麟：《生活‧人‧文學》，《青年生活》第4卷第6期，1944年7月。

種反現實主義的傾向」。如何才能重返現實主義的創作道路呢？「就文藝家自己說，要克服人格力量或戰鬥要求底脆弱或衰敗，就社會說，要抵抗對於文藝家底人格力量或戰鬥要求的蔑視或摧殘。」〔註53〕

然而，這一群體性的共識卻遭到了這樣的指責——「過分強調作家在精神上的衰落，因而也就過分的強調了目前文藝作品上的病態」，甚至認為這「不是從現實的生活裏得出來的結論，而是觀念的預先想好來加在現實運動上的公式」。〔註54〕然而，面對著這樣的指責，胡風堅持認為——「當批判的現實主義在人類解放鬥爭裏面爭得了進一步的發展，文藝底戰鬥性就不僅僅表現在為人民請命，而且表現在對於先進人民底覺醒的精神鬥爭過程的反映裏面了。中國的新文藝，當它誕生的時候就帶來了這種先天的性格」。這就強調了新文學傳統的現實主義那自始至終堅持表達出來的雙重批判性，駁斥了所謂「觀念的」預設與強加之說是何等荒謬，因為這一指責本身就是一種公式化的病態指責。

於是，胡風進一步指出：「文藝創造，是從對於血肉的現實人生的搏鬥開始的。血肉的現實人生，當然就是所謂感性的對象。然而，對於文藝創造（至少是對於文藝創造），感性的對象不但不是輕視了或者放過了思想內容，反而是思想內容底最尖銳的最活潑的表現。不能理解具體的被壓迫者或被犧牲者底精神狀態，又怎樣能夠揭發封建主義底殘酷的本性和五花八門的戰法？不能理解具體的覺醒者或戰鬥者底心理過程，又怎樣能夠表現人民底豐沛的潛在力量和堅強的英雄主義？」這正是「現實主義的力量」之所在。

因此，「只有從對於血肉的現實人生的搏鬥開始，在文藝創造裏面才有可能得到創造力底充沛和思想力底堅強」，通過「引發深刻的自我鬥爭」，「去深入或攪和人民」，以發現「他們底精神要求雖然伸向解放，但隨時隨地都潛伏著或擴展著幾千年的精神奴役的創傷」，隨時「就得有和他們底生活內容搏鬥的批判的力量」。只有在「精神擴展」的過程中，進行「現實主義的鬥爭」，〔註55〕

〔註53〕研究部執筆：《文協成立六週年紀念大會宣讀論文——文藝工作底發展及其努力方向》，《抗戰文藝》第 9 卷第 3～4 期合刊，1944 年 9 月。題目在期刊目錄上即如此，刊發的題目如正文。該文實為胡風所寫，收入《胡風全集》，湖北人民出版社 1999 年版。

〔註54〕黃藥眠：《讀了〈文藝工作底發展及其努力方向〉以後》，《約瑟夫的外套》，香港人間書屋 1948 年。

〔註55〕胡風：《置身在為民主的鬥爭裏面》《希望》創刊號，1945 年 1 月。

才能真正地促成作家的主觀戰鬥精神在現實主義的發展之中不斷高漲。

對此，雪峰認為「單是熱情，單是『向精神突擊』，在我們，是還萬萬不夠的，還不能成為真實的戰鬥文藝，並且那裡面也自然會夾雜著非常不純的東西，例如個人主義的殘餘及其他的小資產階級性的東西」，進而「主觀力的要求也是如此」，儘管同時也不得不承認這些都是「分明地在對革命抱著精神上的追求之下提出問題的」。之所以會如此說，也就在於──「這是我們首先應取的態度，這態度我還以為在我們領導上現在且有戰略性的意義，因為我們是要使一般的反抗現狀和舊思想的力量，真正匯合到革命中來，並在革命中改造而成為真正的戰鬥力量。」

與此同時，「所謂自然力或人民的原始力量的追求」，也就是「人民在落後生活中的在原始形態上的力量，正和他們在重重的壓迫與摧殘下的麻木，病態與軟弱的一樣，都是我們所要掘發的東西，因為這是他們在壓迫與落後中所賴以鬥爭和生存下來的東西，也正是要求著無產階級的進步的領導和組織的基礎力量」。之所以會如此說，也就在於──「我以為如果指的以處理落後人民的自發的鬥爭和鬥爭中自發的力量為對象的作品，則同樣不能用這樣的話去消極地阻撓，因為這方面也正是我們文藝上的新的開始」。

至此，所有這一切，無論是「主觀力」，還是「自然力」，不僅可以「在革命中改造而成為真正的戰鬥力量」，而且也可以成為「我們文藝上的新的開始」，「只要作者不否認進步的領導和組織的必要」！〔註56〕這就為現實主義的發展設置了「在革命中改造」，服從「進步的領導和組織」這樣的政治門檻。雖然同樣是從新文學運動的發展過程來看，胡風所倡導的「主觀戰鬥精神」，在此僅僅是得到了「我們領導上現在且有戰略性的意義」這一角度上的認可，而實際上是要藉此「匯合」所有那些有可能有助於「我們文藝上的新的開始」的「戰鬥力量。」

如果說馮雪峰並沒有以「民主革命」的名義，對現實主義道路的個人思考加以一概否認的話，那麼，何其芳則在強化階級立場之中宣稱：「凡是在現社會裏活著的人，未有不是在進行搏鬥和衝擊的。」這就強調了作家及其創作的階級性，並以此作為政治標準來貶斥創作中出現的「一些資產階級和小

〔註56〕雪峰：《論民主革命的文藝運動──過去與現在的檢查及今後的工作（節錄）》《中原》、《文藝雜誌》、《希望》、《文哨》聯合特刊第 1 卷第 1～2 期合刊，1946 年 2 月。

資產階級的觀點」，尤其是「與血肉的現實人生的搏鬥」、「向精神突擊」之類。這是因為「政治標準第一，藝術標準第二」這一問題，「毛澤東同志《在延安文藝座談會上的講話》(大後方的版本叫《文藝問題》)中已經講的很清楚了」，所以也就沒有必要對不符合政治標準的作家及作品進行藝術標準的評判。

更為重要的是，「我認為今天的現實主義要向前發展，並不是簡單地強調現實主義就夠了，必須提出新的明確的方向，必須提出新的具體的內容」——「藝術應該與人民群眾結合」。這既是「新的明確的方向」，又是「新的具體的內容」，並且作家創作要「盡可能合乎人民的觀點，科學的觀點」，「形式上更中國化，更豐富，從高級到低級，從新的到舊的，都一律加以適當的承認，改造或提高」。這是因為「毛澤東同志對於無產階級的藝術理論的最大的發展與最大的貢獻乃在於那樣明確地，系統地提出了藝術群眾化的新方向，與從根本上建立藝術工作者的新的人生觀。從此以後」，無論是「新文藝也好」，還是「現實主義也好」，都必須遵行這一「新方向」才能發展。〔註57〕

這就為抗戰後期的「現實主義在今天」的論辯，畫上了一個遠非完美的政治句號，直接影響著新文學傳統的現實主義與作家的現實主義道路「在今天」以後將完全趨向政治畸變。

從抗戰前期到抗戰後期，陪都重慶的現實主義論辯面臨著的主要干擾，不僅從外來的蘇聯文壇政治批判的影響，轉變為國內政治意識形態的指涉；而且也從現實主義傳統的更新辨析，轉向了現實主義道路的確認選擇。尤其是，在抗戰後期的現實主義論辯之中，出現了胡風獨戰群雄似的戲劇性場面。

不過，這一堂吉訶德挑戰風車的論辯場景，絕對不是新文學傳統的現實主義在不斷向前發展，展現為理論狂歡的文學喜劇；反而是新文學傳統的現實主義被強行納入政治軌範，預示著理論貶謫的文學悲劇，乃至個人命運的政治悲劇的出現——「一貫堅持自己的獨特見解，多年來在文藝界引起過爭議，以至最終成為一個『問題』人物」，最終「只能被認為是對革命權威的抗拒」。〔註58〕悲壯哉，胡風！

〔註57〕何其芳：《關於現實主義》《新華日報》，1946 年 2 月 13 日。
〔註58〕綠原：《我和胡風》，《新文學史料》1989 年第 3 期。

餘論　現代文學的區域分化

一、二十世紀的中國文學

　　為紀念《申報》創刊五十週年，申報館於 1923 年編輯出版了《最近之五十年（1872～1922）》紀念冊，其中梁啟超發表了《五十年中國進化概論》，而胡適發表了《五十年來中國之文學》，分別討論了從 19 世紀末到 20 世紀初中國的社會變遷與文學變遷。雖然說這一討論因紀念之故而限於五十年，然而，在實際上卻以跨世紀的眼光，指出進入 20 世紀之後中國從社會到文學都出現了現代革命，不僅在社會變遷中「最進步的便是政治」，中國走向了共和；而且在文學變遷中「承認小說的重要」，中國出現了新文學。這樣的討論無疑給予了如下啟迪：面對文學的現代革命進行文學史的世紀書寫，是否應該將中國文學的現代革命與中國社會的現代革命相聯繫，進而置於 20 世紀之中兩者同步變遷的過程之中，來認識 20 世紀的中國文學變遷與中國文學的現代轉型之間的多重相關性，在避免文學史書寫的種種舛誤之中，來逼近文學歷史的中國本相。

　　21 世紀初，嚴家炎先生主編的《20 世紀中國文學史》出版，使人不禁想起了 20 世紀中期以來，八十年代初出版的由唐弢、嚴家炎二位先生主編的《中國現代文學史》，與之前五十年代初出版的由王瑤先生所著的《中國新文學史稿》。以上這些與現代文學的中國變遷相關的文學史書寫，不僅標示著 1949 年以後文學史的書寫呈現出從個人獨著到多人合著的趨向，而且更是表明對於文學史書寫顯現出從政治本位到文學本位的復歸，進而在文學史書寫多樣化格局之中形成了分別歸屬於「中國新文學史」、「中國現代文學史」、「20

世紀中國文學史」的三大系列，其總數據說已經超過千部。

　　然而在蔚為大觀的眾多文學史之中，無論是個人獨著，還是多人合著，在形形色色的文學史書寫之中，面對現代文學的中國變遷，始終存在著一個不得不正視的問題——現代文學中國變遷的起點在哪裏？最初是以 1919 年為起點，不僅僅是因為「五四」愛國運動的爆發而有了「五四」新文學之稱謂，更是因為「五四」愛國運動成為舊民主主義的近代文學與新民主主義的現代文學之分界點。於是，政治本位的運動與主義成為衡量文學變遷的起點基準，以 1919 年為現代文學的中國起點，不僅在一些「中國新文學史」中是如此，而且在一些「中國現代文學史」中也同樣是如此。隨著社會主義建設新時期的到來，文學史書寫開始回歸文學本位，現代文學的中國起點調整到了「文學革命」興起的 1917 年，並且在突破政治終結點的 1949 年之中延伸到社會主義的當代文學領域，主要表現在一些後出的「中國現代文學史」書寫之中。

　　與此同時，在「20 世紀中國文學史」的書寫之中，消解了所謂近代文學、現代文學、當代文學基於政治本位的主義之分，其文學史書寫的起止點由於 20 世紀這一年代性的斷代，似乎並不會成為問題，然而，在現代文學的中國起點上偏偏出現了問題，具體而言，前推至 19 世紀末的 1898 年，甚至 19 世紀八十年代與九十年代之交。〔註 1〕當然，無論是將現代文學的中國起點推到 19 世紀末，還是現代文學的中國變遷即「20 世紀中國文學」的倡言，早在 20 世紀三十年代前後就已經發生。1929 年，陳子展就在其所著《最近三十年中國文學史》之中，確認 1898 年當為中國新文學的起點，而趙景深在《序》中則指出該書實際上可以名為《20 世紀中國文學主潮》，〔註 2〕實為 1985 年提出的「20 世紀中國文學」論之濫觴。顯然，「20 世紀中國文學史」的起點也就被限定在清末變法運動的「百日維新」發生的 1898 年。事實上，僅僅從維新變法運動在中國興起的角度來看，更可以將現代文學的中國起點再推前。1935 年，周作人在《中國新文學源流》一書中就提出中國新文學的起點應該

〔註 1〕嚴家炎主編：《20 世紀中國文學史》上冊，高等教育出版社 2010 年版，第 12 頁。

〔註 2〕「其實，這本書也可以名為《20 世紀中國文學主潮》，因為他把近三十年來文學變遷的大勢，說得非常清楚。」趙景深：《最近三十年中國文學史·序》，陳子展：《中國近代文學之變遷；最近三十年中國文學史》，上海古籍出版社 2000 年版。

是「公車上書」的 1895 年。〔註3〕由此可見，現代文學的中國起點該如何判定，從一開始就搖擺於政治本位與文學本位之間。

那麼，現代文學的中國起點應該如何去判定呢？只能置於現代文學如何在中國生成這一過程之中，通過對社會變遷與文學變遷之間的現實關係進行考察，來尋求社會變遷與文學變遷在同步而並非一致的歷史契合點，這就是從社會革命到文學革命的現代革命。1902 年 12 月 14 日，梁啟超在《新民叢報》第 22 號上發表《釋「革」》一文，提出傳統意義上的中國「湯武革命」，不過是改朝換代的以暴易暴的政治工具，而現代意義上的歐洲各國革命，則是改天換地的變革，其目的是通過從循序漸進的革新到改弦更張的改革，以「別造一新世界」，因而號召在中國發起具有整體性的從社會到文學的現代革命。與此同時，正是在這 1902 年 11 月 14 日，梁啟超創辦的《新小說》問世，率先發起了小說界革命，從而促使其在晚清文學各界革命之中異軍突起。

於是，較之詩界革命與文界革命囿於「舊風格」而未能走向革新，小說界革命呈現出從文學資源到文學形態的不斷革新，因而魯迅、周作人、胡適等人紛紛成為「新小說」的譯者與作者，加入到小說界革命眾多參與者的行列之中。隨著小說界革命的影響日益擴大，陳獨秀於 1905 年在《新小說》上發表《論戲曲》一文，積極鼓吹戲劇界革命。這就表明，小說界革命與1917 年興起的文學革命之間，有著天然的內在聯繫，表現出中國文學現代革命的連續性——無論是胡適的《文學改良芻議》呼籲中國文學應該學習與借鑒歐洲現代文學，進行從精神到形式的雙重大解放；還是陳獨秀在《文學革命論》之中再度確認現代革命的歐洲淵源，要求同時推進文學革新與社會革新、政治革新以適應世界之潮流，都同樣是對小說界革命的全力回應之中的不斷前行，體現了文學的現代革命在中國已經從發生轉向發展的現實過程。

這就意味著，文學的現代革命與社會的現代革命一樣，是在從歐洲到亞洲的世界性拓展過程之中，促成中國文學與社會的現代革命，因而證實了這一革命的普泛性質。如果說，文學的現代革命在歐洲的實現，僅僅是展現出

〔註3〕「自甲午戰後，不但中國的政治上發生了極大的變動，即在文學方面，也正在時時動搖，處處變化，正好像是上一個時代的結尾，下一個時代的開端。」周作人：《中國新文學的源流》，華東師範大學出版社 1995 年版，第 56 頁。

一個具有普世性的現代文學革命觀念，那麼，隨著包括中國在內的其他國家的文學現代革命逐步在 20 世紀成為世界性現實，自然也就促使現代革命完成了從普世性觀念轉向普適性觀念，最終成為文學現代轉型的內在驅動力。這也就是說，文學的現代革命在促成中國文學現代轉型的同時，也促進了中國現代文學向前發展。由此可見，中國文學的現代革命發生於小說界革命，因而現代文學的中國起點理當判定為小說界革命倡導的 1902 年。

1902 年之所以能夠成為中國現代文學的起點，不僅僅是因為文學的現代革命在中國的發生，更是因為中國進入了社會的現代革命階段——社會現代化的制度體系在清末新政之中得以開始建構。儘管清末新政是大清國當權者在 1900 年八國聯軍入侵之後，為形勢所逼而不得不進行變法維新以拯救危局。不過，清末新政在客觀上卻把 19 世紀開始的變法維新，推進到 20 世紀的制度改革這一現代革命的中國高度。因此，較之洋務運動、戊戌變法在 19 世紀的變法維新，其著眼點主要在政治權力的「變法自強」上，而不是在政治權利的「人民之自治」上，〔註4〕正是進入 20 世紀開始的清末新政所推行的社會性與政治性的制度改革，已經初步顯露出社會的現代革命這一世界趨向來，具體而言也就是對全體國民的公民權利開始進行制度性保障。僅僅從文學變遷的角度來看，現代法律制度的體系性建構，能夠在一定程度上保障文學創作與文學傳播的自由空間，現代教育制度體系性建構，能夠前所未有地提升作者群體與讀者群體的文學境界，而 1905 年廢止科舉考試，更是為現代作家的中國出現鋪平了專業化道路。

這就表明，進入 20 世紀之後的中國，無論是文學的現代革命與社會的現代革命已經開始進入了文學變遷與社會變遷的同步狀態。這也就是說，20 世紀不僅是中國社會現代轉型的世紀，而且也是中國文學現代轉型的世紀。在這樣的前提下，20 世紀的中國文學與中國現代文學均以文學現代革命的中國發生為起點，從一開始就合二為一：20 世紀的中國文學就是中國現代文學第一個百年的世紀文學，而中國現代文學正是始於 20 世紀的中國文學。在這裡，20 世紀作為一個年代性的紀年概念是以百年為限的，而中國現代文學的現代轉型與中國社會現代轉型保持著同步性，在中國社會的現代轉型之中，由於

〔註4〕梁啟超：《論新民為今日中國第一急務》，《新民叢報》創刊號，1902 年 2 月 8 日。

「經典現代化」的工業化、城市化、民主化指標尚未完成，〔註5〕已經呈現出由20世紀延伸到21世紀的狀況，中國文學的現代轉型勢必同步延伸到21世紀。由此可證，20世紀的中國文學僅僅是中國現代文學的第一個百年文學階段，而中國現代文學則進入了文學變遷的第二個百年，成為跨世紀的中國現代文學。

所以，不僅僅是「20世紀中國文學史」已經成為文學史的世紀書寫，而且「中國現代文學史」也是需要進行文學史的世紀書寫。這就在於世紀這一百年斷代概念，其內涵並非僅限於年代性的時間劃分，而是具有時代性的階段劃分。世紀這一概念的出現，是與人類歷史上出現的一個文化事件分不開的：隨著基督教從民族宗教演變為世界宗教，以公元為新的紀年體系，公元第一世紀的第一年，也就是公元元年被認為是耶穌出生的那一年，成為人類歷史紀年的具有劃時代影響的時期區分點。其後從公元5世紀到15世紀即所謂的歐洲中世紀，也不僅僅是長達千年的年代劃分，而且也更是包容著神權世俗化這樣的「黑暗時代」的時期區分。進入15世紀後期，隨著社會變遷之中集權帝國向民族國家的轉型，而歐洲文藝復興運動在推進宗教改革的同時催生了民族語言與民族文學，進入了所謂的「現代時期」。18世紀與歐洲啟蒙運動緊密相連而被稱為「光明世紀」，19世紀歐洲的社會與文學在實現現代化之中，促進現代性這一價值尺度得以逐漸形成，〔註6〕進入20世紀，現代性已經成為世界各國從社會變遷與文學變遷的一個基準尺度。

事實上，中國的20世紀也是一個劃時代的世紀，隨著19世紀最後一年的1900年八國聯軍入侵，引發了社會與文學的現代革命，而21世紀最初一年的2001年中國加入世界貿易組織，則證實此前社會與文學的體制改革不可或缺，於是，20世紀中國社會與文學的現代轉型已經從被動的順應轉向了自主的認同。這就表明，20世紀對於中國文學而言，不僅僅是文學變遷的百年，

〔註5〕「經典現代化」對社會現代轉型提出了工業化、城市化、民主化的三大指標，到2001年，全國除了臺灣、香港之外，其他地區之外尚未達標，而中國「經典現代化」的全國實現預計將到21世紀中葉。中國現代化報告課題組：《中國現代化報告2001》，北京大學出版社2001年版，第71、50～51頁。

〔註6〕現代性「延續了現代觀念史早期階段的那些傑出傳統。進步的學說，相信科學技術造福人類的可能性」，「對理性的崇拜，在抽象人文主義框架中得到界定的自由理想，還有實用主義和崇拜行動與成功的定向」〔美〕馬泰·卡林內斯庫：《現代性的五副面孔》，顧愛彬、李瑞華譯，商務印書館2002年版，第48頁。

而且更是文學現代轉型的世紀，進而在相距整整一個世紀的兩大標誌性歷史事件之間，形成相對完整而獨立的 20 世紀的中國文學，從而成為中國現代文學第一個百年文學階段。可以說，文學史的世紀書寫，也就有了兩種以上的選擇：在同樣以 1902 年為起點的前提下，「20 世紀中國文學史」的終點就是 20 世紀最後一年的 2000 年；而「中國現代文學史」既可以單獨書寫這第一個百年文學階段，也可以延伸書寫入 21 世紀直至中國文學現代轉型的完成，還可以單獨書寫「新世紀文學」——21 世紀的文學變遷及其現代性訴求。

無論是「20 世紀中國文學史」，還是「中國現代文學史」，如果以文學百年為世紀書寫的時間區間，勢必導致百年之內中國現代文學從運動形態到運動階段的年代劃分，進而見出中國現代文學在不同運動階段內運動形態的演變，與不同運動形態中運動階段的更替。因此，不能夠以每十年作為時間單位，進行從一十年代到九十年代的文學年代劃分，以至於 20 世紀初的 1901 年至 1910 年似乎要被稱為零十年代，才能夠完成從零到十的對世紀百年的年代劃分。所以，在一些「20 世紀中國文學史」、「中國現代文學史」的世紀書寫之中，往往是以「晚清文學各界革命」、「五四文學革命」來替代零十年代、一十年代這樣的年代劃分尷尬，然後才進行從二十年代到到九十年代的年代劃分，以便順利完成文學史的世紀書寫。

問題在於，即使是關於文學史的短時段書寫，也不能僅僅限於每十年為一年代的時間之內——首先，從作家與讀者之間的關係來看，並非是每隔十年才變動一次，因而文學創作與文學接受也同樣不會出現十年週期的，從而難以顯現出文學視野與文學境界的實際樣態來；其次，從文學運動形態與文學運動階段之間的關係來看，無論是運動形態的演變，還是運動階段的更替，都不可能囿於十年的年代限制，以至在遮蔽形態演變的同時模糊了階段更替的界限，從而難以對文學運動的基本特點與主要特徵進行把握；其三，從文學現代轉型與社會現代轉型之間的關係來看，如果以十年為時間單位來進行年代考察，無異於對現代轉型的世紀過程進行了人為的割裂，見不出兩者之間的多重關聯來，無法在文學史的世紀書寫之中進行逼近本真的歷史還原。

值得指出的是，在作者與讀者、文學運動形態與文學運動階段、文學現代轉型與社會現代轉型這三大關係之中，文學運動形態與文學運動階段之間的關係是具有中介性質的，不僅作者與讀者之間的關係會隨著文學運動的形態演變發生而變動，而且文學現代轉型與社會現代轉型之間的關係也會隨著

文學運動的階段更替而變化，從而形成以文學運動為中心的三大關係之網。因此，文學運動的基本特點與主要特徵在形態演變與階段更替之中的嬗變，也就成為進行文學史世紀書寫的時期區分點的歷史依據。

從中國現代文學運動基本特點的嬗變來看，呈現出世紀性的區域分布：20世紀初文學運動發生於沿海的中國東部，抗日戰爭全面爆發以後文學運動中心逐漸西移到中國內地，在20世紀下半葉形成大陸、臺灣、港澳的文學運動三足鼎立。從中國現代文學運動主要特徵的嬗變來看，呈現出世紀性的二元互動：中國東部的文學運動從偏於政治化轉向藝術化，隨後中國內地的文學運動則政治化與藝術化並存，而三足鼎立的文學運動又從過度政治化復歸藝術化。因此，將文學運動的形態演變與階段更替置於文學運動的區域分布與二元互動的世紀性過程這一大前提之下，就能夠如實地對20世紀的中國文學進行年代性的時間劃分。

就20世紀的中國文學的時間劃分而言，必須尋找到文學運動在形態演變與階段更替趨於一致的基點，然後作為時間區分點。第一個時期區分點，應該說，在目前已經出現的三大類文學史——「中國新文學史」、「中國現代文學史」、「20世紀中國文學史」——之中已經成為共識，即1949年，從而將20世紀的中國文學區分為上下兩半葉。然而，1949年之所以能夠成為共同認可的時期區分點，不僅僅是因為政治體制的權力轉換對文學運動的形態演變與階段更替所產生的外在影響，而更是因為20世紀下半葉之中，大陸、臺灣、港澳三足鼎立的區域分布，對於文學運動的基本特點所產生的內在控制，進而表現為從過度政治化復歸藝術化的二元波動，導致三足鼎立的文學運動的主要特徵出現了時空變異。

具體而言，也就是三足鼎立的文學運動，在三大類文學史的世紀書寫之中，大陸文學運動佔據了主要篇幅，而臺灣文學運動、港澳文學運動所佔據的篇幅則依次遞減。顯然，文學運動分布區域的大小與對文學運動進行文學史書寫所佔據的篇幅多少，兩者之間的關係並非是決定性的，而只能是偶然性的，關鍵在於是否能夠顯現出文學運動特定時期的整體風貌來——在同一時期出現的所謂文學經典，無論是大陸文學中的紅色經典，還是臺灣文學中的白色經典，都同樣能展現出政黨意識形態對文學運動的某種內在制約；而港澳文學中的「新武俠小說」，顯示出大眾審美的文本魅力，成為三足鼎立的文學運動中復歸藝術化的區域文學先導。

　　這就表明對於 20 世紀的中國文學進行文學史的世紀書寫，必須將所有那些更能體現出文學運動的基本特點與主要特徵的文學史實，從作家、作品到文學思潮、文學現象盡可能納入文學史的視野之中，然後貼近 20 世紀的中國文學來進行文學史的世紀書寫。當然，在三大類文學史對於 20 世紀的中國文學所進行的世紀書寫之中，儘管書寫者們也呈現出三足鼎立的區域分布，並且其數量的多少與文學史的世紀書寫之中篇幅的多少似乎保持著正比。但是，並不能因為書寫者們來自哪一區域，就必須特地在文學史的世紀書寫之中強化書寫者個人所歸屬的那一區域的文學運動，除非是進行區域文學運動的區域文學史的世紀書寫。這就需要具備文學史書寫的常識與勇氣，進而才有可能努力建構出文學史書寫的學術規範來。

　　正是從這一點出發，在半個多世紀以來三大類文學史的努力書寫之中，1949 年作為 20 世紀的中國文學中的一個時期區分點，才達成了文學史書寫的規範性共識。顯而易見的是，對於 20 世紀的中國文學來說，不可能只有 1949 年這樣一個時間區分點，不過，1949 年給出了一個尋找時期區分點的座標——之前就是 20 世紀上半葉的中國文學，之後則是 20 世紀下半葉的中國文學。

　　在 20 世紀上半葉的中國文學之中，第一個時期區分點就是 1926 年。這一年正是國民革命運動進入北伐階段的第一年，對於文學運動的直接影響就是，大批作家從中國東部的上海與北京紛紛南下，前往革命聖地的廣州。一般說來，從上海到廣州的作家，是主動投身國民革命的時代大潮之中，而包括郭沫若在內的一些作家，甚至加入了國民革命軍以獻身北伐；而從北京到廣州的作家，更多的是在面臨政治迫害之下，輾轉踟躕之後作出了自己的選擇，最終也匯入到國民革命的洪流之中，包括魯迅在內的一些作家，則自視為國民革命運動的一份子而竭盡全力。在這政治目標高於文學訴求的 1926 年，不僅郭沫若放棄了創作而參軍，而且魯迅也暫停創作而從教，從而表明文學運動的政治化傾向開始介入藝術化的領域，文學運動由此逐漸趨向藝術化與政治化的並存。

　　從 1926 年向前看 20 世紀上半葉的中國文學，與作為文學運動起點的 1902 年發起小說界革命遙相呼應的，就是 1915 年 9 月 15 日《青年雜誌》創刊，陳獨秀在《敬告青年》之中就大聲疾呼「有以自覺而奮鬥耳」，通過考察

現代「歐洲文藝思想之變遷」，〔註7〕隨即指出中國文學「今後當趨向寫實主義」，〔註8〕從而開始進行文學革命的理論倡導。顯然，1915 年標誌著中國文學的現代革命即將全面展開，對於小說界革命之中因偏於政治化而出現的小說偏至，在進行創造性補救的同時，又展開了各體文學的原創性更新，奠定了文學運動中藝術化的主導地位。從此以後，取代以諷刺官場的譴責小說為代表的「新民」小說的，是「人的文學」，具體而言也就是面對社會人生，而進行從短篇小說、白話新詩到美文、獨幕劇的如實描寫與自我表現，從而在國民精神的文學重建之中，得以成為國民最高精神的文學寫照。

然而，從 1926 年向後看，政治化與藝術化並存的文學運動處於分流狀態，在左翼文學、民族主義文學之間，出現了尖銳的黨派意識形態衝突；而在左聯作家與第三種人之間，發生了文學是否應該成為革命工具的創作紛爭。不可否認的是，只有這些死抱住文學不肯放手的第三種人，創作出了這一時期文學影響最大的各類小說與話劇劇本。1937 年抗日戰爭的全面爆發，改變了文學運動中的左、中、右彼此對峙的現實格局，文學運動以區域分布的狀態出現——抗戰區文學運動與淪陷區文學運動。在淪陷區文學運動之中，政治化出現了變異，在被迫放棄關於抗戰到底的文學書寫的同時，又有可能面臨著墜入漢奸文學深淵的危險；只有通過對國民精神進行深度發掘的文學書寫，才能夠在堅持藝術化訴求之中促進文學運動前行。

在抗戰區文學運動之中，政治化與藝術化的並存得以延續，只不過，這一延續的政治基礎是團結一致抗戰到底，因而文學應當服務於抗戰。問題在於，堅持服務於抗戰的文學書寫，是出於天下興亡而匹夫有責的個人選擇；與此同時，無論是面對生死搏殺的抗日戰爭，還是面對艱難困苦的戰時生活，個人的文學書寫仍然要堅守藝術化這一根本。所以，在個人的文學書寫之中，有可能達到一個兼容政治化與藝術化的平衡點，以進行史詩性的文學追求。

這一文學追求隨著中國文學運動中心的西移而逐漸產生，而最終能夠蔚為文學大觀，則是與陪都重慶成為舉國抗戰的中心城市分不開。事實上，隨著戰爭烽火之中國民政府西遷陪都重慶，在成為國民政府所在地的同時，包

〔註7〕陳獨秀：《現代歐洲文藝史譚》，《青年雜誌》1 卷 3、4 號連載，1915 年 11 月 15 日、12 月 5 日。
〔註8〕陳獨秀：《答張永言》，《青年雜誌》1 卷 4 號，1915 年 12 月 5 日。

括中華全國文藝界抗敵協會在內的諸多全國性作家、藝術家社團也駐紮陪都重慶，使其成為西移之後的中國文學運動中心，一批達到文學史詩水準的長篇小說與多幕劇，正是在陪都重慶創作與出版的。可以說，以陪都重慶為中心的抗戰區文學運動，在引領全國文學運動主流的同時，更是代表著全國文學運動的戰時高度與運動方向。

如果說在 20 世紀上半葉的中國文學中出現了 1915 年、1926 年、1937 年這樣三個時期區分點，因而可以區分為四個時期，那麼，在 20 世紀下半葉的中國文學中能夠找到哪些個時間區分點，可以區分為幾個時期呢？

首先要找到的第一個時期區分點，就是從過度政治化轉向藝術化復歸的時期區分點。在三足鼎立的文學運動之中從過度政治化復歸藝術化的二元波動，在大陸文學運動中無疑得到了最大程度的顯現，而在臺灣文學運動中雖然沒有同樣明顯，但是卻十分相似，至於港澳文學運動，由於受到了來自兩岸文學運動的交互影響，反而顯現得不夠明晰。這就表明，以大陸文學運動為樣板來以點帶面，不僅可以找到第一個時期區分點，而且還可以找到其他的時期區分點，以達到在三足鼎立的文學運動之中進行階段區分的目的。

這第一個時期區分點是史無前例的無產階級文化大革命終結的 1976 年，文學運動的過度政治化因政治人物逝世所引發的政局變動而巔峰墜落。隨著 1979 年 10 月中國文學藝術工作者第四次代表大會召開，文藝政策開始進行全面調整，從而驅動文學運動向著「人的文學」進行歷史回歸，以重返藝術化的軌道，類似的狀況也出現在一年前的臺灣文學運動之中。〔註 9〕由此可見，三足鼎立的文學運動中的過度政治化，既可以因政治控制而逐漸形成，又可以因政治干預而逐漸消除。然而，文學運動最終與政治運動之間的關係，除了在過於緊密之時會成為傷害彼此的雙刃劍之外，更多地應該保持平行，以期在遙遙相望之中實現各自的目標。

正是因為如此，從 1976 年向前看大陸文學運動，1966 年也就成為過度政治化趨向極端的一個時期區分點。1966 年 4 月，《林彪同志委託江青同志召開的部隊文藝座談會紀要》下發，提出「文化革命要有破有立」，在批判文

〔註 9〕1975 年，蔣中正在臺灣去世。1977 年 8 月，在臺北召開了「第二次全島性的文藝大會」，對文學運動進行政治調控。徐迺翔主編：《臺灣新文學辭典》，四川人民出版社 1989 年版，第 841 頁。

藝黑線的同時，必須完成社會主義文藝的根本任務，〔註10〕進而在同年 8 月
8 日中國共產黨八屆十一中全會通過的《關於無產階級文化大革命的決定》
中，得到批判「資產階級和一切剝削階級意識形態」的政治確認，從而驅使
大陸文學運動駛入「造神」的政治軌道。與此幾乎同時，1965 年 4 月，在臺
灣召開了「國軍第一屆文藝大會」，主張「三民主義的新文藝」。〔註11〕其後
在 1967 年 11 月，中國國民黨九屆五中全會上，制定了《當前文藝政策》，要
求「配合中華文化復興運動，積極推進三民主義新文藝建設」〔註12〕由此可
見，對於三足鼎立的文學運動而言，1966 年顯然是過度政治化趨向極端的時
期區分點。

　　從 1976 年向後看，隨著大陸文學運動的漸趨藝術化，到了 1988 年，文
學運動與政治運動最終開始得以各行其道，具體表現在對「胡風反革命集團」
的文藝思想與主張，「在黨中央的直接過問下」得到最終的政治平反平，提出
尊重「學術自由、批評自由」，以開展「正常的文藝批評和討論」，從此以後
「不必由中央文件作出決斷」；〔註13〕繼而在 1989 年，推行「文藝體制改革」，
以「理順黨、政與群眾文藝團體之間的關係，明確它們各自的職能」。〔註14〕
這就表明文學運動應該與政治運動的相分離，已經得到主流意識形態的最終
確認。類似的政治決定也出現在臺灣文學運動之中，1987 年 7 月，自 1949 年
以來一直處於戒嚴狀態的臺灣，由當局宣布解嚴，使文學運動能夠進入藝術
化的自由空間。可以說，文學運動與政治運動之間的關係更多地取決於政治
因素，不過是 20 世紀的中國文學之所以政治化的一個根本動因。

　　至此，20 世紀下半葉的中國文學也就具有了 1966 年、1976 年、1989 年
這樣三個時期區分點，因而可以區分為四個時期。於是，以 1902 年為起點的
20 世紀的中國文學，也就可以區分為八個時期，以呈現出中國現代文學運動
在 20 世紀的百年之中，區域分布的基本特點與二元波動的主要特徵對文學運
動形態演變與文學運動階段更替之中的作用與影響來。

〔註10〕《林彪同志委託江青同志召開的部隊文藝工作座談會議》，《紅旗》1967 年第
　　　　9 期。
〔註11〕徐迺翔主編：《臺灣新文學辭典》，四川人民出版社 1989 年版，第 816～817 頁。
〔註12〕徐迺翔主編：《臺灣新文學辭典》，四川人民出版社 1989 年版，第 836 頁。
〔註13〕《簡訊》，《文藝報》1988 年 7 月 23 日。
〔註14〕《中共中央關於進一步繁榮文藝的若干意見》，《人民日報》1989 年 3 月 20
　　　　日。

20 世紀的中國文學四階段與八時期							
第一階段 人的文學 （1902～1926）		第二階段 人民的文學 （1926～1949）		第三階段 革命的文學 （1949～1976）		第四階段 復歸的文學 （1976～2000）	
第一時期 文學新民 1902～ 1915	第二時期 文學革命 1915～ 1926	第三時期 大眾文學 1928～ 1937	第四時期 抗戰文學 1937～ 1949	第五時期 政治文學 1949～ 1966	第六時期 路線文學 1966～ 1976	第七時期 文學審美 1976～ 1988	第八時期 文學多元 1989～ 2000

或許只有這樣，才有可能為三類文學史的世紀書寫提供一個更能貼近文學史本相的路徑來，從而整體顯現出 20 世紀的中國文學。

二、現代文學的區域機制

所謂區域機制就是中國現代文學區域分化過程之中，在特定時空的區域內形成的文學機制。文學機制不同於文學制度、文學體制這些在文學運動之中生成的剛性構成，而是具有剛性與柔性的雙重構成，並且在文本書寫、文本傳播、文本接受三個環節的循環之中形成動態的機制整體。事實上，文學體制不過是文學制度得以實施的現實體系，較之文學制度的固化，文學機制能夠以柔克剛，在突破穩固難變的制度性制約之中隨機應變；而較之文學體制的僵化，文學機制同樣能夠以柔克剛，在沖決僵硬少變的體制性約束之中靈活多變，從而在剛柔相濟之中促成文學的變遷。

從中國現代文學運動區域機制的剛性構成來看，在文本書寫環節中，文學制度的制約主要呈現為主流意識導向的強度，也就是文學體制的約束直接體現為意識形態控制的強與弱；在文本傳播環節中，文學制度的制約主要顯現為出版審查抉擇的難度，也就是文學體制的約束直接表現為出版審查類型的難與易；文本接受環節中，文學制度的制約主要展現為文學審美自由的廣度，也就是文學體制的約束直接彰顯為個體審美空間的大與小。

而中國現代文學運動區域機制的柔性構成，則具有主觀與客觀的兩個向度。首先，就區域機制柔性構成的主觀向度而言，從文本書寫環節看，生命體驗的深化與文學追求的昇華，將促成文學大家的一再湧現；從文本傳播環節看，審美本位的堅守與文學思潮的導向，將促動文學運動的現實走向；文本接受環節看，文化素質的提升與文學視野的開闊，將促進文學影響的不斷拓展。其次，就區域機制柔性構成的客觀向度而言，從文本書寫環節看，生存環境的

改善與文學氛圍的形成，有助於文學創造的個人化；從文本傳播環節看，媒體類型的完備與文學市場的形成，有利於文學交流的商品化；從文本接受環節看，社會開放的全面與文學需求的細分，有益於文學審美的群體化。

顯然，在區域文學之間，文學機制的剛性構成是存在著明顯的區域差異的，抗戰時期兩相對峙的抗戰區文學與淪陷區文學之間是如此，和平年代三足鼎立的大陸文學、臺灣文學、香港文學之間也是如此。然而，中國現代文學運動的區域機制並非僅僅在其剛性構成方面存在著的明顯區域差異，更為重要的是，區域文學在文學機制上的柔性構成方面也同樣存在著千變萬化的區域差異，並且與其剛性構成的區域差異在雙向互動之中相輔相成，呈現為區域文學的具體樣態。因此，即便是同屬抗戰區文學分支的陪都文學與延安文學，其文學機制從剛性構成到柔性構成也同樣表現出較大的區域差異。

在有關中國現代文學運動的研究之中，更多是關注其歷時性的總體變遷，以作家的文本書寫為本位，展現的是文學運動的歷史風貌，而較少注意其共時性的區域分化，忽略了區域文學的歷史存在，更不用說對中國現代文學運動的區域機制進行探討。即使是國統區文學與解放區文學的文學史二分，也主要是分而述之，而沒有能揭示兩者之間的區域差異，特別是其文學運動的區域機制差異。這首先就需要對中國現代文學的區域分化進行歷史追溯，然後在這一前提下進行區域機制的現實考察。

區域文學分化的前導分別是地方文學的歷史性分化與地域文學的現實性分化，中國現代文學的區域分化是基於地方文學歷史根基之上的地域文學的現實發生，從而在地方文學與地域文學融合之中最終出現。這就意味著，區域文學的出現與地域文學的現實發生直接相關。中國現代文學運動之中地域文學的現實發生與地域文化的政治調控是分不開的，具體而言，也就是與 20 世紀中國大地上出現的「紅色割據」密切相關，而蘇區文學也就隨之出現。〔註15〕

〔註15〕汪木蘭、鄧家琪編：《蘇區文藝運動資料》，上海文藝出版社 1985 年版。儘管該書是「中國現代文學運動·論爭·社團資料叢書」之一，但在現已出版的中國現代文學史之中少見有關「蘇區文學」的介紹。從現代文學的角度看，蘇區文學與新文學之間是本質上的區別，前者是以政治宣傳為主，而後者是以文學審美為主；而從區域文學的角度看，蘇區文學是地域性的文學現象，缺乏必不可少的地方文學支撐，一直到抗日戰爭全面爆發的前夕，才開始趨向地域文學與地方文學之間的區域融合。

在「大革命的第一次國內革命」之後，進入了「土地革命」的第二次國內革命戰爭的 1928 年，通過「工農武裝割據」以建立「紅色政權」的呼聲日高——「一國之內，在四圍白色政權的包圍中，有一小塊或者若干小塊紅色政權的區域長期地存在，這是世界各國從來沒有的事。」〔註16〕1931 年 11 月 7 日，「中華蘇維埃共和國」宣告成立，以瑞金為政治中心，設立了「中央出版局和中央印刷局」。〔註17〕隨著《蘇維埃劇團組織法》的公布，以法規的形式規定劇團必須「發揚革命和鬥爭的精神，並有計劃有系統的進行肅清封建思想、宗教迷信以及帝國主義及資產階級的文藝意識的堅決鬥爭」，〔註18〕從而將蘇區文學運動納入政治體制之中。

這就直接推動了劇本集《號炮集》、詩歌集《革命詩集》，尤其是歌謠集《革命歌謠集》的出版，來批判「文學上貴族主義的偏見」，提出「我們要運用一切舊的技巧，那些為大眾所能通曉的一切技巧，作我們的階級鬥爭的武器。它的形式是舊的，它的內容確是革命的，但這並不妨礙它成為偉大的藝術，應該為我們所支持」。〔註19〕紅色政權的行政區劃在戰火之中不斷變更，蘇區文學由於從屬於「紅色割據」的政治革命，因而一切文學資源都為紅色政權所擁有，由此而奠定了蘇區文學機制的初始根基。

1935 年 10 月，紅軍長征到達陝北蘇區之後，中華蘇維埃共和國以延安為政治中心，同年 12 月改稱「中華蘇維埃人民共和國」。所以，1936 年 9 月，隨著丁玲離開南京前往陝北蘇區。這位最早奔赴陝北蘇區的左聯女作家，積極參與了中國文藝協會的籌建活動。在中國共產黨支持下，中國文藝協會於同年 11 月 22 日建立，以響應毛澤東要求「進行工農大眾的文藝創作」這一號召。具體而言，也就是丁玲在為《紅色中華‧紅中副刊》所寫的《刊尾隨筆》中，提出了「戰鬥的時候，要槍炮，要子彈，要各種各樣的東西，要這些戰鬥的工具，用這些工具去摧毀敵人；但我們還不應忘記使用另一樣武器，那幫助著衝鋒側擊和包抄的一支筆」。為此，丁玲隨即通過散文、通訊、速寫、

〔註16〕《中國的紅色政權為什麼能夠存在？（1928 年 10 月 5 日）》，《毛澤東選集（一卷本）》，人民出版社 1968 年版，第 50、48 頁。

〔註17〕中國大百科全書總編輯委員會《新聞出版》編輯委員會：《中國大百科全書‧新聞出版》，中國大百科全書出版社 1990 年版，第 575 頁。

〔註18〕汪木蘭、鄧家琪編：《蘇區文藝運動資料》，上海文藝出版社，1985 年版。

〔註19〕《〈革命歌謠集〉代序》，汪木蘭、鄧家琪編：《蘇區文藝運動資料》，上海文藝出版社 1985 年版。

隨筆的寫作，來進行「一支筆」的戰鬥。〔註20〕

　　1937 年 7 月 7 日的盧溝橋事變引發了全民抗戰，7 月 15 日中國共產黨在《中國共產黨為公布國共合作宣言》中指出：「孫中山先生的三民主義為中國之必需，本黨願為其徹底實現而奮鬥」；同時又宣布取消暴動政策，赤化運動，土地政策，「取消蘇維埃政府，實行民權政治」，「取消紅軍名義及番號，改變為國民革命軍」，從而「求得與國民黨的精誠團結，鞏固全國的和平統一，實行抗日的民族戰爭」。〔註21〕進入抗日戰爭時期，蘇區政府成為中華民國邊區政府，而紅軍改編為國民革命軍第八路軍（此後不久改名為國民革命軍第十八集團軍），以及國民革命軍陸軍新編第四軍。1937 年 9 月 6 日，延安成為中華民國陝甘寧邊區首府，由此出現了所謂國統區文學與解放區文學的區域分化，這一分化一直延續到 1949 年 10 月 1 日中華人民共和國的成立。〔註22〕

　　在中國現代文學的區域分化過程之中，從「紅色割據」出現以來，主要呈現為以區域政治中心的更替為重心的區域文學發展：一方面是從瑞金到延安，再到北京的蘇區文學、解放區文學、大陸文學；另一方面則是從南京到重慶，再到臺北的「新文學」、國統區文學、臺灣文學。

　　在這裡，所謂「新文學」是作為與蘇區文學相對舉的概念──文學革命以來的中國新文學，無疑是疏離政黨意識形態影響的，當初倡導「文學革命」的《新青年》，在 1921 年之後從同人性質的文化刊物轉變為政黨性質的政治刊物，隨即與中國新文學絕緣，就予以了有力的證明。較之此前的新文學，在「紅色割據」地域之外的「新文學」，已經出現了政黨意識形態的直接影響，從無產階級文學到民族主義文學的政治傾向促成了「新文學」的政治化趨勢，呈現出從左到右的多元並存的文壇格局。

　　儘管如此，那些堅持新文學運動方向的「新文學」作家仍然堅守著新文

〔註20〕楊欣桂：《丁玲與周揚的恩怨》，湖北人民出版社 2006 年版，第 25、26、28 頁。

〔註21〕《中央日報》1937 年 9 月 22 日；《解放週刊》第 1 卷第 13 期，1937 年 10 月 2 日。

〔註22〕事實上，「紅色割據」的蘇區在抗日戰爭時期，已經成為國民政府的邊區，而邊區對內則被稱為根據地，所謂的國統區文學與解放區文學，實際上應該是以陪都重慶為政治中心的大後方文學與以首府延安為政治中心的根據地文學，而陪都文學與延安文學則分別體現出大後方文學與根據地文學的區域發展趨向。參見《目錄》，《毛澤東選集》（一卷本），人民出版社 1967 年版。

學底線——「誰能以最適當的形式，表現最生動的題材，較最能深入事象，最能認識現實把握時代精神之核心者，就是最優秀的作家」。〔註23〕這就是為什麼要給第二次國內革命時期的新文學加上引號，從區域文學的視角來看，只有與蘇區文學相對舉的「新文學」，才能夠代表這一時期現代文學發展的全國方向。

面對中國現代文學的區域分化現實，能不能以共和國文學來對蘇區文學、解放區文學、大陸文學來予以統一的命名呢？現有的共和國文學之稱，實際上意指1949以後的大陸文學，〔註24〕無法包容進蘇區文學與解放區文學。與此同時，是否可以用民國文學來對「新文學」、國統區文學、臺灣文學進行統一命名呢？所謂民國文學，在北伐戰爭勝利以後，其主要構成是「新文學」與國統區文學，或許還能包容進解放區文學，〔註25〕卻無法包容1949年以後的臺灣文學。在這樣的前提下，無論是共和國文學，還是民國文學，實際上是斷代性質的區域文學命名，仍應該歸入朝代體文學史的研究範式之內。

關鍵在於，從現代文學區域分化的機制演變來看，無論是從瑞金到延安，再到北京的區域政治中心更替，還是從南京到重慶，再到臺北的區域政治中心更替，兩者的區域文學機制均具有從剛性構成到柔性構成的內在延續性。因此，不僅可以用共和國機制來概括從蘇區文學到解放區文學，再到大陸文學的區域機制，而且同樣可以用民國機制來概括從「新文學」到國統區文學，再到臺灣文學的區域機制，當然，無論是共和國機制，還是民國機制，都僅僅適用於區域文學研究的中國場域之內，區域文學闡釋的有效性基於區域文學闡釋的有限性。

如果對中國現代文學的區域分化過程進行歷史考察，可以看到民國機制的形成，是早於共和國機制的形成。1928年，國民政府頒布了《著作權法》；1929年，中國國民黨中央宣傳部公布了《宣傳品檢查條例》；1930年，國民

〔註23〕胡秋原：《勿侵略文藝》，《文化評論》第4期，1932年4月20日。
〔註24〕張炯主編的《共和國文學60年》(包括張檸的《再生文學巴別塔1949～1966》、張閎的《烏托邦文學狂歡1966～1976》、賀仲明的《理想與激情之夢1976～1992》、洪治綱的《多元文學的律動1992～2009》四冊)，由廣東教育出版社於2009年12月出版。
〔註25〕李怡：《為什麼關注「民國文學」？——在臺灣中國現代文學學會的演講》，《江漢學術》2013年第2期。

政府頒布了《出版法》；1934 年，中國國民黨中央宣傳部公布《圖書雜誌審查辦法》，並在上海設立審查處。這一民國機制剛性構成在抗日戰爭時期得到延續，並且被納入戰時體制——1938 年，中國國民黨中央宣傳部公布《戰時圖書雜誌原稿審查辦法》、《抗戰期間圖書雜誌審查標準》，在重慶成立「中央圖書審查委員會」；1942 年，國民政府在重慶成立「中央出版事業管理委員會」，公布《書店、印刷廠管理規則》。〔註 26〕1949 年之後仍然在臺灣得以延續——1958 年頒布的《出版法》是基於 1930 年《出版法》的修正版本，〔註 27〕而 1985 年 7 月 10 日頒布《著作權法》，也同樣是基於 1928 年《著作權法》的修正版本。這就在對區域文學實施法律體系之內的制度控制的同時，還進行了政黨意識形態影響之下的體制審查，在一定程度上限制了文學審美的個人自由。

　　儘管如此，民國機制剛性構成的這一限制是有限度的，並沒有能夠將文學運動納入政治體制之中，而政黨意識形態對民國機制柔性構成的導向強度是較弱的。1929 年 6 月，中國國民黨中央宣傳部召開第一次全國宣傳工作會議，確定推行三民主義文藝為「本黨之文藝政策」，強調「三民主義文藝，就是三民主義」的黨性，〔註 28〕進而三民主義文藝政策具體化為民族主義文學——「文藝的最高意義，就是民族主義」，由此挽救「中國文藝的危機」。〔註 29〕然而，1930 年 3 月 2 日，中國左翼作家聯盟的成立，表明「目前中國無產階級文學運動已經從擊破資產階級文學影響爭取領導權的階段轉入積極為蘇維埃政權而鬥爭的組織時期。這一方面當然是中國革命運動的結果，另一方面是無產階級文學運動深入的關係」，由此可見中國共產黨對無產階級文學的意識形態主導。〔註 30〕

〔註 26〕中國大百科全書總編輯委員會《新聞出版》編輯委員會：《中國大百科全書·新聞出版》，中國大百科全書出版社 1990 年，第 575、576 頁。
〔註 27〕1987 年《臺灣省戒嚴期間新聞紙雜誌圖書管製辦法》宣告廢止，1999 年《出版法》宣布廢止。袁偉：《臺灣廢除「出版法」始末》，《中國青年報》2000 年 7 月 14 日。
〔註 28〕葉楚傖：《三民主義文藝觀》，《民國日報》1930 年 12 月 2 日。
〔註 29〕《民族主義文藝運動宣言》，《前鋒週刊》第 2、3 期連載，1930 年 6 月 29 日、7 月 6 日。
〔註 30〕《無產階級文學運動新的形勢及我們的任務（1930 年 8 月 4 日左聯執行委員會通過）》，《文化鬥爭》1 卷 1 期，1930 年 8 月 15 日；《中國左翼作家聯盟在參加全國蘇維埃區域代表大會的代表報告後的決議案》，《文化鬥爭》1 卷 2 期，1930 年 8 月 25 日。

正是由於政黨意識形態影響主要表現在民族主義文學與無產階級文學之間的政治對抗層面上，反而在無形之中消解了對「新文學」政治約束，尤其是那些「第三種人」——「死抱住文學不肯放手的人」——「他只想文學，不管是煽動的也好，暴露的也好」，當然，他也願意「為文學而革命」，卻不能夠「為革命而文學」，〔註31〕因為「革命」畢竟是現實存在著，並且是可以作為個人書寫對象的。就此，魯迅也認為：「蘇先生是主張『第三種人』與其欺騙，與其做冒牌貨，倒不如努力去創作，這是極不錯的。」〔註32〕正是那些「死抱住文學不肯放手「的作家，尤其是得到普遍認同的老舍、巴金、沈從文、曹禺，他們在自己對文學進行獨立思考的基點上，通過文本的個人書寫來展現出「新文學」並沒有偏離中國新文學運動的現代方向。

老舍首先指出「以文藝為宣傳主義的工具」，「不管所宣傳的主義是什麼和好與不好，多少是叫文藝受損失的」。〔註33〕這既是老舍此時在大學授課之中對文學本質所進行的個人思考，同時也是對自己此前所寫的《貓城記》所促發的個人反思——「本身是失敗了，可是經過一番失敗總是多少增長些經驗。」〔註34〕其次，老舍同時更提出只有「看生命，領略生命，揭示生命，你的作品才有生命」，由此才能夠上升到「以生命為根，真實作幹，開著愛美之花」的文學境界。〔註35〕與此同時，對於何謂「生命」，在《駱駝祥子》之中得到了「最滿意」的個人回答——「這是一本最使我自己滿意的作品」，「要由車夫的內心狀態觀察到地獄究竟是什麼樣子。車夫的外表上的一切，都必須有生活與生命上的根據。」〔註36〕這樣，老舍所提倡並實行著的生命書寫，就是要擺脫「主義」的干擾，以突破生活表象來揭示出內心最深處的「地獄」。

巴金則提倡進行「我控訴」的個人書寫，同時反對「說教」——雖然《家》所展示出來的「只有生活底一部分，但已經可以看見那一股由愛與恨、歡樂與受苦所組織成的生命之激流是如何在動盪了。我不是一個說教者，所以我

〔註31〕蘇汶：《關於〈文新〉與胡秋源先生的文藝論辯》，《現代》1卷3期，1932年7月。

〔註32〕魯迅：《論「第三種人」》，《現代》2卷1期，1932年11月。

〔註33〕老舍：《引言》，《文學概論講義》，北京出版社1984年版。

〔註34〕老舍：《我怎樣寫〈貓城記〉》，《宇宙風》第6期，1935年12月1日。

〔註35〕老舍：《論創作》，《齊大月刊》第3期，1930年10月10日。

〔註36〕老舍：《我怎樣寫〈駱駝祥子〉》，《青年知識》1卷2期，1945年9月。

不能夠明確地指出一條路來，但讀者自己可以在裏面去尋它」。〔註37〕不過，「我控訴」這一個人的激情書寫，往往會使巴金「忘掉了自己，我簡直變成一個工具了，我自己差不多是沒有選擇題材和形式的餘裕與餘地」，以至於要懷疑自己「在藝術方面失去了生命」。〔註38〕其實，在激情驅動之下真誠地寫出「生命之激流」，如此至情至性的個人書寫，從來就是最本色的文本書寫。所以，魯迅要說「巴金是一個有熱情的有進步思想的作家，在屈指可數的好作家之列的作家」。〔註39〕所謂巴金的「進步思想」，就是他自己所一貫主張的：「忠實地生活，正當地奮鬥。愛那需要愛的，恨那摧殘愛的。上帝只有一個，就是人類，為了他，我預備貢獻出我的一切。」〔註40〕由此可見，個人的激情書寫也同樣是基於個人的思想追求之上的。

　　沈從文以「鄉下人」自居，始終自視「是一個對於一切無信仰的人，卻只信仰『生命』」，於是，「我除了用文字捕捉感覺與事象以外，儼然與外界隔絕」。這是因為「我要表現的本是一種『人生的形式』，一種『優美，健康，自然，而不悖乎人性』的人生形式」，這一看法與老舍拒絕「主義」干擾而進行生命書寫的個人主張，在實質上是異曲同工的。只不過，沈從文更強調個人書寫之中如何去建構「希臘小廟」，以便供奉視為自己「生命」的「人性」──「這世界上或有想在沙基或水面上建造崇樓傑閣的人，那可不是我，我只想造希臘小廟。選山地作基礎，用堅硬石頭堆砌它。精緻、結實，勻稱，形體雖小而不纖巧，是我理想的建築，這神廟裏供奉的是『人性』」。〔註41〕因此，《邊城》所呈現出來的「人生的形式」，不僅能夠成為文本書寫中的一座「理想的建築」，更是能夠成為透視人性的生命之窗，從而「認識這個民族的過去偉大處與目前墮落處」。〔註42〕

　　曹禺在寫作之初，就已經明確地認識到應該保持忠於生活的「極冷醒」，決不「生硬地把『戲』賣給『宣傳政見』」，「因為作者寫的是『戲』，他在劇內儘管對現在社會制度不滿，對下層階級表深切的同情，他在觀眾面前並不負

〔註37〕巴金：《激流總序》，《家》，開明書店 1933 年版。

〔註38〕巴金：《作者的自剖》，《現代》1 卷 6 期，1932 年 10 月。

〔註39〕魯迅：《答徐懋庸並關於抗日統一戰線問題》，《作家》1 卷 5 號，1935 年 8 月 15 日。

〔註40〕巴金：《兩封信》，《海行雜記》，開明書店 1935 年版。

〔註41〕沈從文：《〈習作選集〉代序》，《國聞週報》13 卷 1 期，1936 年 1 月。

〔註42〕沈從文：《邊城·題記》，《大公報·文藝》1934 年 4 月 25 日。

解答所提出問題的責任的」。〔註43〕更為重要的是,「隱隱彷彿有一種情感的洶湧的流來推動我,我在發洩著被壓抑的憤懣,詬謗著中國的家庭和社會」。〔註44〕這恰好與巴金不做「說教者」而進行「我控訴」的激情書寫之說相映成趣,同時可能也成為《雷雨》在投稿長達一年之後,才在巴金等人的惺惺相惜之下,得以在《文學季刊》上發表的一個動因。〔註45〕所以,通過《雷雨》的個人激情書寫,不僅可以看到「對中國的家庭和社會進行了譴責,甚至可能通過全篇會理解忽隱忽現的鬥爭的『殘忍』與『冷酷』;而且更是可以去沉思「這鬥爭的背後也許隱藏著某種東西」——「希臘劇作家稱之為『命運』,近代人則拋棄了這類模糊觀念,把它叫做『自然法則』」,〔註46〕也就是對於人的生命存在所感到的普遍性困惑。

正是老舍、巴金、沈從文、曹禺等人通過個人書寫,表明了只有從文學本位的個人立場出發,才有可能促成文學境界的不斷昇華,在成就一代文學大家的同時,促動「新文學」的有序發展,從而成為民國機制形成的群體性標幟。由此可見,不僅是民國機制的剛性構成對「新文學」的約束力較弱,更是由於民國機制的柔性構成所具有的自主性,避免了文學運動被納入政治體制之內,從而為「新文學」提供了自由發展空間。從民國機制柔性構成的主觀向度與客觀向度來看,無論是文學感受還是個人書寫,無論是文學審美還是市場引導,無論是文學素養還是群體需求,都展現出民國機制之中柔性構成在文學運動中的主導地位。

進入抗日戰爭時期,民國機制雖然受到戰時體制的影響,在響應文藝服務於抗戰的時代號召之中,文學書寫面臨著宣傳與藝術的兩難選擇——「在文藝者的心裏,一向是要作品深刻偉大,是要藝術與宣傳平衡」——「一腳踩著深刻,一腳踩著俗淺;一腳踩著藝術,一腳踩著宣傳,渾身難過!」儘管文藝服務於抗戰是作家自己作出的個人選擇,然而,「漸漸地,大家對於戰時生活更習慣了,對於抗戰的一切更清楚了,就自然會放棄那種空洞的宣傳,而因更關切抗戰的原故,乃更關切於文藝」。〔註47〕正是因為如此,老舍、巴

〔註43〕曹禺:《序》,《爭強》,南開新劇團 1930 年。
〔註44〕曹禺:《序》,《雷雨》,文化生活出版社 1936 年版。
〔註45〕田本相、張靖:《曹禺年譜》,南開大學出版社 1985 年版,第 73～76 頁。
〔註46〕曹禺:《〈雷雨〉日譯本序》(1936 年 1 月 15 日作),《曹禺論創作》,上海文藝出版社 1986 年版。
〔註47〕老舍:《三年來的文藝運動》,《大公報》1940 年 7 月 7 日。

金、曹禺在分別寫出了偏於宣傳的《火葬》、《火》、《蛻變》之後，慢慢地寫出了立於藝術的代表之作：《四世同堂》、《寒夜》、《北京人》。不過。沈從文之所以中止《長河》的寫作，主要是由於自己不能再重講「一個平常的故事」，因而「我覺得我應當沉默」。〔註48〕這無疑表明，民國機制的柔性構成仍然在國統區文學之中居於主導地位。

從國統區文學到臺灣文學，中國國民黨在抗日戰爭時期堅持倡導三民主義文藝，進而制定了三民主義文藝政策；〔註49〕這一政策在1949年以後具體化為「戰鬥文藝」的提出，企圖使文學成為「反共復國」的政治宣傳工具，由此可見政黨意識形態控制的延續與增強。不過，與「戰鬥文藝」同時共存的還有「現代派文學」與「鄉土文學」。一方面，「現代派文學」以其對藝術性的追求，顛覆了「戰鬥文藝」的文壇地位；另一方面，「鄉土文學」則以「回歸鄉土，面向現實」為旗幟，逐漸引領文壇。〔註50〕於是，在民國機制延續之中，臺灣文學基本上保持了「新文學」的固有風貌——剛性構成與柔性構成之間相關性不高，而柔性構成在文學運動之中保持著主導地位。

從第二次國內革命時期到抗日戰爭時期，在蘇區文學運動之中奠定初始根基的共和國機制，在解放區文學運動中得以最終形成——文學運動被納入政治體制之中，共和國機制的剛性構成制約著柔性構成這一基本特徵保持不變。由此，1937年4月24日創刊的《解放週刊》，作為中國共產黨中央的機關刊物，由中央黨報委員會發行科以「新華書局」的名義發行，從10月30日起，「新華書局」改稱「新華書店」；1939年，中共中央發出通知，要求「從中央起至縣委止一律設立發行部」，隨後中央發行部在延安建立；1940年9月10日，中共中央發出《中央關於文化運動的指示》，提出「每一塊較大的根據地上，應開辦一個完全的印刷廠」；1946年，中共中央出版局撤銷，出版發行工作併入中共中央宣傳部；1949年2月23日，中共中央宣傳部成立出版委員會，作為領導出版工作的辦事機構。

隨著中華人民共和國的成立，在黨領導一切的前提下，進行從意識形態到行政權力的雙重控制。1949年10月，中國出版總署成立，並於1950年

〔註48〕沈從文：《〈長河〉題記》，《大公報》，1943年4月1日。
〔註49〕張道藩：《我們所需要的文藝政策》，《中央日報》1942年11月14日。
〔註50〕呂正惠、趙遐秋主編：《臺灣新文學思潮史綱》，崑崙出版社2002年版，第182、254、277頁。

決定新華書店為國營出版企業，繼而決定新華書店出版部改建為人民出版社，新華書店印刷部改建為新華印刷廠，新華書店發行部改建為專營發行業務的新華書店，與此同時，三聯書店、中華書局、商務印書館、開明書店，聯營書店的所有發行部門聯合組成公私合營性質的中國圖書發行公司；1951 年，中華人民共和國政務院公布《管理書刊出版業印刷業發行業暫行條例》、《期刊登記暫行辦法》；1954 年，中國出版總署撤銷，改設為文化部出版事業管理局，並且對私營的出版業、印刷業、發行業進行社會主義改造。〔註 51〕從此以後，文本傳播的環節被納入行政體制之內以進行法令、法規的行政管理。〔註 52〕直到 1990 年 9 月 7 日《中華人民共和國著作權法》的頒布，才出現了第一部專門法，以保障相關的公民權利。

從文本書寫的環節上看，意識形態控制尤為突出，作者只能在文藝政策規定範圍之內來選擇寫什麼與怎樣寫，所能導致的結果就是個人書寫的終結，成為個人失去藝術生命的文學悲劇，而何其芳無疑就是這樣的悲劇人物之一。

1938 年 9 月，何其芳從大後方的成都來到根據地的延安，並立即受到毛澤東的接見。兩個月之後，何其芳就寫出了《我歌唱延安》一文來讚美延安：「自由的空氣，寬大的空氣，快活的空氣」。這不僅是因為「呼吸著這裡的空氣我只感到快活。彷彿我曾經常常想像著一個好的社會，好的地方，而現在我就象生活在我的那種想像裏了」。〔註 53〕由此，何其芳轉向了個人夢想之中的激情頌揚，進行「我的那種想像裏」的頌揚，參與了「為少男少女歌唱」的齊聲合唱。

無論是在「夜歌」之中，還是在「白天的歌」之中，主要是通過對人類之愛、現代取火者進行一再地歌頌，以求在詩情澎湃之中實現「以心發現心」的詩思。可是，詩情的過度澎湃卻促使抒情主人公跨越了詩歌的邊界，發出了太多的議論、喊出了太多的口號，以至於只剩下一腔熱情而成為駁雜的一番夢囈，而最終失落了詩趣與詩味。儘管如此，已經積極投入齊聲放歌的何其芳，卻依然難以釋懷。1941 年 12 月 8 日，何其芳在《解放日報》上發表了《我看見了一匹小小的驢子》一詩，就在情難自禁中流露出對於自由自在的

〔註 51〕中國大百科全書總編輯委員會《新聞出版》編輯委員會：《中國大百科全書·新聞出版》，中國大百科全書出版社 1990 年版，第 576、577 頁。

〔註 52〕中華人民共和國新聞出版署政策法規司：《中華人民共和國現行新聞出版法規彙編》，人民出版社 1997 年版。

〔註 53〕《何其芳文集》第 1 卷，人民文學出版社 1984 年版。

獨立狀態的無盡驚喜與留戀，由此可以見出何其芳本人在內心深處那被人為壓制的，對於毫無拘束地進行個人吟唱的深深眷念與莫名憧憬。或許，何其芳的這一個人潛在感受具有著某種普遍性，因而將會面臨這這樣的指責——認為這正是所謂小資產階級知識分子文風不正的個人表現。

　　1942 年，中國共產黨在解放區開展整頓黨風、學風、文風的整風運動，成為政黨意識形態管控的集中體現。5 月在延安連續舉行了三次文藝座談會，毛澤東的兩次講話合併為《在延安文藝座談會上的講話》，並作為整風文件於 1943 年 10 月 19 日在《解放日報》上全文發表。1943 年 11 月 8 日，《解放日報》發布了《關於執行黨的文藝政策的決定》，該決定指出《在延安文藝座談會上的講話》「規定了黨對於現階段中國文藝運動的基本方針」。隨後，經過周揚等人的系統闡釋，在 1944 年 4 月 11 日的《解放日報》上發表的《〈馬克思主義與文藝〉序言》中，指出「這個講話是中國革命文學史、思想史上的一個劃時代的文獻，是馬克思主義文藝科學與文藝政策的最通俗化、具體化的一個概括，因此又是馬克思文藝科學與文藝政策的最好的課本。」此後，這一講話的精神就成為以「文藝為政治服務」為核心的文藝政策的理論根基。由此可見，文藝為工農兵服務在實質上，就是對文藝為政治服務的一種最通俗、最具體的政策表達。

　　何其芳以其詩人的敏感，察覺到了《在延安文藝座談會上的講話》對於解放區文學運動所能產生的巨大制約作用，因而也就以同樣的敏感來進行了及時回應。這就是重新進行文學道路的個人選擇，以便完成對於個人書寫的自我調整。1942 年 5 月 2 日，毛澤東在延安文藝座談會上進行了第一次講話，13 日，何其芳就寫出了《文學之路》一文，並發表在 5 月 21 日的《解放日報》上。這一個人的選擇嘗試，被何其芳自稱為是一次「經驗主義的結果」。所以，直到 5 月 23 日毛澤東進行第二次講話的四個月之後，也就是 9 月 27 日，何其芳才寫出《論文學教育》一文，連載於 10 月 16、17 日的《解放日報》上，似乎概括出這樣的前所未有的個人的理論認識——「在階級社會裏，它是階級鬥爭（民族鬥爭包括在內）的武器之一」，應該「掌握這種武器，去服務革命」。其實，這一認識不過是對《在延安文藝座談會上的講話》中有關說法的個人轉述而已。

　　與此同時，何其芳畢竟是詩人，故而念念不忘：「文學，它曾經安慰過我們，鼓舞過我們，提高過我們，誘導我們走向革命。我們對於它有一種最早

的教師，最好的朋友的感覺。」問題在於，當文學已經成了為政治服務的鬥爭武器之後，何其芳不得不作出個人選擇，一方面是「不應該再把文學當作溫柔的胸懷，有時到那裡面去躺一躺」，另一方面則應該是對這樣的文學進行「嚴格的批判」。怎麼辦呢？何其芳在不能與不願之間，只有在別無選擇之中進行這樣的個人選擇——「忘掉它吧」。這就是為什麼就在此時，何其芳果斷地停止了詩歌的個人書寫。

何其芳似的文學悲劇在 1949 年以後演變為與胡風式的政治悲劇，其根本原因就在於胡風的文藝思想與此時的文藝政策相抗衡——「延安文藝座談會以來，文藝問題的討論和解決開始以毛澤東主席的《講話》為準繩」，而「建國以後，一方面由於文藝界的思想混亂，另一方面更由於建立馬克思主義權威的必要性，《講話》繼續被奉為整個意識形態領域判斷是非的絕對標準，也是理所當然的。然而，隨著階級鬥爭的深入，文化學術繁榮所必需的思想言論自由同時日漸縮小，以致化為烏有；任何違反或認為違反《講話》的見解和學說。無不以自身的否定或消亡為其結局」。然而，胡風「在一些原則問題上一貫堅持自己的獨特見解，多年來在文藝界引起過爭議，以致終於成為一個『問題人物』。解放以後，他不但沒有公開徹底否認自己，反而通過『三十萬言』繼續堅持那些獨特見解，這在絕對不容許異端思想存在的一統局面之下，只能被認為是對革命權威的抗拒」。〔註 54〕於是，胡風走向了終結個人政治生命的悲劇終點——成為「胡風反革命集團」首犯，自然「也是理所當然的」。

那麼，胡風在「三十萬言書」——《關於解放以來的文藝實踐情況的報告》之中，針對共和國機制提出了什麼樣的「作為參考的建議」呢？儘管胡風並不反對「提高黨底領導作用」，要求堅持「黨底思想領導」。但是，著眼於今後「文學運動的方式」，一方面，胡風建議保證個人創作自由，允許文藝論爭，容許藝術風格的多樣化；另一方面，胡風建議取消所謂的「國家刊物」、「大區刊物」、「領導刊物」、「機關刊物」，解散行政化的「所謂創作機構」。〔註 55〕顯然，這是對共和國機制進行了直接的個人挑戰，不僅反對在文本書寫之中意識形態的政策控制，而且反對文本傳播之中行政權力的管理控制，

〔註 54〕綠原：《胡風和我》，《新文學史料》1989 年第 3 期。
〔註 55〕胡風：《關於解放以來的文藝實踐情況的報告·作為參考的建議》，《新文學史料》1988 年第 4 期。

實際上是要消解共和國機制之中剛性構成對柔性構成的全面制約，促使共和國機制的柔性構成在大陸文學運動中能夠發揮一定程度的作用。因此，這樣的個人建議對共和國機制來說，在當時沒有能夠發揮參考作用的任何機會，只能被視為一個人夢想出來的文學烏托邦。

共和國機制在大陸文學運動中進行了從文本書寫到文本傳播的雙重控制，不僅要求文學創作要以歌頌為主，歌頌工農兵中的先進人物，而且要使先進人物更加理想化，從而達到為人民提供「學習和仿傚的對象」這一政治目的，〔註56〕這就將文本接受也控制起來。歷經社會主義革命到文化大革命的大陸文學運動，趨向了徹頭徹尾的政治化，導致造神文學的最終出現。這就需要通過對共和國機制進行調控，在遏制文學運動的過度政治化的同時，通過弱化共和國機制中剛性構成對於柔性構成的制約，以促成文學運動能夠逐漸回到正軌上來。

隨著「史無前例的無產階級文化大革命」在 1976 年 10 月的終於結束，社會主義革命轉向了社會主義建設。1979 年 10 月 30 日，第四次「文代會」在北京召開，鄧小平在「祝辭」中提出：「文藝這種複雜的精神勞動，非常需要文藝家發揮個人的創造精神，寫什麼和怎樣寫，只能由文藝家在藝術實踐中去探索和逐步求得解決。在這方面，不要橫加干涉」；而「黨對文藝工作的領導，不是發號施令，不是要求文學藝術從屬於臨時的、具體的、直接的政治任務」。〔註57〕這就促發了共和國機制之中意識形態控制的由強轉弱。

1989 年 2 月 17 日，中共中央下發了《關於進一步繁榮文藝的若干意見》，要求在管理體制上，擴大文藝事業單位的自主權，建立社會主義文化市場，引導群眾的文化消費；進而提出「只要不違反憲法、法律和國家的有關規定，一切思想上無害、藝術上可取、能給予人們以藝術享受和娛樂的作品，都允許存在」，〔註58〕進一步促成了共和國機制之中行政權力控制的由強轉弱。於是，隨著共和國機制調控的初步展開，從意識形態控制到行政權力控制的不斷弱化，已經程度不等地波及到文本書寫、文本傳播、文本接受這三個環節，促使共和國機制剛性構成對柔性構成的制約漸漸鬆動開來，推進大陸文學運

〔註56〕朱寨主編：《中國當代文學思潮史》，人民文學出版社 1987 年版，第 108 頁。

〔註57〕鄧小平：《在中國文學藝術工作者第四次代表大會上的祝辭》，《黨和國家領導人論文藝》，文化藝術出版社 1982 年版。

〔註58〕《中共中央關於進一步繁榮文藝的若干意見》，《人民日報》1989 年 3 月 20 日。

動逐漸脫離過度政治化的軌道，進入有序發展的運動常態。

　　至此，可以說中國現代文學的區域分化，不僅在抗日戰爭時期既有抗戰區文學，也有淪陷區文學；而且在 1949 年之後除了大陸文學與臺灣文學，還存在著香港文學。顯然，不同的區域文學自有其不同的文學機制。只不過，無論是民國機制，還是共和國機制，在不斷地延續之中呈現出中國現代文學區域分化的全過程，因而也就成為中國現代文學運動中具有代表性的兩大區域機制。

附錄　陪都重慶與寶島臺灣

　　隨著抗日戰爭的全面爆發，寶島臺灣光復祖國這一全體中國人的強烈民族意願，從歷史的訴求轉變為現實的行動，而在這一現實行動之中，國民政府西遷中國西部城市重慶，繼而重慶被明定為中國的陪都，使陪都重慶在寶島臺灣的光伏之中發揮了至關緊要的作用。這就在於，陪都重慶不僅成為舉國一體抗戰的戰時中心，而且成為大國形象重塑的現代起點，賴以推動寶島臺灣光復祖國運動的全面展開；與此同時，為了寶島臺灣早日光復祖國，在全體中國人一致要求「收復臺灣」的強烈呼聲之中，在陪都重慶開始了達成國際共識的不懈外交努力，繼而實施了國民政府的一系列相關舉措，終於在中國抗日戰爭勝利之時迎來了寶島臺灣的光復。

一、國民政府的遷渝

　　1937 年 7 月 7 日，盧溝橋事變發生，8 月 14 日，《中央日報》發表《國民政府自衛抗日聲明書》，其中就明確地指出——「中國之領土主權，已橫受日本之侵略」，而「中國政府決不放棄領土之任何部分，遇有侵略，惟有實行天賦之自衛權以應之」，更為重要的是「吾人此次非僅為中國，實為世界而奮鬥，非僅為領土與主權，實為公法與正義而奮鬥」。這就表明，隨著中國抗日戰爭的全面爆發，包括臺灣同胞在內的全體中國人奮起抗戰，既是為了保衛屢遭日本侵略的祖國，更是為了維護人類社會和平，因此，中國抗日戰爭已經率先展開了反法西斯主義的正義之戰。

　　1937 年 11 月 19 日，國民政府國防最高會議主席蔣中正在國防最高會議上，作了題為《國府遷渝與抗戰前途》的報告，指出：「國府遷渝並非此時才

決定的，而是三年以前奠定四川根據地時早已預定的，不過今天實現而已。」
第二天，國民政府發表《遷都宣言》——「國民政府茲為適應戰況，統籌全
局，長期抗戰起見，本日遷駐重慶，以後將以最廣大之規模從事更持久之戰
鬥」，「繼續抗戰，必須達到維護國家民族生存獨立之目的」。11 月 26 日，國
民政府主席林森乘船抵達重慶，十萬民眾齊集碼頭熱烈歡迎。〔註1〕

國民政府之所以選擇遷都中國西部城市的重慶，主要是因為重慶早在十
九世紀末與二十世紀初，就已經成為長江上游地區最大的中心城市了——「在
十九世紀九十年代，重慶已經成為地區內外貿易的主要中心，從這個意義上
說，整個地區可以看做重慶的最大腹地」，主要原因在於「經濟中心只要有可
能總是坐落在通航水道上，整個中國都是如此」。〔註2〕

隨著重慶的城市經濟功能不斷發展，首先直接影響到重慶的城市政治功
能相應增長。在辛亥革命爆發以後，重慶蜀軍政府率全川之先，於 1911 年 11
月 22 日宣告獨立，被各省軍政府承認為「四川政治中心」。此後，重慶無論
是在「二次革命」中，還是在護國戰爭與護法運動裏，都成為兵家必爭之地；
隨後又成為地方軍事勢力眼中的政治基地，到 1935 年 2 月，改組後的四川省
政府在重慶成立。隨著城市經濟功能與政治功能的不斷上升，重慶又具備了
現代城市的文化功能，來推動思想意識從傳統到現代的更新。以 1919 年的
「五四」愛國群眾運動為起點，不僅組織了重慶商學聯合會來推進群眾愛國
運動的持久進行，而且成立了中國勤工儉學會重慶分會以促動思想解放運動
的繼續深入。〔註3〕由此可見，重慶這一長江上游地區的區域中心城市，到抗
日戰爭全面爆發之前，已經具有了經濟、政治、文化這三大基本功能，從而
為重慶成為全國性中心城市奠定了堅實的基礎。

隨著日本對中國的侵略態勢不斷擴大，國民政府軍事委員會所制定的
1935 年度《防衛計劃綱要》中，就明確規劃「將全國形成若干防衛區及核心，
俾達長期抗戰之要求」。為了實施這一綱要，1935 年 1 月 12 日，國民政府軍
事委員會行營參謀團抵達重慶，開始對重慶進行從行政、財政、軍事到金融、
交通諸多方面的整頓。3 月 2 日，蔣介石首次飛抵四川省政府所在地的重慶；

〔註 1〕《國民政府公報》渝字第 1 號，1937 年 12 月 1 日。
〔註 2〕〔美〕施堅雅主編《中華帝國晚期的城市》，中華書局，2000 年第 343、344
　　　　頁。
〔註 3〕重慶市地方志編纂委員會總編輯室編著《重慶大事記》，科學技術文獻出版社
　　　　重慶分社，1989 年第 38、48、57～63、141、68～70 頁。

4 日，蔣介石在四川省黨務特派員辦事處舉行的擴大紀念周大會上，發表題為《四川應為復興民族之根據地》演講，強調說：「就四川地位而言，不僅是我們革命的一個重要地方，尤其是我們中華民族立國的根據地，無論從那方面講，條件都很具備，人口之眾多，土地之廣大，物產之豐富，文化之普及，可說為各省之冠，所以古稱天府之國，處處得天獨厚。我們既能有了這種優越的憑藉，不僅可以使四川建設成為新的模範省，更可以使四川為新的基礎來建設新中國」。〔註4〕

　　1935 年 3 月 6 日，中國國民黨中央常委會通過《中央地方劃分權責綱領》；6 月 18 日，四川省政府決定由重慶遷往成都。10 月 3 日，駐川參謀團奉國民政府令，改組為國民政府軍事委員會委員長重慶行營。在 1936 年初制定的《國防計劃大綱草案》中，正式確立以四川為對日作戰的總根據地，而重慶行營隨即成立江防要塞建築委員會。1937 年 3 月 21 日，成渝鐵路開工建築；4 月 16 日川軍退出重慶，中央軍隨即進駐重慶。〔註5〕這樣，在抗日戰爭全面爆發的前夕，以重慶為核心城市的戰略大後方已經處於逐漸形成之中，重慶也就自然而然地成為國民政府在抗戰初期遷都時所能選擇的基本對象。

　　隨著國民政府的遷都重慶，促進了重慶的戰時發展，通過戰時體制下的全面指令性控制，促成適應抗日戰爭需要的特別發展機制：在經濟上，轉向戰時生產，保障經濟建設的專門性與針對性，國民政府組建經濟部主管戰時工業生產，並將重慶定為抗戰大後方工業發展的重點基地，從而確立了重慶作為大後方工業中心的城市地位；在政治上，穩定社會秩序，保證行政管理的有效性和連續性，重慶由四川省轄乙種市改為國民政府行政院直轄市，直接促進了中央機關與地方政府之間的聯繫與督導，有利於市區的擴大與市政建設；在文化上，喚起民眾覺醒，保持思想導向的主流性與及時性，國民精神動員總會在重慶成立，「動員全國國民之精神充實抗戰國力」，使「國家至上，民族至上」的思想深入人心。〔註6〕

〔註 4〕《防衛計劃綱要》國民政府軍事委員會檔案，中國第二檔案館藏；《四川應作復興民族之根據地》國民政府軍事委員會委員長行營編《參謀團大事紀》，1937 年版。

〔註 5〕《中國國民黨全書（上）》，陝西人民出版社，2001 年第 449 頁；重慶市地方志編纂委員會總編輯室編著《重慶大事記》，科學技術文獻出版社重慶分社，1989 年第 141～144、151～152 頁。

〔註 6〕《國民精神總動員綱領》《新華日報》1939 年 3 月 12 日。

二、陪都重慶的明定

　　儘管人們已經習慣於將中國抗日戰爭時期稱作「八年抗戰」，不過，中國抗日戰爭的起點，如果從十九世紀來看日本侵略中國的歷史，應該始於 1894 年的「甲午戰爭」，直接導致了寶島臺灣的淪陷；如果從二十世紀來看，就應該是 1931 年「9・18 事變」，日本侵略中國的局部戰爭向著全面戰爭演變的可能性日漸突出而成為現實性的事實。

　　因此，從十九世紀末到二十世紀初，在日本侵略中國的戰火日益逼近的態勢之中，迫使中國的執政者不得不思考抗日大計，進行從政略到戰略的全面籌措。從抗日的政略上來看，早在中華民國建立之初的 1912 年，中華民國臨時大總統孫中山就認為：「南京一經國際戰爭，不是一座持久戰的國都」，因而主張要在「西北的陝西或甘肅，建立一個陸都」。〔註7〕由此可見，在抗擊外來侵略戰爭的過程中，特別是在中國的軍事力量處於敵強我弱的狀態下，進行持久戰具有著從政略到戰略上的理論意義與現實作用。因此，正是孫中山從理論上第一個提出了持久戰的遠見卓識，並以在中國內地建立「陸都」的方式來予以實施的政治構想。

　　於是，1932 年的「1・28 事變」無疑證實了日本帝國主義的侵略戰火，已經從關外的瀋陽燃燒到關內的上海，直接威脅著首都南京。在 1932 年 1 月 29 日出刊的《中央週刊》上，發表了《外交部對淞滬事變宣言》，明確指出「1・28 事變」已經導致了「對於首都加以直接危害與威脅」這樣的嚴重後果。第二天，也就是 1932 年 1 月 30 日，國民政府發布《國民政府移駐洛陽辦公宣言》，宣布自即日起移駐洛陽辦公。2 月 1 日，蔣中正在徐州召開軍事會議，商討對日軍事防禦；2 月 6 日，國民政府軍事委員會成立。由此可見，此時的中國執政者不得不面對這一嚴酷的戰爭現實，而如何確立陪都，也就具有了從政略到戰略的緊迫性。

　　1932 年 3 月 1 日，中國國民黨第四屆二中全會在洛陽召開。會議通過了《以洛陽為行都以長安為西京》這一提議案，議定「以長安為陪都，定名為西京」；「關於陪都之籌備事宜，應組織籌備委員會，交政治會議決定」。3 月 6 日，中國國民黨中央政治委員會在議決該提議案的同時，又通過蔣中正擔任國民政府軍事委員會委員長的任命。這樣，從抗日的戰略角度來看，設置陪

〔註7〕中華人民共和國公安部檔案館編注《在蔣介石身邊八年》，群眾出版社，1992年第 9 頁。

都的現實目的主要是為了進行持久抗戰，並且一併具體體現在 3 月 10 日中國國民黨中央常委會通過的《鞏固國防長期抗日案》之中。〔註 8〕

中國國民黨、國民政府遵行總理遺訓，為了抗日而制定持久抗戰與設立陪都的國策，都顯現出在政略與戰略相一致的政治前提下，在抗日戰爭時期，在中國大地上陪都重慶的出現，不僅是持久抗戰的現實需要，而且更是抗戰到底的歷史選擇。

1940 年 9 月 6 日，國民政府明定重慶為陪都——「四川古稱天府，山川雄偉，民物豐殷，而重慶綰轂西南，控扼江漢，尤為國家重鎮。政府於抗戰之初，首定大計，移駐辦公。風雨綢繆，瞬經三載。川省人民，同仇敵愾，竭誠紓難，矢志不移，樹抗戰之基局，贊建國之大業。今行都形式，益臻鞏固。戰時蔚成軍事政治經濟之樞紐，此後更為西南建設之中心。恢宏建置，民意僉同。茲特明定重慶為陪都，著由行政院督飭主管機關，參酌西京之體制，妥籌久遠之規模，藉慰輿情，而彰懋典」。〔註 9〕

隨著國民政府在政府令中明定重慶為陪都，每年的 10 月 1 日，也就被同時定為「陪都日」。1940 年 10 月 1 日，在陪都重慶行了慶祝首屆「陪都日」的盛大集會。當天陪都重慶各報紛紛發表社論，《新華日報》的社論首先指出「明定重慶為陪都，恢宏建置，一由於重慶在戰時之偉大貢獻，再鑒於重慶在戰後之發展不可限量」；進而強調「重慶軍民在敵機狂炸被毀的廢墟瓦礫場中舉行盛大的慶祝大會，當然大家的心裏都不須要是一種粉飾太平的點綴，而是要表現我們抗戰不屈團結到底的鐵的意志」；最後認為「把中華民族堅決抗戰的精神發揚起來，這是我們慶祝陪都日最重要的意義」。

在這裡，從國民政府的政府令到《新華日報》的社論，一切對於陪都與

〔註 8〕中國社會科學院臺灣研究所編《中國國民黨全書（上）》，陝西人民出版社，2001 年第 441～442 頁；榮孟源主編《中國國民黨歷次代表大會及中央全會資料》下冊，光明日報出版社，1985 年第 142、156 頁。

〔註 9〕《國民政府公報》渝字第 270 號，1940 年 9 月 7 日。在這裡，陪都即「在首都之外另設的一個都城」，而行都則是「在首都之外另設的一個都城，以備必要時政府暫駐」，《辭海（上）》，上海辭書出版社，1979 年第 1005 頁「陪都」；《辭海（中）》，上海辭書出版社，1979 年第 1823 頁「行都」。在這裡，從漢語中對於「行都」與「陪都」的語義區分來看，陪都的基本義倒應該是用以「陪伴」作為一國之正式首都的「另設的一個都城」，也就是從屬於國都的具有著與國都相類似的城市功能的非正式首都，簡言之，就是國都之外常設的「副都」。這樣，重慶由抗戰之初戰時首都的行都而抗戰勝利前後常設副都的陪都，無疑表明陪都重慶已經開始成為具有全國中心城市地位的現代都市。

「陪都日」的重慶確認，應該說是實事求是的。這就是，充分而客觀地肯定了陪都重慶在抗戰中的突出貢獻與戰後發展的不可限量，事實上確立了陪都重慶具有從全國性到區域性的中心城市這樣的雙重地位，從而極大地有利於「把中華民族堅決抗戰的精神發揚起來」。

三、舉國一體的抗戰

正是抗戰到底的中國意志，將陪都重慶與寶島臺灣第一次直接聯繫在一起，而全體中國人，無論大陸同胞，還是臺灣同胞，在同仇敵愾之中責無旁貸地積極投入反侵略的中國之戰，共同承擔起抗戰建國的歷史使命。據《大公報》1938 年 4 月 2 日報導——3 月 29 日在重慶開幕的中國國民黨臨時全國代表大會，就第一次正式宣告：「臺灣是我們中國的領土」，「解放臺灣的人民為我們的職志」。這無疑說明，大陸同胞將與臺灣同胞一起，為祖國寶島的光復進行共同的鬥爭；而遷駐陪都重慶的國民政府，作為中國惟一的合法政府，勢必在國內與國際的政治舞臺上，為寶島臺灣的光復祖國竭盡全力。

此時，已經堅持抗日 42 年的廣大臺灣同胞，對於來自祖國的戰鬥召喚，予以積極的回應，一方面在島內組織反戰暴動、發起抗日起義、發動反日罷工、編寫反戰歌曲；一方面紛紛渡海來到大陸參加抗日，尤其是組成臺灣義勇隊及臺灣少年團，轉戰浙江、福建、江蘇、安徽各地的抗戰前線，從而被視為臺灣同胞參加祖國抗戰的代表，成為臺灣同胞擁護並支持祖國抗戰的象徵。

根據不完全統計，在 8 年抗戰期間，在祖國大陸以各種形式參加抗戰的臺灣同胞已經超過了 20 萬人，而臺灣光復之時，島內人口為 600 萬，由此可見，臺灣同胞每三十人中至少就有一個人直接投入了祖國大陸的抗戰；而臺灣同胞在長達 50 年的島內抗日鬥爭之中，犧牲者與受害者則達到了 65 萬人之多。〔註10〕

與此同時，隨著抗戰的全面爆發，臺灣同胞先後在臺灣與大陸建立的各種抗日政治團體，也在不斷擴大其政治影響，而影響較大的就有臺灣獨立革命黨、臺灣民族革命總同盟、臺灣青年革命黨、臺灣革命黨、臺灣國民黨、臺灣光復團等組織。其中，以在臺灣建立的臺灣獨立革命黨影響最大。全面抗

〔註10〕《抗戰中的臺灣：保衛寶島衛中華》，新華社解放軍分社、北京青年報社編《我的見證》解放軍文藝出版社，2005 年；張廣宇《抗日戰爭實現了臺灣回歸》《軍事歷史研究》2005 年第 2 期。

戰爆發後，該黨將建黨宗旨進行了修正——「為團結臺灣民族，驅逐日本帝國主義者在臺灣一切勢力；在國家關係上，脫離其統治，而返歸祖國，以共同建立三民主義之新國家」。從此，保衛祖國、光復臺灣就成為臺灣同胞參加祖國抗戰的直接政治目標。

　　更為重要的是，臺灣同胞的抗日活動，得到了國民政府的大力支持。1939年1月組建的臺灣義勇隊，不久之後就得到國民政府軍事委員會政治部的正式批准。1940年3月，在中國國民黨有關負責人的直接促動與具體籌劃之下，以臺灣獨立革命黨、臺灣民族革命總同盟為核心，聯合其他的臺灣抗日政治團體，共同商議如何建立臺灣革命同盟會，團結起來為抗戰勝利做出應有的貢獻。1941年2月10日，臺灣革命同盟會在陪都重慶正式成立，在積極組織臺灣同胞參加祖國抗戰的同時，努力協助國民政府收復臺灣。〔註11〕

　　這無疑證實，從島內而島外，從大陸各地到陪都重慶，寶島臺灣光復祖國將完全有賴於臺灣同胞與大陸同胞的同心協力，要為抗戰到底而共同奮鬥。

四、大國形象的重塑

　　1941年12月8日，日本天皇發布「向美國及英國宣戰」的詔書，妄稱「前以中華民國政府不解帝國之真意，妄自生事，擾亂東亞之和平，終使帝國操持干戈，於茲已四年有餘」，「美、英兩國支持殘存之政權，助長東亞之禍患，假和平之美名，逞制霸東洋之企望」，「事既至此，帝國視為自存自衛，惟有厥然躍起，衝破一切障礙，豈有他哉」。在顛倒是非與混淆黑白之中，偷襲珍珠港，引發太平洋戰爭，美、英兩國隨即對日宣戰。國民政府主席林森代表中國於12月9日，在陪都重慶正式對日宣戰，指出「殘暴成性之日本」侵略者，「實為國際正義之孟賊，人類文明之公敵，中國政府與人民對此礙難再予容忍」，同時宣告「所有一切條約、協定、合同，有涉及中日間之關係者，一律廢止」。就國際法而言，臺灣自中國對日宣戰之日起，即已恢復為中國領土一部分的法理地位。據此，中日過去所訂的一切不平等條約就自動廢棄，《馬關條約》對臺灣的法理束縛也就自動消失。這樣，中國對日宣戰向世界各國表明了全體中國人抗戰到底、光復臺灣的無比信心與堅強決心，開始進行大國形象的重塑。

〔註11〕周大計、曾慶科《抗戰時期臺籍人士在大陸的抗日復臺活動研究述評》《抗日戰爭史研究》1998年第4期。

　　隨著美國、英國、中國先後對日宣戰，一大批歐洲、美洲、非洲、大洋州國家也對日宣戰或宣布斷絕外交關係。1942 年 1 月 1 日，26 個反法西斯國家在美國首都華盛頓簽署了《聯合國家宣言》，宣告了世界反法西斯戰爭的全面展開，這一戰勝「希特勒主義的戰爭」，就是一場「保衛生命、自由、獨立和宗教自由並對於保全其本國的人權和其他國家的人權和正義非常重要」的世界之戰。同日，國防最高委員會委員長蔣中正在陪都重慶發表《元旦講話》，指出「中日戰爭成為世界戰爭，兩大陣營分明」，而「中、美、英、蘇四強，國力雄厚」，贏得戰爭的勝利需要世界各國的共同奮鬥。〔註12〕

　　於是，在 1942 年 2 月 3 日，以美、英、蘇、中為首的反法西斯同盟國，在發表的公告之中，宣布以蔣中正為戰區最高統帥的中國戰區成立，正式確認了中國的大國地位。這就極大地推進了寶島臺灣光復祖國的進程。

　　進入 1942 年 4 月，在國民政府的大力支持下，在陪都重慶掀起了一場聲勢頗大的光復寶島臺灣的政治宣傳運動，強調自古以來臺灣與大陸之間的血肉關係，臺灣是中國領土不可分離的一部分，寶島臺灣光復祖國母親是臺灣同胞的最大心願。4 月 5 日，陪都重慶的諸多政治、文化團體聯合舉行了臺灣光復運動宣傳大會，大會主題就是臺灣「解放已在目前了」；4 月 17 日是《馬關條約》簽約國恥日，陪都重慶再一次舉行集會，號召全體中國人都來思考「我們應如何認識臺灣」這一重大的抗戰現實問題。

　　臺灣革命同盟會不僅積極促進陪都重慶這一聲勢浩大的光復寶島臺灣運動的全面展開，與此同時，臺灣革命同盟會正式呈請國民政府准予成立臺灣省政府，「以勵人心，而副民望，使六百萬臺胞得以信奉三民主義，五十年失地得以歸依祖國」。正是由於中國人民及其政府發出了收復臺灣的熱烈之聲，引起了強烈的國際輿論反響。

　　1942 年 8 月，美國《時代》、《生活》、《幸福》等雜誌起草的《太平洋關係備忘錄》，其中就提出鑒於臺灣在太平洋中的位置極為重要，可以作為國家艦隊的停泊之處，因而提出對日戰爭勝利後臺灣不應歸還中國，而要由國際共管。此文 11 月在陪都重慶的《中央日報》上刊出後，立即引起國民政府的高度警覺和各界人士的強烈反對。11 月 3 日，國民政府外交部長宋子文在重慶舉行記者招待會，再次強調「中國應收回東北四省、臺灣及琉球」，「日本

〔註12〕　《新華日報》1941 年 12 月 10 日，1942 年 1 月 1 日；郝明工《陪都文化論》，新疆大學出版社，1994 年，第 163～167 頁。

所侵據之地均應交還原主」。1943 年 1 月，國民政府立法院院長孫科在《中央日報》上發表《關於戰後世界改造之危險思想》，強調「臺灣為中國重要失地之一，應由中國收復」。在陪都重慶出版的《大公報》，隨即發表題為《中國必須收復臺灣——臺灣是中國的老淪陷區》的社論，指出「根據國際公法，臺灣是不折不扣的中國領土。日本從中國手裏奪去臺灣，臺灣應該歸還中國。根據大西洋憲章，臺灣也該歸還中國」，建議「中央對臺灣問題最好即作具體的措置，以淪陷省區待遇臺灣」。〔註13〕

　　這不僅是依據國際公法對《太平洋關係備忘錄》中提出的謬論進行了有力駁斥，而且也同時為臺灣省政府的早日成立提供了國內法律根據。由此可見，寶島臺灣的光復，在合理合情合法之中已經是勢在必行的。

五、國際共識的達成

　　隨著中國成為反法西斯戰爭的四強之一，國民政府隨即展開一系列的外交活動，根據《聯合國家宣言》的精神，向美國等同盟國成員提出了廢除不平等條約的要求。1942 年 10 月 10 日，美國與英國同時宣布放棄在華治外法權，隨後加拿大、巴西、挪威、荷蘭等國家相繼宣布放棄它們的在華治外法權。以此為起點，經過三個月的談判，1943 年 1 月 11 日，中國與美國在首都華盛頓，中國與英國在陪都重慶，同時簽訂了廢除不平等條約，建立平等國家關係的新約，由此而促成中國與其他有關國家陸續簽訂新約，從而在根本上確立了中國作為四強之一的大國地位。〔註14〕所有這一切，為寶島臺灣早日光復祖國而達成國際共識，創造了必不可少的前提條件。

　　1942 年 11 月底，赴美治病的宋美齡積極開展了國民外交。1943 年 1 月 7 日，宋美齡拜會美國總統羅斯福，在談話中提出中國必須收復包括臺灣在內的被日本侵佔的中國領土這一問題。一個月之後，羅斯福的回答，通過中國駐美大使魏道明電告國民政府：羅斯福總統代表美國政府已經表示——「日寇所有島嶼，除其本國外，均應就同盟國立場支配之，臺灣當然歸還中國」。這就表明，光復寶島臺灣不僅是中國抗戰的當務之急，也是世界反法西斯戰爭的應有之事，從而由此開始達成中國收復臺灣的國際共識。

　　1943 年 11 月，應美國總統羅斯福與英國首相丘吉爾的邀請，國民政府

〔註13〕張廣宇《抗日戰爭實現了臺灣回歸》《軍事歷史研究》2005 年第 2 期。
〔註14〕郝明工《陪都文化論》，新疆大學出版社，1994 年，第 168～170 頁

主席蔣中正飛離陪都重慶前往開羅參加中美英三國首腦會議。臨行之前，國民政府軍事委員會參事室草擬了關於開羅會議的中國草案，明確提出日本應將臺灣及澎湖列島、琉球群島歸還中國。11 月 23 日，蔣中正在與羅斯福商談之中，就提出「日本於『九‧一八』事變後自中國侵佔之領土（包括旅、大租借地）及臺灣、澎湖，應歸還中國」；而羅斯福當即同意「日本攫取中國之土地應歸還中國」。

11 月 24 日，美方在《開羅宣言》草案中正式提出：「日本由中國攫取之土地，例如滿洲、臺灣、小笠原等，當然應歸還中國。」經中方核定後，認為將美方草案中「小笠原」更正為澎湖後即可同意這一草案。然而，一天之後，英方卻提出一份針對美方草案的修改案，其中提出——「日本由中國攫去之土地，例如滿洲，臺灣與澎湖列島，當然必須由日本放棄」。

將「歸還中國」改為「日本放棄」的英方修改案，引起中方的強烈反對，認為「如此修改，不但中國不贊成，世界其他各國亦將發生懷疑。世界人士均知此次大戰，由於日本侵略我東北而起，而吾人作戰之目的，亦即在貫徹反侵略主義。苟其如此含糊，則中國人民乃至世界人民皆將疑惑不解。故中國方面對此段修改之文字，礙難接受」，因而堅持美方草案之中的「歸還中國」。中方的這一堅持，得到了美方的全力支持，美方指出「吾人如措詞含糊，則世界各國對吾聯合國家一向揭櫫之原則，將不置信」。

1943 年 11 月 26 日，經過彼此之間的激烈辯論，中美雙方主張不變，最後英方同意維持美方草案，然後據此進行定稿，由中、美、英三方簽署了《開羅宣言》。12 月 1 日，《開羅宣言》正式公布，其中規定：「使日本所竊取於中國之領土，例如滿洲、臺灣、澎湖群島等，歸還中國。」

在舉國一片歡騰之中，在祖國大陸參加抗戰的臺灣同胞欣喜若狂，臺灣革命同盟會致電國民政府——「頃見報載開羅會議重大成功，臺澎等地歸還中國，凡我臺胞同深感奮，如蒙鞭策，願效馳驅。」而在島內的臺灣同胞，不久之後也從美軍飛機空投的傳單中，獲知這一「歸還中國」的空前喜訊，有如「上天降福星」，奔走相告，期待臺灣早日回到祖國的懷抱。〔註15〕

至此，隨著「歸還中國」這一國際共識的最終達成，並且在 1945 年 7 月 26 日發表的《美英中促令日本投降之波茨坦公告》中，得到重申並予以實施。

〔註15〕何虎生《蔣介石傳》中卷，華文出版社，2005 年，第 596～606、679～680 頁；
　　　　張廣宇《抗日戰爭實現了臺灣回歸》《軍事歷史研究》2005 年第 2 期。

這樣，在中國抗日戰爭中已經成長為大國之民的中國人民所看到的就是：寶島臺灣光復祖國已經是指日可待。

六、國民政府的舉措

自從中華民國建立以來，收復臺灣一直就是全體中國人的最大心願，早在 1914 年，孫中山先生就已經指出：「日本人如果不將東北和臺灣交還我們，我們國民革命運動是不能停止的」。儘管在此後的歲月裏，國民政府也曾進行過種種外交努力，但是由於受到中日之間不平等條約的實際限制，其結果總是使中國收復臺灣成為一時間難以實現的全國心願。正是由於中國抗日戰爭的全面爆發，收復臺灣得以從可能的心願逐步成為可行的現實。

1944 年 3 月，國民政府主席蔣中正批准成立國防最高委員會中央設計局臺灣調查委員會，經過一個月的緊張籌備之後，國防最高委員會中央設計局臺灣調查委員會於 4 月 17 日在陪都重慶正式成立；與此同時，執政黨的中國國民黨組建了直屬中央組織部的臺灣黨部籌備處，並在一個月之內正式成立臺灣黨部（1945 年 9 月之後改為臺灣省黨部），以配合國民政府對臺灣的接收工作。

1944 年 6 月 2 日，根據國民政府主席蔣中正的批示——「臺灣克復後軍事及行政之負責管理問題，可根據開羅會議時我方提出之原建議，先向美國商洽，俟有相當結果，再與英國商洽；同時國民政府行政院擬設的臺灣設省籌備委員會，當在國防最高委員會中央設計局臺灣調查委員會的基礎上稍加充實，多多羅致臺灣有關人士，並派有關黨政機關負責人員參加，即足以擔負調查與籌備之責，暫不必另設機構，以免駢枝之弊，隨即進行調整充實。」

於是，9 月 25 日，國防最高委員會中央設計局臺灣調查委員會委員名額增為 11 人，並准派臺籍人士黃朝琴、游彌堅、丘念臺、謝南光、李友邦為委員。隨著大量臺籍委員進入國防最高委員會中央設計局臺灣調查委員會，該委員會就收復臺灣工作展開了艱巨而辛苦的準備工作。首先，調查臺灣實際狀況，編輯有關臺灣的資料刊物，研究有關臺灣問題的意見及方案；其次，培訓臺灣行政、警察、銀行、教育等幹部、專業人員；最後規劃未來臺灣行政體制及各種機構接收草案。

僅就資料搜集整理而言，到 1945 年 3 月，在不到半年的時間內，國防最高委員會中央設計局臺灣調查委員會就編寫了日本殖民統治下的臺灣行政制

度、財政金融、貿易、交通、教育等概況資料 19 種，約 40 多萬字；分類翻譯了臺灣民政、財政、金融、司法、農林牧漁、工商交通、教育七大類法令，約 150 萬字。

而在接受人員培訓方面，1944 年 8 月 17 日，國民政府主席蔣中正特別批示：「所有臺灣所需黨務與行政之高級及中級幹部應即一併統籌訓練。同時注意現在教育界、工程界之臺灣籍專門人才，以適應將來建設之需要。」9 月 1 日，蔣中正又下令「會同中央警官學校辦理臺灣警察幹部訓練」，10 月，中央警官學校開辦「臺灣警察幹部講習班」，次年在福建設立第二分校，共訓練各級警務人員 932 名。與此同時，在國防最高委員會中央設計局臺灣調查委員會的統籌協調之下，由中央訓練團舉辦「臺灣行政幹部訓練班」，招收學員 120 人，分民政、工商、交通、財政、金融、農林、漁牧、教育、司法各組訓練，為期 4 個月，從 1944 年 12 月開學至 1945 年 4 月結業；並由四聯總處的銀行訓練班訓練銀行業務人員 40 名。

至於收復臺灣後應實行何種行政體制，國防最高委員會中央設計局臺灣調查委員會與當時在陪都重慶的臺籍人士，進行了積極討論。根據討論結果，國防最高委員會中央設計局臺灣調查委員會在 1944 年 8 月，擬成《臺灣接管計劃綱要草案》，擬在臺建立特別省制，經過一再審核修改，到 1945 年 3 月，國民政府主席蔣中正核定了《臺灣接管計劃綱要》，該綱要規定「接管後之省政府，應由中央政府以委託行使之方式賦以較大之權力」。

1945 年 4 月 7 日，國民政府主席蔣中正批准由國防最高委員會中央設計局臺灣調查委員會與黨政軍各機關主管人員每月開一次聯席會議，會商接收臺灣事宜。5 月，在陪都重慶召開的中國國民黨第六次全國代表大會上，蔣中正代表全黨誓言「受日寇劫掠最早之臺灣，重歸祖國，始為我抗戰徹底之勝利」。大會期間，蔣中正會見臺灣淪陷 50 年來第一位臺籍中國國民黨代表謝東閔，向其詢問臺灣的情況，並請謝東閔盡快轉告所有臺灣同胞——「臺灣的光復快要到了！」〔註16〕

1945 年 7 月 26 日，《美英中促令日本投降之波茨坦公告》發表；8 月 14 日，日本政府宣布接受《美英中促令日本投降之波茨坦公告》；8 月 15 日，日本天皇通過廣播發表投降詔書；9 月 2 日，日本政府向同盟國投降並簽署無條件投降書；9 月 3 日，國民政府定該日為抗戰勝利日。

〔註16〕《中國 1945 年從日本手中收復臺灣始末》《南方週末》2002 年 8 月 8 日。

　　1945 年 10 月 17 日，國民革命軍進駐臺灣，30 萬臺北市民夾道歡迎，放聲高唱《歡迎國軍歌》——「臺灣今日慶昇平，仰見青天白日親」，「六百萬民眾多歡樂，壺漿簞食表歡迎」；10 月 25 日，中國臺灣地區日軍受降儀式在臺北市舉行，中國政府向全世界宣布——自即日起臺灣及澎湖列島已正式列入中國版圖，一切土地、人民、政事皆已置於中國主權之下，該日被國民政府定為收復臺灣的光復節。〔註 17〕

　　歷經了 8 年的全民抗戰，在日本殖民統治之下掙扎了半個世紀之久的臺灣，終於在包括臺灣同胞在內的全體中國人的浴血奮戰之中，迎來了寶島臺灣光復祖國的這一天。從此以後，被日本帝國主義侵略者強行霸佔的臺灣，從與祖國分離的狀態之中，回到了祖國的懷抱，在走向大國的現代道路上實現了中華一統。

〔註 17〕何虎生《蔣介石傳》中卷，華文出版社，2005 年，第 580～581 頁。

參考文獻

一、報刊類

1. 《抗戰文藝》、《文藝陣地》、《七月》、《希望》、《文學月報》、《文藝月刊‧戰時特刊》、《中蘇文化》、《自由中國》、《中原》、《讀書月報》、《學習生活》、《文藝先鋒》、《文化先鋒》、《民族文學》、《時與潮文藝》、《現代文藝》、《戰時文藝》、《文藝雜誌》、《文藝生活》、《文藝青年》、《文聯》、《文哨》、《當代文學》、《文學創作》、《詩文學》、《詩前哨》、《詩叢》、《詩叢》、《詩星》、《中國詩藝》、《春草詩叢》、《戲劇新聞》、《戲劇時代》、《戲劇崗位》、《戲劇月刊》。

2. 《中央日報》、《掃蕩報》、《新華日報》、《解放日報》、《新蜀報》、《國民公報》、《商務日報》、《國民政府公報》、《新民報》、《時事新報》、《中央》週刊、《群眾》週刊、《解放週刊》。

3. 《新文學史料》、《抗戰文藝研究》、《重慶文化史料》。

二、書籍類

1. 〔日〕前田哲男著，李泓、黃鶯譯：《重慶大轟炸》，成都科技大學出版社 1989 年版。

2. 〔美〕施堅雅主編，葉光庭、徐自立、王嗣均、徐松年、馬裕祥、王文源譯：《中華帝國晚期的城市》，中華書局 2000 年版。

3. 〔美〕馬泰‧卡林內斯庫：《現代性的五副面孔》，顧愛彬、李瑞華譯，商務印書館 2002 年版。

4. 沈永吉等：《外國歷史大事集·現代部分第二分冊》，重慶出版社 1987 年版。

5. 肖一平等編：《中國共產黨抗日戰爭時期大事記》，人民出版社 1988 年版。

6. 中央統戰部、中央檔案館編：《中共中央抗日民族統一戰線文件選編》，檔案出版社 1986 年版。

7. 中國社會科學院臺灣研究所編：《中國國民黨全書》，陝西人民出版社 2001 年版。

8. 榮孟源主編：《中國國民黨歷次代表大會及中央全會資料》，光明日報出版社 1985 年版。

9. 林默涵總主編：《中國抗日戰爭時期大後方文學書系》，重慶出版社 1989 年版。

10. 林默涵總主編：《中國解放區文學書系》，重慶出版社 1992 年版。

11. 錢理群主編：《中國淪陷區文學大系》，廣西教育出版社 1998 年版。

12. 《中華全國文藝界抗敵協會史科選編》，四川省社會科學院出版社 1983 年版。

13. 《作家戰地訪問團史料選編》，四川省社會科學院出版社 1984 年版。

14. 《中國話劇運動五十年史料集》第 2 輯，中國戲劇出版社 1959 年版。

15. 文天行：《國統區抗戰文學運動史稿》，四川教育出版社 1988 年版。

16. 石曼：《重慶市抗戰劇壇紀事（1938 年 7 月～1946 年 6 月）》，中國戲劇出版社 1995 年版。

17. 重慶市市中區文化藝術志編纂委員會編：《重慶市市中區文化藝術志》，文化藝術出版社 1990 年版。

18. 重慶圖書館編印：《抗戰期間重慶版文藝期刊篇名索引》，1984 年。

19. 王大明、文天行、廖全京編：《抗戰文藝報刊篇目彙編》，四川省社會科學院出版社，1984 年版。

20. 隗瀛濤：《近代重慶城市史》，四川大學出版社 1991 年版。

21. 重慶市地方志編纂委員會總編輯室編著：《重慶大事記》，科學技術文獻出版社重慶分社 1989 年版。

後　記

　　1977 年恢復高考，從最初進入重慶的大學校園，到最後留在重慶的大學校園，已近四十個年頭了。正是留在大學校園裏，自己才開始了對陪都重慶文化與文學的研究。

　　也許並非是純屬巧合，八十年前的 1937 年，七七事變爆發，中國抗日戰爭進入了全面抗戰時期，重慶被國民政府明定為陪都，成為八年全面抗戰時期的中國文化與文學的全國中心。這就為自己從事這一研究提供了數量最多的第一手資料，儘管需要付出一些時間和精力來搜集整理。

　　在上個世紀九十年代初，開始進入這一研究園地是無意中被捲進去的，僅僅是為了完成一個紀念中國抗日戰爭勝利五十週年的臨時任務。這一任務顯然沒有達到某種特定的要求，書寫的結果變成了出版的苦果，在二十多年後，方能修訂再度出版。

　　然而，偏偏沒想到的是，自己反倒會漸漸地對此發生了興趣，感到這是一個已經被人忽略了太久太久，而又在無奈中不得不加以關注的所在。於是，在從無意到有意的過程中，搜尋到的東西、觀看到的東西、思量到的東西越來越多，自己的想法也跟著多起來，也就越來越能夠擺脫這種或那種的外來影響，並且得以用更專業，乃至更學術的眼光來對待所有這些個東西。

　　從當初的《陪都文化論》，到眼前的《陪都文學論》，彼與此書寫之中的時間跨度，沒想到超出了二十年。原來，作為書寫者的自己，在這一日漸興盛的學術園地之中徜徉，不知不覺間已經二十多年了。在其間，也曾屢屢遭遇種種不如意，也付出過這樣或那樣的不少代價，甚至進入新世紀後的一段時間裏，連「陪都」兩個字在重慶當地也不讓提起，儘管在外地一些地方，還

是一如既往地稱抗戰時期的重慶為陪都的。這就使人在寂寥之中，深深感受到源自內心的溫暖，畢竟歷史就是歷史，誰也不能任性無視。

如今已然從校園中的講臺離去，可自己依然不願離開這一生機勃勃的研究園地，總是期盼著繼續的耕耘，因為這已經是自己的園地。